U0450656

THE
STARRY SEA
OF YEMA ISLAND

野 马 屿
的
星 海

姚 璎 —— 著

作家出版社

序

风暴眼

茫茫大海上，一艘海洋捕捞勘探船在缓慢而孤独地航行。

神秘深邃的深海，犹如一颗湛蓝的宝石。大面积的蓝色犹如墨染一般漫延在海中，间或夹杂着太阳暖色游离的碎金光影，构成了神秘的海洋奇境。海天一色，蔚蓝色的海面貌似平静，海底下却有暗潮涌动，浪潮慢慢形成眼睛形状的漩涡……

喜怒无常本就是海的天性，海洋美丽而危险。

传说中的海洋之眼呼之欲出，却少有人察觉。"海上条件艰苦，但海洋所蕴藏的能量是无限的。"嘴唇干涸、头发凌乱的宋柒在勘察日记上写下这样一行字。因为连日来跟随勘探船探寻合适的海底电缆敷设地点，他晒得黝黑的面容带着浓重的疲倦之色。时值隆冬，他穿着厚厚的羽绒服，戴着墨镜以遮挡会加剧他迎风流泪的刺目光线，专心致志地记录着勘察日记。

海上作业虽然寂寞艰苦，但生性乐观还有些文艺气质的他在身畔放了个小录音机，播放着大提琴低沉的乐声，与海浪的咆哮声相得益彰。在宋柒的世界里，也许生活有难也有苦，但自己得学会加糖。最后的期待，叫未来可期。

被皲裂粗糙手指弄皱的记事本封面上写着隽永的字体：宋柒勘察日记。内页：11月30日，海洋十五航次第七天。除了风暴与颠簸，只剩下望不到头的蓝色，没有找到合适的海底电缆敷设点，也没有遇见传说中的海洋之眼。我们像一群拓荒者，将要对抗一段漫长、未知、孤独的勘探航程……

刚写下这几行字，船身突然一阵剧烈晃动。宋柒从舷窗望向甲板，只不过一会儿，海平面就从视野的船舷窗中央攀升至船桅最顶端。恍若失去定海神针似的大船被海玩弄于股掌之间，在漩涡中打转，东摇西摆的船体像在经历地震。

船舱外水手在大声惊呼：向日葵十号遇险！遇到九级风、六米浪！快报警！

接着又有勘察人员在大喊：天啊，竟然是海洋之眼！我们遇到海洋之眼了！

有人禁不住摇晃仆倒在地，宋柒想过去拉他，但猛烈的晃动让他站立不住，也滚落在舱板上。一个巨浪打来，船桅杆断成两截，掉落的杆头扫到宋柒的头部，他蜷伏在舱板上面不动了。手里的记事本散落开来，从里面掉落出一张娴雅姑娘的照片，照片上有一行清丽的字：平安归来。

录音机里乐声还在继续，伴着温柔的女声在轻声朗诵：我爱你，如鲸向海，沉入深邃湛蓝的海底，找寻相同频率的你，聆听彼此的声音，找寻彼此的踪迹……

船舱外，海面上原本平稳此刻摇摆不定的勘探船像被一座巨大的水墓吞噬。

收音机传出的微弱乐声在激烈处戛然而止，一切陷入了死一般的寂静。

第一卷

野马屿也有春天

第一章 "野马屿"上"撒野"

上岛之前，宋柒并没有想过"野马屿"会这么"野"。

他到"野马屿"的那一天，是二〇〇六年普通的一天，却又不是那么普通。碧海蓝天，万里无云，海水在阳光的照耀下泛着粼粼波光。

状似野马的岛屿昂首向前，延伸的海岸线映入眼帘，绿树红瓦，轮船、码头，来来往往的人，尽收眼底。海岸码头，一艘艘大小不一、形状各异的渡轮呈"一"字有序排开，船头无一例外地用醒目的红字标注着不同的目的地。

即将开拔的渡轮，有着船员忙碌的身影，他们在做最后的检修。而早早登船的乘客，也颇有闲情逸致，两三为伍地站在甲板上欣赏着城市里见不到的海岛风景。

在码头售票大厅里的一处窗口前，前来购买船票的乘客有序地排着队，林萌就是其中一位。她在野马屿岛供电所上班，每日工作繁忙，上岛的船只几天才有一趟，以至于她很久都没有出过岛了。所以，这次她趁着难得的一天休假，便出了岛去外面采购了一番，把自己和岛上亲朋好友托买的东西购全，这才赶着这天的最后一班船回野马屿岛。

她排在队伍的末端，前面有着很长一串的队伍。放下沉重的袋子，擦擦头上的汗迹，林萌环顾四周，跟着队伍缓慢前行。距离林萌五十米的地方，便是售票厅的门口，林萌乌黑的眼眸转啊转，目光移到大门外的时候，刚好有一辆锃亮的黑色轿车缓缓停下。

从车里下来一位穿着白色衬衫的年轻男子，衣着清爽，肤色白皙，稍显文弱，林萌一瞧他就是在温室里成长起来的小草，她平时接触的多是脸庞晒得黑红的粗糙汉子，相比较之下这年轻男子简直是风吹就倒。此时的宋柒真没想到自己竟然会被人当作一棵草，哪怕是一根葱也比这强啊。其实宋柒在他二十七年的大好年华里，琴棋书画都受过熏陶，就连咏春拳、击剑都有涉猎，甚至可以称得上是：进击的少年。

不待这株林萌眼中弱不禁风的草从后备厢里取出黑色行李箱，车里便依次而下两位中年男女，虽然相隔挺远，但林萌依旧能听清楚他们的对话。

"爸，妈，你们就送到这儿吧！我得去买票了！"宋柒微笑着道。此刻，他还没有被野马屿上的柴油发动机熏染成乌油油的面容，清眉朗目，唇红齿白，在人群中出众得很。

宋父安慰地点点头："好！凡事要小心！"

宋母面露不舍，努力压下已经浮起的泪花，缓缓道："阿柒啊，你从来没离开过家太远，这次爸妈不能在身边照顾你了，到了岛上，自己要照顾好自己！有什么需要的，就给爸妈打电话知道吗？"在宋母心中，野马屿是出了名的荒凉之地，上岛简直就是流放。

宋柒点点头："知道了妈，野马屿是出了名的风景好，儿子去了那里，恐怕都要乐不思蜀了！"

知道儿子体贴，故意开玩笑试图让她放松心情，宋母的眼泪瞬间流了下来，趴在宋父的肩头流眼泪，宋父出声安慰："好了，儿子都这么大了，也该是时候让他出去闯闯了！想当午我离开我爸去援藏，也才二十出头。"

宋母反驳："阿柒可不像你皮糙肉厚，他身子骨弱，从没离开过我们身边……"

宋父："正因为保护得太好，所以才更应该去锻炼，宋柒不要再磨磨蹭蹭了，我们家祖孙三代都是电力人，别不像个汉子。"

宋柒忍住不舍，腼腆笑了笑，同父母一一拥抱辞别，挥手转身拖着行李离开。

林萌瞧到这里，立马转回头，因为宋柒已经向着她这边而来。

此时，前面的队伍早已消失得一干二净，林萌凑近窗口买了票，临离开的时候，宋柒已经拉着行李箱在她身后了。

"您好，我要一张去野马屿的船票，谢谢！"

售票员操作了一会儿，将一张票递给宋柒。宋柒瞧了瞧票根，抬头又问："您好，请问去野马屿岛要坐多久的船？"

售票员回答："两个小时！"

"这么久？"

售票员耐心回答："野马屿是距离这里最远的一座岛了，而且，您买的还是最后一班去野马屿的船，自然要慢上一些。今天不上岛，就要等好几天了。"

宋柒点点头，道了谢，抬眼望了望外面不远处停靠在码头的渡轮，眸子中掠过一丝期待，又若有所思。野马屿的客观条件他是知道的，也做好了充足的准备。他有自己的梦想要实现，记得小时候因为父亲作为电力技术骨干被派往西藏支援，爷爷怕他寂寞经常带他到海边，指着海那边朦胧灰暗的岛屿，告诉他长大后，要让那些孤岛也亮起来，成为光明岛。虽然爷爷后来因病去世，但爷爷的期待成了他内心要达成的愿望，为了目标他会一条路走到底。

上船的检票口处，拥挤的人群排着长队缓慢前进，等待着检票后登船。其间有农妇打扮的村民热情地向宋柒兜售紫菜饼，这些都是勤恳又贫穷的渔民在讨生活，但宋柒沉浸在自己的思绪中，恍若未闻，农妇失望地走开了。一旁的林萌看在眼里，掏出零钱买了两块紫菜饼，农妇忙不迭地感谢。

宋柒将手里的船票向检票人员出示，继而被放行。看着脚下荡漾的海水，宋柒脚步有些浮，他小时候溺水被水呛过，后遗症就是看见深邃的水面会有眩晕感。这都还没出发呢，宋柒汗颜，恍惚间低头拉行李箱的空当，没留神箱子碰到了身后提着篮子的一位老阿姨。

老阿姨被撞得脚下踉跄，险些栽倒，幸好被身后眼疾手快的林萌伸手扶住。

"谢谢你，姑娘！"老阿姨稳住身形，转头道谢。

林萌微笑摇头，但是眼神朝着毫不留神昂首阔步的宋柒而去，看到宋柒无动于衷，向来好脾气的林萌看不惯这种没礼貌的行为举止，语气变得有些不友好，说："没事儿阿姨，有人走路顾前不顾后，您提的东西多注意着避开才是！"

　　后知后觉的宋柒接收到了林萌不满的眼神，总算发现自己碰到了人，慌忙扭头冲着老阿姨道歉："对不起阿姨，您没事吧！"

　　还没上船就差点下了船的老阿姨摆摆手："没事儿，多亏了这位小姑娘，小伙子，以后走路记得多顾着点后脑勺。"老阿姨也风趣，意指宋柒走起路来后脚跟能踢到后脑勺。被人说教，宋柒无言以对，颇有些尴尬地摸了摸鼻子，瞅着林萌扶着老阿姨目不斜视越过自己而去。

　　登上了船，宋柒按照手里的票找到了自己的位置，将行李放好之后坐了下来，他饶有兴致地打量着船舱里的一切。

　　船舱里有三十来个座位，只一会儿的工夫就全部坐满，而且有许多乘客都相互熟稔，打着招呼拉着家常。

　　船舱显得老旧，舱壁上白漆脱落，露出斑驳的铁锈，过道的地方放着许多乘客带着的行李，各式各样的都有，甚至还有鱼篓和鱼竿，一股子腥味在船舱里萦绕。

　　宋柒吸了吸鼻子，努力想要将这股腥味掩盖掉，但是似乎越抗拒，那味道越冲鼻子。好在宋柒的位置靠着窗，可以用窗外的风景来转移注意力。

　　渡轮长鸣，马力十足，瞬间荡水而去，离开码头，也将原本平静的海面，搅动得出现了两股巨浪。海水打在船身上，传来低低的沉闷声，有的水花飞溅在甲板上。

　　远处，海面宽广无边，海水泛着淡淡的银光，轻轻起伏。

　　渡轮继续前行，宋柒欣赏着沿途美丽的景色，一时竟忘了那股腥臭的味道。但随着船体的前进摇晃，宋柒觉察到自己身体出现了异常。他的胃里似乎有一根棍子在搅一般，上下翻腾，脸色霎时间白了几分，额头细汗越来越多，更可怕的是，宋柒觉得自己想要吐。

宋柒这才意识到，他晕船了。

呕吐的感觉越来越强烈，宋柒实在无法压制，只能起身冲向甲板，趴在护栏上就是一阵干呕。

等干呕结束，宋柒深呼吸了好几次，细润的海风让他觉得畅快很多，于是就倚在护栏上眺望风景，嘴角泛起一丝苦笑。

他的选择到底是不是正确的？放着舒服的城市不待，跑到这个落后的小海岛上来，连最起码的交通方式都不能适应，以后的日子又该怎么办？

当理想照进现实，现实通常都会给理想泼上一盆冷水。

宋柒被海风吹得有些凉，转身进了船舱，但刚进去就发现，原本船舱里半侧躺着睡觉的、聊天的乘客都或多或少地瞅自己几眼，就连那个他碰见了好几次的女孩也朝自己看了过来。女孩眉清目秀，宋柒不由用余光多看了她几眼，但她高冷的模样让宋柒不敢多瞧。

宋柒尴尬地在座位上坐下，就觉得有人拍自己的肩膀，转头瞧过去，是一位上了年纪的老婆婆。

老婆婆递给宋柒一块手帕，白白净净，上面还绣着一朵小花："小伙子，给你擦擦汗，看你应该很少坐船，晕船啊，是很难受的！"

宋柒勉强挤出一个笑容，不想拒绝老婆婆的好意，便伸手接过帕子，低声道谢。

坐回身子的宋柒，将帕子举起好几次，最终还是将帕子收了起来，从随身的口袋里掏出纸巾，将额头的细汗擦去。然后又开始一丝不苟地擦起了自己的座位，这一系列动作全被一旁的林萌瞧在眼中。她的视线从他一尘不染的领口、笔直挺括的裤线，落在了他擦得乌黑锃亮的皮鞋上，忍不住勾起嘴角，那抹轻笑化成嘴边的揶揄。

林萌很快打开手机里的QQ，找到一个常联系的头像，点进去，麻利地打了一串字发了过去："今天见了一个城里男人，一身的娇贵气息，都快把我给熏晕了！"

很快，那头也回了信息："你钻他怀里了？"

林萌没好气地回道："在同一个船舱就足够了！"

对方回了信息，首先是一个大大的惊叹表情，接着才是内容："味儿这么大？这应该就是传说中有味道的男人！"

林萌看着手机屏幕，嘴角露出一抹浅笑，转头看了一眼宋柒。

宋柒正靠着靠背闭目养神，侧颜轮廓深邃英气。

自己真是小题大做，看陌生人都不顺眼，林萌忍俊不禁嘴角弯了弯，伸手将手机屏幕的光灭掉，上岛后她还有很多事要做，现在要抓紧时间实现睡觉自由。

野马屿岛供电所营业厅，没有客人，业务也不忙。

营业员于雁挺直脊背，端坐着，但眼睛却盯着电脑屏幕上的QQ消息对话框，愣愣地发呆，对方已经十分钟没有给自己回消息了！上班本不该溜小号，但是因为岛上交通不便，同事好友林萌难得出一趟岛，还大包小包去采购，她可不放心，必须随时联系才能安心。

恰在此时，王大勇背着工具包从外面进来，瞅见于雁神情木讷，像只懒猫，忍不住调侃道："上班时间偷懒，我得向所长汇报一下！"

听见声音，于雁随手从一旁桌子上拿了一个小玩偶就朝着王大勇轻抛了过去："你存心的吧！"

王大勇嘿嘿笑道，伸手将玩偶接在手里，用袖口擦了擦额头的细汗，将玩偶重新递给于雁。

于雁似乎想起什么了，转头道："老王，秦所刚刚留话，你回来就让你五点左右去渡口接一下新来的所长！"

王大勇闻言眉头微皱："所长昨天不是说他去接的吗？"

于雁解释："秦所刚刚被叫去村委会开会去了，估计来不及，需要麻烦你去一趟了！"

王大勇面露不悦，扔下一句"知道了"，便进了后院。

于雁知道王大勇为何不快，但是她没有挑破，耸耸肩叹了口气。

王大勇刚抢修回来，办完值班交接班手续，就先回了宿舍，美美地洗了一个澡，从浴室出来时瞧着时间是下午的四点零几分，他这才一屁股倒在床上，伸了个很舒服的懒腰，翻身睡了过去。

他只睡一会儿,应该耽误不了吧!

时间过得很快,一阵刺耳的手机铃声吵醒了王大勇,王大勇不耐烦地摸索着接起手机,那头就传来于雁的声音:"让你去接新所长,去没去啊?"

王大勇依旧迷迷糊糊地回答:"这就去!"

"你准时一点,别耽误事儿!"于雁又补了一句。

王大勇很不耐烦地挂了电话,努力睁开一只眼睛,瞅了瞅时间,一分不多,一分不少,刚刚好五点。

王大勇一把将身上的毯子拉至头顶!

睡觉!接什么所长!听说是个毛头小愣头青,他承认的所长从来就只有一个!

第二章 初来乍到

巨大的汽笛声在渡口响起,一艘灰白色的大渡轮缓缓靠岸,待渡轮停稳之后,船老大跑出甲板冲着船舱大声喊:"野马屿岛到了,都可以下船了!"在这个闭塞交通不便的孤岛上,出门基本靠走、通信基本靠吼的现象还存在着。

刚刚喊完,船舱里的乘客接二连三地出来,纷纷下了船。林萌一直眼瞅着毫无反应的宋柒,故意落在后面才出舱。

宋柒脸色苍白,晕船带来的后遗症明显很足,让他坐在座位上缓了好一会儿才觉得好一些了,起身拖着行李出了舱。

舱外的阳光很足,刺得他双眼微眯,一瞬间差点跌倒在地。幸好有人从背后扶了他一把,这才让他站稳了脚步。

回头瞧时,是一张迎着阳光的小脸,他似乎有点眼熟。哦,船上那个船客姑娘,长得挺好,就是高冷,周遭八米霜冻。

"晕船很难受的，岛上有卫生所，建议你去看看，以免落下什么病根！"林萌一脸友情提示的表情，多余的一点废话都没。

宋柒点点头，表示知道了，刚要出声道谢，对方已经越他而去，率先下了渡口。

宋柒拉着行李箱慢悠悠地跟上，但几个抬头低头间，已不见对方身影。

哎，来去一阵风，还是海旋风。

宋柒第一次来野马屿岛，东西南北尚能分清，但是他要去的供电所却不知在哪个方位，他站在渡口前，抬眼眺望四周。风景确实很美，但放眼望去，都是一排排简陋的石头砌成的石头房，石头院石头墙石头房子石头梁，看上去就不像个宜居的地方。更何况，这是个还未通电的小荒岛，岛上不能自主发电，渔民都靠柴油机发电。

宋柒上岛之前是做足了功课和心理准备的。海风吹来，湿湿咸咸的。虽然早就料到海岛条件有限，但眼下这种荒凉闭塞的环境还是让宋柒脚步有些缓慢。

"喂，你是不是找不着卫生所，我可以带你去！"林萌不知什么时候又回来了，将身上的背包和手上的大包重新提了提。

宋柒有些尴尬地笑了笑："第一次来这儿，确实找不着，不过，我还得在这儿等接我的人，所以我不能乱跑！"

"什么人这么重要？让你连病都没空去看？"林萌问完了，率先提出假设，"女朋友？"

宋柒忙摆手否认："不是，我的同事！"

"嗨，我还以为是啥重要的人呢！这样吧，你去给船长说一声，让来这儿接你的人去卫生所找你就可以了！"林萌出了主意，本来她应该离开的，但是却鬼使神差地回来了，明面上是她想见识一下这位城里青年究竟有多奇特，但其实林萌高冷的外表下却有一副热心助人的好心肠。

宋柒犹豫着，林萌继续劝说："岛很小的，说出来大家都认识。晕船可是大事，而且这会儿太阳这么大，一会儿再给你烤中暑了，那可是要命的,去不去你自己决定吧!"她没有危言耸听,常年在岛,总能遇见几个不做功课的驴友在岛上遇险随后被送出岛外抢救的事例。

林萌这姑娘啥都好,就是管起事情来轻易不撒手,本身还是个好奇宝宝。

宋柒在明晃晃毒辣的日光下倒是感觉到自己身体的虚弱,他可是没有遭受过这个罪,真要是如眼前这个女孩所说一般,那他还不出师未捷身先死了?

左等右等的人不来,再三衡量之下,宋柒决定先跟着林萌去卫生所。

临近傍晚,但是阳光依旧强烈,宋柒拉着行李箱与林萌一前一后地走在乡间的水泥小路上,沿路上的田野绿油油的,一缕风吹来,中间都夹杂着浓浓的乡间清香。

"喂,你第一次来野马屿岛?"林萌走在前头,头也不回地问。

宋柒忍着身体的不适,回了一个"嗯"。

"觉得怎么样?"林萌又问,接着说,"我们岛上的人和你们城里人不同,平时种地瓜,吃地瓜,说起话来都带着地瓜腔呢!"

看林萌说得认真,宋柒花了点工夫仔细想了想,才道:"风景很美,海水很蓝,岛上的居民也都很热心!"

"热心?你是指那个被你撞了却没责怪你的老阿姨,还是指那个给你手帕擦汗的老婆婆,或者是……"林萌突然停下脚步,回头道,"指正在带你去卫生所的我?"

宋柒一时没有反应过来,差点撞上,鼻尖有些发红,尴尬道:"都是!"

林萌瞧着宋柒的模样,颇为好笑,转身继续走:"你来野马屿岛干什么?旅游?"

宋柒觉得这个女孩对万物怀有强烈的好奇心,但还是老实回答她:"工作!"

林萌闻言咂咂嘴:"来野马屿岛工作?那你可真是选错了地方,

野马屿岛虽说风景好，但是却不是一个好的工作地方。"

"为什么？"

林萌将背包再次提了提："因为我们这里岛上的居民大多数是靠海吃海的渔民，一辈子走过最远的地方应该就是去城里卖鱼。在他们的眼中，什么政府工作任务，说了他们也不会懂，都是鸭子听雷公（当地俗语两眼一抹黑听不懂），大眼瞪小眼！"

宋柒来的时候做了一些关于这方面的思想准备，在他看来，也许年长一辈的人确实很难沟通，但是上过学读过书的年轻人应该不会很难！

"那年轻人应该不会难沟通吧！"

林萌知道宋柒的意思，反问了一句："从上船到下船，你一共看到了几个年轻人？"

被林萌这么一提醒，宋柒这才发现，他确实在这一段行程中没瞧见几个年轻人，大多数都是一些上了年岁的。

"那你的意思……"

还不待宋柒说完话，就听见林萌和人在打招呼，抬头看去是一位五十来岁的黝黑女人，此时肩上挑着渔网和海货，看样子应该是刚从海边滩涂里忙碌回来。

"吉婶，刚忙完啊！"林萌笑着打招呼！

女人回以笑容："是啊，小萌今天不上班啊？"

"我请了年休假，趁着送资料的空隙，去了一趟城里，这才回来！"林萌回答完了，继续问了句，"婶儿，阿辰哥啥时候回来？"

提起这个人，女人神色微微黯了几分，摇摇头："谁知道呢？前些日子他爹让他回来，他说外面挣的钱多，回来家里打鱼才能挣几个钱！孩子大了，自然向往外面的世界！"

林萌安慰了几句，两人分别。

等女人走远了，林萌才回头瞧了一眼脸色好多了的宋柒："看到了？哪还有什么年轻人愿意留在岛上！"

宋柒心里那股子倔强被引起来了："你不是吗？"

林萌斜眼瞥了一眼宋柒，没回答，径直而去。宋柒落了个没趣，拉着行李箱跟上，在石头小路上"喽喽喽"地响，响得宋柒心脏也跟着怦怦怦跳着，真是考验旅行箱轮子的质量。宋柒暗自祈祷这箱子不要物随主人，中途罢工，幸好箱子经受住了坑洼的糙石沙砾的考验，挺住了。

"你为什么不离开岛屿？"宋柒因身体不适而脸色苍白，但还是继续问林萌。

"因为这里是我的家乡，人都走了，谁来发展它？"林萌难得正面回答宋柒。而宋柒也看出了林萌是个刀子嘴豆腐心的姑娘，因为最后他的行李箱还是被林萌接过去了。

一会儿的工夫，卫生所近在眼前，挂了个"野马屿岛卫生院"的牌子，是个没有院子的房子，大门紧闭。

林萌上前，伸手敲了敲，直接推门而入，张口喊道："萍姨，有个人晕船了，快给看看！是不是中暑？"

隔了两三秒，一道女声才从房间里的一处隔间里传出来："行，让他先坐下，你给倒杯热水，我在里面忙完了就出来！"

林萌应了一声，将宋柒引进房间，很熟练地从一旁的柜子里找了一次性纸杯，放在饮水机前先接了杯水递给宋柒。

宋柒接过来喝了两口，觉得自己舒服多了。喝完水，抬头打量房间，房间里设施很简陋，只有一些简单的医药柜，医疗器械什么的没瞅见。

这个空当，一位面容姣好的中年女人从隔间里出来了，瞧见林萌就笑道："听声音就知道是你，快坐，秦所长近来还好吧？"

"好得很，自从你上次给他开了药，听说比以前睡得安稳了！"林萌笑道。

陈香萍点点头，转眸瞧向宋柒："哟，这是岛上新来的人吗？看这脸色晕得不轻，是第一次坐船吧！"

宋柒点点头，试探地问："开点药就行，输液就不用了，我还有工作要处理！"

陈香萍瞅了一眼林萌，笑着说："行！"

"那萍姨您忙着，我先回家了，有空了来家里一趟，我妈老念叨你！"林萌辞别，转身而去。

瞧着林萌离开，陈香萍也转身去配药，独留宋柒一人坐在那里，他顺着房间的窗户向外望，外面不远处的一片片田野间空旷异常，视线尽头则是一片小树林，树木郁郁葱葱，随着海风吹拂向一边翻滚，像极了翻涌的海浪。

太阳的余晖顺着窗口打在宋柒的脸上，镀上一层金黄，一瞬间，宋柒又想起了那个原本平淡无奇的下午。

从电力大学自动化专业毕业的宋柒像往常一样，埋头在电脑前搞技术研究，却被同事叫到了总经理的办公室。去了才发现，除了电力公司的总经理，两位副总还都在场，这么大的阵势让一时没做好心理准备的宋柒有点发怵。

"小宋啊，自从你加入我们公司以来，工作也有一些年头了，从普通技术员到骨干，你的能力是我们大家有目共睹的，所以经过公司领导一致决定，想让你去基层供电所担任所长，增加一些基层工作的经验，多方面锻炼。以你的能力，这个任务一定能做好的！"总经理上身前倾，认真又言简意赅地说。

宋柒虽然是个技术骨干，但这突如其来的岗位调整还是让他愣怔了一下。

"去哪个供电所？"他问。

"有几个特殊的地方备选，你可以挑一下。"总经理热情招呼。

宋柒随后听到了几个供电所的地点，都是些偏远的地区和海岛。

"这……我怕胜任不了。"宋柒对自己有几斤几两还是有清醒认知的。这些地方都是户户通电最后要攻坚的地方，由于历史和特殊地理位置，一直不能通电。更需要有经验和技术的人员去攻克难关。

"不，你可以。"但在总经理看来，宋柒就是那个最合适的人选。

"我觉得领导还是再考虑……"

"我不要你觉得，我只要我觉得！"老总意志坚定不移。

其中一位副总也附和道:"小宋是我看着在公司成长的,他的工作能力毋庸置疑,只要在基层历练历练,日后定是前途不可限量啊!"

宋柒被夸得有些不好意思,不过年轻人的热血还是被激发了,既然领导们都这么看重自己,而自己也想为群众发光发热,另外回忆起自己当初从电力大学毕业时的理想与抱负,于是当着几位领导的面,郑重地重重点了头:"请领导们放心,我保证完成任务!"

在宋柒的预期中,供电所长是一个能全方位锻炼的岗位,他自己也嫌弃自己书生气太浓,确实需要去基层锻炼锻炼。

几位领导们相视而笑,不过半天的时间,调任通知书已经送到了宋柒手中,打开通知书,上面的"野马屿"三个字异常刺眼。

野马屿?宋柒动作有点僵直。

他听过,野马屿是周围所有海岛里供电条件最艰苦的一个岛,全岛常住居民共三百户,人口一千多人,仅依靠四台柴油发电机组发电,并且晚上十点会断电,次日六点开始供电。而且因为岛上气候、台风等恶劣天气影响,时常会有断电情况,其中两台柴油发电机用了多年,故障频发。

这些都是宋柒在公司里的地方供电资料里查到的,也许真正的情况比资料上要来得更为艰苦。

会不会答应得太快了?哎,他当时真是太自不量力了。

第三章 下马威

火红的落日似乎对外面的世界没有一丝留恋,连带着最后一点都隐了下去,而此时的王大勇还沉浸在睡梦中!突然,王大勇一个惊醒,坐起身来,瞧着笼罩在屋里的黑暗,顿时头皮发麻,一个翻身下了床,逃也似的出了门。

渡口！

空荡荡的渡口哪里还有人的影子，微弱的月光照在海水上，映着莹莹光芒。

在营业厅等待的于雁一巴掌拍在灰溜溜回来的王大勇肩头，气呼呼地咬着牙："王大勇，你瞅瞅你干的好事，这要是把新来的所长弄丢了，我看你就等着回家吧！"

本就理亏的王大勇也不敢对于雁怎样，只是低声道："那么大的人了，见不着来接他的人一定是自己找地方休息去了，总不会丢了吧！"

于雁指着王大勇："你还说！我看你就是嫉妒新所长，故意的吧！"

虽然王大勇是供电所的副所长，但是他的地位是供电所里最低的了，因为太耿直，倔脾气，一个营业厅的文员于雁就足以拿捏了他。

王大勇一甩手："哎呀，现在已经是这样了，我能怎么办嘛，你要是骂我就能找回新来的所长，那我让你随便骂！"

于雁也终于理智了一点，掏出手机就要打电话。一旁的王大勇忙伸手制止："别告诉秦所，不然我又要挨骂了！"

于雁挣脱王大勇的手："我给阿萌打个电话，阿萌今天是坐最后一班回来的，兴许还能碰见！"

王大勇一听赶紧道："快问问！"

这头林萌回到家的时候也擦黑了，海岛的晚上来得早，所以居民们都早早吃饭。王秋英也做好了饭，就等着林萌回来吃了。

母女俩吃饭的时候，林萌问王秋英："我爸呢？"

"你爸又不知道去哪串门了！"

"不等我爸？"林萌疑问。

王秋英一边吃一边道："不等，还能把你爸饿着，现在指不定在哪家的饭桌上呢！"

林萌偷笑，自己父母的相处方式是她最羡慕的，一个最了解另一个，永远不会产生歧义和误解。

"对了！下午那会儿我见你吉婶儿了，说你带着一个白净的小伙子朝卫生所去了，这小伙子谁啊？"

林萌刚好吃了一嘴的米饭，还未咽下去差点卡在喉咙里，好不容易咽下去了才道："就是一路人而已，跟我坐一班船回来，晕船，第一次上岛我给他带去我萍姨那儿去了！对了，我萍姨还说有时间会来咱们家呢！"

被岔开了话题，王秋英点点头："啥时候来问清楚了吗？"

林萌摇摇头："没问！"

王秋英埋怨了一句："你这孩子，一天啥都不操心，就知道读书，有那时间出去谈谈对象不好吗？"

被绕开的话题又给绕回来，林萌那个憋闷啊，猛塞了一口米饭，不愿意说话。

王秋英继续道："我给你说啊，邻居家张婶儿的儿子回来了，听说还是个研究生，长得白净白净的，怪招人稀罕的！改天你去见见！"

"妈，那不就是那个小胖子嘛，小的时候经常被我打得哭鼻子的那个，我才不去见他，怪丢人的！"

王秋英眼睛一瞪："你还知道丢人啊，瞅瞅你哪有个女孩子的样，有时间也买买化妆品啥的好好打扮打扮，别老买你那破书，你那书能给我换回个女婿来啊！"

"你不懂……"

林萌刚说完，就瞅见王秋英一副要收拾自己的模样，恰在此时，手机响了。林萌暗暗松了一口气，接起了手机。

"阿萌，你在哪呢？"刚接起来，那头就传来了于雁焦急的声音。

林萌皱眉问："我在家呢，发生什么事儿了？"

"新来的所长给丢了，都怪王大勇那二货，让下午去渡口接人，结果一觉睡到天黑，现在渡口上一个人都没有，所长不知道跑哪里去了……"

林萌大致听明白了，立马安慰于雁："别着急，今天就一趟船，新来的所长应该和我一条船，你说说新来所长的特征，我看看我有印象没！"

于雁沉思了一下，急着道："具体的我也不知道，就听秦所说是一个挺年轻小伙子,白白净净的!"

挺年轻?白白净净?

林萌仔细回忆了一下船舱里的众位乘客,符合这些形容词的,应该就只有一人。也没怪林萌没想起来,谁知道新来的所长会是个愣头青呢?!

"卫生所,你们先去卫生所找找,我马上就到!"林萌冲着手机喊了一声,挂了电话,起身就走。

王秋英听了半天似乎也知道事情的紧急,只是叮嘱了句"小心点"便任由林萌出了门。

野马屿岛卫生所。

陈香萍瞧着踩着凳子、一颗头都伸进天花板里的宋柒,小心嘱咐:"注意点儿,别伤了手!"

黑暗中,只靠着陈香萍手里的手电筒发出的光束来照亮,她努力在给宋柒照明。

"线路老化了,应该是用了很多年没换了吧!"宋柒娴熟地忙活着手里的活,一边出声。

陈香萍点点头:"是很多年了,这个卫生所自建成应该都没换过线路了,我记得我刚来的时候,老医生经常自己动手修,后来他退休了,就剩下我了,出了问题就得给供电所打电话,这一来二去可耽误时间了,今天幸好碰见你,真得好好谢谢你!"

"不用这么客气,我还就会这么一点手艺,还真给派上用场了!"宋柒顿了顿,问,"有没有尖嘴钳?"

"什么?"

宋柒思索了一下道:"钳子!"

"有有,我这就去找!"陈香萍一会儿的工夫就将一把钳子递给宋柒。

宋柒在上面鼓捣了半天,终于探出头,跳了下来:"这下开灯试试,应该没问题了!"

陈香萍跑去开电闸,之后又开了灯,一瞬间,房间里亮如白昼。陈香萍关掉手电筒,出声道谢:"谢谢小伙子,你身体咋样?刚晕了船没多久就让你干这些!快坐下休息!我去给你打点水洗洗脸!"

宋柒一张原本白净的脸此时土灰一片,拍了拍弄在身上的土,本就有轻微洁癖的他对这些难以忍耐,但此时他只能强忍着坐下。

刚坐下,门外就响起一串急促的脚步声,林萌推门而入,一眼就瞧见坐在椅子上的宋柒。

下午时还是个白净少年,此时竟然一身尘土一脸黑灰,是个勤奋的老实人,这不让自己大跌眼镜,打脸了吗?林萌与宋柒四目相对,愣了老半天才移开目光。

"小萌,你怎么又来了?是哪不舒服?"陈香萍端着一盆水出来,瞅见林萌出声问道。

林萌摇摇头,目光再次移向宋柒:"萍姨,我来找他!于雁没来吗?"

"于雁?"陈香萍将水放在洗脸架上,"没来啊,怎么了?"

林萌缓了缓,才想起来,供电所距离卫生所的距离比她家来这里是要远一些的。"萍姨,他怎么……"

林萌不好意思说,只能用手在自己的脸上比画了一下。

陈香萍笑了笑:"小宋啊,刚刚替我修了电路,不然啊,我还得给你们供电所打电话!哎,对了,你们供电所是不是缺维修电工啊,小宋可以去试试,修得可好了!来来来,快来洗洗!"

最后一句是给宋柒说的。

宋柒起身去洗脸盆那边洗脸,林萌一屁股坐在椅子上。

新来的,小伙子,白白净净,还会维修电路!

于雁口中那个新所长,似乎就是宋柒没错了!

林萌怔怔瞧着背对自己洗脸的宋柒,她似乎还没接受,自己满眼瞧不上的城里矫情男竟然摇身一变成为自己的所长!什么仇,哦不,什么缘分!

这个时候,于雁和王大勇也赶来了,一进门就瞅林萌,林萌用下巴指了指宋柒，两位终于舒了一口长气。

三人一起等着宋柒梳洗完毕，等其转过身的时候，于雁眼睛睁得老大，抱着林萌的胳膊越来越用力。

宋柒看着冒出来的几个人，挑挑眉头，眼里有疑问。

"你是野马屿新来的供电所所长？"王大勇试探地问了问。

宋柒一边穿外套，一边点头："是我，你们是……"

王大勇嘴角咧了笑："可真是谢天谢地，终于找到你了，我是供电所的副所长王大勇，这位是供电所营业厅的文员于雁，这位是供电所营业厅的班长林萌！"

宋柒一一瞧过去问了好，最后在林萌的脸上停留下来："我们又见面了！"

林萌皱了皱秀眉，神情尴尬，她似乎根本不想见到他！

于雁顺着两人的脸上来回瞧，一丝八卦的冲动霎时间漫上心头。

"走吧，既然人都找着了，回所里吧，老所长还等着呢！"王大勇说完话，率先地出了村卫生所。

宋柒向陈香萍告别，陈香萍有些不好意思地笑了笑："不知道你是新来的所长，要是知道了，指定不能让你亲自去修，弄得脏兮兮的……"

"没事的姨，我就先走了，谢谢你的药！"宋柒道谢，跟着几人出门而去。

一路上天黑，但宋柒隐约听到于雁数次趴在林萌的耳边问一下关于他的事情，而林萌一直只回答三个字——"不清楚"。

夜幕掩盖下，宋柒的嘴角有一抹笑意。

一行人回到供电所，老所长秦奋早早等候，一见面就嘘寒问暖，对王大勇的失职表示抱歉，宋柒则摆摆手，大度地一笑而过。

饭菜准备好了，饿了很久的宋柒终于吃了饭，吃完饭被秦奋安排了宿舍，临走时，叮嘱道："先好好休息，一切事务明天再详细给你介绍！"

送走秦奋，宋柒脱了外套躺在床上，回顾今天一天的经历，似乎比他在城里电力公司上班一个月都来得丰富。

望着窗外的朦胧夜色,宋柒觉得自己该好好审视一下他心里的想法了!

对,牛都有反刍的习惯。

第四章　针尖对麦芒

夜晚的野马屿并不野。

海岛上的夜晚很安静,没有大城市里的车马喧闹,宋柒这一晚上睡得出奇地好。

等宋柒洗漱收拾好出去的时候,供电所其他的几位人员都来了。站在几人最前面的秦奋笑眯眯地瞧着宋柒,在他看来,年轻就意味着无限的可能,他将一辈子贡献在了这个供电所里,自然希望供电所的发展能越来越好。

况且,他去城里开会时可听说了,眼前这个小伙子毕业于名牌大学的电力专业,俗话说术业有专攻,岂是他这种半路出家者所能比的。

宋柒瞧着这几人站成一排,一双双眼睛直盯着自己,他觉得怪别扭的,小声问秦奋:"老所长,这是干什么?是不是我迟到了?"

秦奋咧嘴笑了笑:"没有,我们这个小地方也没啥招待你的,接风洗尘的宴会就不给你举办了,但是该有的礼数得有!"

说到这里,秦奋神色突然一振,整个人站得笔直,但是因为伤病的缘故,身子还是有些佝偻,但是在宋柒眼里,已经瞬间让他肃然起敬。

"野马屿岛供电所原所长秦奋向新所长作工作交接,欢迎新所长莅临检查!"秦奋的声音高昂洪亮,神情严肃。

秦奋之后,本该是位居副所长的王大勇开口,但是王大勇似乎都不拿正眼瞧宋柒,自然不开腔。

见此情形，于雁偷偷戳了一把王大勇，王大勇这才极为不耐烦地出声："我是野马屿岛供电所副所长王大勇，新所长好！"

王大勇自我介绍完了之后是林萌，林萌今天来得最早，因为她一晚上没睡好觉，至于什么原因，她似乎也不太清楚。倒是现在有些困了，林萌强行睁着酸涩的眼皮，开口道："我是野马屿岛供电所营业厅班长林萌，宋所长好！"

于雁站在最后，也是最急不可耐的一个，林萌话音刚落就开了口："野马屿岛供电所营业厅营业员于雁向新所长报到，希望以后在新所长的带领下，我们越来越好！"

王大勇转头瞅了一眼于雁，神色复杂。

他王大勇才是正经的副所长，土生土长的本地人不说，从上任到现在整整八年了，好不容易熬到老所长退休，还以为能再往上爬一级，可谁知道，上头空降一位，这下让王大勇心中多少有些不忿。

尤其是在看到新来的所长是个二十出头的毛头小子，王大勇这心里更加憋屈，这一来二去，王大勇现在对宋柒那是满眼的刺，看哪都刺得慌！

宋柒哪里知道王大勇暗藏的心思，此时只知道被这些员工寄予厚望，内心澎湃，一腔热血自脚底板直冲头顶，深呼吸努力让自己平静下来，朝众人道："谢谢大家的欢迎，我年轻，从事工作也不久，以后有什么不对的地方还请各位包涵和批评！"

秦奋回头瞅了一眼自己身后那三位工作已久的同事，露出和蔼的笑容："小宋啊，你放心，他们都是我一手带出来的，以后工作上定能帮上你的忙。这个供电所是好几代人的努力，你可要发挥你的才能，越做越好才是！"

宋柒表情郑重："秦所长，您就放心吧，我宋柒一定不辜负您的期望！"

秦所长很高兴地点点头，拍拍宋柒的肩膀，瞧着眼前这个富有朝气的年轻人，想想自己即将退休离去，他双眼竟偷偷有点酸涩。

简单又不失礼数的见面会结束，各自回归正常的工作，但是小岛上的业务很少,所以众人也都不是很忙。

趁着宋柒和秦奋交流的空当,于雁满脸八卦地朝着林萌挤眉弄眼,林萌起初当作没看见,但后来于雁竟然通过电脑给自己发消息,林萌终于抬眼瞧了一眼于雁。

很快,于雁又发了消息过来:"说说吧,和咱们那位新来的所长有什么故事呀?"

林萌伸手打了四个字:"没有故事!"

于雁瞧见了,抬眼瞅了一眼林萌,满脸的不信,回头就给林萌回了个"嗤"的表情,附带着一句话:"这可是你说的,新所长年轻帅气,你不要,我可要下手了!"

林萌看着信息,面色平静,甚至嘴角带起了笑,回道:"那你加油,早日成为所长夫人!"

于雁在那边乐得合不拢嘴,恰巧被路过的王大勇瞅见了,开了腔:"啥事儿乐得嘴都快扯到耳朵上了!"

于雁瞪了一眼王大勇:"要你管!"

王大勇不服气了:"嘿,我可是副所长,你个小小营业员我还管不了了?"

于雁瞅见王大勇脸色不太好,立马收了笑容,换上一本正经的脸色:"能管能管,王副所长所言极是,是小的冒犯了!这就好好工作,欢迎监督!"

大家通常都嘻嘻哈哈惯了,今天王大勇可能是因为宋柒的事儿心中不快,刚刚没忍住语气硬了些,此时于雁给了台阶,立马恢复了笑脸,冲着林萌和于雁笑了笑转身进了后院。

王大勇走了,于雁立马给林萌发信息:"看见没,老王不愿意了!"

林萌也明白其中缘由,感叹道:"我能理解老王,几年的副所长兢兢业业,好不容易熬到老所长退休了,又来了个比自己年轻的所长,自然心里不舒服。这些日子多给老王一些面子,凡事依着他,别让他在外人面前丢了脸面。"

于雁看着点点头,不过还是反驳了一句:"外人?阿萌,你也不看好新来的所长啊？"

林萌低头想了想，虽然背后议论自己的上司很不礼貌，但是她就是有那么一种感觉，他应该比不上老所长。嘴上没毛，办事不牢。

林萌没有再回复，低头忙起了自己的事情。

外头，秦奋带着宋柒大致参观了供电所的一些基础设施，供电所分前后两院，前院的房间是林萌和于雁所在的营业厅，是给岛上居民办理业务的地方，所长和副所长的办公室也都在那里。

而后院则是一排平房，是供电所的小食堂和宿舍所在地，食堂只请了一个做饭的阿姨，烧得一手好菜，昨晚，宋柒就已经见识过了阿姨的手艺了。

等到参观完了供电所，秦奋打算带着宋柒去岛上转一转，熟悉熟悉岛上的情况，但是却突然剧烈咳嗽起来，身体止不住地颤抖。

一旁的林萌忙扶着其坐下，倒了一杯热水过来："秦所，您现在的身体可不能再劳累了！"

秦奋将热水放在一旁，挣扎要起身，却被一旁的宋柒忙伸手按住。

"秦所，您就去好好休息吧，熟悉岛上环境的事儿改天也行！"

秦奋刚才苍白的脸色稍稍红润了些，摆摆手："不行，这个是大事儿，老百姓的生活我们都不了解，怎么谈替老百姓谋幸福，熟悉民风民情是头等大事，也是任何事情都耽搁不了的事情！"

经过秦奋这么一说，在场的三四人皆面面相觑，一时竟说不出话来。

对啊，入基层，不就是融入老百姓的生活里，再将老百姓的生活改善得更好吗？

"秦所，可是你的身体……"于雁在一旁欲言又止。

林萌自告奋勇："秦所，您好好休息，带宋所长熟悉岛上环境的事就交给我吧。我是岛上长大的，一些情况和您了解的也不相上下，有我带宋所长，您就放心吧！"

秦奋抬眼瞧向林萌，思索良久才点点头："也罢，你这丫头做事我放心，那宋所长就交给你了，你一定要带着宋所长好好熟悉熟悉！"

"您就放心吧！"林萌露出笑容，抬头对着于雁道："雁子，你送秦所回去休息！"

说完了，转头瞧向一旁的宋柒，缓缓道："宋所长，走吧！"

宋柒点点头，向秦奋告别后，转身出门。

他对林萌，有一种不一样的感觉，其浑身上下都有一种他看不透的神秘，这种感觉，让他对这个姑娘格外注意。

她区别于他所在城里见到的所有姑娘。

今天天气很好，阳光明媚，这是二〇〇六年的夏天。海岛上的风景很美，像一幅铺展开的画布，蔚蓝的天空下生长着绿茵茵的植物，田野里有劳作的人们，人们穿着短裤短褂挥舞着农具，头顶灿烂的阳光普照而下，细密的汗水顺着脸颊一路往下。

田野间的水泥小路上，林萌走在最前面，走得很快，宋柒需要加一段小跑才能追赶上。宋柒的身体确实比一般同龄人要文弱一些，他是早产儿，父亲常年在外工作无法顾及，只有母亲独自照顾他。他先天不足，还好后天弥补了些，但和别人相比，身体还是不够强壮。

"喂，走这么快，我怎么熟悉？"宋柒忍不住出声。

林萌脚下一顿，转头道："很抱歉，我们乡下人走得都很快，如果跟不上的话，请跑几步！"

阳光刺眼的宋柒眼睛都睁不开，眯着眼瞧林萌，他仿佛看到对方脸上有一股对自己不待见的表情："其实我们城里人也有跑步的习惯，但一般选择在早晨或者晚上，现在是中午十二点四十分，所以我们可以走慢一些吗？"

林萌懂宋柒话里的意思，就是明着让自己慢一点不好说，只能拐着弯说。

林萌点点头："行，那宋所长想要先从哪开始熟悉？"

"你家！"宋柒似乎早就想好了，"听秦所长说，你爸爸是村支书，岛上唯一一家小超市也是你家开的，所以先去你家！"

林萌愣了愣，方才反应过来，转身朝自己家的方向而去。

第五章　光明之行

王秋英坐在自家超市门口的一张躺椅上,扇着手里的蒲扇,一股股凉爽的风从耳侧吹过来,惬意得都快睡着了。

林朝阳背着手从院门口出来,一眼就瞧见王秋英,他默不作声,蹑手蹑脚地走到王秋英的身边,一把将其手里的蒲扇给夺走了!

手里没了东西,王秋英瞬间清醒,起身瞅见林朝阳站在一旁自己扇得正不亦乐乎!顿时生了气,追过去就抢。

"林朝阳你胆肥了啊!"王秋英骂道。

林朝阳咧嘴直笑,但瞬间笑容就僵在脸上,急急地一指王秋英的身后,王秋英一心想抢夺蒲扇,哪里管林朝阳的事。

王秋英眼看就要抢到扇子,但是脚下一歪,整个人就直扑扑地往下倒,还好林朝阳反应够快,一把将王秋英抱在了怀里,两个人就这样抱着。

"爸,妈,你们在干什么?"林萌刚进门,就撞见千载难逢的一幕,一脸吃惊地瞧着自己的父母,还偷偷用眼角瞧了一眼身旁的宋柒,还好对方很识相地将头偏向了一边。

听见声音,王秋英从林朝阳的怀里爬出来,老脸一红,尤其还看见自己女儿身边还有外人。

林朝阳朝着林萌解释:"你妈脚下打了滑,我就是扶一下!"

林萌万万没有想到,自己有一天会吃到自己父母的狗粮。心里讪笑之后,向林朝阳介绍:"爸,这位是我们所里新来的所长,来了解一下咱们岛上的情况!"

说完了,转头对着宋柒道:"这是我爸,也是野马屿岛渔村的村主任兼支书!"

"您好林主任,我叫宋柒,叫我小宋就可以了!"宋柒嘴角带着笑。

林朝阳仔细打量了一下宋柒,宋柒虽然文弱,但眉清目秀,身材颀长,林朝阳看看自己的女儿又看看宋柒,似乎心中已经有了某种打算，嘿嘿笑道："年轻有为啊，现在像你这么优秀的年轻人已经不多了，不知婚配了没？"

"还没有！"宋柒老实回答！

"爸！"林萌在一旁一脸的黑线，就知道林朝阳会问这么一茬，"人家是来熟悉环境的，您问这个干什么？"

林朝阳眼睛一瞪："既然是供电所的所长，以后免不了频繁接触，相互了解一下，更好办事啊，小宋你说是不是？"

"村主任说得没错！以后麻烦村主任的事情还有很多，希望村主任不嫌烦才好！"宋柒也谦卑有礼。

这个时候，王秋英从超市里出来，手里已经拿了两支雪糕，一支递给宋柒，一支递给林萌："来，吃根雪糕凉快凉快，现在这个天热得很，看看你们都冒汗了！"

"谢谢阿姨！"宋柒也早就被一股闷热感笼罩，此时有了降温的东西，自然不客气。

宋柒伸手打开雪糕的包装袋，露出里面的雪糕，但是形状却不是正常的雪糕模样，而是不规则的形状，像是融化了之后又再次冰冻起来的一般。

宋柒动作有点迟疑，转头瞧了一眼林萌。

林萌手里的雪糕也是一般模样，但是林萌却不以为意，咬了一口在嘴里慢慢品尝着。

一旁的王秋英应该是发觉了宋柒的疑惑，连忙向宋柒出声解释道："这个啊是因为我们这里每天晚上十点准时断电，断电了之后冰箱就没办法继续冷冻了，所以里面的雪糕啊都会化掉。然后第二天早上六点又会供电，这个时候雪糕就又会被冻起来，就成了这般模样！凡是我们岛上的人都知道这一点，所以买雪糕也从未说什么！"

宋柒愣了一下，继而才缓缓道："原来是这样！"

"没办法，全村只有四台柴油发电机组发电，如果晚上不断电的话，油耗量会很高，村民们很难负担得起的！"林萌在一旁补充道。

宋柒点点头，他只知道野马屿岛的供电困难，却没想到会困难成这样，晚上还会定时断电，这样一来，会带来很多的不方便。

"其实作为村支书，我也很揪心，我们也向政府打过报告，政府也很重视，但主要还是得请供电部门能彻底解决这个大难题，只要能实现通电，让百姓脱贫致富，政府部门都会全力配合。"林支书对宋柒承诺。

宋柒感受到了林支书的拳拳之心，连连点头。自己初来乍到能有这样的支持，让他觉得不虚此行。

"感谢您和村委，那叔叔阿姨你们先忙，我们再去别的地方看看！"宋柒开口道别。

等着宋柒走出去好远了，林萌回头冲着王秋英和林朝阳道："爸妈，大白天的你们悠着点，被别人看见了多不好！"

"咋了，羡慕我和你爸了？"王秋英反问，"羡慕了就去找男朋友，我看这个小伙就不错，还单身！"

"妈！"林萌嗔怒一声，"不和你们说了，我走了啊！"

待林萌追上宋柒，宋柒突然道："我们的供电费用是不是也很贵？"

林萌点头："因为是柴油发电，所以相比市价电费要贵一些！"

宋柒心里叹了一口气，看来当前首要任务就是要将电费降下来，要让居民们人人用得起电。

"那个……我们下一站去哪里？"林萌瞧着宋柒紧皱的眉头，轻声问。

"岛上还有哪里是用电量最多的？"宋柒问。

林萌低头思索了一下："修理店，岛上有一个修理店，那里是全岛用电量最大的地方！"

"那就去修理店！"宋柒敲定。

修理店老板何海峰是一位二十五六岁的年轻人，早些日子在外面闯荡学手艺，后来挣了一些钱便选择回岛上发展，开了唯一一家修理店，小到手电筒，大到汽车游艇，都可上手。不但脑子活，还有一腔要为家乡做贡献的热血。

两人到修理店的时候，何海峰正用一架机器打磨一件零件，刺耳的摩擦声让他连门口进来人都未发现。

林萌一只手捂着耳朵，用另一只手碰了碰何海峰的肩头。何海峰抬眼时一愣，忙关了手里的机器，将眼睛上的防护眼镜摘下来，冲林萌笑道："阿萌，你怎么来了？"

房间里瞬间安静下来，林萌适应了一下，指着宋柒道："这是供电所新来的宋所长，我带他来了解了解情况！"

何海峰忙站起身来，将手上的手套脱掉，对宋柒伸手道："宋所长好，何海峰，叫我峰子就行！"

宋柒伸手与其握了握，笑道："你好，你是这家店的老板？"

"对，不知道宋所长有什么要问的？"何海峰皮肤稍显黝黑，一笑就会露出两排整齐的洁白牙齿。

宋柒抬眼打量了一下四周，这个店其实不大，也就是六十平左右，里面放满了各式各样的修理工具和配件，有些地方都黑灰一片。

"我来就是想了解一下，平时用电方面有没有什么问题？"宋柒问。

何海峰瞅了一眼林萌，才道："一呢是电费太贵，二呢……高峰期用电紧张，我的这些家伙什儿根本带不起来，都是像蚊子一样直哼哼！"

宋柒一边听一边点头，他进来时就想到这一点了。

"既然上面派了位新领导来，就得给我们解决一下这个问题，不然太影响我们的日常生活了！有时候我来活了，电却没了，只能拖着第二天去做，这样太耽误事儿了！"何海峰神情显得有些激动。

林萌在一旁插话："我们这次也只是过来了解一下，具体解决可能还需要一段很长的时间！"

宋柒却突然道："我相信这一天不会太久！"

林萌瞅了一眼宋柒，没说话，心里却起了些许的质疑，秦奋所长穷其一生没有改变的事情，一个二十出头的年轻人却敢如此说，真不知道眼前这个人哪来的自信。

何海峰倒像是抓住了救命的稻草，从一堆废屑中出来："宋所长，有你这句话，我这心里就踏实多了。其实我何海峰也有一颗为家乡做贡献的心，苦于一直没有机会，如果宋所长不嫌弃，日后有什么地方用得着我何海峰，打声招呼就可以了！"

从何海峰的修理店里出来，走在水泥路上，宋柒心里五味杂陈，从小生活在城市里的他对于岛上物资贫瘠、电力薄弱早有心理建设，但没想到有些地方竟为了用电而如此困难！果然新农村电气化改造对于偏远海岛来说，真的是任重而道远。

"在想什么？"已经走了好长一段路了，宋柒都一言不发，林萌忍不住问道。

宋柒半天才出声："如此艰苦，你们是怎样生活的？"

林萌一愣，缓缓道："我们现在都好多了，以前才叫艰苦，没有电，所有的东西都得靠人力，机器根本用不上，家里唯一的电器可能就是手电筒了。直到十几年前，秦所长临危受命，在电力公司的组织下，成立了岛上供电所，虽然只能用柴油机发电，但还是给野马屿岛的居民们点亮了第一盏灯，从此之后，野马屿岛才慢慢进入发展。"

宋柒感触极深，他越来越觉得，他肩上的担子很重，重到要托得起岛上数千居民的生活，这一刻，他竟然感受到了深深的压力。

他在电力公司领导们面前的保证，还有在秦奋面前的信誓旦旦，或者是刚才在何海峰面前说的话，似乎都成了一副紧紧压在身上的石锁，让他觉得肩膀上的担子有点重。

林萌瞧着宋柒的神情变化，仿佛已不再是昨天那个在船舱里矫情得让人侧目的城里人。

"我们接下来去哪？"

"村里有没有辈分比较高、上了年纪的老人？"宋柒突然问。

"有倒是有一个，为什么要去那里？"林萌疑惑。

宋柒缓缓道："俗话说强龙难压地头蛇，我这个刚来的所长，是应该去拜访村里威望高的老人，以后工作也好开展不是？"

林萌将刚刚心里对宋柒的看法又给一瞬间打散消去，得了，这还是个俗人，又将城里人那种拉关系的作风带到这里来了！

第六章　新官上任三把火

野马屿岛上有德望的人只有两人，一个是林萌的父亲林支书，一个就是刚才林萌口中所说的那位老人。老人名叫陈章贵，已经步入花甲，但整个人却很精神，一点没有老人的样子。他是全岛上最大的海鲜养殖户，也是当初岛上第一批发展起来的养殖户。

陈章贵这个人重情义，对岛上居民有求必应，不管是什么事情只要打声招呼，就会尽全力替对方帮忙，一心想要将海岛的海产品卖往全国各地，可惜这个夙愿却一直未曾实现。

林萌和宋柒两人来到陈章贵家里时，陈章贵不在，陈章贵的儿子告诉他们，陈章贵去了自家的鱼塘，检查一些养鱼的设备去了。

宋柒和林萌两人又转头去了陈章贵家里的鱼塘，到了之后发现，陈章贵一个人穿着防水的皮衣，站在半人深的鱼塘里往出打捞一些东西。

林萌站在鱼塘的边上隔着老远冲陈章贵喊话："陈爷爷，你在干吗呀？"

陈章贵听见声音，停下手里的工作，抬头看向林萌，瞅了好一会儿才开了口："原来是萌丫头啊，今天怎么有空来我这儿啊？"

林萌回答："这位是供电所新来的宋所长，我是受了秦所长的命令，带宋所长熟悉一下咱们岛上村民的用电情况！"

陈章贵神色愣了愣，只瞧了一眼宋柒，就将眼神重新移向林萌："咋了？秦所长退休了？"

"秦所长出于个人身体考虑，对组织上申请了提前退休，专心回去养病了！"

陈章贵表情有那么一瞬间失落，但很快就弯下腰继续手上的活，似乎将一块东西捞出来，放进了漂在水面上的一只背篓里。

林萌抬头和宋柒对视一眼，表示也很无奈。两人自觉年轻，在陈章贵面前还是有一些人微言轻的无力感。

"陈爷爷，您先过来休息一下可以吗？"宋柒似乎抱着持久之战的态度。

然而陈章贵却一副没有听到的样子，继续埋头自己的工作。

宋柒在鱼塘岸边上蹲下来，转头问林萌："他一直这样吗？"

林萌点点头："陈爷爷脾气古怪，执拗，只要是他不认可的事情，就算是八匹马也拉不回去！当初秦所长也是费了一番工夫才得到这位老爷子的认可，至于你，似乎还需要些时间！"

陈章贵是村里极具威望的人，虽然脾气古怪，但取得他的信任，对于宋柒来说，志在必得，也是不得不为之的事情。

"章贵叔忙着呢？"

正在这个时候，不远处缓缓而来一位中年汉子，挑着鱼篓冲着在鱼塘里忙活的陈章贵打招呼。

听见熟悉的声音，陈章贵这才抬起头，回答："是啊，昨晚我的小柴油机出了问题，没给鱼塘的供氧机器供上电，一晚上因为缺氧，死了好些个鱼，这不，我得一一捞出来，免得坏死在鱼塘里！"

"哎哟，那可是大事儿，损失不少吧！"中年汉子语气带着惋惜。

陈章贵无奈："那也是没得办法，过些日子，等这些鱼卖了赚些钱，准备换一个发电机！"

中年汉子点头应着，一晃就从林萌和宋柒两人面前而过。

瞅着中年汉子远去的背影，宋柒突然有了想法，冲着陈章贵道："陈爷爷，我以前修过柴油发电机，能否让我帮你看看是哪里出了问题？"

陈章贵手下顿了顿，仍然没有理会宋柒。

林萌在一旁道："没用的，他只会以为你是在以此讨好他罢了！"

宋柒低头思考了一会儿，问林萌："你知道他的柴油发电机在哪吗？"

林萌点点头，只是瞬间，她似乎就想到宋柒想要干吗。

二十分钟后，一阵柴油机发动的轰鸣声自鱼塘的不远处激荡而出，震得周围鸟儿一阵扑腾而去。

陈章贵刚刚将背篓里的死鱼倒出去，就听见了声音，手上一顿，下一刻就手脚并用地爬上鱼塘，朝着冒着黑烟的地方而去。

等到陈章贵赶到的时候，宋柒和林萌都站在柴油发电机旁，笑着看向他。

陈章贵却是上前一把将发电机关掉，一瞬间，周遭安静，宋柒和林萌的笑却僵在了脸上。

"陈爷爷，你……"

"谁让你们擅自动别人的东西，年轻人一点礼数都不懂，走走走，赶紧走，老头子看见你们就烦！"陈章贵背手而立，一张脸涨得通红。

宋柒两只手因为修理柴油机粘得全是黑油，本就有洁癖的他略感不适，但强忍着不表现出来，轻声道："陈爷爷，我们只是帮您而已！"

"你就是那个城里新来的所长？"陈章贵终于肯正眼瞧宋柒了。

"是我！"

"哼！还城里人呢，我看还不如我这个乡下人有礼数，没有经过别人允许就能动别人的东西是吗？"陈章贵较真的样子似乎有点生气。

宋柒一时语塞，一旁的林萌见状忙道："陈爷爷，宋所长也是好意，况且发电机已经修好了，晚上您可以照常使用，这样一来鱼塘就不会再有损失了！"

陈章贵似乎对林萌没什么敌意，也觉得林萌说得有些道理，稍稍平息之后，才道："光一个发电机又能用多久，这次修好了，下次接着坏，养殖户们接着遭受损失，照我说啊，就该彻底解决供电的问题，这样才能从根本上解决人们的生活问题。"

抱怨完了，陈章贵不给两人说话的机会，直接将两人推出去。

待送走两人，陈章贵回头瞧了瞧已经能正常运行的发电机，嘴角终于露出了笑容，至少最近一段时间，不用再担心鱼塘了。

两人被赶出来，已经是下午了，阳光西斜，一层淡黄铺开，染红了整个海岛。

"喂，你为什么做这个出力不讨好的事情？"林萌瞧着此时还将两只黑手举在半空中的宋柒，有些疑惑。

宋柒苦笑："我哪能知道这老头的脾气这么古怪，帮了他的忙反而成了我的不对，本想靠这个拉近关系，没想到却弄巧成拙！"

林萌瞅了一眼宋柒那两只黑手和有些污渍的脸庞："你从来没有弄过这么狼狈吧，即使是那天在渡轮上晕船也没有。"

宋柒苦笑。

"陈爷爷以前也不是这样的，好几次全心投入养殖后因为缺电，鱼苗大量死亡，造成巨大损失，差点让他一蹶不振，他心里一直不痛快，所以有时候会借题发挥。"林萌向宋柒解释。

宋柒点头："放心，我没有跟他置气。"

"后悔了吗？"林萌问宋柒。

"什么？"

林萌吸了一口气，看向那轮落日："后悔从城里来这里了吗？"

"也许是有点，但不是很强烈！"宋柒微微笑道，转而岔开话题，"你呢？听秦所长说，你一直在准备成人高考，是不是有一天也想离开这里？"

林萌显然没有想到秦所长会跟宋柒说这些，只是尴尬地笑笑："准备成人高考只是暂时的目标，即使我离开这里也会回来，毕竟这里这么美，对不对？"

"对！很美！"

夕阳西下，天边火红一片，夜幕又快降临了，一男一女漫步于田野间，欣赏着美丽的海岛风景。

两人之后趁着最后的时间，造访了一些普通的家庭户，但家里都只剩下上了年纪的人，年轻人统统去了岛外，据他们说，一年只回来一次，那就是过年的时候。

天黑了，两人终于赶上了供电所晚上的饭点，秦奋不在，其他两人都在。

王大勇依旧不待见宋柒，瞧见宋柒进来，将脸扭了一个转。于雁倒是欢喜得很，很快就迎上来，冲着林萌道："阿萌，你们可算是回来了，不然阿姨可就要回去了！"

宋柒不是第一次吃食堂的饭了，虽然知道伙食标准不高，但味道绝对不错，吃多了城里那些饭店里大厨的手艺，他很喜欢尝尝这乡间的独特味道。

很快，众人吃完了饭，林萌被于雁拉至一旁，小声道："你们怎么转了一天，我还以为你们俩发生什么事儿了呢！"

林萌神色一凛："我们能发生什么事儿，你这小脑袋瓜成天在想些什么？"

于雁指指替食堂阿姨收拾碗筷的宋柒："模样俊俏，谈吐有礼，还是城里人，最重要的是，你看看，身为所长，竟然一点架子都没有，还帮阿姨收拾碗筷，你说说，这样的好男人哪里去找……"

林萌听得又臊又躁，忙出声打断："这么好，你得抓紧啊，万一被别人抢走了，你就只有遗憾痛哭的份儿了！"

于雁扁嘴："要是你抢行，要是别人抢，休怪我这拳头不认人了！"

林萌没好气地点了点于雁的额头，抬眸间恰好与宋柒四目相对，不知为什么，她心里突地一跳，鬼使神差地快速移开目光，像是躲着宋柒一般，心想于雁提醒得对，孤男寡女，还是保持距离为好。

众人出了食堂，林萌和于雁告别，因为她就在野马屿岛，所以晚上经常回家里住，于雁则是住在宿舍里的。

回了宿舍，宋柒简单洗漱了下，接着就在桌前坐下，拿出笔记本，动笔记录。都是一些今天的所见所闻，以及最后总结出来的几点居民对供电的意见和困难。

写完了，宋柒揉了揉酸痛发胀的额头，这一天似乎是他工作以来最累的一天，但好像也是最有收获的一天。

他越来越觉得，他好像离爷爷期许的目标越来越近了。他所接受的教育，就是应该帮助需要帮助的人，而现在，野马屿岛上的所有人，似乎就是那群需要帮助的人。

第七章　吾家有女很愁嫁

　　林萌回到家的时候，已经是晚上九点多。王秋英刚刚将洗衣机里的衣服捞出来，站在院子里搭晾。

　　"妈，干吗大晚上的洗衣服啊？"林萌走过去帮着晾衣服。

　　王秋英一边将搭在空中的衣服展开，一边回答："明天你爸得去城里开会，你爸刚才急急忙忙地让我帮他洗，还好赶到十点之前洗完了，不然你爸指定又得……"

　　刚说着话，院子里的灯突然就灭了，两人不用想都知道，现在已经十点了。

　　"老林？"

　　王秋英扯着嗓子喊林朝阳。

　　不一会儿林朝阳拿着手电筒就出来了，站在后面替林萌和王秋英照亮。

　　搭完了三人进了屋，依靠着林朝阳的手电筒的光亮各自进了屋，在林萌临回房间的时候，王秋英突然开口叫她。

　　"小萌啊，你今天带的那位新所长呢？"

　　林萌回答："住所里宿舍啊！"

　　"哎哟，你个孩子，人家好歹是城里人，怎么能住得惯那冷硬的床板啊，你该带回家里来住，这样你们也能一起上下班啊！"王秋英一副怪罪的语气。

　　林萌目瞪口呆，这什么意思？软的不行是来硬的了？强行往家里带呗！

　　"妈，人家是所长，自然是住在所里的，再说了，这也不是我让人家上咱家来住人家就会来的！"

　　已经进入卧室的林朝阳又出来，冲着林萌摆摆手："你快进去睡觉吧，你妈脑子有问题，和她说这些干吗！"

　　"嘿！林朝阳你什么意思啊？"王秋英不依了，开始和林朝阳争论起来了。

"我们要吵回房间里吵,别影响女儿休息!"林朝阳拉着王秋英往房间里拽,王秋英也同意,两人吵着就进了屋。

林萌瞧着这一幕也见怪不怪,只是咧嘴笑笑,从她记事起,王秋英和林朝阳两人就开始拌嘴,日常生活中经常能瞧见。

但是他们的感情却一直很好,前头你一句我一句,后头就和好如初,大概就是夫妻的相处模式。

林萌进了屋子,躺在床上,打开了床头的台灯,台灯是充电式,这是林萌每天晚上断电之后仅能依靠的照明设备。

她要温习功课,她的目标是成人高考。

打开书还没瞧几眼,脑海中就浮现出宋柒对自己说的话。

等高考成功,她离开这个小岛屿?

不,她从未想过!再耀眼繁华的地方都比不过这个生她养她的地方,她喜欢这里。生于斯、长于斯、死于斯。

人生在没有结局之前,谁都不知道将来会如何,林萌只求自己心中无愧,至于其他,她不想多想。

天光大亮。

林萌昨晚睡得不太好,好像是昨晚夜里起风了,风很大,刮得院子里一只水桶来回滚动,声音大得出奇。

到供电所的时候,只有于雁一个人守着营业厅,但并没有客户。

"阿萌,你的脸色怎么不太好啊,是不是生病了?"于雁瞧见了林萌的脸色,赶紧过来关心。

林萌坐在工位上缓了口气,摆摆手:"没有,就是昨晚刮风没睡好,什么味儿啊?"

于雁将自己的双手伸在林萌的面前乱晃:"早晨起来涂了透明指甲油,怎么样好看吗?"

林萌眯着眼瞅了瞅,点点头:"好看是好看,怎么味道这么大?而且上班期间,最好少涂化妆品。"

"哎呀，便宜的指甲油啦，人家怎么可能买得起贵的啊！过会儿瘾，回头就洗掉。"

"没事没事，好好工作，好好挣钱，以后就买得起了！"林萌将于雁的头按在自己的肩膀上轻拍，拍着拍着就问道，"其他人呢？"

于雁抬起头："谁啊？宋所长？"

林萌有些此地无银三百两了："老王啊！"

"老王啊，老王说村子东头一农户家里电线断了，过去修理了！"于雁说完了，接着道，"宋所长那会儿还看见人呢，这会儿我就不知道了，毕竟人家是所长，去哪也不用给我个营业员报告行踪吧！"

林萌就知道于雁故意说这些是给自己听的，但是她又觉得表现得越平淡越显得自己心中有鬼，还倒不如干脆遂了于雁的心意。

"你说得有道理，主要是我手机今天给我推了消息，说是咱们岛上有台风，希望给所长传达一下，做好防护！"林萌随口找了个借口。

"台风？你没事吧，作为一个海岛人，台风不是很常见的吗？你怎么了？哦……"于雁拉长了声音，"你是不是觉得所长是城里来的，没见过台风，害怕吓着他啊，心疼了？！"

林萌脑中还想着如何反驳这句话，这个时候，宋柒从门口进来，瞧见于雁和林萌都在，便开口道："正好你们都在，我一早就接到今晚有台风的消息，我们应该做好应对措施才对，晚上我们轮流值班，要确保岛上居民的正常用电。"

"轮流值班？"于雁有些吃惊。

林萌也确实没有想到，因为岛上的台风天气家常便饭了，所以只要刮台风的时候大家都是正常工作，从来没有轮流值班过。

即使遇见一年中偶尔几次的特大台风，供电所也会为了居民安全和发电装置的安全早早地将发电机停止运作，也会导致居民早早地没电可用。

"值什么班？台风而已，我们又都不是没见过！该怎么办还是怎么办，都该干吗干吗去！"王大勇不知何时已经进来了，应该是也听到了宋柒的话，对着林萌和于雁这样说道。

宋柒回头，看向王大勇："王副所长，我们应该坚守岗位，出现紧急情况，我们也好及时应对，那些养殖户、卫生所尽量不能断电，万一来不及抢修，会造成很严重的后果的！"

王大勇大大咧咧地往办公桌上一坐，语气很尖锐地道："秦所长在所里这么些年，从来没有出现过什么状况，怎么你宋所长一来就会出现状况了？你是见不得我们野马屿岛的居民好是不是？"

"你……"宋柒到底是年轻气盛，职位又是比王大勇高一些，被王大勇这一番顶撞的话彻底激怒，刚要发作，林萌却出声了。

"好了，你们不要吵了，具体还是等台风的警报等级出来再作决定吧！"林萌出来打圆场。于雁也跟着附和："对啊，我们视情况而定！"

"反正我不值班，要值你们去值！"王大勇站起身，转身进了后院。

宋柒暗暗叹了一口气，王大勇的反应是他没有想到的，他以为他的提议应该会全员通过，按道理不会有人反对。

瞧着王大勇气鼓鼓地离开，宋柒开口："王副所长是对我有什么意见吗？"

于雁赶紧道："没有，他可能就是那种耿直人设，一阵一阵的，您别放在心上！"

"那倒不至于，只是没有想到王副所长的反应会这么大！"宋柒低头，良久又道，"下午吧，下午我们再商量对策！"

宋柒出去了，留下林萌和于雁。

林萌在工位上坐下，于雁瞧瞧林萌不太好的脸色："你没事吧！"

林萌将双手在脸上胡乱摸了一把，长舒一口气："没事，就是昨晚没睡好！"

下午的时候，台风预报已经发布，由黄色预警变成了橙色预警。宋柒越发觉得轮流值班是必须执行的对策了。然而，王大勇却坚持不去值班，甚至放言，下午六点就给岛民们断电，这也是之前应对巨浪台风的惯用方法。

"现在是橙色预警没错，但风还不大，雨还没下，这么早就断电，很影响村民的生活，王副所长，我们不能只顾自己的工作便利，不考虑群众的利益。"宋柒依然苦口婆心，试图说服王大勇。

但王大勇不为所动："对，你说得没错。但是没断电，电线又被台风刮断，造成的事故你能担得起责任吗？我跟你说，全供电所都担不起这个责任。"

于雁和林萌在旁观，却不敢插嘴劝说，这个节骨眼，帮谁说话都不合适。林萌和于雁面面相觑。正巧这时，电话响了起来。宋柒收话，示意林萌先接电话。

"您好，野马屿岛供电所。"林萌看了一眼宋柒，认真回话，"哦，萍姨啊，怎么了？"

林萌停住仔细听："哦，正常是十点断电的，今天台风天，比较特殊。我也……"林萌看了看宋柒，又看了看闷头坐在一旁的王大勇，"萍姨，我过五分钟给您回电话，我去请示一下领导。哎，好的好的，再见。"

于雁一脸困惑："阿萌，萍姨怎么了？"

林萌站起身来："宋所长，老王，李叔今天下午固定船只的时候，不小心被刀片拉了一道口子，伤口很深，老人家一开始不想上卫生所治疗，自己在家瞎弄，血止不住，加上李婶担心伤口感染，这才拉着他去了卫生所。萍姨说她要给李叔清理伤口，还要手术缝线，但怕我们台风天早断电，这才打电话过来问，问能不能按正常时间十点断电，十点前她那边肯定能做完手术。"

林萌的一番话，犹如在湖中投下一颗小石头，却泛起阵阵涟漪。

全场陷入沉默。

宋柒按捺不住性子，直接问王大勇："王副所长，现在卫生所出现这个情况，这电不能六点就断掉，我以所长身份要求野马屿岛供电所按正常晚上十点断电，同时执行台风天二十四小时值班制度。"

宋柒态度坚决，又拿出所长的身份来压，王大勇自知再强硬下去场面就收不住了，梗着脖子僵硬点头："那就按宋所长的指示办。"

晚上六点，王大勇找借口去检查线路，离开了供电所，只剩下林萌和于雁跟着宋柒守在值班电话前。宋柒叮嘱两人，安排了值班接电话顺序，第一班是于雁，从六点到晚上八点；第二班是林萌，从晚上八点到十点！

本来值班到十点就可以了，但是宋柒认为有必要再延后，于是最后一班是宋柒，从晚上十点到十二点。所长亲自守在抢修热线前。

夜幕降临，台风将至，整个海岛笼罩在一层阴云之下。

下午六点半的时候，开始下起了小雨，淅淅沥沥，后来越来越大。于雁一个人坐在营业厅里，看着暗无天日的天幕觉得有些害怕。

再后来雨越来越大，打在玻璃上叮叮作响，夹杂着大风，外头的树木摇晃得越发剧烈。

于雁好不容易熬到八点钟，等来了林萌，叮嘱林萌有事通知她，便回了宿舍。

此时外头的风已经很大了，于雁出去的时候，风裹着雨雾扑面而来，吓得她赶紧打起了雨伞，不一会儿就被雨伞拖着跑了起来。

林萌一个人坐在工位上，抬眼朝窗外看去，雨声风声很大，有一种山雨欲来的感觉。她很少一个人看到这阵仗，此时竟觉得有些恍惚！

九点了，风声逐渐增大，台风的威力不容小觑，林萌感觉整个房子都在颤抖，身旁的玻璃被风吹得呼呼地响，大有一副要随时破裂的架势。

林萌将自己远离玻璃，坐在一旁，好不容易马上要熬到十点的时候，突然外头风声大作，一声雷电的巨响在耳边爆开，林萌吓得整个人蹦跳起来，连忙朝外面看去。

只见一条足有成年男性一条臂膀粗的树干架在离营业厅不远处的一根电线杆上，随着大风四处摇摆，但是好像被电杆上的电线给缠住了，任大风吹拂，也无法彻底摆脱。

隔着夜幕，林萌也能清晰地看到，那根电线杆已经一分为二，最上头连带着电线半吊在空中。

这是林萌在光亮中看到的最后一幕，下一秒，整个供电所突然就陷入黑暗——停电了。

第八章　台风抢修

月亮迅速被乌云遮蔽，天色昏暗，风吹得大地草木哗哗作响。王秋英披上头巾，从厨房拎着一桶水出来，刚跨出门口，整个屋子就黑了。

王秋英脚步不停，习以为常："这供电所啊，老秦不在就是不行，还没十点呢，就提前断电，也不事先通知一声。"

林朝阳跟着王秋英出门，却是往相反方向。王秋英一愣，连忙喊住他："哎，老林，你去哪里呀？风这么大，台风后脚就来了，你还出去？"

林朝阳背着手，头也不回，只有声音随风传来："台风来了，我去村部看看。"

整个野马屿岛一片黑暗。

林朝阳就着天光，来到村部。进到广播室，他按了按扩音喇叭，没有声响，不得不放弃。林朝阳气鼓鼓坐到椅子上，越想越生气："这供电所怎么回事，不是广播说不会断电嘛，这突然临时断电也不跟村里说一下……"

林朝阳扯过电话线，拿起话筒……

黑暗之中，一阵电话铃声响起。

林萌立刻接起来："喂？哦，爸啊。"

林朝阳："小萌啊，还没到十点，你们怎么就关电了？我还要通知村民台风登陆呢。"林朝阳发现是自己女儿接电话，语气瞬间软了些。

林萌很无奈："爸，不是我们要关电，是电线被树压断了。"

"断了？那怎么办？你们赶紧想想办法呀。"

"哎，正在想，正在想呢。哦，所长来了，我先挂了。"林萌把电话放下。

宋柒赶到营业厅，林萌正好挂断电话："宋所长，断电了。你的头发……"

宋柒愣神，摸了摸被风吹成鸡窝头的头发："头发很乱吧？我刚才在巡线，突然停电，这一路跑的，肯定像鸡窝。"

林萌看着一脸狼狈的宋柒，扑哧一声："反正天黑了也没人注意。"

突然又想起什么，焦急地说："这断电了，哎呀，卫生院萍姨那边的手术……怎么办？病人会不会有生命危险？"

宋柒回答她："我回供电所之前，已经安排人员在卫生院那边，用另外的柴油发电机给手术提供备用电源了。"

还是新所长想得周到，林萌这才安下心来，赞许地点点头。

宋柒又问林萌："知道是哪里的电线被刮断了吗？是村民报过来的？"宋柒边说边走近玻璃门，抬头往外看，但外面一片漆黑，什么都看不清。

"不是村民报过来的，正好我看到。"林萌转身从办公桌上拿起一个手电筒，跟着宋柒来到门口，将手电筒举起照向门外，"就前面路边，有一棵树被风刮倒了，把电线扯断，一开始还有火花呢，吓人得很。"

就着手电筒的灯光，两个年轻人并肩趴在玻璃门上往外看，额头顶到门上，试图看得更清楚一些。但手电筒微弱的灯光，只能依稀照出倾倒的树木影子，其他什么都看不见。风不停地往门缝里灌进来，雨点开始跟着啪啪砸到门窗上。

"哎呀，雨也来了。看来，台风今晚就要登陆了。接下来风雨会越来越大。"从小生活在海岛上，林萌对台风的习性了解得很透。

宋柒闻言，眉头紧皱。眼下风雨愈大，肯定不是抢修的最好时机，只能再等等看了。

宋柒突然转头看向林萌，两个人离得近，林萌被吓一跳。

"哦，不好意思，林萌，你知道所里的维修工具都放在哪里吗？"宋柒问。

林萌想了想，点点头，指了一个方向："我知道，就放在设备室里。"

"那我先去找出来。"宋柒转身就要过去。

"哎，等等，手电筒拿着。"林萌把手电筒递过去。

"谢谢。"

营业厅里，又只剩林萌一个人了。

林萌回到办公桌前坐下，从抽屉拿出一个手持收音机，收听广播。"今年第六号台风克拉正以三十五公里每小时的速度经过野马屿岛，向本市东部沿岸靠近，预计凌晨四点登陆，请广大市民朋友尽量不要外出，关好门窗……"

宋柒拿着维修工具箱回到营业厅，正好听到广播。他明白，要抢修被台风刮断的电线，至少要等到凌晨四点之后。宋柒将工具箱放在角落，关上手电筒，和林萌一起坐在黑暗的营业厅里，静静待着。

"以前经常遇到这样的情况吗？"宋柒问林萌。

林萌点点头，察觉宋柒看不到，又开口说："遇到台风断电是常有的事，不过台风把电线都刮断了，还是比较少。这个修起来很费事吧？"

门外，雨声已经盖过风声，重重敲打着门窗、玻璃。

"要看具体断线的情况，才能判断。抢修人员都就位了，等台风过去再抢修，希望不要太难。这岛长久靠柴油机发电，不是个办法，必须实现自主发电，实施户户通电！"宋柒说。

话虽这么说，但宋柒知道这个计划实施起来有多难。秦所长在这里驻扎几十年未能实现，更何况是初来乍到的自己。只能从长计议了。他转向林萌："你先回去休息吧，剩下的时间我来值班就好了。"

宋柒打开手电筒，突然的光亮让两人都有些不适应。宋柒看到，林萌白皙的脸庞泛起一丝担忧："你一个人行吗？"林萌担心他初来乍到，情况不熟。

"行，怎么不行？我一个大男人。"手电筒的光亮随着宋柒的动作四处乱舞，林萌一会儿看到宋柒举起手臂秀肌肉，一会儿又看到一张笑脸映在面前，那张脸上充满阳光和自信，将屋外的漆黑幽暗驱散了一半，最后，光亮停在回宿舍的后门上，"再说，现在到处黑漆漆的，也做不了什么事，我就守着抢修电话看看有没有其他情况。你快回去吧,我给你照着。"

林萌点点头,慢慢起身。

宋柒跟着站起来,一路照着手电筒,直到林萌回到宿舍。林萌站在宿舍门口,望向一楼的微光,宋柒用手电筒朝楼上晃了晃,示意她进屋。

林萌这才开门进去。

肆虐的台风过后,阳光明媚,天湛蓝,白云朵朵。

林萌睁开眼,抬头看了一眼闹钟,已经六点半了,她立刻起床。

等到她收拾好自己,来到营业厅,却发现宋柒早已不见人影。她试了试营业厅里的开关,还是没电。

略一思忖,林萌抬腿就往外跑。

台风过境之后,天空又恢复了原有的蓝天白云,湛蓝色的大海也没了昨日的汹涌澎湃,只有田间倒伏的蔬菜、瓜棚依稀有台风残留的痕迹。

远远地,林萌就看到宋柒带着所里的几个抢修电工半蹲在路边,旁边是昨晚看到的那棵被台风刮倒的树,如今正垂头丧气地倒在一旁。

走到半路,林萌又看到不远处林朝阳也朝供电所方向来了,看到林萌和宋柒在路边,便径直朝他们小跑过来。

"爸,你怎么来了?"林萌纳闷。

林朝阳站定,看了她一眼,没说话,看向宋柒:"我来看看电什么时候能恢复。"

宋柒闻言,抬头转向林朝阳:"村主任,电线断了,修好需要一点时间,还要等。"

没等宋柒把话说完,田埂上又传来叫喊声:"宋所长啊,这电什么时候能好啊,我家冰箱的海鲜都要坏啦。"

走在前头的陈章贵,边走边把遮阳草帽摘掉,步伐大,看得出很着急:"什么时候来电?我的鱼等着抽水增氧呢。"

宋柒见几个村民都围上来了,便也站起来:"大家听我说一下,这条总线断了,这条总线是村里的主线路,年限久了存在老化情况,这次又被台风刮断,我想着,借这个机会直接向公司申请换掉这条电缆线,所以,维修的时间可能要稍微久一点,请大家理解。"

一听宋柒的话,林萌的心里咯噔一声,维修时间久,这大夏天的,村民怎么可能等得了。刚一想,林萌就发现人群已经躁动起来。

"久是多久?"

"不能等,家里的东西都要放坏了。"

"晚上断电我们也习惯了,这大夏天的,白天断电可怎么过啊!"

村民的声音越来越大,大家推推搡搡,眼看着现场开始混乱起来,林萌心里跟着着急起来,秦所长不在,她也不知道如何处理眼前的情况。

林萌望向宋柒,后者面对激愤的民意,却未见慌张失措。宋柒提高声量:"大家听我说,电缆老化,是早晚要更换的,时间也是早晚要耽误的,我早上已经给公司通了电话,紧急申请了一条缆线,现在台风过去了,只要一通航,公司的技术队和缆线会第一时间到,我们会用最快的速度把缆线换好,保证不会耽误大家的时间。"

随着宋柒的声音传开,现场的躁动渐渐小了下去,大家你看我我看你,互相等人先开口。陈章贵站出来了,他声如洪钟,问的问题也开门见山:"那你给个准信,换电线要多久时间?"

林萌看着宋柒,大家的情绪能不能被安抚,就看宋柒怎么回答了。林朝阳也看着宋柒,眼神中带着审视。

宋柒:"我早上还问了船运公司,今天中午,船运就可以恢复,公司的抢修队已经组建好了。只要我们在他们到来之前,把这条旧缆线先拆下来,把前面的准备工作都做好,抢修队一到,我们就能马上安装。至于通电……"

宋柒略一思索:"最快,今天晚上就可以通电。"

林萌看着,村民们又开始交头接耳,窃窃私语了,大家都半信半疑,林萌的心里也犯嘀咕,满打满算只有半天时间更换电线,这条主电线少说也有好几百米,半天时间够吗?

"半天时间够,但有个前提,也是我的一个请求,只要能做到,半天时间我们肯定能换完。"宋柒完全没有想到林萌的担忧,依然自信满满。

"什么请求,你说说看。"有村民回道。

"就是,大家知道,我们供电所一共就五六个人,还有两个是女生,人力少。我想请大家帮我们一起把这条线路上被台风吹倒的树木、石头这些,提前清理走,为抢修人员节省点时间。大家能配合吗?"宋柒环顾四周,最后目光定格在林朝阳的身上。

林朝阳察觉到宋柒的眼神,他心里默默想了想,点了点头,张口说话:"供电所和我们村委还有镇政府都是一条心的,宋所长说得有道理,大伙的家都在这条路附近,就各自回家拿工具,把自己家门口的路段清理一下。剩下的事,我们村委会帮忙处理,也会监督到底。"

最后一句话是说给宋柒听的,只见后者终于露出一个轻松的笑容。林萌突然觉得,眼前这个文弱的男人在自己心中好像高大了许多。

第九章 那个不一样的他

林朝阳带着村民回去清理路障,林萌和宋柒一起走回营业厅。

林萌偷看身旁的宋柒,他头发凌乱,脸上不见憔悴,反而神采奕奕。林萌纳闷了:"宋所长,你不担心吗?"

宋柒低头看她:"担心什么?哦,你是怕我牛皮吹大了,圆不回来?"

宋柒发出一阵爽朗的笑声,笑得林萌都以为自己才是那个会被笑话的人。

林萌脸微红:"不是,我意思是,意思是,你怎么这么快就申请到了紧急支援,连通航时间都知道。"

宋柒止住笑，认真回答："总公司有二十四小时值班室，我直接给值班室打了电话，说明了情况，当班的值班领导立刻就拍板，组织了抢修队，我把需要更换的电线长度报上去，他们也一并准备好。至于通航时间，上次过来的票根还在，上面有电话，早上天一亮，我就打过去问。"

林萌被宋柒的效率惊呆了，站在营业厅门前，迈不动步子。

"电线长度，你怎么知道？"

宋柒被林萌的反应逗笑："上次不是你带着我走了一趟这条路吗，一千多步，成年男子的步伐一步近一米，这不就出来了？反正多报点也没事。"宋柒说完，率先走进营业厅。

林萌的一双眼睛瞪得圆圆的，不得不佩服宋柒的心思细腻。

于雁在营业厅里等着，见到两人先后进来，有说有笑的，心里也定了一大半。

"宋所长，小萌，你们去哪了，营业厅开着，却一个人都没有。"于雁说。

宋柒先回答："我们去路上巡查故障点了。"

"啊，严重吗？"于雁问道。

"昨天台风那么大，能不严重吗？大半个村都没电了。"王大勇人未到声先到。

"哦，老王，你终于来了。昨天台风天值班，没见你，今天天好了，人就出现了。倒是挺会避重就轻的啊。"于雁对王大勇这种鸡贼行为很是不满。

"你说我偷懒了？我早上可是检查了一圈村里的故障点，小故障我都解决了。没看我一身汗吗。"王大勇也气呼呼坐到一旁。

林萌对两人这样的斗嘴见怪不怪，反而宋柒有点担忧地看了看于雁，又看了看王大勇，一言不发。林萌对他使了使眼色，暗示不用安抚。她去倒了一杯水，递给王大勇："老王，别跟小丫头一般见识，你辛苦了，来，喝口水。"林萌望着瞪她的于雁，依然笑眯眯的。

王大勇接过水，咕噜噜一口喝光。

等到王大勇喝完水,林萌这才找空问他:"老王,你都检查了哪些地方?都有什么问题?"

"我昨晚不是回家睡了嘛。本来想过来的,但是风雨太大,婆娘不让我出门。"王大勇说完这句,还看了一眼宋柒,"早上我就顺着我家那一片走了一圈,有的线路上搭了掉下的树枝,我给清理了,有的电线杆被吹歪了,我给扶正,忙了一早上呢。"

林萌听着频频点头,的确都是不容易的活:"老王,你辛苦了。我再给你倒杯水。"

宋柒也起身,来到王大勇身旁:"王所长,辛苦了。我早上在检查村主干道的电线,没能给你搭把手。"

王大勇挥了挥手,用下巴示意了一下营业厅正对面的马路:"那个,可是个大问题啊。"

宋柒、林萌和于雁一起望向门外,天高云淡,哪还有一副台风的模样。

陈章贵和林朝阳戴着斗笠,和众人在路上清扫。虽说林朝阳是村主任,但集体有活时,他也总是第一个冲锋在前,所以,大家都挺信服他的。陈章贵扫着地,凑到林朝阳跟前:"老林,你说,那个小所长说的话,能信吗?"

林朝阳停下扫帚,眯着眼看陈章贵:"那不信能行吗?修电线我们又都不会,也只能信了。我看他倒是一副胸有成竹的样子……"

陈章贵还是有点迟疑:"以前也遇到过台风刮断电线,老秦那时可是费了几天工夫呢,他这一天能成?"

"能不能成,下午船来就知道了。"林朝阳扫着地,越扫越远。

"何总工,抢修队去码头了吗?去了啊,那太好了。那船什么时候能开?什么,还要等通知?那不行,何总工,能不能麻烦您给船运公司老总打个招呼,今天下午这第一艘船一定要开,今天天气好,风平浪静的,肯定没问题。我们这边都做好准备了,只等抢修队带着新电线过来安装。"宋柒在电话这头,放低姿态苦苦哀求,林萌和于雁看着都替他累得慌。

两个人躲在办公桌后面，暗自讲起悄悄话。

于雁："哇，这是第几个电话了？宋所口不干吗？"

林萌用下巴指了指宋柒身边的水杯："第四杯了。"

于雁心有戚戚然："当领导，太不容易了。"

"哎，好的好的，谢谢何总工，能单独包一艘快艇过来，那简直再好不过了。感谢公司的大力支持。我代表野马屿岛的全体村民向公司表示感谢。谢谢谢谢。"宋柒挂掉电话，神采飞扬。

林萌和于雁站了起来。

于雁："宋所，你刚刚电话里是说，有快艇来？"

"是啊，"宋柒的声音里都带着雀跃，"公司领导拍板，自己承包一艘快艇送抢修队上岛，这样可以节省出足足一个小时的时间。"

林萌和于雁拍手叫好："这样可太好了。"

宋柒笑道："领导说了，这次台风正面袭击我市，还好野马屿岛在前方为整个城市挡了一阵，台风登陆我市时，强度明显减弱，城区没有遭受太大损失，对台风给野马屿岛造成的损失，公司一定会全力帮忙解决。"

林萌："抢修队可以提前到，那宋所长，我们现在要做什么？"

"现在要做的，就是拆掉老电线。"

空无一人的村路上出现四个人，都穿着电网的制服，两男两女，并排走在路上。因为台风刚过，暂时无人到营业厅去报装新电表，所以营业厅班长林萌和营业员于雁也加入了抢修的大军。

一处几米高的电线杆伫立着，人要微微仰头才能看清全貌。

于雁的眼睛被阳光照得微微眯起："小萌，我看得有点眼晕。"

林萌也收回视线："宋所，我和雁子都是做报装工作的，现场抢修还是头一遭。"

宋柒一脸笑容地转头看向两人："哎，我怎么会让女孩子做这么辛苦的事呢。拆电线肯定我们男人上，你们就在底下帮忙扶一下梯子就好了。"

于雁的兴致一下子高了："这个我们可以，交给我们吧。"

林萌看着于雁的反应也有点忍俊不禁。

一旁，王大勇已经架好梯子了，刚准备登上去，却被宋柒抢了先。"王所，你早上忙了一早上，这活我来。"

王大勇有点迟疑："你行……你确定吗？"话到嘴边又改口，被于雁和林萌察觉，两人私下相视一笑。

"放心吧，我在公司的时候，加入过抢修队，也是这么一步步干过来的。"宋柒的声音随着人爬高渐渐远了。

一公里的路，一共不过十几根电线杆，宋柒和王大勇你一杆我一杆，爬上爬下拆电线，没多久就拆掉一大半，两人的衣服已经被汗水湿透。宋柒气息粗重，脸色又红又白，王大勇就等着这个年轻的所长吃不消求饶，但没想到宋柒竟然一声不吭，动作速度压根不低于他，他看宋柒的眼神也渐渐变得不一样了起来。

林萌和于雁虽然不用爬高，但也热得满脸是汗。

"哎哟，小萌，你也不打个伞，这么热的天。"

林萌听出是王秋英的声音，纳闷："妈，你怎么来了？"

王秋英的手里还拎着一篮子的东西。

王秋英："你爸说，所里正在修电线，让我煮一点凉茶过来给你们。这天真是热啊。来来来，老王，宋所长，你们下来休息一下吧。"

五个人，就近找了一处阴凉的树荫坐下纳凉。王秋英赶忙给大家递碗添茶。

宋柒咕噜噜喝下一大口凉茶："啊，好喝，这是什么茶？真好喝。"

林萌笑说："就是岛上野生的一种凉茶，不知道叫什么。从小到大，我们都这么煮着喝，夏天特别清凉解暑。"

宋柒有点吃惊："哇，这岛上真是到处都是宝啊。小野草也可以这么好喝。"

宋柒有点讶异地看了看碗里像刷碗水一般的凉茶，不知什么时候，王秋英又给添了一碗。

王秋英接着给王大勇添茶，她满脸骄傲："我们这岛啊，别看偏僻，但宝藏可多了，哪天让老林带你出海，什么黄瓜鱼、八爪鱼、海蛎、海星，你随便捕。还有啊，我们这儿的紫菜那可是出了名的好呢。"

林萌被王秋英的话逗乐了："妈，说的大海跟你家的一样。捕鱼多累、多难啊。"

"可不是嘛，海边人，靠海为生，祖祖辈辈都这么过来的，现在条件比以前好多了。国家给通了电话，通了电，以前可是连这些都没有的。"王大勇说。

宋柒听着，心里也万分感慨。

一番聊天，令所有人都陷入思索。微风吹拂，海面波澜不惊。

"宋所，你看下那边，是不是有船过来了？"林萌眼睛好，看得远，她指着海面上的一处飞快运动的影子，问大家。

大家纷纷站起身来，于雁踮着脚往远处看，宋柒个子高，也眯起眼睛看。王秋英急性子："哎，你们看到什么了？倒是说呀，急死我了。"

"快艇！"林萌说。

"抢修队！我们的援助来了！"宋柒喊道，面露喜色。

面上再怎么装深沉，里子总归还是少年。

第十章　班门弄斧

快艇在水面划出一道漂亮的弧线，激起一圈雪白浪花，随后缓缓靠近渡口。宋柒让其他人稍等，他小跑步前去接应。海风把他身上的衣服吹得鼓起，林萌只看到一道身影敏捷地越过田间地头，三两下就到达渡口。

"吴哥，终于把您等来了。"宋柒看到老同事，乐开花。宋柒伸手上前，一把握住来人的手。

"哈哈哈，小宋啊，"吴班长伸出布满老茧的手，用力地回握，

"一接到任务,我们就立即赶来了。不容易吧,在海岛当所长?"吴班长年过四十,长年的户外抢修工作在他脸上留下了风吹日晒的痕迹。

"吴哥,可别笑我了,我这刚来就遇到棘手事,得亏您来了。"宋柒和吴班长是老相识,说话也就随意了些。在陌生的海岛上遇到熟悉的人,那种高兴,宋柒第一次体会到。

"哎呀,你别说,这野马屿可是真远啊,快艇颠得我都要吐了。"吴班长自叹年纪大了,体力跟不上。

"哈哈,吴哥,不瞒您说,我第一次登岛的时候,也是肚子翻江倒海,吐得稀里哗啦的。"宋柒说起初到野马屿那天的窘事,吴班长爽朗的笑声一路传到林萌这边。

于雁眯着眼睛看着从渡口一起过来的几个人:"小萌,他们聊什么这么开心啊?我们这断电一天了,都愁死了。"

林萌转头看了于雁一眼,用手指轻轻戳了一下她的脑门:"你呀,人家原来一个地方上班的,在这里见到老熟人,能不开心吗?别愁啦,他们就是来帮我们解决问题的。"

于雁不好意思地一笑,几个人已经来到眼前了。宋柒向吴班长一一介绍。

等到宋柒介绍完,吴班长朗声大笑:"小宋啊,哦不,现在应该叫你宋所长了,没想到野马屿供电所兵强马壮得很呐,年轻人、技术骨干都有了,不错不错。"

宋柒不好意思地摸摸头:"吴哥,您还是叫我小宋吧,我刚来野马屿,情况都不熟悉,还需要王所、林萌、于雁多多指导。"

林萌和于雁一听,吓得赶紧摆手,谁敢指导所长哦。倒是王大勇,一副气定神闲的模样。吴班长看着几个人的反应,哈哈大笑起来:"是要多带带你走走看看,你看这岛上风景多好啊,我之前还怕你待个几天就想跑了,现在看来,是我多想了,哈哈哈。"

野马屿岛的艰苦情况,公司上下皆知。听说宋柒被调到野马屿岛当所长,吴班长一度觉得,这苦年轻人不一定吃得了,更何况宋柒家境良好,从小在城里长大。"你等着吧,宋柒那么瘦弱,我估摸着,不要一个星期,指定申请往回调。"有人并不看好。

不过,登岛后,吴班长感觉宋柒的状态挺高昂的,心里安心了一半。林萌和于雁看着一身工作服、头戴安全头盔的抢修队,姑娘们的眼睛自带滤镜。认真工作的男人,不管什么职业,都是光芒万丈。

寒暄几句后,抢修工作随即展开。吴班长也一改原本的轻松惬意,转而变得严肃。他率先爬上梯子,在受损的电线杆前仔细观察一番。

宋柒等人在底下静静等待。

林萌看着有点紧张,似乎有点棘手?昨晚的台风,登陆快,雨量大,风力强,不过几个小时就把电线杆刮倒,可见威力之大。如今雨过天晴,但岛上各处都还能看到台风扫过的余威,田里的庄稼七倒八歪,断线的这根电线杆也有点倾斜,断掉的线路已经被宋柒拆解下来,但要装上,还不知要费多少工夫。

她看向宋柒,宋柒的脸上只有专注。等到吴班长下来,宋柒立即上前去保护梯子,吴班长用手挥了挥,示意没事。

"嗯,小宋,电线接口处理得不错,我们这就开始准备接线。"吴班长示意两位队员把带来的电线扯直。一大卷电线被从小推车上拉下来,在路上铺开一小段,两个队员很快把接头处理完,交给吴班长。

见吴班长再次要上梯子,宋柒上前拦住:"吴哥,要不我来?"

吴班长哈哈大笑:"怎么?宋所长是信不过我的技术?"

宋柒一听连忙解释:"哎呀,吴哥,怎么可能,您是我们单位公认的抢修第一能人。谁敢在您面前班门弄斧。"宋柒迟疑了一下,又解释,"我是看您刚才有点晕船……"

"哎,不碍事。"吴班长大手一挥,不容置喙。

吴班长再度爬上梯子,两名队员在底下拉着电线一点点往上送,王大勇自觉地上前帮忙。在工作面前,王大勇倒是没和宋柒唱反调,村里人都等着用电,这时候还是要有大局观,搁置争议。

不过,王大勇心里想的,宋柒未必知道。看着王大勇卖力的样子,宋柒有点讶异,这个副所长,是所里所有人中对他态度最不友好的,不过,工作还是很认真。宋柒是个做实事的人,对于人际关系他尽量友善待人，最终目标是把孤岛的电力建设发展好，至于其他的，他尽心尽力就够了。林萌和于雁熟知王大勇的性格，也把宋柒的反应看在眼里，两个人抿嘴偷笑。

顶着烈日，供电所的抢修工作正式开展，林萌和于雁见现场没有她们的用武之地，便回了营业厅。王秋英也走了。宋柒和王大勇则留在现场帮忙。吴班长把现场的人员做了分工，两人一组将电线轮流装上，王大勇则在地面做接应。

从梯上往下看，宋柒发现，台风的威力他还是小瞧了。除了庄稼倒伏了不少，海边滩涂上也有几个渔民正在忙着加固渔船，整理养殖箱。台风一过，天气又恢复了热辣，日头渐高，太阳晒得皮肤渗出一层层的汗珠，吴班长的工作服，肉眼可见地湿了一大片。

还剩最后一段电线，胜利就在前方。吴班长让大家稍作休息，几个人找了一处阴凉的树荫纳凉，树下有王秋英送来的自制凉茶，还贴心地放了一打一次性杯子和一个水瓢。宋柒年龄最小，又是东道主，自然而然地给大家倒起茶来，第一杯自然给了吴班长。

吴班长接过杯子，微笑点头，面露赞许。王大勇暗忖，宋所长看上去是个书呆子，倒是很会在客人面前表现的嘛。见宋柒把杯子递过来，王大勇也不好表露，点了下头也接过来，转头看向海上，独自慢饮。

碧海晴空，波光粼粼，完全没有了台风兴风作浪的凶猛，吴班长不禁长叹："这里的风景真是太美了。"

宋柒笑笑点头。可不是嘛。第一天到岛上没来得及认真欣赏，后来又忙着到处走走了解岛上情况，野马屿岛的风景，还没停住脚步认真看。

"要是岛上的电啊水啊，这些基础设施配备完善了，工作之余过来住住，当做旅游真是不错。"吴班长的话，引得另外两名队员也频频点头附和。

王大勇一听就觉得这些城里人真是不知道岛上生活的苦。光有水有电就够了？渔民靠海吃海，风吹日晒，再时不时来个台风，一年的汗水就白流了。那些旅游的人说走就走，体会不到这些，自然觉得好，要不怎么说"生活在别处"。

王大勇坐得腰痛也憋得慌，倒了一杯茶哐哐喝完，随即站起身来。见王大勇起身了，吴班长等人也将杯子放下："走，我们把最后一段做完，收工。"吴班长说完似乎又想到什么，转头问宋柒，"小宋，你报告的维修点就这一处，还有其他地方吗？"

宋柒摇了摇头："应该是没有了。昨天我和王副所长一起检查了一遍，应该就这个地方。"王大勇听到他的名字，回头点了下头，又兀自往前。

最后一段电线装得很快，半小时不到就收工了。一班人随后回到供电所，林萌和于雁已经迎出来了。

于雁率先等不及："吴班长，宋所，线都换好了？那是不是马上就有电了？"

宋柒笑道："别急，我们就是回来开闸的。吴班长做事稳当，一定是要看到来电了，才会收工的。"

吴班长笑笑不说话，由着宋柒带到后方的柴油发电机室。黑乎乎的小房间，一开门就闻到浓浓的柴油味，宋柒就着吴班长的手电筒灯，将总闸推了上去。

灯光没有像预料之中那般亮起。

小房间继续黑着，只有手电筒的微弱灯光照出几个人疑惑的表情。

"咦，奇怪了。怎么还是没电。"宋柒又试了试，还是一样，"王副所长，你早上来机房检查，不是说发电机没问题吗？"

王大勇看到灯没亮起，早已心跳如鼓鸣。在人看不到的背部，已经渗出一层汗。早上来检查，他就是随意在门口看了一眼，没认真检查。按他的经验，台风一般对地面影响大，电线杆、电线容易被刮倒、刮断。野马屿是岛屿，岛上的房子都是石头垒成的，为的就是防台抗风，在他的记忆里，机房从来固若金汤。

"哦，我早上，早上看的时候，是正常的呀。窗户是关着的，地面也是，也是干的，没，没发现问题。"王大勇一直给自己打气，机房肯定没问题，怎么会有问题，但在吴班长等人的面前，特别他们还是公司派来支援的，说出来的话总显得虚了几分。

一群人对着总闸，不知该如何是好。突然，一个队员竖起一根手指，嘘了一声："你们听，什么声音？"

所有人静默，连手电筒的灯光都不动了。滴答滴答的声音清晰地传进所有人的耳朵。

手电筒光不停摇摆扫射，最终循着声音的方向慢慢探了过去，在柴油发电机后方的墙脚地面，已经聚起了一摊浅浅的积水，水滴按照规律的节奏不停地往下滴，积水里，一根更粗规格的电线已经被浸泡了十几厘米。

王大勇明白，这就是没有来电的原因。

他顺着灯光往头上看，天花板上，一条近一米长的裂痕，犹如盘旋在屋顶的小蛇，正不停地渗出水珠，凝结、饱满、掉落，滴答滴答滴答……

第十一章　岛上停电

吴班长他们在所里食堂简单吃过午饭后，随即乘快艇返回市区。

"只带了一种规格的电线，这种大规格的电线没带，要重新向公司再申请一段来。我们今天先回去，申请到材料，我们第一时间赶过来。"

吴班长看出来宋柒和王大勇的难堪尴尬，走前一直安慰他们。但吴班长越是安慰，宋柒越觉得难堪以及难受，从昨天到今天一直累积的疲惫霎时间席卷全身，强撑着精神送走吴班长一行后，宋柒顿时觉得没了力气。

回想这一天，从确定抢修队能来之后，宋柒就一直觉得自己做了一件正确的事，为全岛人做了一件好事，抱着这种心情，即使在太阳的炙烤下抢修电线，汗如雨下之时，他也觉得动力十足。但，万万没想到，竟然在最后一刻，出了纰漏。

宋柒猛抓了几下头发。刚来时，宋柒去过柴油机房，他觉得既然当了所长，就要对所里的情况有个大致的了解。柴油机房建了几十年，风吹雨打，年久失修，墙体剥落、天花板裂痕有不少，机器偶尔也会出现故障。老所长走前有提过，这两年他一直在向公司申请新设备，但是因为岛屿偏远，各项设施缺口大，全面改造需要从长计议，于是新设备的申请就一直停滞不前。

但好在老柴油机够争气，这些年勉强也能支撑住，修修补补，一年年地也这么过来了，都没发生什么事。所有人都觉得没问题。

王大勇也觉得没问题。明明早上看的时候还好好的，怎么突然就渗水了呢。

王大勇细细回忆早上的情况。早上，他刚到所里，就遇到宋柒要出门巡查。宋柒让他检查一下供电所周围的电线和柴油机房的情况，他自己则去岛上四周检查一下。听林萌说，昨晚有一条电线被刮倒了，他担心其他地方还有电线刮倒的情况，仔细巡查一遍才放心。

巡查一遍得费不少时间，大热天的，王大勇乐得在供电所附近做巡查，便一口答应下来。他悠哉地在食堂吃完早饭，去柴油机房看了一眼，便优哉游哉地出门到周边巡查，顺便散步消食。

那一眼，虽然只是一眼，但他觉得自己凭着多年工作练就的火眼金睛，没有瞧出什么问题来，甚至水滴声也没听见，如果有水滴声，还那么频繁地滴答滴答，他一定会听到。天花板的裂痕，肯定是在他检查完之后才渗水的，王大勇在心里不停给自己暗示，准备在宋柒向他发难的时候，据理力争。

但宋柒，分明没有搭理他的意思。

宋柒双手插入头发，狠狠地抓了几下，像一只被雨打湿翅膀的蝴蝶，蔫儿蔫儿地坐在椅子上。宋柒已经不想去责怪王大勇为什么没及时发现柴油机房漏水的问题，他相信王大勇的确有进去检查，至于检查得是否仔细、认真，只能是天知地知他知。

宋柒心里暗自苦笑，都不知道这是老天在考验他呢，还是在赶他走。大概是他和这里八字不合吧，初来乍到迷路，接着又遇到台风，现在连几十年都没事的天花板也来凑热闹，裂在电线急需修好的这一天。千里之堤毁于蚁穴，这一天终于还是来了。一连串的小事虽然死不了人，但凑到一块的打击，让他都有点想顺应天意了。

宋柒一脸疲惫，王大勇一脸不甘，两个人各就各位，谁都没开口讲话。林萌和于雁也不敢吭声，两个人一会儿看看宋柒，一会儿看看王大勇，面面相觑。

"这电，什么时候通啊？都一天了，晚上能来电吗？"林萌闻言抬头，就看到陈章贵卷着裤脚，头戴草帽，火急火燎地冲进供电所，身后还跟着几个渔民，看装扮都是从养殖区那边一起赶过来的。

林萌和于雁被来人的气势吓到，瑟缩地起身，试图向他们作解释。

陈章贵见两个丫头片子一副做不了主的模样，又看向王大勇："老王，什么时候通电，不是说好的今天能通吗？"身后人声渐起。

王大勇支支吾吾，不知该如何解释。

陈章贵等不及，径直走向宋柒："你是新来的所长？早上是你说的今天能通电吧？电呢？这都一天了，我们的养殖场都在等着发电，换水喂料呢，什么时候来电啊？"

"再不来，我的紫菜都要烂了，本来这两天就可以加工完送出岛卖，现在……"

宋柒被村民团团围住，你一嘴我一句，从四面八方将他围住，宋柒的脑袋像气球一般被不停地吹大、膨胀，一夜未眠的他脸色有点苍白，脑袋混沌。

宋柒缓缓站了起来，定了定神，脸上自然流露出了坚毅的表情："各位，各位乡亲，先向大家道个歉，今天的电暂时通不了了。"

宋柒缓缓说出的一句话，却像向水里投掷了一枚炸弹，炸出水花迸裂。

"不是说好的，今天能通电吗，怎么又不行了呢？"

"怎么这么说话不算数，你还是所长呢！怎么办事的？"

宋柒闭了闭眼睛正要再解释，但所有人的斥责已经将他淹没。人群中，有人情绪激动，伸手推了宋柒一把，宋柒没站稳，跟跄地后退了一步。他退一步，人群追上一步，怨气犹如喷射机尾翼喷出的烟雾将宋柒团团包围，毫无还手之力，眼见着要将他吞没。

"没有金刚钻别揽瓷器活，没本事就别做什么所长，趁早回你来的地方去。"陈章贵最是气愤，他原本打算修理家里的旧柴油机先应急用，但早上听这个年轻人信誓旦旦地说肯定能通电，他心里盘算了一番，修柴油机再加上耗油，这一天下来费时更费钱，见大家也都等着，他索性也跟着大家一起等着供电所供电，没想到，一天了电压根没供上，眼见着养殖区里一点点浮起死鱼，他心急得快冒烟。

宋柒始终保持沉默，但脸色却越来越凝重。

林萌在一旁看着，心里揪得紧，不知道是害怕下一秒人群就把宋柒吞没，还是害怕下一秒宋柒突然就爆发出来，明明这不全是他的责任……想到这，林萌开始搜索王大勇的身影，发现他被人群挤到了一旁。她从柜台后出来，来到王大勇身边，用手肘碰了他一下："老王，你快去说两句啊，给宋所长解围，章贵叔会卖你面子，再说了，这事说到底还是因你而起的。"

林萌的眼神有点锐利，王大勇也自知理亏，踟蹰着上前，犹豫了几下，这才用上力，推开人群，护在宋柒面前。

"好了好了，大家不要激动，这事不能全怪宋所长。事情是这样，柴油机房进水了，电线被水浸泡，那种电线比较特殊，要向公司申请，大家再忍耐两天。抢修队吴班长说了，申请到后，他马上赶过来抢修……"

宋柒听着前头王大勇向村民作解释，得到片刻安宁，但他也没想就这么离开现场。突然，口袋里的手机响起，宋柒才发现，过了近一天，手机竟然还有电。

是宋父。

宋柒拿着手机，走到一旁。

"宋柒，你妈刚刚在单位晕倒了，被同事送到医院。我昨天到上海出差了，要后天才能回去。你明天有时间回去一趟吗？"电话那头，宋父的声音一如既往地沉稳。

"妈什么原因晕倒，医生怎么说？"宋柒一听宋母晕倒，声音一下子高了几度。

"我问了，没什么问题，医生说是低血糖引起的晕厥。就是明天周末了，也不好一直麻烦她同事，我就寻思着，你周末可能可以回来……"

"你去野马屿的这段时间，你妈也挺想你的。"

宋柒何尝不知，但眼下抢修的事被迫搁置，他已经完全忘了周末、回家这些事。想到母亲突然生病晕倒他都顾不上，心里一阵愧疚。

"宋柒，你那边工作怎么样？大家对你还好吗？"见宋柒这边安静下来，宋父猜测他可能遇到了困难。

听到宋父的关切从电话那头传来，宋柒突然觉得鼻头微微酸涩。参加工作以来，宋柒自认对工作尽心尽力，背后离不开宋父对他的监督和言传身教。工作中频频得到领导的表扬，业务能力逐步提升，宋柒从工作中找到了自信和自我价值。然而，到了野马屿之后，一切都和他想象的不一样，因为年轻而质疑他能力的村民、因为嫉妒而对他不甚热情的同事，还有今天遭遇的一切……宋柒很想和宋父倾诉，但人群还在嘈杂，身旁还有或关切或好奇的眼神，宋柒最终还是忍住了倾诉委屈的欲望。

"爸，我这边挺好的。就是这两天在抢修，我怕明天走不开，但我争取回去。我一会儿也给妈打个电话。"宋柒声音保持沉静。

挂了电话，手机只剩一格电。宋柒看着手机，都没注意到，王大勇已成功地把人往供电所外面引导。

"大家放心，我们一定想办法尽早恢复供电。大家先凑合着用一下家里的小柴油发电机，先克服一下。谢谢大家支持，谢谢。"

一团的怨气被王大勇成功带出所外，乱哄哄的营业厅终于恢复了安静，于雁长呼一口气，瘫坐在椅子上。

林萌发现宋柒还在发呆："宋所长，村民都走了，你，你没事吧？

是家里出什么事了吗?"

宋柒这才回过神来。

"哦,都走了,好,我没事。"宋柒将手机收起来,"我回一下宿舍。"

窗外,朝霞漫天,将天边染上一层好看的橙黄,抖落在树木上。宋柒无暇欣赏,径直走进卫生间,洗了一把脸,清醒了许多。刚走到书桌前,想起还有电话没打,宋柒又折返回办公室。

林萌和于雁正在收拾东西准备下班,看到宋柒上楼又下楼,一脸沉郁。

于雁凑近林萌身边:"哎,宋所长也真可怜,刚刚那阵势,我感觉大家要把他给吞了。"

于雁啧啧地低喃:"太可怕了。"林萌也觉得心有余悸。在供电所工作的这些年,秦所长和村民的关系都挺好,以前岛上也时常因为台风、机器老化导致断电,但大家似乎都习以为常,怎么对宋所长这么……苛刻?对,林萌觉得是苛刻。

下班前,于雁拉着林萌去偷瞄宋柒。办公室里,宋柒在打电话,表情乖巧,像做错事的孩子,偶尔露出一丝笑容,转瞬即逝。

第十二章 微光可成星海

走出营业厅,天已经渐渐暗了下来,风吹草动,驱逐了白日里的燥热,夜开始展现夏天的温柔。

丁雁和林萌并肩走在村路上,一天的疲惫被晚风一点点吹散在风中。于雁觉得神清气爽。

"啊,终于下班了。最可怕的就是台风天值班,最高兴的是台风终于过去了。"于雁展开双臂要将凉风揽入怀中。

林萌也掩口打了个哈欠,今天真是漫长的一天啊。

"哎,小萌,我感觉今天村里人对宋所长太凶了,我看着都怕。"于雁心有戚戚然,"章贵叔那时也太激动了……"

林萌回想下午的场景,也觉得可怕,平时再平和的人遇到自己的切身利益受损,都会变出另外一副模样。电,这个摸不着碰不到的东西,是如此重要,竟然让迫切需要它的人差点面目狰狞。

回到家,王秋英正在把饭菜端上桌子,香味散发出来,冒着热气,林萌凑近闻了闻,精神为之一振。她伸手要从盘子上抓起一块豆腐吃,被王秋英啪地打掉手:"灶台上还有一碗汤,去端过来。"

林萌笑嘻嘻地放下东西,进了厨房。厨房和客厅一样,点着两根白蜡烛,土灶里的柴火还在噼啪噼啪地响着,泛着微微的光。锅里的水平静无恙。

林萌洗完手,将灶台上的汤端起,走出门。刚到客厅,就看到林朝阳背着手从大门口走进来。林萌笑着开玩笑:"爸,你是不是也闻到香味啦,循着味道就回来了?"

王秋英白了她一眼:"这孩子,说得你爸跟猫似的,老林,来吃饭吧。"

林朝阳慢吞吞地把手里的草帽挂起来,来到桌前和两个人一起坐下。

林萌捧着碗,乐滋滋地夹菜吃饭,吃得不亦乐乎。直到王秋英用脚踢了她一下,她才停住。嘴里塞满了饭菜,脸颊鼓鼓的,林萌一脸困惑地看着王秋英。王秋英跟她使眼色,暗示林朝阳有点不对劲。

林萌慢慢咀嚼,没话找话:"爸,你下午去哪了?养殖区?"

林朝阳点了点头,筷子夹在手里,不动了:"养殖区那边,好多村民的鱼苗死了,海带烂了,损失不少啊。"

野马屿靠海吃海,养殖区是岛上村民主要的经济来源。眼下正值休渔期,捕鱼不能捕,大家便把精力都花在海带养殖、鲍鱼养殖上,规模不大,但也是生计之一。趁着休渔期,不少渔民还会把家里的渔船、渔具拿出来修理,等到休渔期一结束,便马上能用了。

闲暇的时候，林萌很喜欢在岸上看渔民修理东西，渔民对渔具渔船的珍视程度，像是呵护一件宝贝一般，一艘老船换一个柴油发动机、换几个零件，又能用上几年，何海峰就很能理解那种幸福感。

"养殖区那边不是有备用的柴油发电机吗？怎么没拿出来用？"林萌问道。

"下午拿出来了，叫了海峰过去看，要修理，也得有电啊。"林朝阳摇了摇头，每年台风季，就是他压力最大的时候，保安全，保生产，确保这座小小的岛屿平安度过台风季，但每年，总会有各种因为台风导致的问题发生，缺电便是其中的一件"老大难"问题。以前柴油机房运转良好，只要电线没被刮倒，老秦他们就能搞定。后来，柴油机逐渐老化，再修好要费不少工夫，为此不得不规定每天晚上十点准时断电，这样又坚持了几年。

"哎，这可怎么办。早上宋所长还跟大家说今天肯定能来电，大家都眼巴巴等着，结果还是没来。白盼了几个时辰。"王秋英嫁到野马屿岛几十年，早已习惯了一时有电一时没电的日子，家里长年备着蜡烛，即使像今天大家慌不择路的时候，她也不慌不忙。中午把存放的柴火拿出来晒了晒，留着晚上烧柴做饭。又把家里备用的小柴油发电机拿出来试了下，又收了起来，柴油剩得不多，不到万不得已，这台柴油发电机绝不能动。

"哎，柴油机房进水，电线都泡了好长一段。怎么可能今天就能供电。爸，妈，你们是没看到，下午的时候，章贵叔带着一帮人到我们所里。"林萌放下碗筷，绘声绘色地描述起下午的情景。

"你说，早上的时候，他不承诺说今天能通电，可能大家期待就没那么高，也就不会气到冲进供电所，那秦所长在的时候，即使当天能通电，也不会说得那么笃定，都是说可能、应该可以这样的，那大家就……"

林萌还要说，却被林朝阳一筷子止住。

"你和于雁都回来了，宋所长人呢？"林朝阳问。

"哦，他，他在所里啊。"林萌有点蒙。

"今天星期五,你们所里食堂没开火了吧?他晚上吃啥?"

"没开,他吃啥,我,我也不知道啊。"

这时,王秋英也急了,放下筷子,用手指戳了一下林萌的脑袋:"榆木脑袋,没开火,怎么也不喊上一起来家里吃饭,自己肚子饿了,倒是知道跑回家。"

林萌有点跟不上老两口的节奏,刚刚不是大家都在"批判"宋柒吗?怎么现在又开始心疼起他来了?

王秋英说完便起身进了厨房,出来时手里多了一个粉红色的饭盒和一双筷子。

林朝阳冲着王秋英点点头,用筷子指了指桌上的饭菜:"这边的没动过,你多夹点。"林萌也放下筷子,由着王秋英先夹菜。

这个场景,林萌是熟悉的。她小的时候,秦所长刚到岛上做所长,他一个人住在所里,所里还没请煮饭阿姨,一个大男人也不会开火煮饭,林朝阳就让她为秦所长送饭。一开始秦所长也推辞,但野马屿人朴实,加上林朝阳自己是村主任,总觉得岛上的事就是自家的事,一再坚持,秦所长也就不再推辞了。再后来,大家熟悉了,就变成林萌去喊人到家里吃饭。一开始只有秦所长,后来王大勇也时不时凑进来。再再后来,所里终于有钱聘请煮饭阿姨,这才结束了"供电所人到村民家里蹭吃"的历史。

没想到啊,今天这个传统又续上了。

林萌看着自己用过的小饭盒,一点点地被饭菜装满,陷入回忆。

"小萌,锅里有饭,你去装。"王秋英将饭盒的一层递过去。等到林萌将饭打好出来,王秋英动作麻利地把饭盒盖好,装在保温袋里,递给林萌。

"你去给宋所长送下饭,回来再吃,我们等你。"王秋英说道。林朝阳也抬头看她,末了叮嘱一句:"手电筒记得拿上。"

林萌故意撇了撇嘴:"爸、妈,你们看别人家的孩子没饭吃,心疼,自己家的孩子饭还没吃完呢。"林萌看着才刚扒拉两口的饭菜,心里恋恋不舍。

林朝阳被林萌逗乐，露出了晚上的第一抹笑容："傻丫头，你还怕少了吃的，等你送完回来，我让你妈给你再炒一个，加菜。"

"好嘞。"

明月高悬，夜色透亮。蝉鸣不知疲倦地继续叫着，似乎不知道黑夜已经逐渐到来。

林萌哼着小曲走在路上。

供电所和她家距离不远，林萌着急回家吃饭，走的步子也比平时大了些。

供电所里静悄悄的，林萌慢慢走上宿舍楼，发现宋柒的房间也是暗着的，她试着敲了敲门。没人应。她刚一转身，看到一团黑影凑上前。

"啊！"林萌后退一步，吓得差点将手里的饭盒丢了出去。

"林萌？你怎么来了？"宋柒擦着头发，看到站在宿舍门口的林萌，一副看到鬼的样子。

原来是宋柒洗完澡出来。

林萌惊得直拍自己的胸口，不停安抚自己："吓死我了，吓死我了，宋所长，你怎么走路没声音呀！"

宋柒有点无辜，不就是正常走路？她才有点奇怪，在他宿舍门口探头探脑，要不是走廊月光亮，看得清身影……

宋柒决定让步，换了个话题："你不是回家了，怎么又来了？"

林萌白了他一眼，将手里的保温袋递上去："喏，我爸妈让我送过来的。晚饭。"她着重强调了最后一句。

宋柒突然有点不知所措，经过下午的那一场围追堵截，宋柒以为全村人估计都"恨死"他了，没想到，还有人记得他没饭吃。

"喂，你就这样对待给你送饭的好心人吗？"趁着夜色，林萌的胆子也大了起来，气焰也开始"嚣张"起来。

宋柒这才意识到，他们一直站在门口说话。他迅速开了门，请林萌进屋。

屋子里，点着一盏小白蜡烛，放在角落，微微地散发亮光，偶尔吹进的风，让火苗偶尔晃动起来，微光更微。

第一次进宋柒的宿舍，林萌发现整个房间竟然很是干净整洁。床上放了一个单人枕头，一条小盖毯。书桌上是一叠的书、笔筒和台灯。林萌将饭盒放在桌上，指了指说："还是热的，你赶紧吃吧。"

宋柒指了指椅子，示意林萌坐。林萌看了一眼，房间里只有一把椅子，她坐了，他就没椅子坐着吃饭。

"你坐吧，我坐床上可以吧？"没等宋柒回答，林萌直接坐了下来，"你快吃呀，吃完我好把饭盒带回去。"

宋柒这才坐到桌前。

保温袋的作用明显，饭盒打开时还是散着热气。香菇炒肉、炒菜心、炒花蛤，还有一层满满的白米饭，宋柒的馋虫被香味唤醒。"谢谢，那我吃了。"

林萌点点头，怕宋柒尴尬，转头假装看房间陈设。林萌走到窗户前，看着窗外。宋柒的房间视野最佳，窗外是一片田野，再远点是海，毫无遮挡。如今，田野和大海都漆黑一片，唯有月亮高悬在半空，如银盘一般。

想起下午的事，林萌突然想到什么，转头面向宋柒。宋柒还在认真地吃饭，他吃饭没有声音，只看得到手里的筷子动啊动。

"宋所长，下午的事，你别放在心上，"林萌回想起下午宋柒惨白的脸色，斟酌着用词，"大家，大家就是心急。"林萌喜欢自己的家乡，不希望给这个新来的所长留下岛民野蛮的刻板印象。

宋柒的筷子慢慢停住，他转向林萌："我知道，我没放心上。"

宋柒的脸上缓缓露出笑容，眼神中有一团闪耀的星光，真诚、明净，仿佛可以点亮整个夜空。

林萌突然发现，自己准备了许多的安慰的话，用不上了。这个看似弱不禁风、娇里娇气的城里男孩，其实蕴藏着她并不了解的能量。

第十三章　旧的不去新的不来

　　林萌看着宋柒把饭盒洗干净，擦干水珠，放进保温袋里。细致、耐心，是她不曾对待过饭盒的态度。饭盒的图案显得有点幼稚，那是林萌几年前的审美，如今已经有点瞧不上了。她出岛时，总想重新物色一个新饭盒，奈何一直没找到喜欢的。

　　年轻一代追崇新鲜事物，倒是老一辈对老物什看得更重些，王秋英出海、下地干活时，都不忘用饭盒装点干粮水果带着。林萌瞧着宋柒的动作，和王秋英有几分相似，有点老气横秋，不禁暗暗偷笑。

　　宋柒没有察觉，他将饭盒拎在手里，打开手电筒，再将蜡烛吹灭，用手电筒照着门口的方向，唤上林萌："走吧，我送你回去。"

　　林萌偷笑的嘴角僵住，还要送吗？

　　月光把两个人影拉得深长，林萌看着两人的影子靠得很近，心里浮现一丝奇怪的感觉，好像两人一直这么走了很久，步伐出奇地一致。

　　林萌试图找话题："哎，你是怎么想通的？"下班时间，林萌索性不叫宋柒所长，反正两人年龄也差不了多少，但是直接叫宋柒似乎又有点逾矩，便"哎"啊"喂"地这么叫着，宋柒好像也不以为意。

　　宋柒思考该怎么回答林萌。他沉默得太久，以至于林萌差点想换个话题。

　　"我理解大家的心情，没电了，什么事都做不成。出不了海，换不了料，鱼会饿死，海带会烂掉，这一年等于白忙活。"宋柒想了想说，"我太心急了，只想着早点通电，没有仔细再查一遍所有的环节，太早给大家下承诺，以至于大家满心等待，结果扑了空。换我，我也会生气。"

　　林萌沉吟片刻："但这不全是你的错，老王他也有不对的地方，柴油机房那么大的裂痕，他都没发现，要是早发现就没后面的事了。"

　　宋柒笑了笑："所以啊，我作为所长应该要考虑周全，但我却没想到，更没再去检查。不过，从另一个角度来看，事物的发展都是曲折向前的，经过这件事，以后遇到断电，我肯定要把所有的环节都自己检查一遍。"宋柒转头看了一眼黑乎乎的野马屿岛，故作轻松，"还好野马屿，岛不算大。哈哈。"

林萌觉得好笑，黑乎乎的夜，能看出岛有多大？"嗯，看来，你的抗击打能力还可以，我还以为……"林萌没有接下去说。

宋柒猜到她想说什么："还以为我是撞了一次南墙就退缩了？就想着天一亮就打包行李滚回城里？"

林萌被戳穿，不由得尴尬，但嘴上却是不能认输："我可没这么说哦。难道你心里真这么想过？"

宋柒哈哈大笑起来。说没想过，是骗人的。长这么大，他何曾遭遇过被一群人围着骂的情况啊？被村民围堵的时候，他心里是憋屈的，但他什么也不能反驳，作为所长，他没把电按承诺的时间修好，再多的理由都是空谈。

但他不是一个轻易会被困难打倒的人。大学军训的时候，全班男生比赛站军姿，他是班上坚持最久的一个，连教官都说他有毅力，虽然他最后晕倒了。给宋母打完电话，他心里就没那么烦闷了。洗澡的时候，他心里就在思考下一步该怎么做。事已至此，当务之急，柴油机房的问题要先解决，线路通了，村民的生活生产恢复正常，那再解决柴油机房漏水还有自主发电的问题。

电要发展，人也要成长。

看到宋柒似乎走出了下午的低迷，不再一副死气沉沉的模样，林萌也起了逗他的心："看来很适应野马屿的生活嘛。那我怎么记得，有人第一次上岛，吐得都找不着北了。"

"这个啊，第一次坐那么久的船嘛，嘿嘿。"宋柒庆幸月光昏暗，自己个高，脸红了林萌也看不到，"但我坐车可以啊，坐车从来不晕的。不过，即使再晕船，我明天也要出岛一趟。"

宋柒将目光投向比夜更深的海面，远处的一点光亮画出海的边际。

林萌愣住，想起下午他接到的电话，转头问他："是回去看你妈？"

宋柒点点头又摇摇头。

"这是一方面,另一方面,要去公司一趟。吴班长走的时候可能没想到明天是周末,公司很多后勤部门不一定有人上班。申请材料,怕是要等到周一才能走流程签字,我想去公司一趟,把材料先准备好,能签字的都先跑一遍,争取早点申请下来,如果能遇到认识的同事,还能更快些,这样才能早点开展下一步的维修。"说到工作,宋柒的神情不再像先前那么轻松,恢复了一本正经,"也顺便回去看下我妈。"

林萌点点头:"你说得有道理,早点申请下来,早点修好。这天气指不定什么时候又来台风。"村里没有台风,就没什么大事。大家对断电也早已习惯了。这几年,各家的生活条件好了,不少村民家里都买了小柴油发电机以备不时之需,有的几家凑钱备一个大点的柴油发电机,几天的断电,备用的柴油发电机能对付过去,生活上没什么问题。

"就是很多生产工作只能暂停了,毕竟家用的柴油发电机只能用来应急,用于生产,油费太高了,大家都负担不起。"林萌提及这个,宋柒的脸色也有点严峻,然后又想起,明天如果想出岛的话,不知道还能不能出得去。

"明天,会有船出岛吗?"宋柒想着,台风刚过,不知道恢复通航了没。

"明天进岛的船最早也要到十点多,出岛估计要到十一点,这一来一去,就去了半天时间,我感觉你办不了多少事。"林萌突然想到一个人,"走,我带你去一个地方。"

林萌带着宋柒来到一座亮灯的房子前。

海峰电器修理店。宋柒看到招牌,心想,这里可能是全村断电的野马屿岛上唯一亮灯的地方了。

修理店前,柴油发电机轰轰地发出响声,尾烟突突地冒着,店里头动感的摇滚乐在播放,一个穿着背心的年轻男子正埋头整理东西,手臂健硕的肌肉随着动作凸起凹下。

"海峰,你还在忙啊?"林萌边走边大声喊道。

看到林萌来,何海峰丢下手里的活,就迎了上来:"林萌,你怎么来了?"见林萌身边还站着人,何海峰细细打量了一下,"哦,这不是新来的所长嘛,叫,宋、宋所长是吧?"

"海峰,我看你大晚上又在忙,是不是在收拾明天出岛要退补的货物?"林萌一脸了然的模样。

"可不是嘛。"何海峰快人快语。趁着天气好转,他赶紧出门采购一些货物回来,还要再买一些柴油备着,指不定这台风什么时候又来了,"你看我这店里,什么都要用电,没有电,再好的设备都开不了。幸好我备了一台大功率的柴油机,但油也不够了,还是得出岛。"何海峰的店规模不大,但名气不小。周边几个岛的渔民,遇到渔船故障、家里电器坏了什么的,都会带到野马屿上让何海峰瞧一瞧。几个小岛距离都不远,只不过没有陆路,但开个小舢板到野马屿比去镇上方便多了,来回不过半小时,出岛一趟却至少两个小时。

何海峰经营的修理店,和镇上的几家五金店、修理店都有合作,采购的东西多了可以退,少了可以补,有的零部件太大,坐轮渡不方便,他还特意买了一艘二手快艇,专门用来运输货物。有时遇上村里人有个头痛脑热,卫生所看不了,要送到镇上的,他也乐得帮忙送出岛去。总之,是一个热心肠的人。

"海峰,既然你明天有出岛,那帮忙顺便载一个人出去呗?"林萌和何海峰从小认识,说起话来,也直来直去。

宋柒还在心里想着怎么措辞比较合适,林萌这一问,倒是解了他的难题。宋柒将期待的目光投向何海峰。后者大手一挥:"我当什么大事你俩要大晚上地跑我这来。没问题,不就是捎一个人嘛,我的快艇宽敞得很,哈哈哈。"

何海峰让宋柒明天早上八点在渡口等就可以。宋柒没想到这么顺利,他真诚地向何海峰道谢,也向林萌道谢。

何海峰被宋柒的一本正经弄得浑身不自在,趁着宋柒参观修理店的时候,悄悄问林萌:"哎,小萌,你们所长,都……都这么奇特的吗?看上去很年轻,实际做事又老成得很?"

林萌抬头想了想,点点头。宋柒这个人,是挺奇特的。

将林萌送到家,宋柒又郑重地向林朝阳和王秋英道谢,老两口被弄得不知该如何回应,要邀请他进屋坐,他又百般推辞。林萌暗自偷笑,让宋柒早点回去。

出岛的事情解决了,宋柒的这个晚上睡得还算踏实。一大早就起来收拾东西,差不多时间便往渡口赶。

远远望去,渡口上已经停了一艘快艇,船上有个人已经坐着,戴着斗笠,背对着岛。应该是何海峰。明明是自己要蹭船出岛,怎么还让人等呢。宋柒忙不迭加快脚步,还差几米的时候,便喊出来:"海峰,还没八点,你就到啦。"

来人听到叫声,缓缓转过头来。宋柒原本笑着的脸,一下子僵住了。

第十四章　不一样的旅途

是陈章贵。昨天骂他最凶的人。

宋柒踌躇着,不知该不该上前。

陈章贵也不说话,看了他一眼,又转头自顾自抽着烟。

正当宋柒不知所措的时候,何海峰拎着东西也来了:"哎呀,宋所长,你也到了?正好,章贵叔也要出岛一趟,你俩路上也有个伴。"

宋柒心里暗暗叫苦,有个伴?这样的伴还不如没有呢。想到昨天陈章贵的气势,加上心里有愧,宋柒自己先矮了一截。

宋柒跟在何海峰后面,慢吞吞地上了快艇,坐在距离陈章贵最远的地方。但快艇才多大地方,宋柒感觉自己整个人都罩在陈章贵视线的"射程"内。

何海峰从快艇舱底下捞出三件救生衣,一人穿一件。待到一切准备就绪,启动快艇,出发了。

宋柒坐立不安，只能将目光投向大海，陈章贵抽着烟，吐烟的时候比说话的时候多，只有何海峰还有一搭没一搭地拉着两个人聊天。海上风大，同在一艘船上，说话也靠喊，宋柒觉得自己的声音有点大，生怕陈章贵一个不乐意，眼刀就杀过来。

快艇呼呼地冲了一段距离后，在一处浮标处划出一道优美的弧线，转头向另一个方向开去。

宋柒有点奇怪，方向好像不是往城里的方向。他疑惑地看向何海峰。后者咧开嘴一笑，用下巴指了指陈章贵："章贵叔不放心他家的鲍鱼，进城前让我拐过去看一眼，正好距离航线不远，很快，很快啊。"何海峰以为宋柒担心时间来不及，还特意安抚。

宋柒点了点头。

鲍鱼养殖区很快就到了，陈章贵让何海峰稍等一下，自己独自上了浮岛。

何海峰将快艇熄火，坐到宋柒身旁，递给他一支烟。宋柒摆了摆手，示意自己不抽烟。

浮岛上，陈章贵正抓起一只只鲍鱼笼子细细查看，看完又小心翼翼地把笼子放回水里。

何海峰吐出一口气，看着陈章贵："章贵叔啊，最宝贝他的这些鲍鱼了，别人一次喂个两三天的量，然后隔个三五天才去看一次，他啊，除非台风天、大风天出不了船，不然天天去，天天喂料。美其名曰，给鲍鱼少吃多餐。你说好不好笑，哈哈哈。"

宋柒心里有疑惑，脸上便笑不出来。他想问，却又不知该问不该问，想了想，还是问出口："这几天停电，对鲍鱼的影响大吗？"

何海峰心如明镜，野马屿才多大，昨天下午在供电所的那场纠纷，他早就听说了。

"夏天的时候，气温高，海水温度高，鲍鱼容易出现低氧、缺氧的情况，导致鲍鱼死亡。渔民会用增氧机增加水的流动，给鲍鱼增加氧气。增氧机靠柴油发动机发电，一次加满，固定时间开启的话，大概可以用个一个星期，用完了再由人工添加柴油。"何海峰指了指陈章贵,"章贵叔家的柴油发电机这几天刚好放在家里维修,还没修好,台风来了,还给断电了,这柴油发电机没修好,增氧机就用不了,你说他急不急?"

何海峰看着宋柒一脸羞愧的样子,知道他可能是觉得自己在说他,转而又安慰起宋柒:"哎,哎,宋所长,我不是在说你啊。这台风断电,也是没办法的事。还好这几天海上风大,我估摸着,海底的水流运动也大,氧气应该还比较充足,对鲍鱼影响不大。"

宋柒点点头:"海峰,你开修理店,怎么对养殖也这么了解?"

"哈哈哈,海边人嘛,没吃过猪肉还没看过猪跑?"何海峰大大咧咧。看到陈章贵准备上船了,何海峰丢掉烟头,上前扶住陈章贵:"章贵叔,慢点慢点,鲍鱼还好吧?"

陈章贵的眉目比先前舒展了一些:"还行,这几天风大浪大,水流活动挺好的,鲍鱼还可以,没有出现异常死亡的。"

何海峰朝宋柒眨了眨眼睛,暗示自己猜对了。"那章贵叔,你可以放心了。等柴油机一修好我立马帮你送过来增氧,鲍鱼稳稳的。再等几天,电应该也修好了,那个,宋所长,过这几天电能通上吧?"

宋柒见何海峰将话头递给自己,立即坐直了回答道:"能,再有两天时间,肯定能。是这样的,章贵叔。我今天出岛,就是为了通电的事,大规格的电线需要提前申请,我想先把申请手续都办好,尽快让公司把电线运送来,抓紧维修。"说到这,宋柒忐忑地看了一眼陈章贵,后者低头整理帽子,似乎在听,又似乎没在意。"章、章贵叔,之前是我的工作没做到位,答应好人家能及时通电的,结果、结果……我代表供电所跟您道歉。"

宋柒一脸紧张地看着陈章贵,把何海峰逗笑了。他拍了拍宋柒的肩膀:"哎呀,宋所长,这你就见外了,野马屿的人从来不记仇,一个岛上的,都是一家人,一家人哈。"

"嘴上没毛,办事不牢。"陈章贵嘀咕了一句,宋柒感觉他是在说自己,心里有苦难言。不过下一秒,陈章贵又看向何海峰,后者正嬉皮笑脸地打哈哈:"还不开船?不去城里了?"

何海峰这才想起正事，立马起身站到前头启动快艇："走啦，进城喽。"

快艇的速度比轮渡的速度快，一个小时时间就到了镇上码头。

这是宋柒到野马屿岛报到后，第一次回到陆地。

码头上还是那么热闹。岸边停泊着大大小小的各种船，有的载客，有的运货，空气里弥漫着汽油味和浓浓的鱼腥味。说着普通话的外地游客、操着本地口音的本地人，沉浸在各自的世界里，忙忙碌碌。

同一个世界，不同的生活，宋柒第一次站在第三者的角度，看这个小小的码头。习惯了野马屿岛上空旷的田野、稀少的人群，辽阔的大海，宋柒被朝气蓬勃又喧嚣的人气撞个满怀，突然有点无所适从。

何海峰见宋柒愣愣地站着，不禁好笑："宋所长，你怎么了？不认识路啦？"陈章贵戴着斗笠，也站在一旁，没说话。

宋柒不好意思地挠头："没有，就是突然看到这么多人，有点不习惯。"

回应宋柒的，只有何海峰爽朗的笑声。

三个人道别后，各自忙活各自的事情去，约定了下午五点，在码头集合，过时不候。

何海峰要带陈章贵去买柴油发电机的配件，两人一同走了。宋柒思考了片刻，决定还是要先去公司那边，把重要的事情抓紧做完再去看宋母。

"谢谢师傅。"宋柒把车费递给出租车司机，道了声谢，在公司大门前下车。

看着熟悉的大楼，宋柒脸上扬起一丝期待。他知道，即使周末，他原来的部门也会有值班的同事，很期待看到熟悉的人。

宋柒迈开大步，推门进去。还没走两步，就看到对面一个急匆匆的人影朝大门走来。是陈伟。

"陈伟！"宋柒出声把人拦住。

"啊！宋柒！你怎么来了！"热情地拥抱，熟悉的笑容，一如从前。

宋柒心情大好："我回来办事情，你呢，这是赶着去哪里啊？"

"哎，你不知道，今天下午省公司的领导来检查，大家都被叫进来加班。"陈伟的语气里有种大周末要加班的"不甘"，但在宋柒看来，这可是个可遇不可求的好机会——大领导们都在。

陈伟没说两句，电话就响了，看来是真的很忙。宋柒问清楚省公司领导来的时间，就放他去忙。宋柒来到抢修班的办公室，吴班长也在伏案写材料，看到宋柒走进来，也是一愣。随后了然。

"宋所长，"吴班长逗他，"什么事需要您亲自出马呀？"

宋柒由着吴班长跟他开玩笑，顺着杆子往上爬："吴班长，事情做一半就跑了，可不是君子所为哦。"宋柒人咧咧地坐到他面前，顺手拿起一颗剥好的橘子，丢进嘴里。去海岛久了，文质彬彬的他也粗犷了很多。

吴班长被他噎得说不出话来，用笔指了指他，又好气又好笑："好啊，臭小子，当了所长就不认班长了是吧？也不知道当初实习的时候，是谁带你吃香喝辣的，真是没心没肺。"

宋柒笑得眉眼眯眯，把吃一半的橘子递到吴班长嘴边。

"我怎么会不记得，是您老是喊我宋所长宋所长的，我这不摆个架子，对不住这称呼呀。"宋柒难得在工作中打诨，也是因着和吴班长一直亦师亦友的关系。

"记得就好。"吴班长指了指手里的材料，"哎，我可是记得野马屿岛的事哦。你不来，我也都替你办好。喏，申请表我都填好了。"

宋柒丢下橘子，接过材料，仔细看起来："哇，不愧是我师傅，这数据，和我计算的一模一样。"

吴班长起身拍了他一下脑袋："那还用你算，师傅白叫的啊？"转身从柜子后面拿出一罐开心果，打开，推到宋柒面前。

宋柒还有疑问没问，开心果暂时顾不上了。"师傅，听说今天下午省领导要来检查，那大 Boss 们都在？"

"在呢，早上都来了。都开过一场会了。"吴班长看了一下时间，"我估摸着，这会儿都在各自办公室。这申请表，要我帮你去签字不?"吴班长拿起申请表。

宋柒立刻摆摆手:"不用不用,这点跑腿活,我哪敢劳师傅大驾,我自己去。"说着,抢过申请表就冲出办公室,拉都来不及。

吴班长看着风一样的男子,好笑地摇了摇头。

第十五章　能者多劳

窗户吱呀吱呀地有规律地发出响声。

宋柒突然从床上一跃而起:"又有台风?"

窗外,依旧是蓝天白云,碧海绿树,不过是微风把窗户吹得直响。宋柒的一颗心稍微安定,立马下床,却被一阵酸疼给逼回床上。好家伙,好久没干体力活了,胳膊腿酸成这样。宋柒揉着小腿,满脸苦笑。

昨天,宋柒办完事看完宋母,依约五点在码头和何海峰、陈章贵顺利会合。两个人买了大包小包一堆配件东西,只有宋柒背着一个双肩包,利落清爽。

何海峰不服气,大言年轻人要多干活,让陈章贵歇着,也不管宋柒什么所长不所长的身份,拼命指挥宋柒搬运,两个人一个在岸上,一个在船上,接力运货,搬了几个来回,才把东西都搬到快艇上。小小的快艇突然被货物装满,挤得人差点都没地方坐。

船满载着驶向野马屿。到了野马屿岛,陈章贵找来一辆小推车,宋柒又帮着一起把东西搬上岸,送到家。又在何海峰的盛情邀请下,在他家吃了一碗海鲜面,这才回到供电所。这时已经是晚上九点多了。精疲力竭的宋柒简单洗漱完就睡了过去,心无烦事,一夜好眠。

清晨,宋柒走出供电所大门,突然间又停住脚步,现在才六点多,大家都还没起床,他这么早出门找谁?能干吗?宋柒敲敲脑门。

清晨的野马屿岛是一幅完美的田园风景画,村中央房屋错落有致，前方划分成田字格的田地，稻草人伫立在田间，几个戴着斗笠的村民在田间穿行。

宋柒一边欣赏风景，一边往村里走。遇到有点面熟的村民跟他打招呼，他也微笑回应。岛上人少，来来回回已经认得差不多了。

和刚来岛上不同，现在的宋柒虽然晒黑了，但身体好像也变得壮实了些。他凭印象往林萌家的方向走，远远看到一个扎着包子头，身穿花睡衣的女孩靠着门边刷牙，看到他，便快速地躲了回去，动作比猫还快。

宋柒忍不住笑出声来。她不跑，他还发现不了，那不是林萌是谁。

林朝阳差点被林萌撞到，看她捂着脸飞快地跑回卫生间："林萌，你刷个牙还跑来跑去干吗？"

林萌没空回答他，径直跑向卫生间，把门关上。林萌懊恼不已，跑来跑去当然是看风景啦。卫生间在屋子的最后方，小窗户对着山，啥看头都没有。她家大门口正对着海的方向，应该说村里所有房子的大门都朝着海的方向，视野绝佳，所以林萌有时会到门口刷牙，顺便用美丽的风景洗涤自己的眼睛。

哪承想，今天竟然会被宋柒看到。想到自己一头鸟巢般的乱发，还穿着花睡衣，一副村姑模样被宋柒瞧见，林萌就觉得自己的形象彻底没了。

"哎呀……"林萌闷声叫。

"林支书，早。"宋柒的声音在门口传来。林萌立刻捂住嘴，动作轻手轻脚。

"宋所长，这么早啊？"林朝阳招呼宋柒在门口的小院子里坐下，一张小圆石桌，三个石凳子，桌上已经摆下了小茶盘。这是林朝阳的习惯，早上喝一杯浓茶。

"还没吃饭吧，你等下。"林朝阳刚要坐下，又起身走回屋里，宋柒没拦住。

林朝阳从厨房端出一碗稀饭、一笼馒头，又端来两盘小凉菜。"来，家常便饭，不要客气。"

"谢谢，林支书，那我不客气了。"饭香引起了肚子的共鸣，原本不饿也饿了。

"别客气，我吃过了，你趁热吃。"林朝阳给自己倒了一杯茶，"这么早到村里，是有什么事？什么时候修电？"

宋柒把昨天的经过和自己的打算一一道出。申请材料的过程很顺利，宋柒很快就把需要签字的环节全部签完了，又去了抢修班，和吴班长探讨了一下，约定了明天上岛抢修。中间空出的一天，宋柒打算把柴油机房的屋顶先做简单的修补。

"不然，即使电线修好了，下次再来一场大雨，又会发生渗漏。"宋柒说，"林支书，我今天来找您，就是想问一下，我们村里有没有能做屋顶修补的工匠？如果没有的话，那我打算从岛外请。"

林朝阳瞥了他一眼："泥瓦匠怎么会没有，不然村里这么多的房子，怎么盖得起来？"林朝阳感觉宋柒说了一个不好笑的笑话。宋柒被看得有点不好意思。

"爸，早饭在哪里？"

屋里传来林萌的声音，林朝阳转头回话："稀饭在锅里，菜在我这边。"

"哦。"林萌翻了下白眼，这个宋柒，敢情是来家里蹭早饭的。

林朝阳给两人各添了一杯茶，细细品起来。

"现在是休渔期，大家没捕鱼了，有的人会出岛打点零工，有的人就在家休息，偶尔做点修补渔船、渔具的活，现在村里找两三个泥瓦匠应该是没问题。材料的话，我想下，西头老李家前阵子刚修完房子，应该还有剩一些水泥、沙的，我一会儿过去问问，先拿过来用。"

"那太好了。"宋柒饭也顾不上吃，"林支书，房屋补漏这块，我不熟，到时您方便的话，帮忙监工一下，工人的工钱、材料费这些，所里出，您放心。"

林萌端着碗出来，就看到宋柒一脸"崇拜"地看着林朝阳，心想，这就攀上关系了？

"你好，林萌。"宋柒看到林萌，笑容不减。

"宋所长,一大早就来谈公事啊?"林萌有点阴阳怪气。

宋柒没往心里去,指了指林朝阳:"是啊,要多谢林支书支持,我打算今天把柴油机房的屋顶给修补一下。"

林萌一口凉菜还没吃进去,搁在半空中:"这么快?"

林朝阳冷哼一声:"还快?都几天了,台风都过去了,电还没通上,这叫快?再不通电,回头,我带头带大家去供电所静坐示威,我跟你说。"

两个供电所的工作人员被林朝阳撂得哑口无言,默默喝粥吃菜。

宋柒总算见识到了林朝阳的领导指挥能力。一会儿工夫,他就叫来了三个泥瓦匠,然后一通电话,又让老李把家里剩余的水泥、沙还有各种工具都运到供电所,叫上村里会计,登记材料、工人工时,最后要求供电所给大伙提供工作午餐。宋柒一口答应下来,转头就安排林萌和于雁去买菜时顺便喊食堂阿姨来加班。

于雁有点纳闷:"哎,宋所长不是清楚咱们供电所的营收都归总公司统筹吗,今天这修屋顶的活,得花钱吧?钱从哪来?"

林萌不得不佩服宋柒,去一趟公司,不但很快把材料、设备申请到了,还额外拿回了一笔维修费,专门用于这次因台风引起的故障维修。她猜想,柴油机房的维修费估计就是从这里来的。

"不赖啊,这宋所长有点本事,到底是在总公司待过的,人脉就是广。"于雁凑近林萌,"我瞧着,这一点比秦所强。"

林萌瞪了于雁一眼:"那人家秦所勤勤恳恳在野马屿工作了几十年,他宋柒能比吗?我看着,不过是来镀个金,回去好升官发财。"

"小萌,那你真是以小人之心度君子之腹了,万一宋所长爱上这美丽的海岛,留下来呢?"于雁摇头晃脑,装出一介书生模样,林萌忍俊不禁。

"换你,你想一直待这里啊?哦,动个动断电,出个岛费半天工夫,想买什么都买不到……"

"倒也是,那当然是大城市好了。我这样的人才,在这里岂不是埋没了?"

"你少来，哈哈哈。"

等林萌和于雁回到供电所，两人发现，大家已经开干了。

沙土运了一堆堆在旁边，水泥开封了几袋，还有几袋堆在一旁。一个小工正在搅拌泥浆，另一个工人来回地把泥浆拎上屋顶。屋顶上，一个工人正在仔细地修补一道道裂缝。林朝阳站在一旁，偶尔指导两句。但是没看到宋柒。

"这宋所长，干活的时候人就跑没了？"于雁四下搜索。

林萌发出一声轻笑，用手捅了捅于雁："出来了。"

于雁转头一看，也差点笑出声来。

宋柒穿着一身军绿色的旧衣服，膝盖上还打了补丁，手里拿着一个草帽，活脱脱一个农村打工仔，和先前帅气、年轻的城里小伙形象差太多。宋柒有点羞涩，慢吞吞来到两人面前："那个，主任说我穿牛仔裤不方便干活，帮我借了一套旧衣服。"

于雁忍住笑，冲林萌挤眉弄眼："宋所长，这身，挺适合你的。"

宋柒彻底把自己从城里人的人设中解放出来了，干起活来，特别肯下力气。一会儿跟着工人学怎么按比例勾兑沙土、水泥，搅拌成泥浆，一会儿到屋顶跟着师傅学怎么修补裂缝，对细节问题追根问底。林朝阳笑他，因为他，本来半天能完的活，得多干半天才能做完。

泥瓦匠经验丰富，他告诉宋柒和林朝阳，光修补裂缝只能应对一时，时间久了，风吹日晒的，裂缝还是会再开裂。他建议，利用剩余的水泥，把整个屋顶再抹上一层水泥面，做成双保险。这个建议得到两人的支持，宋柒又跟着干了起来。

林萌将水再次送到工人手里，返回供电所。林朝阳正和不知道什么时候出现的王大勇对坐品茶。

"哟，老王，你来得真是时候啊，活差不多干完了，马上就可以开饭了。"

林朝阳看了林萌一眼。林萌不敢多言，躲回厨房。

"小丫头片子，说话没经大脑，你别放心上。"林朝阳给王大勇倒了一杯茶。

王大勇呵呵笑着摇头，没往心里去："没事。"

林朝阳看着窗外，中午的日头烈，田里的庄稼已经打蔫儿了，人到了中午也开始有点乏困，林朝阳不禁感叹岁月不饶人。

宋柒一身风尘仆仆出现在门口，神采奕奕："林支书，哦，王副所长也来了，水泥面已经都抹完了，您来看看？"

林朝阳点头，随后起身。自己是岁月不饶人，年轻人却是青春活力逼人呢。

林朝阳站在梯子上仔细检查了一遍屋顶，工人做得细致，边边角角都照顾到了。

"不错，这几天天气热，就等着水泥凝固，定时洒水，几天就可以了。"林朝阳下了梯子，对宋柒说道。

宋柒一头汗，俊朗的脸粉尘和汗水混成一块，在脸上画出一道道白线，精神却是极亢奋，双眼放光。

"没事了，都做完了，赶紧去洗一下，准备吃饭吧。"林朝阳觉得有点好笑，这年轻人似乎只要一忙起来，就有用不完的劲。

"哦，好。那我先去洗下澡。"宋柒也知道自己浑身脏兮兮的，也不客气，他转头招呼几个工人休息，一会儿去所里吃饭，这才小跑回宿舍。

等到宋柒走了，林朝阳这才和王大勇慢慢走回所里。

"老王，这个年轻人，你瞧着怎么样？"林朝阳问王大勇。

王大勇被问住了。这怎么回答？

"还行吧，现在看是挺积极的。"王大勇对宋柒的表现有点看不上，堂堂一个供电所的所长，没必要亲自动手去忙活，那花钱请工人干吗？但心里这么想，当着林朝阳的面，却不能这么说。

林朝阳看了王大勇一眼。这供电所，不过几个人的小单位，还搞"政治"？林朝阳有点担心宋柒的未来。不过，也犯不着他去担心，只要能保证野马屿稳定通电，谁当所长都一样。

第十六章　屋漏偏逢连夜雨

天色微亮，通往渡口的水泥路上，有个人影正大步走着，步伐大，看得出有点着急。

宋柒一早起来，就发现天气有点异样，不若昨日那般明亮，阴，云乌压压的。心里担心得很，按计划，今天总公司会派抢修队上岛维修柴油机房的线路，但看这天气，不知道能不能出海了。

一想到这，宋柒再也不能安睡，等到天亮，索性到渡口看看风浪情况。虽然，对于他这么个才上岛不久的人来说，如何看风评浪，是外行，但总比在所里光担心来得好点。宋柒寻思着，查看好风浪情况，即使不懂，回来也可以问问林萌于雁她们，岛上的居民从小生活在这里，到底比他知道得多一些。

海面相对比较平静，波浪有一浪没一浪的，轻轻拍打着岸边。风的感觉，宋柒感觉不出来，他感觉野马屿岛上，每天都有风，四面八方的风，吹拂着这座小岛，所以夏天还是比较凉爽的。不过昨天却是一点风都没有。今天的风，或许比他先前感受到的，略大吧。他姑且这么认为。其他，也瞧不出什么了。

天刚亮，进岛的渡轮没这么早来，出岛的人也不会这么早出门。岛上的村民习惯了一切收拾妥当后再出岛，像一次郑重其事的远行。宋柒时而看看海，时而看看风，看看天，实在瞧不出更多的东西，只得往回走。

按上次的时间，抢修队上岛差不多也要到十点钟。现在不到八点，或许，吴班长他们还没到公司呢，宋柒闷闷地想。

回到供电所，宋柒发现于雁已经到了，正端着她的饭盒往食堂走。

"宋所长，你起来啦？还没吃早饭吧？走吧，阿姨已经做好了。"于雁喊上宋柒一起。

宋柒有点奇怪："你今天怎么这么早？"

于雁嗔怪地看了他一眼，举起手里的饭盒："吃早饭啊，我妈今早有事，来不及给我做饭。"

宋柒的心思没在这上面，"哦"了一声，跟着于雁进了食堂。

说是食堂，其实不过是一个小房间，用半高的墙隔开厨房和餐厅，一张小圆桌加一个小碗柜，就是全部。供电所不过四五个人，平日里，除了宋柒固定在食堂吃饭外，其他人偶尔也会在这里吃饭。

于雁刚端着饭坐到桌前，就看到林萌也拎着饭盒走了进来，她眼睛一亮："小萌，你也来啦。咱们俩真是心有灵犀。"

"哈哈，可不是嘛。"林萌为她俩的默契小小吃惊了一下，将袋子打开，拿出饭盒，一边回于雁的话，"今天不是抢修队来吗，我就想着早点过来，帮忙一下。"

于雁佯装惊讶："哇，精神可嘉，精神可嘉。宋所长，今年的优秀员工，我不跟小萌抢了。"

林萌瞪了她一眼："就你嘴贫。"

宋柒端着饭和林萌擦肩而过，笑着回："你们表现都很好，我一定努力向公司推荐。"

三个人一起围着桌子吃饭，宋柒心里有事情，吃到一半索性问出来："林萌，于雁，我感觉今天的天气有点阴，会不会下雨？会不会船出不了海？"

两个人被宋柒这么一问，齐齐看向窗外。说实话，岛上的天气就是这样，一天几变，鲜少有不变的。有时大半天都是晴空万里，无风无浪的，但到了傍晚又有风有雨。有时看着瓢泼大雨，急得厉害，但没一会儿又雨过天晴。林萌和于雁两个都是年轻一代，连出海捕鱼的经验都少之又少，这种看天吃饭的活，老渔民或许吃得住，她们俩没信心，说不准。

只见林萌面有难色："宋所长，岛上的天气说不准，一会儿变着的，今天天气有点阴，可能会下雨吧。我们平时也看天气预报才知道天气情况，但这几天不是停电吗，也好几天不能看电视了……"

于雁觉得不能灭自己威风，怎么说也是从小在岛上长大的，天气都不会看，委实说不过去，她看了看窗外，转头对上宋柒的眼："宋所长，我感觉今天天气还可以啊，你看，现在不是已经出太阳了？"

宋柒看向窗外，确实，太阳已经从乌云背后一点点露出头来了，天色比先前亮了，像胜利的将军，一下子有了夏天主场的感觉。

"还真是！"宋柒的脸一下子灿烂起来，一扫先前的担忧。于雁觉得自己功劳不小，拼命向林萌使眼色炫耀。

林萌好笑地摇摇头。"宋所长，一会儿我们要做什么？"林萌问宋柒。

宋柒想了想，仔细盘算今天要做的活："一会儿吃完饭，我到机房屋顶去洒水，你们把机房里面打扫一下。"

洒水是个体力活，没有电，抽水泵用不了，只能提水上去。宋柒想，这个是体力活，不能让女孩子来。但没想到，原来，对自己一大老爷们来说，也是不易。毕竟，拎着水桶爬木梯，他也是人生头一遭。

"哎，哎，宋所长，你小心点。"林萌扶着梯子，看宋柒拎着一个大塑料桶，桶里满满的水，准备爬梯子，刚踏上一阶，宋柒便因为桶的重量而有些倾斜。林萌心里暗怪自己，她忘了宋柒可能都没干过这样的活，自己把桶里的水加得太满了，塑料桶还是找食堂阿姨拿的最大的那一个。

宋柒憋着气，把脸涨得通红，一只手扶着梯子，一只手吃力地拎起塑料桶，青筋凸起，晃晃悠悠一步一步往上爬。梯子是那种老式的竹梯子，不知道用了多少年，有的地方裂了，用麻绳绑了一圈又一圈，继续用。宋柒感觉自己稍微用力一些，就能把梯子踩断，他踩得格外小心。

塑料桶里的水，随着宋柒的动作，荡来漾去地，登高一步洒下一片水。林萌看着梯子一侧的地面已经被水浸透，宋柒则一点点靠近屋顶，胜利在望。

"呼！"宋柒一鼓作气，把塑料桶高举过腰，将塑料桶先放上屋顶，自己再爬上去。成功登顶，宋柒一下子坐在屋顶上，拎桶的手因为太过用力微微颤抖。

"宋所长，你还好吧？"

宋柒听到林萌在底下喊,手里拿着浇花的水壶。宋柒朝她一笑,示意她把水壶递给他。林萌往梯子上爬了几个台阶,将水壶递给宋柒。

宋柒接了过去,又顿了顿,说了一句话:"林萌,下次不用装得这么实在。"

林萌扑哧笑了出来,宋柒额头淌着汗,又有点不好意思的样子,林萌竟然觉得有点好笑。

宋柒休息了片刻,开始给新铺的水泥屋顶洒水,用水壶装一壶,小心翼翼地让每一寸屋顶都吸饱水。屋顶吸水很快,刚洒下的水,很快就渗透进屋顶,不一会儿便只剩潮湿。

宋柒把一桶的水都浇完了。拎起塑料桶,走向梯子。先前没想过拎着水桶爬梯子这么难,但,事情起了头,总不能不做完。宋柒俯身踏上梯子。

"宋所长,你不要下来了。"底下传来林萌的声音,宋柒转头一看,林萌的手里多了一根绳子。林萌把手里的绳子举起来,朝他晃了晃。

林萌从井里打水,将塑料桶装到七分满,抬头向宋柒示意:"可以拉了。"

宋柒站在屋顶上,用绳索将塑料桶一点一点收紧、往上拎。很快,一桶水就运到屋顶了。宋柒笑逐颜开:"林萌,还是你有办法,这个办法好!"

林萌在底下,笑容灿烂。

宋柒把最后一片屋顶也浇完水,像是完成一件大事,心情舒畅。他把工具都收拾到桶里,慢慢下了梯子。才到一半,就听到于雁的声音:"啊,抢修队到啦,我看到快艇了。"

宋柒一听,直接从梯子最后的两层跳了下来,把旁边的林萌吓了一跳。两个人一起往所门口走去。

果然!远远就看到 艘快艇停在渡口,船上下来二个人。宋柒把水桶交给林萌,抬腿就往渡口跑去。

王大勇从所里走出来,不满地摇摇头:"没个所长样,一点都不稳重。"

林萌有点好笑,故意问他:"老王,所长该是什么样啊?"

王大勇挠挠头,朝着宋柒的背影努努嘴,又指着自己,不好意思地笑笑。

海浪拍打着岸边的石头,快艇被浪涌得一晃一晃的,宋柒感觉到这风也比先前大了一些。但他没时间多想,吴班长已经带着两名队员到跟前了。

"哎呀,可算盼到您了,师傅。"宋柒笑颜灿烂。

"哈哈哈,我们也盼着来呢。"吴班长任由宋柒接过手里的工具箱,和他并肩走在一起。宋柒向他介绍了一下这两天所里的工作,把屋顶修了,把柴油机房也打扫了一下,一切准备就绪。

吴班长前前后后绕着柴油机房看了一圈,不停地点头:"嗯!不错,工作很细致嘛。连工具都帮我们备好了。"

听到表扬,都是受用的,宋柒也不例外,眉目带笑。一圈准备工作后,工作便马上开始了。

林萌知道,这种专业的活,她们看了也学不来,索性回到营业厅守着。于雁去食堂拎了一壶开水过来,和林萌一起准备茶水。

吴班长指挥两名队员,把可能泡水的部分缆线全部清理出来,又仔细地检查了一下周围的地面情况、是否积水、柴油机组是否受潮、是否有其他隐患点。然后才开始连接新缆线。宋柒蹲在后方认真看着吴班长的一系列操作,柴油机组的缆线不像外面的线路那么简单,他也是第一次近距离观摩。

"小宋啊,你去忙你的吧,我这边装完,估计要个把小时呢。没这么快。"吴班长怕宋柒有事,让他先去忙。

宋柒笑了笑:"没事,已经忙差不多了。现在所里的头等大事就是这个了。"柴油机房空间小,他发现自己在后面会阻碍到吴班长和队员的配合,又起身往后面退了两步。

只见吴班长头戴应急灯,半蹲在地上,手里的动作不停,宋柒心里一动,转身走了出去。

"林萌,所里有小凳子或小马扎吗?"宋柒进到营业厅,迎面就问。

林萌被问得愣了一下,迟疑地回道:"好像……有,小马扎,在工具房。"

宋柒示意她去拿。很快,林萌拎着两个小马扎出来了,递给宋柒。林萌想到,应该是给吴班长他们备着。这次维修,不像以往要登高,柴油机房的主缆线是埋在地下管网里的,要蹲着操作。先前宋柒已经检查过一遍,还好发现及时,积水只是把露出地面的那一段电缆线给浸泡腐蚀了,其他地方的缆线,都没进水。

宋柒把小马扎往吴班长的屁股底下一推,吴班长感到自己整个人被托起:"师傅,坐小马扎操作,比较舒服。"宋柒对转头的吴班长说道。

吴班长笑了笑,又继续忙手里的活。柴油机房里,一片安静,旁边的队员负责照明兼递工具。宋柒感觉自己再在这里待着,也帮不上什么忙,便退了出来。

另一个队员正在把截断的浸水缆线收起来,宋柒上前搭手。"宋所长,今天天气预报说有雨,修完不知道来不来得及出岛。"队员小杨问道。

宋柒愣了一下,天气预报有雨吗?宋柒看了看天,天还是阴的,偶尔太阳会从被风吹散的乌云底下露出来,照耀大地,但很快又会有一片乌云将它遮住,像博弈一般,来来回回一大早上。

宋柒脸上露出苦笑,这岛上的天气怎么又变了?真是摸不准啊。"希望赶得及出岛,实在不行,所里也有房间给你们睡。"宋柒安慰小杨。

林萌从营业厅里出来,找到宋柒:"宋所长,我已经跟食堂阿姨说了,中午多备饭。"快临近中午了呢,林萌记得众人吃饭这事。

"哦,好。"宋柒朝着林萌投去赞许的目光。宋柒将旧缆线收好,请抢修人员进营业厅休息。林萌正准备带一壶茶水给吴班长送去。

林萌去了又回,笑盈盈地对宋柒汇报:"吴班长说,还有十几分钟,线就可以装完,马上就有电了。"

宋柒也面露期待，停了好几天电，他的心里一直憋得慌。不是因为生活上的诸多不方便，更多是想到岛上的居民的生产生活，都等着用上稳定的电。

光明的日子，终于要回来了啊！

宋柒索性回到柴油机房等。吴班长把最后一个螺丝拧紧，又试了一遍所有的线路："好了，我们收拾一下，撤出去，准备试电吧。"最后一句话，是对宋柒说的。

宋柒眼里有光，所有人聚集在机房的电闸处，等着宋柒送电。各项安全工作做完，宋柒深呼吸了一口，一只手缓缓摁上关闸，用力推上去！昏暗的机房瞬间被点亮，眼睛在黑暗里太久，突如其来的灯光照得所有人都有点难以适应，有人伸手遮住光亮，有人眯起眼睛，但所有人的脸上都充满笑意！

终于来电了！

于雁和林萌开心地不停拍手！

宋柒心里的石头终于放下了！

"林萌，快通知你爸，通知村民，电修好了，有电了！"宋柒指着门口，跟林萌说。

"好咧！"林萌和于雁转身出去。

宋柒握着吴班长的手，连声道谢："谢谢师傅，谢谢大家，有电了，终于有电了。"

宋柒激动万分的样子，把吴班长逗乐。但想到野马屿岛连续停电好几天，村民都等着用电，吴班长可以体会到宋柒的心理压力，他拍了拍宋柒的肩膀，说："没事了，都过去了。"

"师傅，走吧，我们去吃饭吧，吃完饭再回去。"宋柒招呼所有人。

食堂里，宋柒给吴班长和两名队员倒上可乐，他带头举起杯子："吴班长，我们野马屿供电所的全体员工，以可乐代酒，敬大家一杯，感谢大家舟车劳顿，到岛上帮我们抢修电路。"

林萌、于雁一起举起杯子，见王大勇自顾自吃饭，于雁用手肘暗暗推了王大勇一下，后者才不情不愿地举起杯子，大家笑哈哈地把可乐一口喝下去。

没有冰镇过的可乐,依然爽口,沁人心脾。宋柒招呼大家吃饭,一阵筷响勺音,桌上只有吃饭的声音。

吴班长也颇为感慨:"这岛上用电,真是不容易啊。修一次的时间,都够我们修三四条市区低压线路了。我看那个柴油机组,也有些年头了。"

宋柒深以为然。野马屿岛距离陆地太远了,供电所规模小,不可能备很多材料,简单的维修,用所里的维修力量可以搞定,但遇到这种台风过后的检修、维修,只能依靠总公司的抢修团队,这来回一趟,按成本计算,也是高了。但眼下也没别的办法,电要用,该修还是要修。

一桌子人,边吃边聊,一杯杯可乐下肚,也别有一番风味。没有人察觉,外头的天色已经渐渐暗了下去,风雨蓄势待发。

噼啪噼啪,伴随着窗户吱吱呀呀的声音。

林萌率先发现:"啊,下雨了。"

所有人转头望向窗外,可不是嘛。雨还挺大,一粒一粒豆大的雨滴拍打在玻璃上,"啪"的一声,留下一道水线,"啪"的一声又留下一道水线,生怕别人不知道雨有多大似的。

"啊,快艇还在岸边,会不会有事?"小杨说,眼里露出一丝担忧。

"快艇没事,我上岸时有拴紧缆绳。"开快艇的师傅回道。

"啊!"突然一个声音,把所有人都吓一跳。

又是宋柒!副所长王大勇觉得,这个咋咋呼呼的年轻人,委实没有所长的样子,一所之长,就该稳重,遇事不慌。况且,现在电都修好了,又不是台风,只是下雨,有什么好慌的?

林萌也觉得纳闷:"怎么了?宋所长,电我们都修好了呀。"

于雁看看敞亮的屋子,也是一脸纳闷。

宋柒脸色却是凝重:"屋顶,会漏水。"

这一回,所有人的脸色,都变了。

第十七章　风雨见真情

食堂阿姨端着最后一盘青菜从厨房出来，桌上的菜和汤都还泛着热气，唯独不见人影。

"啊，人都去哪了？"阿姨将盘子放到桌上，看到地上有一根筷子，应该是走的人匆忙起身，把筷子都丢了。她弯腰将筷子拾起来，一脸困惑。

屋外的雨很大，风也大，林萌感觉自己手里的伞几乎要被风掀翻，不得不双手紧紧握住伞柄。于雁紧紧依偎着林萌，用两束手电筒的光，帮前方的五个人照明。

林萌试图看清他们的动作，但天阴得厉害，她只看到宋柒和吴班长、王大勇都爬上屋顶了。两个队员，一个人在地面，一个人在梯子上，将一捆捆篷布一点点地往屋顶上送。

回到几分钟前，宋柒发现雨势渐大，他想到刚刚铺好的水泥屋顶可能会在这么大的雨里"阵亡"，柴油机房屋顶会因此再次漏水，那刚铺好的缆线……宋柒将担忧和大家一说，所有人立即决定，马上抢救屋顶！

"来，先把篷布拉上来。"宋柒和王大勇合力将篷布都拉上屋顶。大雨打得人睁不开眼睛，没一会儿，脸上都被雨水打湿。宋柒的头发湿答答地垂在额头前，显得更加稚嫩，雨水顺着额前的湿发一点点滴落，也顾不上去擦。

所有人的注意力都在篷布上。

宋柒将自己的意图跟其他人说明白。先用篷布把原先裂缝的地方遮住，再用另一块大篷布，做成斜屋顶。

小杨负责搬运砖头，先在屋顶中央堆叠起二三十厘米的高度，其他四个人分别站在四个角，将篷布拉伸、固定好，形成中间高两边低的自然弧度，让雨水可以直接沿着屋檐往下流，不至于积在屋顶上。

王大勇明白宋柒的做法是对的，这一回他没唱反调，一直配合大家的工作。最重要的篷布和雨衣还是他从储藏室的应急物资里找出来的。关键时刻，心还是得往一处使。

大家商议，先用篷布遮挡屋顶，熬过这一场雨。换平时，这个工作很快就能完成，但是在瓢泼大雨里，大家的动作都被雨水阻碍着，又穿着雨衣，动作不便，速度上和平时比慢了不止一点。加上风大，刚拉好的篷布，一卸力就容易被风吹跑，一来一回，时间花进去不少但效果依然不好。

"不行，不能四个角同时拉，不好操作。"吴班长抹掉脸上的雨水，道出问题的关键。他提议两人一组先固定一对对角，于是，吴班长和小队员一组，宋柒和王大勇一组，两组人合力将篷布的缆绳固定，为了防止篷布被风掀飞，手指粗的麻绳打了好几个结。

起身的瞬间，王大勇发现宋柒的雨衣扣子不知道什么时候松了，一边衣襟被风吹得鼓起，雨已经把他的衣服打湿了，但他却浑然不知。

王大勇让他先把扣子系紧，宋柒不在意地挥挥手，示意到另一边继续开工。

吴班长发现中间叠高的砖头因为大家的拉扯，已经出现了倾斜，他立即起身，踏着鼓起的篷布来到屋顶中央要把砖头摆正，这时，一阵风吹过，吴班长一下子没站稳，整个人扑倒在砖头上，砖头哗啦啦倒下。

"吴班长！"

所有人大惊失色，都上前去搀扶。

"没事没事，小问题。"吴班长喘着粗气，在众人的搀扶下，坐到一旁。吴班长的雨衣帽子掉了，又摔倒，整个人在水里泡过一般。

宋柒半跪在吴班长身前，发现他的裤子膝盖处已经被磨破，伤口处一片血红，雨水又把血红不断地冲淡。"师傅……"宋柒脸上雨水、汗水交织，满是愧疚。

"师傅，我先扶你下去，剩下的我们来弄。小杨，你们陪师傅下去。"宋柒抬头喊人。

"嗯！师傅，我扶你起来。"小杨上前，和另一个队员一起搀扶吴班长。吴班长曲起受伤的那只脚,一步步走向梯子。

林萌和于雁在营业厅里等着,突然看到小杨两人搀扶着吴班长,夹风带雨地回来,吴班长的脚似乎还受伤了,两人大惊,立刻上前帮忙。

"哎呀,这是怎么回事?吴班长,您受伤了?"于雁紧张得嘴巴说不停,但是不敢上前查看,吴班长的伤口处,裤子完全湿透,紧贴着伤口,露出惨白的皮肤,周遭又血水直流,看起来血淋淋的一片。

"都是我不好,没把砖头叠好,师傅他磕到了。"小杨满脸愧疚,脸上雨水还在不停流淌。三个人都分外狼狈。

"于雁,你去储藏室找一下有没有药箱和干净的衣服,先让小杨他俩换上。再找一套给吴班长。"林萌眉头紧皱但思路清晰,见于雁慌不迭地跑开,又把她喊住,"还有,叫阿姨烧一锅生姜水。"

"哎,好。"于雁小跑离开。

"吴班长,小杨,你们先把雨衣脱掉,我先去找几条毛巾来。"林萌轻声跟几个人说,又把一把椅子拉到吴班长身边,"吴班长,您把腿抬起来,放到椅子上,这样雨水就不会流到伤口上了。"

吴班长强忍痛楚,对林萌微笑:"好的,林萌啊,谢谢你们。给你们添麻烦了。"

林萌摇摇头:"您别这么说,您是为了我们才受的伤,应该我们谢谢您。"

林萌找来三条毛巾和一件衣服,简单清理过伤口后,林萌让两个小队员先搀扶吴班长去换衣服。很快,吴班长又被搀扶着出来,换了一身夏天的运动服,避免受伤的小腿再度被布料摩擦。

一条十几厘米长的划痕,微微渗出血丝,膝盖处磕下一块皮,露出血红的肌肤。于雁有点不敢看,双手遮住眼睛,从指缝间瞄向林萌。

林萌找来应急药箱,用棉签蘸上酒精,一点点把吴班长膝盖上残留的泥沙清理掉。小队员换了干净衣服,一边喝着热热的生姜水,一边看吴班长皱着眉头,将头转向一旁用喝水转移伤口处传来的痛感。而林萌则半蹲在吴班长旁边,长发绑在脑后,微微垂下,手里动作轻巧,认真地处理伤口。

宋柒和王大勇回到屋里，就看到这一幕，见到吴班长精神状态挺好，宋柒心里的一块石头稍稍落地。走近看到伤口，眉头又皱了起来。

"啊，伤口这么长啊？"王大勇没忍住，叫了出来。

吴班长笑着摆摆手，示意不要紧。

林萌听到声音，转头看到进来的两人也是一身湿答答，渗下的雨水在地板上流出一摊水渍。林萌朝于雁抬了一下下巴，于雁立刻领会。

于雁说："宋所长，老王，你们快先去把湿衣服换掉，然后下来喝生姜水。有事情，换了衣服再说，你们这样会感冒的。"于雁推着宋柒，往楼梯上赶。

吴班长也跟着帮腔："去吧，我没事，林萌手巧，一点都不疼。"

宋柒这才离开。

第十八章　神机妙算

回到宿舍，宋柒简单把身上的雨水擦掉，感觉到身上有点发冷，又有点热，他从柜子里想拿一套运动服穿上，结果翻了翻没找到。

宋柒突然想起，吴班长身上的那件衣服有点眼熟，蓝白相间，那可不就是自己的衣服？！

宋柒哂笑，这个林萌，看来是生气了。不打招呼，不说话，应该是气他没照顾好吴班长，把"救电恩人"给弄受伤了。宋柒笑着摇摇头。

刚下楼，就听到吴班长爽朗的笑声，宋柒听着，心情也没那么沉重了。

"师傅，腿怎么样了？"宋柒咳嗽两声，立刻上前，探身去看伤口。

吴班长拍了拍宋柒的肩膀："没事，一点点伤，林萌已经都处理好了。"

宋柒一脸愧疚:"师傅,是我们准备工作没做到位,不然,您也不会……"

"哎,说这话干吗?"吴班长大手一挥,制止宋柒往下说,"这柴油机组的线路刚修好,我可不能让这雨坏了我的好事,我是为了自己着想。"

大家知道吴班长是故意开玩笑,原本紧张的心情一下子放松了不少。气氛也没先前那么凝重。

林萌在一旁收拾药箱,于雁端着一碗生姜水递给宋柒:"宋所长,你也喝点吧,驱驱寒也好。"

宋柒道了声谢,接过去喝了一口,随后就坐到吴班长旁边:"师傅,我看这雨,一时停不了,要不今天就在岛上住下,明天再出岛?等雨再小点,我送你去村卫生所把伤口仔细处理一下。我去跟总公司报备一下?"

吴班长正猛喝生姜水,头埋在碗里,只用一只大手在前面挥了两下,咕咚咕咚把水喝完后,才发声:"不用不用,这种雷阵雨,能下多久,不用两个小时,就停了。雨一停,我们就回去,还有一堆报修单还没处理呢。"吴班长拍了拍宋柒的膝盖。

宋柒觉得不妥当,指着膝盖上的伤口:"可是,师傅,您这伤口这么长,要休息的,回去了也不能马上工作。"

吴班长嗔怪地看了他一眼:"我当然可以休息啊,我带队指挥,他们负责干活。我不就休息了。养徒弟啊,就是这个时候用得上,你们说对不对?"

两个队员点头如捣蒜。

"吴班长说得也对,阵雨下得快停得也快。岛上卫生所的条件不够,也只能简单做一下处理,伤口淋雨了,最好还是早点回城里,把伤口处理一下。"王大勇开口了。

林萌附了一句:"伤口淋雨了,最好打一下破伤风。老王,咱们卫生所应该可以打破伤风的针吧?"

王大勇想了想,懵懂地摇了摇头:"我不清楚,我很少感冒发烧的,没事谁去卫生所啊。"

王大勇的话,惹得众人一笑。吴班长笑得最大声:"哈哈哈,老王,有点意思。"

天光一点点从乌云背后射出,在地面照出一条条金线,雨渐渐小了,风也小了,果然像王大勇所说的那样,夏天的阵雨下得急,停得也快。

宋柒脸色发红,身上冷热交加,他知道自己应该是着凉了,但还是忍着,一句话都没说。在岛屿上久了,他好像也渐渐成了钢铁战士,对抗恶劣环境也产生了抗体。他看着天朗气清的四野,土地里散发出被太阳照射后浓浓的泥土的味道,四周的树木野花,绿得更绿,花开得更艳,他有一种错觉,先前那一阵疾风骤雨不过是做了一场梦。但看到屋檐哗哗地往下淌水,想也知道篷布上的积水还有不少,便又确信,先前的那一场忙乱是真真切切的。

吴班长在队员的搀扶下,一瘸一瘸地来到门口,和宋柒站在一起,他深呼吸了一口气:"啊,这泥土的味道,真香啊!"

宋柒知道吴班长的老家在乡下,他笑着问道:"是不是想起自己老家了?"

吴班长跟着笑:"可不是嘛,工作忙,很久没回去了。但来到野马屿,我就有一种回到老家的感觉。"

低矮的房屋,质朴安静,田地规整,有三两个戴着斗笠的村民也趁着雨停到田里检查作物,远处,船帆随浪轻摆,天空明净,大海蔚蓝,看不够的风景,也看不腻。

宋柒从小在城里长大,只有寒暑假才会回到乡下爷爷奶奶的老家,但每次回乡下,他都觉得特别高兴,乡下好玩的东西可比城里多太多了,很多小伙伴,一起下河抓鱼、上树摘果、下地摘瓜……总是玩到不想回城里。长大后,回去少了,如今,在野马屿岛上工作,宋柒时常有一种熟悉的感觉。

宋柒搀扶着吴班长,两个小队员带着工具箱跟在后面,还有王大勇、林萌、于雁,整个供电所的人都出来送别。

吴班长看着有点好笑："哎呀，你们这是，又不是什么大领导要走，别送了别送了，都回去吧。小宋送我就可以了。"

宋柒在一旁笑着不说话。经过这一次，供电所的人和吴班长之间，建立了不同于以往的情谊，不再是简单的报修、维修的工作关系，更像是一群一起战斗的战友，他能感觉得出来。

吴班长见撵不动人，只得由着他们跟着。经过村卫生所时，宋柒突然想起林萌的话："卫生所是不是也可以打破伤风针？"

他立刻跟吴班长说："师傅，卫生所就在那边，要不，我们过去打一针破伤风针再回去？时间应该来得及。"

吴班长皱了皱眉头，他最不喜欢打针了，大老爷们的，一点点伤不至于那样。他立刻摆摆手："不用不用，我身体好着呢。等回了城里再打也不迟。岛上看病不容易，把针留给更需要的人。我回去打，你不用说了。"

宋柒坚持，吴班长更坚持。

无奈之下，宋柒只得吩咐两个小队员："小杨，上岸后，第一时间送师傅去打针，记住了。"

快艇在水面划出一道漂亮的弧线，掉头出了渡口，宋柒、林萌们站在岸边朝吴班长一行挥手道别，直到快艇消失在视野里，所有人才掉头回去。

路过村卫生所，村医陈香萍刚好走了出来，看到宋柒一行，脸上喜笑颜开："哎呀，宋所长，看到你们太好了。"

宋柒停住脚步。

手电筒的灯光靠在眼角边，将宋柒的长睫毛照得一览无余。此刻，宋柒正在卫生所的电路总闸前检查。陈香萍原本是要去供电所找人来维修，刚巧遇到宋柒一行送别吴班长，索性直接把宋柒拉过来。

林萌、于雁被陈香萍生怕宋柒不来的着急样逗笑，王大勇则嘀咕着："女人不管到了什么年纪，看到帅哥就走不动道。"背着手，自己先离开。

"陈医生，这个线路已经老化了，等过两天我找一条新的过来，给你换掉，省得动不动跳闸。"宋柒说着话，手里的动作也不停，最后手往上一推，"哎哟！"

没等来光明，等到了一声喊叫，陈香萍好奇地从身后探头上前一看，不得了！

"哎哟，怎么流血了？被什么戳到了呀？"

宋柒龇着牙，回正身子前，不忘用另一只手把开关推上去，先有电。

"没注意看，旁边有个钉子，不小心戳到了。"宋柒把手给陈香萍看，先前手劲用大了，钉子也戳得深了些，此刻，"中招"的大拇指已经被血染红，溢出的血止一点点往外冒。

陈香萍抬头看了一眼电闸，果然旁边有一个凸起的小钉子，已经生锈得红不红，绿不绿的，和老旧的木板几乎融为一体，难怪宋柒没瞧见。

"哎呀，这钉子都搁这多少年了，生锈成这样，你这伤口……"陈香萍举起宋柒的手看了看，"先跟我回去处理一下，保不齐要打破伤风。"

于雁和林萌两个人原本在陈香萍的办公室里嗑瓜子，没想到，才一会儿工夫，就看到陈香萍和宋柒回来了。那冒血的手指头，被陈香萍小心翼翼地扶着，俨然捧着珍宝一般。宋柒在一旁脸色通红，很是尴尬。

听完陈香萍"添油加醋"地说了一遍方才的事，于雁直接笑出声来，林萌也忍俊不禁。

"哈哈，我说，哈哈，宋所长，你是不是想着，吴班长留给野马屿的破伤风针，不打白不打啊？"于雁笑得说话上气不接下气，"赶趟地要让萍姨打针。"

林萌笑着摇摇头："萍姨，还有针吗？"

陈香萍帮宋柒做了消毒，正在给宋柒做包扎。听到林萌的话，她歪着脑袋想了想："不知道还有没有，我去找下。"说着，就把宋柒的手递给林萌,"小萌,你帮他包扎。"

"我记得应该还有一针的,在哪里呢,我明明是放在……"陈香萍小声嘀咕着走向药柜,扶着眼镜一层层搜索。

林萌被突然塞到手里的大手怔住,宋柒被握得有点不好意思,刚想把手抽回来,却又被一股力量拉住。林萌将宋柒的手拉向自己,摆正,低头轻轻地给他包扎。

宋柒的手很烫,林萌的动作比陈香萍还轻,如果不是看着她,宋柒完全感受不到动作,只有一阵香甜的风,慢慢充盈他的鼻息,是林萌身上的淡淡香味。

宋柒有点迷糊了。一半是激动,一半是烧糊涂了。

"宋所长,你发烧了?"林萌发现了宋柒的不对劲。

大家都围了过来。林萌摇摇头:"宋所长也太拼了。"

林萌的表情有点心疼,但很快就掩饰了过去。

宋柒的视线停留在林萌身上,有点呆,也不知道在想什么。

"啊!"陈香萍的声音响起,打断了宋柒的遐想,"果然还有一针!"

"是什么针?"于雁问道。

"破伤风啊!"

宋柒语塞,想起吴班长的话,心里嘀咕:吴班长真是神机妙算啊!

第十九章　行走的"木乃伊"

"陈医生,可以不打吗?"宋柒一脸苦哈哈,举着被包扎成木乃伊的食指,"已经消毒过了,我身体好,肯定没事。"

宋柒不是害怕打针,就是觉得有点小题大做,一点点伤不至于要打针。这一点,和他的师傅吴班长如出一辙。林萌心里暗笑,转念一想，话随口脱出："哎呀，宋所长，那可说不准的。小伤口也可能引发大感染，萍姨在岛上可是见过很多了。"

林萌转向陈香萍："萍姨，之前王婶下海，腿被海蛎壳给刮到了，后来怎么样？"

陈香萍还在柜台前忙活，头也不抬地回道："后来啊，腿肿了老大，烂了一大块，要把腐烂的肉挖掉，清创，再挂消炎针，搁了很久才好。"陈香萍拿起注射器，抬头注视，轻轻一推，针头喷出一丝水柱，"她啊，一开始也是怎么都不肯，说什么常在海边走，哪能不湿脚，怎么都不打，后来……"

哼！陈香萍用一句冷哼，结束对宋柒的碎碎念。

林萌紧紧抿住嘴，差点憋不住笑。于雁看出她的伎俩，拼命加油添醋，火上浇油："哎呀，宋所长，你是没看到那个伤口啊，原来就一小道刮痕，只冒着点点血丝，后来溃烂到……唔，我都不敢看，也没几天吧，就三五天就成那样了。王婶还嘴硬，最后扛不住了，才去的医院。"

宋柒被几个人说得心里七上八下直打鼓，还没下定决心呢，就看到陈香萍举着针就朝他走来。

"哎，哎，陈医生，等、等一下。"宋柒举着食指慌忙躲开，避到门口。

"陈医生，你让我准备一下，准备一下。"豆大的汗从额头流下，宋柒像躲瘟疫那般，远远避开。

陈香萍无奈地摇摇头："一个大男人，还怕打针？我在这里当了三十年赤脚医生，你是第二个怕打针的男人。"

林萌纳闷，还有第一个人？"萍姨，是谁啊？我怎么不知道？"

陈香萍转头看了她一眼，又回头用下巴努努嘴："还能是谁，他师傅呗。不愧是师徒。"

哈哈哈哈，窗外，一群麻雀被破窗而出的笑声惊到飞起。

林萌挥手和于雁道别，和宋柒继续走在回供电所的路上。被喂过感冒退烧药的宋柒沉默，一只手不停地揉着打了针的手臂。

林萌见怪不怪，斜乜着看了他一眼："还疼啊？你都摸一晚上了。"

宋柒瞥了眼她："没打在你身上，你当然不疼了。"

林萌在心里白眼翻上天："要是每个病人都像你这么怕针，我觉得萍姨估计早就气吐血了。"

宋柒放下手，说到萍姨，他好像记起什么："萍姨真的在岛上待了三十年啊？"

林萌重重地点头："是啊，比我待的时间还长呢，我们村里有不少人还是在她手里接生的呢。"

宋柒听林萌说过陈香萍，她的家人都不在岛上，她一个人在岛上卫生所工作。看她跟村民熟稔的样子，宋柒想过她应该待了有段时间，但没想到，竟然待了三十年。

"三十年……"宋柒呢喃，"好久……"

三十年，足够让一件故事酝酿、发生、高潮，直至沉寂。但好像，在陈香萍的记忆里，她在岛上的生活一直是波澜无痕的。三十年前，她从卫校毕业后，被分配到野马屿岛卫生所。

野马屿在哪里？那时初来乍到的陈香萍从老师那借来的地图上，找到了，还没蚂蚁大的地方，标注着野马屿，四周被蓝色包围，她知道，蓝色代表大海。

陈香萍第一次意识到，地图一点都不准，是在她在海上漂了近三个小时，拖着颤巍巍的双腿踏上野马屿岛的时候。"不是挺近的吗，怎么坐了这么久。"陈香萍将肚子里东西完全吐完，说出登岛后的第一句话。没人回答她。

带她上岛的老渔民，对这样的奔波习以为常，他们忙着将岸上买的日用品一一搬下船。陈香萍只得跟着大部队走。有人带她到村卫生所。一间不大的房子，门口挂了"野马屿卫生所"的牌子，从门外看进去，没有电灯，黑乎乎的一片。

突然，一道白影飘了出来，直冲到陈香萍面前。"哎呀，小同志，可把你盼来了。"一个上了年纪的女人正眯着眼笑盈盈地看着。

"您，您好。"陈香萍怯生生的。

原来是老医生，因为她要调走了，这才把陈香萍分配到这里来。十几年了，才分来一位正儿八经的医生，不仅老医生，就连村里的乡亲也觉得稀奇，纷纷跑到卫生所来瞧新鲜。

陈香萍有点尴尬，又不知该如何应对，只能抱着一堆她还来不及细看的东西，腼腆地笑着。一切任由老医生安排。

"哎呀呀，别拿了，太多了，吃完再拿，小孩肚子才多大。"老医生将村民递上来的东西一一退掉，"小陈刚来，以后有的是时间，东西不急拿啦。"

等到村民都走了，陈香萍这才有机会说她上岛后的第二句话："他，他们好热情啊。"陈香萍低头看看怀里抱的东西，地瓜干、海蛎干、蛏干，还有米粉、猪肉、青菜……

"村民实在，对读书人都特别尊重，特别是医生。"老医生洞悉一切。

送走老医生，陈香萍开始了岛上的驻医生活。习不习惯的，她没太在意，她也出生农村，只是在岸上，除了出岛不方便之外，岛上的一切和家乡的风貌差不多，她不矫情也能吃苦，那时也没对象，觉得刚毕业能赚钱养家特别光荣，便这么一天天地过了下来。

唯一觉得困扰的，大概是电，隔三岔五地停电、没电、断电，有时病人看到一半，没电了，只能拿出手电筒，继续问诊、写病历、配药……

第一次遇到时，她显得不知所措，卫生所里的陈设她还不太熟悉，翻箱倒柜找了一番，愣是没找到蜡烛、煤油灯、手电筒或任何一件可以照明的东西。村民倒是很习惯，指了一个角落的抽屉，老医生习惯把应急的东西都规整在一个地方。

卫生所的工作，说累也不累。小病小伤的，她都能处理，也不会每天都有。没事的时候，她喜欢坐在门口看书，至于为何不在屋里，大概是因为屋里灯不亮偏暗，而屋外，来往的人声、飘散的炊烟，都是最好的配乐，陈香萍喜欢这样的氛围，让她感觉自己也是岛上的一分子。

也确实是一分子,附近的乡亲,有做了什么好吃的,都会叫家里的小孩给"医生姐姐"送一份过来,不是这家送,就是那家送,有时还会撞场,为了平衡关系,陈香萍都会收下,吃光、洗干净碗再好好奉还。经常一整天都不用自己动手做饭。陈香萍觉得,大家的好手艺快把自己养肥了。无以为报,只能尽心治病作为报答。

下雨天、台风天,卫生所静得会落针,其实可以关门休息。但陈香萍还是坚持点一盏煤油灯,守着。恶劣天气,往往伴随着不可预知的病痛,谁知道老天会怎么安排。

她就遇到过。暴雨天,有村民的孩子高烧不退,用了各种土办法都不行。不得已,只能上门请陈香萍。她用新雨衣把诊箱包裹好,披上旧雨衣跟着村民赶过去,到家了,诊箱完好,人却湿了一大半。

看诊、下药、挂瓶,写医嘱,一阵忙活下来,才松一口气。转头,孩子的妈妈已经端着一碗生姜水站在身边,满脸感激。

陈香萍觉得有愧。她不是没想过申请调走。亲戚介绍的对象,一听说她在偏远海岛工作,便打了退堂鼓;村里人都出海的时候,岛上静得连看家狗都懒得抬眼理人,她想到自己大好青春就要在这座地图上都看不到的岛上耗费着,就一阵不甘。

但转头看到,那一双双澄净清澈的眼睛充满信任,一双双布满老茧的手盛满感激,陈香萍就迈不开腿⋯⋯

"然后呢?"宋柒发现林萌是讲故事的好手,他听得如痴如醉。

然后,陈香萍终究是遇到了良人,结婚生子,即使后来有机会调离野马屿,她也放弃了。"在萍姨心里,野马屿应该是她的第二个家乡吧。"林萌对陈香萍很是敬重。

内心的波澜一点点荡起。宋柒回忆起第一次遇到陈香萍时,他被海上的风浪教育得无比乖巧,只记得有一个温柔的、带着一点口音的女声在轻声唤她。年纪和自己的母亲差不多大,白大褂为她平添了几分书卷气。然后帮忙修了两次电,匆忙来匆忙去,没想到,普普通通的外表之下,竟然还藏着一个看似波澜不惊却又震撼人心的故事。

三十年，人生的三分之一时间，就圈在这里，走路不到三十分钟就可以逛完的小岛，一片村居，绕着屋开辟的田地，低矮的树林、岸边的礁石，一眼看到头的道路……

"你会像萍姨那样坚持在野马屿工作，不离开吗？"风中飘来一句疑问，那是林萌的声音。

宋柒知道，这个选择题早晚会摆在他的面前。

第二十章　回忆会像谁

会一直在吗？

林萌的意思是很久，甚至一辈子。也许会，也许不会，连他自己也说不清楚。

如果是在几个月前，宋柒第一次上岛那天，他也许会犹豫。

他自小就在城市生活，习惯了车水马龙的柏油路，习惯了熙熙攘攘、热闹喧哗的大街小巷，也习惯了快节奏的城市生活……面对这样一个完全陌生的小岛，一个连用电都成问题的地方，那时的宋柒虽然不会立马收拾行囊，头也不回地逃离这个穷乡僻壤，但做好一辈子扎根的打算对他来说，也要慎重考虑考虑。实现爷爷的期望，不是嘴上说说而已。

可是……

可是在经历了那么多事，见过了那么多小岛上的岛民，感受到大家的热情和淳朴后，他深深地被这个美丽而安静的地方所吸引，甚至觉得岛上的所见所闻早已进入他的肌肤、钻入他的血液，与他融为一体。

"你还记得吗？当初我第一次上岛，就吐得昏天黑地，差点没把肠子给吐出来。"

宋柒避开那道炙热而充满期待的视线，有意无意地岔开了话题。

"是啊，我那时候就觉得，这男的不行，坐个船都能吐半天，肯定是肾虚！"林萌突然开起了玩笑，爽朗的声音在静谧而空旷的小岛上显得更加清脆。

只是那双黑曜石般干净而纯粹的眼睛里闪过一丝落寞，似秋叶般落地无声，却给人以长长久久的缱绻。

"哈哈哈，是吗？"宋柒的笑声顿时划破天际。

两人都心照不宣地转移了话题，你一句我一句地闲扯些无关紧要的事。

小小的岛上，万籁俱寂，只有海浪还在无声地击打着岸边，仿佛在诉说着一段尘封了千年的故事。

成年人的选择往往就决定在一瞬间。很多事，不必问，也无需再问。

"问这些有什么用呢？答案不是很明显吗？林萌，不是每个人都必须和你选择一样的路，你决定不了谁，你也没有资格要求别人。过多的干涉，只会重蹈覆辙，还是……算了吧。"

林萌躺在床上辗转反侧，一夜未眠，脑海中一直都是宋柒在台风中奔波的身影。思绪渐飘渐远，她仿佛又回到了几年前的那一天。那时候的她在野马屿岛外的学校上中专。

"太好了，小萌，现在你可以答应我了吧？"

林萌抠着手指头，语气有些不确定："程海，你确定要跟我在一起？你爸妈能同意吗？"程海是林萌的前男友，严格意义上来说，也不算，因为并没有双向奔赴过。没有双向奔赴过的爱情不叫爱情，顶多算过客。

"管他们干吗？我自己的婚姻大事，我自己能做主。小萌，相信我，别说是一座岛，就算是天涯海角，只要你喜欢，我都会陪你去。"

"岛上的生活很艰苦，你确定你能坚持下去，而且……"

林萌还没说完，就被程海给打断了。

"小萌，你相信我！我不是那种吃不了苦的人。"程海紧紧握住林萌的手，轻轻放在胸口的位置，信誓旦旦，"从现在开始，我，程海，发誓会和林萌永远在一起，永远喜欢林萌。林萌在哪儿，我就在哪儿；林萌去哪儿，我就去哪儿，一辈子不离不弃！

"这下，你总该相信了我吧？"

林萌翻了个身，滚烫的泪水悄然从眼角滑落。她吸了一下鼻子，又陷入了无边无际的回忆之中。

直到现在，林萌也不确定自己是否喜欢过程海，可是他那时所说的话，一字一句，都被她记到了心里，每每想起总会热泪盈眶。

"我要在岛上新建一座房子，找个安稳的工作，最好离你家近点，这样你以后回娘家就不会嫌路太远不好走了。"

"院子里得种几棵树，树下放把躺椅，没事的时候，我们可以躺在椅子上一起听海浪拍打礁石的声音。"

"最好再扎个秋千，旁边摆个石凳。这样每次我坐在石凳旁数钱的时候，就能看到你坐在秋千上，双腿在空中晃荡的样子了。"

林萌虽然是个理性的小姑娘，但情窦初开的女孩还是被这番话感动了，忍不住和对方一起想象那美好的一幕。曾经有很多次，她都在心里想，要不……就他了吧。

"小萌，我知道，你肯定觉得我这些话都是说说而已。但是没关系，总有一天，我会用行动向你证明，我是个值得托付的人。"程海顿了顿，郑重地说，"我从来都不在乎什么家庭背景，只要能和心爱的人在一起，所有的困难都不是困难。只是……我不放手，你也别放手。"

"我不放手，你也别放手！"

这句话一直被林萌记到了今天。

纵使千帆过尽，沧海桑田，她依然无法忘却。

程海的父亲是旅游开发商，家境殷实优渥，而他本人也是名牌大学毕业，自小就过惯了衣来伸手、饭来张口的日子。

两人遇见的缘分很巧妙，一次校园演唱会上，前来参加活动的他遇到了青春活力的林萌，一见钟情，热烈追求。程海虽然是本科学历，却从来没有看不起过学历不如他的林萌。他的朋友都觉得两人的家世背景相差太多，但程海不以为意。

程海有一股子天真，那是一种意气风发的天真。他说起未来的样子，有笃定和期待，让他整个人闪闪发光。林萌很喜欢他描绘的关于两个人的未来。更让她感动的是，她为了小时候的梦想——把野马屿变成黄金岛，回到了家乡野马屿，考入供电所，从最基层的营业员干起，程海竟然不顾家里人的反对，只身一人追到了野马屿。

程海对他爸说的是到野马屿考察开发岛屿的可行性，其实是为着林萌而来。两人在岛上着实度过了一段美好的、无忧无虑的生活。林萌也渐渐地被他的执着追求所打动，但到底比程海多了几分犹豫，潜藏在心的忐忑也让她对两人的未来打着问号。

直到有一天，台风的侵袭导致整个小岛都停了电，身为营业厅班长，林萌不得不留下来，一直加班到夜里十二点。好不容易处理完一切，当林萌终于可以下班回家时，已经快到凌晨了，整座小岛乌漆墨黑，在月色的掩映下，显得更加荒凉。

林萌摸着黑，小心翼翼地从营业厅出来，快步走在回家的路上。

突然，半路上窜出来一个黑影。

"啊……"

"别喊，是我。"

"程海？"

"嗯。"程海点了点头，"我下午去你家了，本来是有话要跟你说的，可是看你一直没回去，担心出了什么意外，就来营业厅找你了。"

林萌这才舒了一口气："吓死我了，你怎么不早说？我还以为是坏人。对了，你要跟我说什么？"

程海不敢看她，支支吾吾地说："没……没什么。"

夜深人静，月明星稀，一男一女在并肩行走，空气中弥漫着淡淡的暧昧的气息。

程海所做的一切，林萌都看在眼里。回想过去的这几个月，他从一个两手不沾阳春水的大少爷成长为一个吃苦耐劳的男人，从受不了一点鱼腥味到能随着渔民们一起下海打鱼，从成天抱怨到逐渐习惯岛上的生活方式……不得不说，程海真的用心了。

就在这天夜里，林萌下定了决心。身边的男孩程海应该就是她要寻找的星辰大海，也终将会是她携手相伴一生的人。

第二十一章　天亮跟你说再见

往事历历在目，就像昨天。

林萌永远都忘不了那一天晚上，程海一直将林萌送到家门口。在林萌转身去推开家门的瞬间，程海在她身后情不自禁地唤了一句："小萌……"

"嗯？"林萌转过身来。

"没，没什么。你照顾好自己，晚上加班太晚最好叫人陪你一起回家。"男人的声音有些迟疑，有点异样。

林萌笑他有点大惊小怪，从小在岛上长大，她闭着眼睛都能找到回家的路。后来每次想起那一天，她都觉得自己太迟钝了。那种欲言又止，其实程海已经表现得很明显了……

第二天早早醒来，沉浸在恋爱喜悦中的林萌就给程海打了个电话，她要把自己昨晚想了一夜的思念的话说给对方听，可是手机里一直传来机器般冰冷而无情的声音——"您拨打的用户已关机"。

林萌感到有些奇怪，越想越觉得程海昨晚的状态不太对。她立马穿上衣服，一路小跑着来到程海租住的小屋里。

"那个年轻人啊，他一大早就走了，临走还有封信让我转交给你。"出租屋的老板娘一边说着话，一边开了门。屋里空空荡荡，衣服、鞋、手机，还有角落里那两个黑色的行李箱都不见了。

林萌的神情落寞，她慢慢地接过老板娘手里的信，打开信纸，只见上面用钢笔写着三个遒劲有力的大字——"对不起"。字体熟悉，是程海的没错了。

"多好的小伙子啊，像人家这样又年轻长得又俊的，早就出海了。但凡有一点能力的，谁愿意待在这座岛上呢？"老板娘故意拿话激旁边的一个中年男人。

中年男人被婆娘平白无故骂了一通有些不服气："长得帅有什么用？一点小小的苦都吃不了。你看，碗不能洗，地不能拖，就连煮个饭都要人教。"

"人家再怎么样也比你好吧，瞧你那一身肥肉。"老板娘白了男人一眼。

"肥肉怎么了？比那些成天只知道玩手机玩电脑，一停电就啥都干不了的人强多了！"男人转头对林萌说，"小姑娘，你可不知道，之前有个男的住在我这里，昨天下午刮了场风，停了会儿电，他给我们搭了把手，才修了会儿柴油机就累得上气不接下气。这不，今早就落荒而逃，走了。你给咱评评理，这种男的是不是特别孬？"

"呸，吃你的饭去吧。人家是大城市来的高才生，凭啥帮你修柴油机？"老板娘啐了一口唾沫。

老板夫妻俩你一言我一语地斗着嘴，完全忽视了一旁神情落寞的林萌。

程海的不辞而别让她备受打击，可她一点都不怪对方。尽管他曾信誓旦旦地保证过，说自己愿意留下来，可是林萌心里很清楚，像他这样城里长大的人，是不会一辈子留在岛上的。

是啊，程海是从城市来的，宋柒也是。经历过这场台风事故，他或许更不愿意留在岛上了吧。

"别想了，人家可是所长，要不了多久就会被调走，怎么可能和你一样，本地土著一样守着这座荒凉的岛？"林萌翻了个身，自嘲道。

嘟嘟嘟……铃声响了。

林萌揉了揉蒙眬的双眼，一把抓起手机，里面传来于雁急切的声音："小萌，你快过来，宋所长走了。"

"什么？"林萌打了个激灵，一下子从床上弹了起来。

她一整夜都没睡好觉，天亮了才有些困意，可是一听到电话里传来的声音，林萌就像打了鸡血似的，神采奕奕。

"你确定？不会是人家太累了，起晚了吧？"

于雁否定道："当然不是。我今天是最早到营业厅的，一进门就看到宋所长已经坐在里面了。他跟我交代了一下工作，拖着行李箱急急忙忙地就走了。"

"那……"

"别这这那那的了，你赶紧过来，小心迟到。对了，宋所长临走安排好了营业厅的事务，你作为班长，不来起起带头作用也太说不过去了吧。"

林萌摇了摇头，尽力让自己的情绪平稳下来："知道了，我马上就去。"

顾不上吃早饭，林萌随便洗了把脸，抓起一件衣服套在身上，就急匆匆往供电所赶过去。

宋柒上任的这段时间以来，把所有的事务安排得妥妥当当、明明白白。在他的带领下，各个岗位的工作人员兢兢业业、各司其职，把所里的工作处理得井井有条，从来没有出过岔子。

宋柒这一离开，所里像是少了点什么。身为供电所营业厅的班长，她理应以身作则，管理好自己的事务。

出乎意料的是，林萌赶到供电所，发现大家虽然三五成群，聚在一起不知道在说什么，可并没有因此懈怠工作。几番询问，她这才知道宋柒走之前已经安排好了一切，不只是营业厅，供电所接下来一段时间里所有的工作他都安排好了，杜绝了乱成一锅粥的现象。

"哦，还好……"

林萌长长地舒了一口气，这才定下神回到了自己的工作岗位。

"萌萌，你迟到了五分钟，可是要被扣工资的噢。"丁雁挑着眼睛，晃了晃手腕上的表。

"哦，扣就扣吧。"林萌一屁股坐在凳子上，仿佛忙碌了一天似的，累得一句话都不想说。

"咋了咋了？我不就开个玩笑，至于吗？"

林萌淡淡地回答："我知道。我就是心里不太好受。"

"哎呀，是谁那么不长眼，惹咱们的林大美女生气了？"于雁站起来，扯着嗓子故意说，"不会是宋柒宋所长吧？"

"关他什么事？"

"原来和宋所长没关系啊。我还以为心上人走了，有些人心里舍不得，害了相思病了。"于雁笑着打趣。

林萌的脸"唰"的一下红了，急忙否认道："宋柒走不走，和我有什么关系？"

"我又没说你的心上人是他，不打自招了吧？"

见林萌脸上出人意料地羞赧，于雁意识到自己玩笑开大了，连忙解释道："我乱说的，你别往心里去。放心吧，宋柒肯定会回来的。"

"谁说的？"洪亮的男声从门外传来。

林萌和于雁立刻停止了说笑，齐刷刷地望向大门的方向。

只见王大勇挺着个大肚子，意气风发地走了进来，从那神采奕奕红光满面的样子，就能看出他今天心情不错。

虽然知道王大勇一直都有自己的小算盘，但此刻于雁丝毫不厌："我说的。"

身为副所长，地位却是营业厅最低的，这和他的性格有关系，有点怕事、有点自私的王大勇一直生活在食物链的最底端。别说是于雁，所里的同事没一个怕他的。

他在岛上勤勤恳恳工作了这么多年，好不容易等到了秦老所长退休，以为自己能坐上供电所的第一把交椅，可是没想到半路杀出个程咬金——这事儿居然被一个乳臭未干的毛头小子给截和了。

还好还好，今天一大早，他就听说了宋柒离开的消息。

王大勇心想："这下所长的位置腾出来了，该是我的了吧。"

林萌一边不停歇地忙工作，一边接话道："小雁儿，你别太武断了，有的人，注定不属于这里。"

"瞧瞧，瞧瞧，你看人家这话说得多有水平。于雁啊，你就是太年轻，书读少了，见识不够。"

"呸，你才书读少了，你才没文化。"于雁抓起一支笔向王大勇扔去，"反正我相信宋所长肯定会回来的。他这次出岛，说不准是有什么大事。"

"啧啧。"王大勇一把将笔抓住，对于雁的话颇有些不服气，"能有什么大事？家里着火了？煤气罐爆炸了？还是赶着投胎啊？"

听到这里，林萌终于忍不住了。

她一本正经地开口："老王，你这话说得就不太对了吧。宋所长再怎么样，工作上可没出过一点差错。前几天刮台风，他不是还和大家一起抢修？"

"就是就是。"于雁也在一旁助攻，"宋所长多好，又高又帅，人还善良。不像有的人，狗咬吕洞宾，不识好人心。"

"你……"王大勇抓着于雁扔过来的笔，被她俩你一句我一句气得脸都红了。

说实话，宋柒刚来岛上的时候，他确实很不服气，甚至觉得这个毛头小子能当上所长，肯定是走了后门，要不就凭他自己，哪里有那么大的本事？可是渐渐地，他发现宋柒的工作能力确实不错，毕竟是年轻人，又努力又上进，脑子还好使，帮助所里解决了不少困难。

经过这段时间的相处，王大勇不得不承认宋柒这个所长当得，还算过得去吧。

心里虽然那样想，可他嘴上却不肯认输："又不是我一个人那样说，村里人都是这样传的。"

"传什么？"于雁和林萌异口同声地问。

"传……传……"王大勇吞了一口唾沫，不知怎的，面对这两个小姑娘的质问，他心里居然有些怵得慌。过了好半天，才壮着胆子，小声地说："大家都说宋柒被台风吓傻了，收拾行李落荒而逃了。"

"呸，狗嘴里吐不出象牙。"于雁不服气地说。

林萌则是默默不语，一声不吭。她尽量把所有的心思都放到工作上来，可是又控制不住自己不去想宋柒的事，心里充满了失望和惆怅。

想当初,程海离开的前一天,野马屿也曾刮过一场突如其来的台风。

天气诡谲易变,但人心更善变。

宋柒他……不会也一去不返了吧?

第二十二章 野马屿大震荡

"你听说了吧,宋所长一大早就坐船离岛了!"岛民甲绘声绘色在八卦。

岛民乙也附和道:"可不是嘛,一大早就走了,该不会是被台风吓傻了吧?"

"我看八成是,城里来的娇娃子噢,当然吃不了这种苦。不过咱也能理解,岛上条件这么艰苦,不走才怪呢。"

大家你一句我一句地议论起来,其中也不乏替宋柒说话的。

"宋所长不是你们想的那种人,他出岛肯定是有什么大事。大家伙别忘了之前的电线断了是谁修的,柴油房屋顶漏了是谁抢修的!你们这么说,对得起宋所长的辛勤付出吗?"

"他能有什么大事?我看八成就是觉得岛上条件艰苦,随便找个理由拍拍屁股溜走了。"

宋柒一早登船离开,在野马屿仿佛投下一颗炸弹,不少村民都目睹了宋柒离开时的仓促,大家议论纷纷,吵个不停。

人群中,只有陈章贵默默做着手里的事,听到大家越猜越离谱,最后,他发话了。

"叽里呱啦的,吵什么吵?大早上的觉都睡不安稳。腿长在人家身上,想走就走,关你屁事?做人还是要有颗感恩的心,有这工夫吵架,不如省点力气留着下次修屋顶。"

听陈章贵这么一说,大家立马闭上了嘴巴。

所幸电线已经搭好,柴机房的房顶也已经修缮完毕,接下来应该有很长一段时间岛上的用电需求基本可以得到保障,除了依然会在晚上十点准时停电。

就在大家对宋柒的突然离开的猜测和议论不停时,宋柒正站在甲板上,任由海风从耳边一阵阵地刮过,送来淡淡的鱼腥味儿。

碧海青天,万里无云。这是宋柒再次坐船,可他却觉得这感觉尤为新奇,就像是第一次一样。也对,上次来野马屿,他就光顾着吐了,哪里有心思欣赏海上的风光呢?

蔚蓝色的海面一望无际,波光粼粼,尽头处与天相接,是说不清也道不出的宏伟与壮观,仿佛整个世界都成了一片蓝色的海洋。海水在船下荡漾,时而狂涛骇浪、时而微微漾起,给人以心旷神怡的感受。

"呕……"耳边突然传来奇怪的声音。

宋柒睁开眼,往地上瞧去,一个小姑娘正趴在夹板上吐个不停。

他立马想到了刚来岛上的自己,忙将携带的饮用水递了过去,又在身上摸了半天,才拿出一块看起来有些皱了却洗得很干净的布。

宋柒心里顿时咯噔一下,他还记得上次不舒服,那位大娘也是像现在这样热心地帮助自己,可是自己却……

"谢……谢谢……"小姑娘对宋柒的热情照单全收,毫不迟疑地接了过去,在手上擦了擦。

宋柒有种好人好事的社会自豪感,顿了顿,说:"没事,能帮到你就好。"

今天的天气很好,轮渡顺风顺水,开得平稳。不知是由于心情好时间过得快,还是航行的速度比以往快了,感觉没有度日如年,船就靠了岸。

站在熟悉的公司大楼前,宋柒抖擞精神,意气风发。

这一次,他做足各种准备,来为野马屿争取一次彻底改变供电现状的机会。

台风过后，宋柒对野马屿岛上的电网情况进行了实地考察。他发现岛上的很多电线都老化了，有的甚至外层漆皮都脱落得不成样子，电杆都是十几年前竖立的，存在着很大的安全隐患，电线、电路的选址也存在不合理性……如果不彻底解决这些问题，那么当下一场更加凶猛剧烈的台风来临时，野马屿又会再次全岛停电。

科技飞速发展，眼下，这些问题都已不算问题。而且靠着柴油机发电已经满足不了日新月异的时代变化了，必须和电力总部、市政府一起齐心协力让这个孤岛实现户户通电。今天，他就是带着这些问题，前往总部寻求帮助。

"小宋啊，年轻人有干劲、有想法是很好的，这点我很欣赏你。可是也要脚踏实地，着眼于实际情况不是？不要妄想着一步登天嘛，好好干好目前的工作就好了。"总经理和颜悦色地说。

宋柒据理力争："总经理，我提出这个想法是经过深思熟虑的，绝对不是异想天开。您也知道野马屿上的情况，我相信只要解决了用电问题，岛民们的生活水平就会得到巨大的提升。"

总经理听了这话，眉头紧锁，手指头在桌上叩了几下。

看到他为难的样子，副总忙开口道："小宋啊，我理解你的想法，但是总经理说得也没错。你交上来的报告我们都看过了，总体上是很不错的，但是你有没有想过，怎么让电缆敷设到岛上，这是很大的问题，而且岛上的地形那么复杂，先不说拉杆架线这项工程本身就有极大的困难，就算我们真的拉好了杆、架好了线，线路随时面临着海风的侵袭，你能保证它正常运行？"

没等宋柒回答，总经理又接着说："小宋啊，对于你提出的方案，我个人是支持的，但是彻底改造线路可不是一个小工程，电缆敷设工程投入的成本高，野马屿岛上几乎没有什么产业，公司想收回成本，还不知道要多少年，做企业不是做公益，这一点从公司来说也是要考虑的。这样吧，你回去再好好想想，看能不能想出什么好的办法解决海上线路以及海风台风侵袭的问题。公司这边呢……也会再考虑一下你的建议。"

第二十三章　AB 面的硬币人生

听到这里，宋柒陷入了沉思。总经理和副总说得没错，想要彻底解决野马屿岛民用电问题，还有很长的路要走。

宋柒坐在公司楼下的公园里，心情失落。突然，电话响了，是宋母的电话。

"儿子，你回到城里了吗？"

"妈，我到了，在公司呢，刚刚和领导汇报工作。妈，您有什么事要跟我说？对了，上次您晕倒，我工作太忙了，没能好好照顾您……"宋柒的声音低沉了下来。

离开家这么久，他甚至没主动给家里打个电话。

"没啥大事，你要是忙完了，就赶紧回家一趟吧。"

宋柒意识到不太对劲，忙问："妈，你不会是生病了吧？我……"

他还没说完，宋母就挂断了电话。

父亲平时忙着工作，又经常加班，待在家里的时间很少。宋柒怕母亲一个人在家里出了什么意外，心急火燎地打了辆出租车就往家里赶。

"妈……"他一把推开门，迎面而来的却是母亲温柔和蔼的笑脸。

"回来了？来，坐，客厅里有贵客，你去见见。另外我今天炖了排骨，还有你爱吃的红烧肉。"宋母说着就进了厨房。

宋柒挠挠头，不明白这是怎么一回事。不过看到母亲安然无恙，他也就放了心，放下背包，一头雾水地往里走。

客厅里坐着一位身材修长、看上去气质挺不错的年轻姑娘，看到他走进来，也笑盈盈地站起身来。

"你好，我是柳安安。"柳安安落落大方地朝宋柒伸出红红素手。

"你好，宋柒。"

宋柒意外而木讷地跟柳安安握了手。

宋母跟进来，热情洋溢地招呼柳安安，然后冲着宋柒不住打眼色，接着去厨房忙乎。宋柒这才后知后觉地发现，宋母这么急着把自己叫回来，原来竟然还来了这一招，这明显是瞒着他安排了一场相亲啊。

宋柒不赞同地看了一眼在忙碌中的母亲，不好说太多。半天想起自己还是主人家，于是请柳安安坐下。

两个人相对而坐，也不知道说什么，空气中弥漫着尴尬。

"听阿姨说你在野马屿上工作？那里的环境很艰苦吧？"两个人僵持了好一会儿，柳安安率先开口打破了沉静。

宋柒这才支支吾吾地从嘴里挤出几个字："哦，是，刚去没多久。"

"真厉害，很少有年轻人会愿意去那么偏僻的乡下工作。"柳安安的目光里没有鄙夷，倒有几分佩服。这让宋柒心里的紧张减弱了一些，对面前这个陌生的女孩有了一点亲近感。

"你，你是？"宋柒这才想起他应该更主动一些。

"我啊，我是海大美术专业毕业，目前在市里一家媒体公司做美编工作。"柳安安比宋柒更自然些，"对了，你怎么想到要去野马屿工作呀？"

柳安安对宋柒的工作显然更有兴趣。

宋柒终于抬起头看了柳安安一眼，只见她长发飘飘，一直垂到腰间，皮肤白皙如雪，眉目间秋波盈盈，浑身散发着一种温柔而美好的感觉。加上精致的妆容，整个人美得就像一个精雕细刻的瓷娃娃，和野马屿上淳朴天然的林萌完全是两种不同的风格。

一个是精贵的百合花，一个则是带刺的山玫瑰。

宋柒回想自己在野马屿上的生活，回答柳安安："是响应公司的号召和安排去的。那边，也谈不上多艰苦，还挺有趣的。"

"乡下毕竟比不上城里，不过我想以你的能力，很快就能调回城里。"

"也……也许吧。"宋柒含糊不清地敷衍，便不再接话。

柳安安以为宋柒会说一些岛上的生活条件，想顺着他的话说下去，没想到猜错了对方的心思，两个人一下子就变得无话可谈了。

恰巧，宋母端着盘子从厨房走了出来，热情地招呼两人到餐厅吃饭："哎，你们两个孩子，饭都好了，快过来吃饭吧，边吃边聊。"

这顿饭，宋柒吃得五味杂陈。他的心里只有野马屿上的风光、搭电线时的忙碌、抢修屋顶时的惊险……不过眼前的姑娘似乎对城里哪个地方开了新餐馆、哪个地方起了新楼盘更有兴趣。

看着对面那张精致小巧的脸蛋，不知怎的，宋柒脑海中浮现出一张素面朝天、充满了活力和朝气的脸。那是林萌的俏脸。

眼下这个相亲活动，反映出了他硬币般的人生：AB两面，说不清哪一面将来占上风。

三天了，所长宋柒还是没回来。野马屿供电所的人也都没有得到关于宋柒的任何消息。风言风语又在村里蔓延开来，就连林萌的父母都听说了。

"小萌啊，你们那个宋所长怎么回事？他不会真的不回来了吧？你们所里接到通知了吗？"王秋英试探性地问道。

见她不回答，林朝阳便对老伴说："管他呢，做好自己就行了。"

"怎么能不管？好不容易来个能干事的所长，这要跑了可咋整？"王秋英对宋柒的印象极好，继续对林萌追问，"萌啊，你要不要打个电话问问？说不准人家里出了啥事，你作为下属也应当关心关心。"

夫妻俩你一句我一句说个没完，完全没注意到身旁的女儿脸色不对。

"能出什么事？"

林萌被问得心里烦躁，随便扔下句话就往外走。

林萌往海滩方向走，没想到碰上了王大勇迎面走来。

"哎哟哟，瞧瞧这是谁啊？小萌啊，宋所长没回来吧？你看我说啥了，那小子啊，吃不了苦！岛上的事还得看我。"

王大勇大摇大摆地向林萌走来，姿态很高。

林萌心情不好，瞟了他一眼，并不理会。

王大勇立马就心虚了："你看我干吗，我说的都是事实。想当初你和于雁还说他一定会回来，结果你看看，三天，都三天了，人呢？"

"我可没说。宋柒回不回来，关我什么事。"林萌觉得心里闷得慌，也不多说，冷冰冰地丢下几句，便绕开王大勇向前走去。

被忽视的王大勇却不计较，喜得心花怒放。

他等了那么久，盼了那么久，终于迎来了这一天——宋柒要真的走了，那自己当上野马屿堂堂正正的所长有望了。

要问谁给他的勇气自封所长，他不需要别人，本人就是这么有自信。

第二卷 点滴铸就光明城

第二十四章　少女情怀有点甜

海滩上，几个补渔网的村民也在边干活边讨论宋柒的离开。

"可惜啊，那么年轻优秀的小伙子，要真留在岛上该多好。"

"可不是嘛，我还指望宋所长能带领大家一起发家致富呢。不过也是，人家那么优秀，又年轻又有学问，怎么甘心一辈子待在咱们这种小地方？"

"走了也好，要不是他信誓旦旦地保证会通电，咱们能有那么大损失？后面做的那些不过是将功补过罢了……"

听到这些话，前来给渔民发安全用电宣传册的林萌心里很不舒服，尤其是最后一句。宋柒的所作所为她一直都看在眼里，别人不知道宋所长是什么样的人，她难道还不知道吗？

可是乡亲们说得也没错，林萌不好出面和大家争论，毕竟留在岛上的人大多数是她的长辈。

野马屿上民风淳朴，大家也没什么拐弯抹角的花花肠子，有什么就说什么。有时候话难听了点儿，可林萌心里清楚，他们心思并不坏，只是闲着没事唠唠家常。

林萌不想听下去，找了个理由离开海滩，一个人也不知道该去哪。

自宋柒走后，野马屿上的天气一直变化莫测，雨天为主，很少能看到太阳。

早上刚下过一场小雨，淅淅沥沥的。空气中弥漫着泥土的芳香，路两旁的绿化植物上也含着颗颗饱满的水珠。

林萌却没心思欣赏风景，拿着安全用电手册，漫无目的地在岛上四处乱逛，不知不觉竟来到诊所。

"阿萌，去哪儿啊？"

林萌没听到陈香萍的呼唤，低着头，抠着手指头，也不知道在想什么。

陈香萍调高了音量，大声喊："阿萌！阿萌？"

"啊……什么？是萍姨啊？怎么了？"林萌这才后知后觉。

"没啥事儿，就是想叫你进来坐坐。"

林萌点了点头。

陈香萍搬出一个小凳子，又倒了杯茶，亲自递到林萌手里。茶香四溢，浓厚的香味儿顿时充满了整个诊所。

"这茶好香啊。"林萌不禁感叹道。

"当然了，这茶是我娘家亲自制作的，杀青、焖黄、干燥……每个步骤都亲力亲为，不敢有一点差错。要我说啊，这人呢，就和茶叶一样，要想从鲜嫩青翠的叶子变成醇香浓厚的茶叶，就要经历道道工序，千锤百炼之后，才有可能散发迷人的芳香。"

林萌点点头："没想到萍姨不仅医者仁心，而且对人生还有自己的看法。"

陈香萍没有继续聊茶，而是转移了话题："我看你一个人走在路上，在诊所门口转来转去的，到底是咋了？"

"啊……"

林萌没想到都被萍姨看到了。

听了大家的议论，她只觉得心里不好受，又不知道该怎么排解，一个人漫无目的地乱逛，不知不觉中就来到了诊所。本来想敲门进去，可是又不知道该怎么跟陈香萍搭话，于是只好在门口徘徊。

"是不是有什么心事？"

面对萍姨的好心，林萌慌得连连否认，两只手在胸前快速晃动："没，没有。"

说完,她便垂下了头。

除了爸妈外,萍姨是林萌在这个岛上最亲的人。记忆中,她总是那么温柔、善良、大度,从来没跟人红过脸,也从来没有说过一句粗话。很多不敢跟爸妈说的心里话,林萌都会跑过来找萍姨,而萍姨也总是能给她提出一些好的建议。

"什么事啊?连萍姨都瞒着?"

面对陈香萍的再三提问,林萌终于小声地开了口:"……宋所长离岛了,听说以后不回来了,萍姨你,你知道吗?"

说毕,她抬头偷偷望了一眼陈香萍。

"就为这事啊?"萍姨又好笑又无奈地说,"傻孩子。村里人都是瞎猜,你在供电所上班,你的所长离没离开,回不回来,你不是应该第一时间知道,哪还轮到旁人先知道啊。"

林萌听陈香萍这么一说,是有点道理的,如果所长被调走,公司早就发文通知新所长任命了。到现在也没接到啊。

林萌迟疑地点点头。

看到林萌有点醒悟,陈香萍笑着摇摇头,端起茶喝了一口。

"可是……他已经离开三天了。"林萌心里还是觉得有点忐忑。

萍姨半开玩笑半认真地问:"怎么?心里有些失落?"

"没有,怎么可能?"林萌急忙解释,"我就是担心所长不在,岛上要是出了什么事,连个能主持大局的人都没有。"

"哦。"陈香萍点点头,脸上的笑意更甚,"我还以为你担心宋所长再也不回来,没人陪你谈文学谈理想呢。放心吧,就算他真调走了,咱们不是还有村主任和副所长吗?只要你爸还在,村里就乱不了。"

林萌听完,沉默了好一会儿。

等碗里的茶都凉了,她才试探性地问道:"萍姨,你说他会不会真的再也不回来了?"

陈香萍见她这个样子,也不忍心再逗下去:"宋柒那孩子看起来弱不禁风,心里可强大着哩。放心吧,萍姨看人可准了,他不是那种遇到一点挫折就被难倒的人。你啊,就待在岛上,不要胡思乱想,做好自己的工作,安心等他回来。"

安心等他回来?

这话怎么说得自己像个小妇人,在等待外出远行的丈夫那般?

林萌顿时红了脸,甚至都忘了辩驳。

这些小动作全被陈香萍瞧在了眼里。自打第一次见到宋柒,陈香萍就觉得这小伙子不错,又勤劳又踏实,和林萌合得来。两个人一起工作,一起经历了那么多事,她便越来越觉得这对年轻人怎么看怎么般配。陈香萍嘴上不说,心里却一直帮他们留意着,盼望这两人能组成一对。

"我明白了,萍姨。没什么事的话,我先去工作了,营业厅还有好多事要忙呢。"

丢下这句话,林萌逃也似的跑出了诊所,一张小脸红得跟朵映山红一样。

第二十五章 我宋柒又回来了

可是林萌没想到,好巧不巧,她一出门又撞上了王大勇。

林萌本来想装作没看到,低着头就往旁边走。偏偏王大勇一点眼力见都没有,叫住她道:"林萌,我还以为你回营业厅了。大早上的不上班,来这儿瞎晃啥?所长不在,就这么松散懈怠了啊?"

林萌咬了咬牙,心想这瘟神还真是怎么甩都甩不掉,只好耐住性子回答:"我……我来找萍姨拿点药。"

"药?什么药?"

"她来帮我拿消炎药的。"突然插进一个爽朗的男声,转角处宋柒不知道从哪里冒出来。他举起缠着白色纱布的手,大拇指被包裹得里三层外三层的,足足比原来肿了一倍还不止,他举着手指就像举着一面骄傲的旗帜,无视林萌目瞪口呆的惊奇,自顾自走向诊所说道:"我这不是被划伤了嘛?这种天气最容易发炎了。"

"哦,是这样啊。"完全处于懵懂状态的王大勇将信将疑。

宋柒没理会他,而是转向一边也在发愣的林萌:"你不是要帮我拿药吗?还不跟我一起进去?"

说罢,也不问林萌的意见,拉着她就进了诊所。

这时候,总是慢半拍的王大勇忽然反应过来:"咦,不对劲儿啊。我明明亲眼看到林萌那小丫头从陈香萍的诊所里出来的啊,她怎么没把药也一起带出来呢?"

本来想要仔细思考一下,可是就在一瞬间,仿佛有道光钻进了他的脑袋。

"不对……宋柒!"

王大勇惊呼一声:"那小子怎么回来了?"

另一边,还没从意外的惊喜中缓神的林萌原本都已经走出诊所准备回营业厅工作,没想到又糊里糊涂地被刚回来的宋柒给硬拽了回去。

陈香萍看到林萌有些惊讶:"阿萌?你怎么又来了?都跟你说放宽心,放宽心,这不,正主回来了不是吗?说曹操曹操就到。"

"啥?不是王大勇欺负她吗?"宋柒有些摸不着头脑,"那我刚才还骗老王拿药……"

这也不能怪他,谁叫他才刚回来,根本不知道发生了什么。

宋柒刚刚下船上岸,想起手上还有伤,便想顺道到诊所去找陈香萍看看。没想到,在诊所门口碰巧看到了林萌和王大勇,林萌一脸不悦。他还以为这两人又拌嘴了,随便找了个理由就拉着林萌走了进去。

此时此刻,他只在心里念叨:自己这不是睁眼说瞎话吗?

林萌没有理会宋柒的疑问,红着脸向陈香萍打招呼:"萍……萍姨。"

陈香萍扭头看了看站在她身边的那个人,也不多说,热情而温柔地问道:"是宋所长啊?我听说你前几天出海去了,怎么今天有空来我这里?"

宋柒笑了笑说:"萍姨,你帮我看看我这手指头,不会是坏了吧?"

"哎哟,那可不得了。"陈香萍顿时变得严肃起来,忙拉过一个小马扎,让宋柒坐在上面,又轻轻地捧起手,仔细瞧了瞧,"这纱布谁包的?也太严实了。还好发现得早,不然就凭现在的天气,就算不坏死,起码也得化脓。"

"化脓?"宋柒心里也慌了,他没想到自己只是随便找了个借口,可是居然一语成谶,而且结果可能比发炎还要严重。

回城期间,宋柒忙着工作,也没及时去诊所换药,原本以为只是一次小伤,没想到这么严重。

林萌一听,也有些忐忑:"不是打过破伤风了吗?"

"破伤风是破伤风,化脓是化脓,不一样。"陈香萍用剪刀小心翼翼地剪开纱布,顺着包扎时的痕迹一圈一圈地揭开,"这布用得也太多了,傻孩子可真实诚。"

这时候,她终于想起了给宋柒包扎的"罪魁祸首"。

面对这两人向自己投来的目光,尴尬的"护士"林萌有些难为情地挠了挠头,担心地问:"萍姨,宋所长这手没事吧。"

"没事,就是不透风,伤口愈合得慢。等我上点消炎药,要不了几天就好了。"

听到这里,林萌心里的一块大石头终于落了地。

她有点想不通,自己平时也没少帮萍姨照顾病人啊,怎么会犯这种低级错误呢?可能是那时候的情况太紧急,接连发生了那么多事故,自己太慌张了,才会失误的吧。

上完药后,宋柒对陈香萍一顿感谢,随后便跟林萌一起离开了诊所。

两人并肩行走在小道上,习习的海风从后方拂来,轻轻吹起林萌乌黑亮丽的秀发,也送来一阵阵清凉,带走了夏日的炎热。

"岛上的气候真好。"宋柒感叹道。

"是啊。"林萌闭上双眼,伸出手,感受着从指尖流泻的海风,露出一抹微笑，满心的喜悦就像这微风，吹拂过她的整个心田。

夏天，凉爽的风从海面吹来，带走酷暑与炎热；等到了冬天，海水比热容大，使得岛上的温度降得比别处慢。所以岛上才能维持一定的温度，即使是数九隆冬和三伏天，也不至于让人难以忍受。

"我以前最大的梦想，就是退休后能找个像野马屿一样美丽的地方，钓钓鱼、种种花，养养小猫小狗……一辈子也就这样过去了。"林萌闭上双眼，嘴角不自觉地上扬起一抹惹人心醉的弧度。

"对了，我离岛的这段时间，所里没发生什么大事吧？"宋柒笑着看向林萌，想起正事。

"啊……没……没有。"林萌猛地从幻想中清醒，心里琢磨着自己刚才那副花痴样应该没被他看到吧？

第二十六章　逢凶化吉

宋柒真诚地感谢："那就好，这几天辛苦你们了。"

"不辛苦，都是我们应该做的。你放心，老王虽然看起来虎头虎脑的，关键时刻基本不会掉链子，我和于雁也会协助他处理好所里的事务。"说到这里，林萌犹豫了一下，断断续续地说，"不过……岛上最近出现了一些传闻。"

"什么传闻？和我有关吗？"

林萌点点头："嗯，村民们都说你调走了，不会再回来了。"

"开玩笑，我这不是回来了？"宋柒哈哈大笑，清亮的声音在四周飘荡，"对了，明天一早，咱们所里会合。"

二人正在说话，却被不远处的吵闹声给打断了。

原来，宋柒这次并不是一个人来的。和他坐同一条船来到野马屿上的，还有总公司的调查人员。

总部虽然没有立刻批准宋柒的申请报告，但也很重视他提出的建议。副总经理召集各部门经理开碰头会，决定先组成一支先锋队前往野马屿勘察地形，调查岛民们的用电情况，等情况核实后，再确定要不要通过宋柒的申请方案。

可是宋柒怎么也没有想到，就在他去诊所的短短半个小时里，岛上就发生了一起不小的纠纷。

原来，总部的工作人员上岛后，就和宋柒分道扬镳，准备先去实地考察考察，看看岛上电杆的分布情况，没想到却被一群岛民拦住了去路。

一群岛民将他们围在了里面，眼神里充满了好奇和戒备。

其中一名老大爷操着浓重的口音问："你们干啥咧？要征岛？"

曾经有不良的商贩打着国家工作人员的旗号到岛上行骗偷盗，所以岛民看到陌生脸孔自然而然就起了警惕心。

"大爷，我们是从城里来的，想……"

可是话还没说完，就被一名彪悍的大妈给打断了："想啥嘞？不准想！"

大妈的脸经过长年累月的风吹日晒，被磨炼得又黑又黄，皮肤又粗又厚，就连体形也格外壮实，再加上那粗壮的嗓门，吵起架来怕是二十个能说会道的年轻人都不是对手。

来勘察的小伙子们哪里见过这种场面？被唬得一愣一愣的。一句话还没说到一半，就被来人给打断了，人群叽叽喳喳说个不停，根本就轮不到他们插嘴。

"就是就是，你到底来干啥的？咋还带了那么多东西？"

"咱们岛很少一下子来这么多人，你们是不是有啥企图？"

总部的工作人员见岛民们纷纷把矛头转向自己，额头上的汗水一下就出来了。

"我……"

正准备解释，那位健壮的大妈又张开了能说会道的大嘴，高谈自己的见解："我看他们就是来偷鱼的。"

人群一下子被煽动了:"对,对,偷鱼的。"

"不对,我们不是……"工作人员艰难地辩解。

"不是偷鱼你们来干啥?哦,我知道了,你们肯定是来偷海带的,我说我家刚收的海带最近怎么平白无故少了几大筐,原来是你们!"

工作人员这下子是百口莫辩了。中国有句古话,叫"秀才遇到兵,有理说不清",而他们是"小伙遇大妈,根本没机会说"。

还好这时远处的宋柒和林萌听到动静,一边跑过来一边喊:"怎么了?发生什么事了?"

听到这熟悉的声音,工作人员仿佛看到了救星,朝宋柒拼命挥手。

奈何警戒心太重的大妈们战斗力还特强,无论宋柒怎么劝解,只一个劲儿地说"偷鱼""偷海带",有的甚至抓起扁担、箩筐、小马扎虎视眈眈。

宋柒被吵得一个头两个大,和林萌劝了半天,可是根本没有人听他们讲话,二人微弱的声音犹如苍蝇拍翅那样微小,很快淹没在人群之中。

没办法,宋柒只好先吩咐林萌去找林朝阳,而自己则是留下来面对一群战斗力拉满的大爷大妈,与同事们"同生共死"。

只听一声"村主任林朝阳来了",周围顿时变得鸦雀无声,所有的声音在一瞬间戛然而止,仿佛刚才的争吵和喧闹都是错觉。

林萌看到宋柒一副委屈的可怜样,没忍住扑哧一声笑了出来,却在看到自己老爹瞪过来的眼神时尽力憋了回去。

此时的宋柒,明明是来自大城市的优秀青年,工作上严肃认真、一丝不苟的宋所长,如今却只能可怜巴巴地蹲在地上,那场景别提多滑稽了。

"宋所长,这是怎么了?你怎么蹲在这里?"林朝阳其实已经从林萌口中了解了事情的大致经过。

"林支书,"宋柒猛然站起来,拍拍屁股上的泥土,奋力地从人群中挤出去,"是这样的,前段时间岛上刮台风,我发现了我们岛上的电网历史欠账很多,虽然后面修好了,但是我想这终归治标不治本,我向总公司申请重新规划，为野马屿重新拉杆架线，实现户户通电，这些都是我的同事们，大家别误会他们……"

"别听他的，他们可能是小偷。"

"对，也许就偷鱼偷海带！"

"停。"林朝阳一声大喊，所有的嘈杂声都在顷刻间烟消云散，"你刚说啥？拉杆架线？户户通电！我的老天爷呀！"

村主任的嗓门太大，顿时把在场的所有人都镇住了。

第二十七章　老丈人看女婿越看越焦心

"咚咚咚！"结实的拳头与宿舍的铁门相撞，发出沉重的响声，震得整层楼都在响。

周末清晨睡得正酣的宋柒被巨大的声响吵醒，不情愿地趿拉着拖鞋，一边揉眼一边开门。

许是敲门的动作太过用力，年久失修的门上刹那间掉落下片片铁屑，仿佛是一朵朵黑色的雪花在空中飞舞。

看清眼前那张布满皱纹的脸时，宋柒瞬间从睡梦中惊醒，蒙眬的眼睛一下子瞪得老大。

"村……林支书？你怎么来了？"

林朝阳笑眯眯地指了指里面："不让我进去坐坐？"

虽然有些迷惑，但宋柒还是很礼貌地说了声："请。"

"宋所长是聪明人，我就不拐弯抹角了。"林朝阳坐下说。

宋柒随手拉过来一个木凳，坐在他对面："您有什么话就直说，您今天过来，是为了野马屿供电一事？"

"不全是。"林朝阳连连摇头，"你才是供电所的所长，你想怎么做都有你自己的考虑，我犯不着跟你唱反调。你之前当众说的重新架杆立线那些事,我不反对,但也不赞成,做好做坏都和我没关系。只是有一点我要提醒你,你重新拉杆架线也好,改变供电线路也成,就是不能破坏岛上的生态环境。"

"我明白。"宋柒像个谨听长辈教导的晚辈那样,礼貌而不失气度。

"我还需要全面了解、跟进你们供电所的建设计划和进度,至于征地这些的,你们向镇里提出申请后,我们村委可以配合。"

"太好了,我明白。"宋柒点头如捣蒜。

"还有一件事。"林朝阳说到这,又顿了顿,看了一眼对面乖巧坐着的宋柒,刚刚醒来,头发乱如鸟窝,但依然不减清俊,眼眸里盛满困惑。

林朝阳咳嗽了两声,想想自己的女儿林萌,终于还是没继续往下说。"没事了,我走了。"

"哦……好。"宋柒跟着林朝阳起身,将他送出门。

林朝阳连头也不回,背着手就离开了宿舍,独留宋柒一个人在原地纳闷。

宋柒看了看手腕上的机械表,指针指向早晨七点一刻。

他晃了晃脑袋,以最快的速度完成洗漱,又去食堂吃了早餐。"加油,今天是改革的第一天!"吃过饭后,宋柒伸了个长长的懒腰,想到接下来的大工程,顿时觉得浑身充满了力量。

旭日东升,万丈光芒洒向大地,为其镀上了一层淡淡的光辉。而在这圣洁的光辉下,有人打鱼,有人出海,各自忙着自己的事情。

就连宋柒也不例外。

此时此刻的他,正和总部来的工作人员一起跑上跑下,勘测地点,希望能找到一个合适的地点来立电线杆。

"不行啊,这里的地形太特殊了,立杆的希望很渺茫。"

"是啊,还要面对海风的侵袭,要不还是算了吧?"

"你看我们这都用了三根固定线了,这水泥柱还是在晃,说明岛上真的不适合改造。"

宋柒将手中的卷尺扔到地上，抓起一旁的固定线就往柱子上绑。汗水顺着鼻梁往下滑，一颗一颗滴落到泥土里。

"再加三根看看，说不定就可以了。"

其中一名工作人员问："要还是不行呢？"

"那就再加三根。"

听到这里，除了宋柒以外，所有的人都停下了手中的动作。

第二十八章　功夫不负有心人

宋柒察觉到了众人的变化，慢慢停下手中的动作，说道："我知道野马屿上的环境很艰苦，可是如果不继续加下去，不加得多一点，我们怎么知道究竟多少根才是适合的，才是能抵挡住海风影响的？"

原来，为了方便勘测，宋柒想到了一个简单粗暴，但很有用的办法。

一般来说，安装电线杆有两种方法。第一种是在地上挖好一个两米以上的坑，然后将电线杆最粗的那一头放进去，细的那一头露在外面。从上到下，由细到粗，由轻到重。等较粗的一头完全放进去后，再往坑里加上水泥砂浆。等过了几天，水泥干了以后，杆体底座就能被固定住了。

但这种方法只适合一般的场景，像野马屿这种特殊的地理环境，仅仅靠水泥的固定是绝对不足以抵挡海风的，就别说更加猛烈的台风了。

所以，经过商议，工作人员一致决定，在原有的水泥固定的基础上，再加上几根又粗又硬的钢筋，再进行浇筑，这样可以增强电线杆的稳定性。

通常在安装电线杆时，是用不到钢筋的，即使是在一些特殊场合，最多也就五六根。可是今天，他们已经用了九根，电线杆还是在晃动。

因为条件不够,他就和工作人员利用现有的环境,从岛上借来了几根十多米长的水泥柱子和一些粗细不一的钢丝。那还是很久以前一个富豪准备在岛上养老,想在这里修别墅时用来打地基的。不过后来富豪反悔了,这些水泥柱和钢丝就被扔在了岛上,经过几年的风吹日晒依然坚硬无比,直到今天才被宋柒他们借过来充当"电线杆"。

电线杆有了,可哪里去模拟台风场景呢?

为了模拟台风的风力强度,工作人员把那些比较细的钢丝一端缠在水泥柱上,另一端绑在拖拉机上,一共绑了几十根。这样,当开动拖拉机时,随着时速的不同,柱子受到的力也不同,自然就能从侧面反映出"电线杆"的受力情况。

"岛上的情况大家都清楚,所以,我希望各位能做好心理准备,在这项工程中,我们所需要用到的设备、原材料,一定会比以前消耗得多!因为岛上的地理条件,我们所面对的困难也比以前遇到的任何一次都要严峻!"宋柒站起身来,言语掷地有声。

"这个我们清楚,可是也不能无休止地加下去啊。"

"对啊,要是强度一直不够,难不成我们也一直加不成?受局限了。"

宋柒笑了笑:"当然不会,我算过了,十根就够了。不过为了以防万一,还是多加两根,十二根吧。"

"算?这也能算出来?"

"当然。"宋柒的眼睛里充满了自信和骄傲,"这个实验,我反复计算过很多次。"

大家想了想,态度渐渐有了改变,就连之前那几名说要放弃的工作人员也不再固执己见:"行,那就按你所说,再加三根,一共十二根。"

说罢,大家便一齐动起手来。

两名工作人员在底下扶稳梯子,宋柒则抓着两边的把手,小心翼翼地往上爬。梯子是他找林萌帮忙借的,看起来像是用松木做的,踩上去虽然稳,可宋柒总怀疑自己太重,会不会一踩上去就断为两截,还好这种意外没有发生。

这时,脚下有工作人员给他递过来一截钢丝。

宋柒一只手向后甩了甩，顺利地从队友手中拿到了钢丝。宋柒抓过钢丝的一端，费力地在水泥柱上绕了三圈，然后再用扳手一点一点地拧紧。钢丝在他厚厚的手套上勒出一条条痕迹，扳手也在上面留下了大大小小的印记，他累得满头大汗。

终于，在大家的努力下，十二根钢丝都固定好了。

在最后一节钢丝拧好时，宋柒总算是松了一口气，等他回到地面上，才发现自己的后背都湿透了。

几名工作人员坐上拖拉机，宋柒让大家都退到安全距离后，大喊一声，"开"，然后吹动口哨。在清脆响亮的哨声中，拖拉机缓缓发动，所有人的目光都放在那矗立在水泥中顶天立地的柱子上。大家都在心里捏了一把汗，祈祷着、盼望着，一定不要倒，一定不要晃，一定不要移动！

终于，水泥柱就那样安静地屹立在大地上。无论司机怎样用力，拖拉机怎样呼啸，它自岿然不动，仿佛一位头顶天脚踏地的庞然大物，已经在这里静静地待了上千年。

"耶！"

"成功了！"

"我们成功了！"

大家兴奋得跳起来，忘记了辛苦与汗水，脸上只有成功的喜悦。

宋柒站在人群中，晶莹剔透的汗水将他的脸衬得闪闪发光。

第二十九章　天堑变通途的困难

勘察先锋队在岛上待了几天，将岛上的地形地貌、气候条件等做了一次基础的调查，回去开展可行性研究。送走先锋队后，宋柒也没闲着，每天都在岛上四处走动，寻找适合的打桩位置。

对于安装地点，宋柒设想了一下，大概需要满足几个条件：土地平阔，远离居民区，土质条件好，符合施工条件，合理安排各个电线杆之间的距离，最大程度地减少电线用量，同时又能尽量覆盖整个小岛。

在随队调查期间，宋柒对岛上的自然条件有了进一步的认识，工程要长远规划，对野马屿未来的人口增长、产业发展等方面都要有一定的预估，"不能只满足现在的岛民的用电需求。我们这个工程如果能顺利实施，起码要保证二十年内岛民们不再为用电发愁才行"。

想起当时自己的一番话激起的千层浪，宋柒苦笑着摇摇头。

"二十年？就这条件？"

"不太可能吧，这也太……"

宋柒很笃定："没有什么不可能的。就现在这种一到了固定时间就断电的情况，岛民们还不是坚持了几十年？在我看来，二十年已经很短了。"

大家对他的话不置可否，却又找不到反驳的理由。

勘察员都心知肚明，像野马屿岛这样偏僻的村庄，别说人口增长了，让现在村里的年轻人留下来都难。就眼前来看，全村一年的用电量还不如城里一个小区一天的用电量。

可宋柒还是固执己见，大家拿也他没办法，只好陪着他一起找下去了。

太阳渐渐下了山，慢慢向海平线靠近。眼看天色已晚，宋柒下令收队，暂时原地休息。

队员们一屁股坐在山丘之上，把帽子摘下来拿在手里当扇子扇，凉爽的风便吹进脖子里，为人们带来阵阵清凉。

还有的工作人员直接倒在坡地上，没过多久便沉沉睡去，鼾声此起彼伏。

宋柒就坐在小山丘上，虽然累得满头大汗，他却觉得充实而满足。

夕阳西下，一轮红日遥挂在海的那边，洒下一层火红的光辉。水中倒映着金黄的太阳，与天上的红日相接于海平线，活像两颗大大的蛋黄。

蔚蓝色的大海被染上了深深浅浅的颜色,以水中倒映的太阳为中心,从内到外,分别是大红色、金黄色、浅黄色、黄绿色、蓝色……

"要是有一群大雁飞过就好了。也不一定是大雁,什么鸟都行。"宋柒喃喃自语,脑子里突然蹦出一句诗——"落霞与孤鹜齐飞,秋水共长天一色",这不就是眼前的景象吗?这时他才明白,原来古人说的都是真的。

海天相接的夕阳美景图,让宋柒的心里泛起阵阵涟漪,这么美丽的地方,他绝不允许别人用"落后"和"荒凉"两个字来形容。

休息差不多了,大家纷纷把外衣脱下来,放在手里拧了拧,那汗水便顺着手臂流了下来。

"好家伙,来岛上几天,我恐怕是要瘦二十斤。"

"那正好啊,老林,你也该减肥了。"

听了这句,大家都"哈哈哈"地笑得合不拢嘴。

宋柒也忍不住笑了两声,随即往后一躺,也想痛痛快快地躺一下。可是他一倒下,就"嘶"的一声叫了出来,脸上露出痛苦的表情。

"宋所长,你咋了?"其中一名工作人员问。

宋柒摆摆手,露出一个勉强的微笑:"没事,被石头硌到了。"说完,他轻轻地挪了一下手臂,手掌用力地撑在地上,慢慢地坐了起来。虽然穿着衣服,但他猜想自己后背应该是被晒伤了。

宋柒只是抬了抬胳膊,扯到的地方就传来一阵剧烈的疼痛,汗水从晒得黑黄的皮肤中渗透出来,裹挟着皱巴巴的内衣,仿佛与皮肤融合到了一起。他都怀疑汗水把皮肤和衣服粘在了一起,自己只要稍稍动一下,就能把皮给扯下一层来。这让他想到了农村人杀鸡的场景——先给鸡放血,等不动弹了,再往它身上浇一盆开水。等上几分钟,把鸡提起来抖一抖,那鸡毛就会听话地乖乖掉下来。

他感觉自己被晒得就像只脱毛的鸡,再看看身边的同行们,个个都满头大汗,累得不成样子,心中就有无限惆怅。可是一想到岛民们能用上电,脸上露出愉快的笑容时,他便觉得这一切都是值得的。

宋柒闭上眼,凝神静气,沉思着什么。

第三十章　想要的出发点

晚上回到宿舍,宋柒小心翼翼地把衣服脱了下来,站在镜子前扭过头往后一看。果然,后背都被晒伤了,有几块红红的印子。他不敢洗澡,怕自己像公鸡一样脱下一层皮,就提了桶水,用毛巾蘸着一点点地擦身子。

"不洗澡也没法睡啊。"宋柒闻了闻身上的汗臭味,差点没忍住吐出来。

他正费力地擦背,门外突然响起一阵响亮的敲门声。

"谁啊?这么晚了。"宋柒心里纳闷道。他清了清嗓子,朝外面喊了一声:"我在洗澡,马上就来。"

说罢,他随便擦了一下全身,抓起一套衣服穿在身上,趿拉着拖鞋就去开了门。

宿舍门外,女子背对着他,清冷的月光照在她曼妙的身姿上,显得又文静又优雅。

"林萌?"宋柒疑惑地叫道。

"啊,是我。"林萌转头过来,又随即转回去,生怕宋柒看到自己的红脸。

没想到竟然碰上宋柒在洗澡,真是会挑时间,林萌脑子里不自觉地浮现刚刚窥见的结实的肌肉,一张粉扑扑的小脸红到了耳根子。

"你找我有事?"

林萌这才想起自己过来的目的,忙从口袋里拿出一个小药瓶,背着身子将手伸过去:"这是我向萍姨要的,治疗晒伤很有用。听说你今天晒了一天,应该用得到。"

"哦,谢谢你。"宋柒伸手接了过去,有点不好意思地挠了挠头,便有几滴水珠滑落下来,打湿了洁白的衬衫。

林萌将身子转过来,刚好看到几滴水珠从他的脖颈滑进胸口,她迅速移开视线:"我听老林说你晒伤了,想着你可能没有涂药,就给你送来。岛上的太阳毒着呢,出门要做好防晒的。"

"还行,我皮糙肉厚的。"宋柒开了个玩笑,随后又认真地说,"不过谢谢你。"宋柒举起手里的药瓶轻轻晃了一下。

"小事。"林萌似乎想到了什么,脸上的表情逐渐变得认真起来,"你觉得,公司真的会同意我们的计划吗?以后真的能随时随地用上电吗?"

"哈哈哈。"宋柒笑了几声,抬头望着皎洁的月亮,不知是在回答林萌的问题,还是对自己说,"随地不一定,毕竟我没办法要求大家随身带着排插,不过随时应该没问题。"

说完,他又补充道:"如果我的计划能完成的话。"

林萌抬起眼望着他,不由得跟着他的描述在脑海中想象出一幅美好的画面,也许在十年、二十年以后,岛上的人们真的可以像宋柒说的那样,想什么时候用电就什么时候用电,想用多少就用多少,用电自由是件多么美好的事情。

"对了,要不要进来坐一下?"宋柒突然想到,他一直让林萌站在门口,连口水都没给人家。

林萌连忙拒绝:"啊,不进去了,已经很晚了。"林萌注意到他是从浴室出来的,估计她来的时候,他正在洗澡,"我走了,药记得喷。"

接下来的几天,宋柒都没有闲着。还好有同事扔给他一套防护服,他这才没被晒成黑炭。

等林萌再去给宋柒和勘察组送饭送水时,这些活跃在勘察现场的汉子简直成了挖煤工。比起身体生理上受的罪,宋柒和勘察组人员更为焦心的是现场架杆立线的困难。

宋柒一双眼睛紧紧盯着打桩机，看着金属和石头撞击迸射出的石子，心里先凉了半截。

"兄弟，你要有心理准备，看样子桩子是打不下去了。即使能打下去，也未必能立得住。"勘察组的人员出言提醒宋柒。

宋柒神色凝重，却不肯放弃："咱们再换个地方，打一枪换一地，说不定就赶上好地方了。"

就这样，由宋柒带领的勘察组花了一个星期的时间，几乎走遍了岛上的每个角落，但最后得到的结果却令人大失所望。

勘察组发现，野马屿岛上的地形特殊，村庄以外的地方大部分都是砂石，还有一部分是沙滩，合适的打桩点不是太靠近村庄，就是被砂石限制。原本想通过多打桩，密集分布电线，实现全岛通电的计划，似乎面临搁浅。

宋柒面色凝重，野马屿岛的地形条件如何，他心里早就有数了，可是没想到实际情况竟然比想象中还要糟糕。记得自己不久前才信誓旦旦地告诉林朝阳，他的计划一定会成功；他还跟林萌保证过，一定会让岛民们随时都能用上电。可是如今看来，这一切都成了泡影。

宋柒并不在意别人对他的评价和看法，他失望的是自己这么多天以来和同事们的努力都失去了意义。

勘察队回城了，宋柒把自己关在办公室里。

"究竟是哪里出了问题？"

"真的没有别的办法了吗？"

"难道野马屿岛要这样一直落后下去？"

宋柒一遍遍地问自己，试图想出一个好的办法来解决目前遇到的问题，可是不管他怎么努力，即使是想破了脑袋也没用。

万籁俱寂，只有夕阳的余晖依然如常地洒向大地。

宋柒觉得心烦意躁，千头万绪一下子涌进脑海，差点把他的脑子都挤炸了。他看了一眼窗外，便想出去走走，散散心，说不准能想出什么好办法。

村公园的大榕树下，大家三两成群聚在一起，有说有笑地闲聊着家长里短的琐事。

在那些欢声笑语中,宋柒心中忽然生出一股落寞之情,他感觉自己从始至终都是一个外人。热闹都是别人的,他什么都没有。不知怎的,脑海中突然浮现出林萌的身影,突然很想去林萌家看看。

不知不觉中,脚下的步伐渐渐快了起来。

林萌正和林朝阳坐在小院的石桌前喝茶。似乎是知道宋柒会来,桌上还放着一个杯子。

林朝阳望向站在门口的宋柒,用下巴示意他进来坐。

林萌背着门,看到林朝阳的动作,也转头望向门口。

宋柒就感觉有光芒向他袭来,耀眼到他想躲开。宋柒踟蹰着,慢慢踱到石桌前,在两人面前坐下。

"你瞧,像不像斗败的公鸡?"林朝阳斜眼看了宋柒一眼,对林萌说。

林萌没料到林朝阳会说这话,一口茶差点没喷出来,她看出林朝阳是故意逗宋柒,想让他放轻松,也附和道:"唔,乍看还真有点像呢。"

宋柒被父女俩的一唱一和搞得笑也不是哭也不是,只得佯装凶狠地瞪了林萌一眼,索性端起茶杯一饮而尽。茶味清香甘醇,慢慢从舌尖滑进胃里,心情似乎也没那么难受了。

"年轻人呐,到底经历的少了,一点点挫折就被整趴下。"林朝阳也端起茶杯,轻抿一口。

宋柒闷声不说话。

林朝阳继续说:"小宋呐,我从小在野马屿长大,以前的日子比现在难多了,小时候没有电,只能点煤油灯、点蜡烛,日子也照样过来了。后来,国家给通了电,一开始只有几户人家用得起,后来慢慢地,越来越多的人都用得起了,虽然还是要限时供电,但是比以前已经好太多了。"

林朝阳指着林萌:"小萌应该记得,那时岛上通电,那可是一桩大事,家家户户放鞭炮,谁也不在乎晚上几点断电,只要不影响生活,不影响孩子读书,不影响养殖,问题都不大,这么多年过去了,大家也都习惯了。"

宋柒低着头听林朝阳说,他知道林朝阳是在安慰他。

"其实啊,这么多年以来,不只你想对岛上的供电进行全盘改革,但凡有领导来调研检查,电的问题总是绕不过去,你说,现在有什么地方还限电呐,但是,说好的回去开会研究,研究来研究去,你瞧,还不是老样子,我们也习惯了。"

习惯了从无到有的珍贵,习惯了愿望落空的失落,习惯了这些时候,日子也并没有难过起来,反正再难的日子都过来了,再难也没有点煤油灯、一点盼头都没有的时候难。林朝阳是这么想的。

他知道宋柒年轻气盛,想早点做出成绩,这当然是好事,但是,想要全面改变野马屿的用电情况,不是一朝一夕能办成的,也不是宋柒或者林朝阳一个人两个人能办成的。

或许是时机未到吧。

林朝阳的话,到底让宋柒心里的憋闷散了不少,他也清楚,野马屿的用电是个大工程,涉及方方面面的问题,就是在公司层面,领导们也需要从多方考虑。这次勘测的结果虽然不理想,但肯定还有别的法子可以想。

"我觉得,还是慢慢来吧,先从现在能做的做起。"林萌也柔声安慰道,"现在,外面发展好,年轻人都不愿意留在岛上,在岛上的大多是老人和小孩,老人小孩睡得早,好像也没有谁特别不习惯,大家都这么过来了。有时遇上谁家有事,向所里提出申请,基本上老秦所长都会同意,其实也没那么难过。"

林萌的话,软软的,暖暖的,一点点渗进宋柒的心里,泛起一丝丝涟漪。

"那你习惯吗?"宋柒问她。

林萌愣了一下,她知道他的意思是,作为岛上为数不多的年轻人,她习惯吗?

林萌缓缓点点头："习惯。"

这里是她从小长大的地方，即使它在别人的眼里落后、偏僻，可是，在她的眼里，它可爱、包容，有许多不为人知的好，她愿意为了这些美好，忍受这些不便。"就像人有优缺点，如果你只看到人的缺点，那肯定觉得这个人不好，如果你只看到野马屿的缺点，那你就不会看到野马屿的优点。"

宋柒缓缓点点头，不再说话。

宋柒迈着缓慢的步伐走在海滩上。他走得很慢，却又很稳，所到之处，均在海滩上留下一个个深深的脚印。

昨夜从林朝阳家回来，宋柒的心情放松了不少，也想通了。他知道，他有点心急了，想早点做出成绩证明自己的能力，但正所谓欲速则不达，有时候太心急，反而做不好。不如慢下来，慢慢想，慢慢找法子。

就像林萌说的，现在，他只看到野马屿不好的一面，缺电，地质条件差，其实，撇开这些来说，野马屿还有很多美好的地方。

比如说，眼前这朝阳就无限好。

他迎着朝阳站在海边，温暖而明媚的光辉照在他的身上，就连身上穿的白色短袖，也带上了点儿浅浅的黄色。

远处海上，几艘货轮缓缓行驶，像定格的漫画。近处滩涂上，紫菜竹架像一道道黑色的鳞线，在海浪中翻江倒海，几个架着长枪短炮的摄影爱好者，早早占据了有利位置，在岸边对着海上各种拍摄。

宋柒知道，这里因为自然风光优美，时常有摄影爱好者前来，甚至会租一艘小舢板到海中拍摄渔民司空见惯的海上风力田。

野马屿，在外人的眼里，也是有可取之处的。宋柒的脚步突然一滞，这不就是优点吗？宋柒转身往供电所走。

第三十一章　冰雪的融化

宋柒走进供电所，王大勇冷不丁看到一道黑黢黢的身影钻进来，以为是哪里的黑猩猩，吓了一跳。

经过这么多天的风吹日晒，宋柒白皙的皮肤早就晒得又黑又亮，呈现出一种健康而壮硕的古铜色。不知道的，还以为宋柒是去哪座矿山挖煤了呢。

"哟，宋所长，这几天没见，咋黑成这样。"王大勇辨认出了宋柒，顿时眨巴着眼睛纳闷，"宋所长，我看你这几天早出晚归的，忙里忙外，还以为你光顾着游山玩水、观赏岛上风景了，没想到还知道回所里啊。"

王大勇话里的揶揄，宋柒假装没听出来，不正面起冲突，只是好脾气地笑笑。

宋柒想了想，还是半开玩笑半认真地回答："过奖过奖，不过跟副所长您比起来，我还是太年轻了，只适合做那些重活粗活，而不是坐在办公室里喝喝茶、看看电视、吹吹风扇。"

王大勇的脸一下子就红了，原本就黑的皮肤，此刻变得黑红黑红的。他没想到宋柒这么能说，居然还能反过来将自己一军，那话里话外的意思，不就是暗讽自己这个副所长无所事事，好逸恶劳吗？

不过毕竟工作了那么多年，王大勇嘴上的功夫还是有的："哈哈哈，宋所长客气了。你刚来岛，不清楚情况，咱们所里的事务那真叫一个多，我天天坐在工位上看文件看到大晚上，都没办法全部处理完。还好现在你来了，我的工作轻松了不少。"

于雁小声嘟囔："可是我每次过去，都看到你在上网啊？"

"小丫头乱说话。我那是在上网吗？我明明是在放背景音乐，好让自己可以专心工作。"王大勇一口反驳。

"咳咳……"宋柒也不想为难他，顺手扔给对方一个台阶，"那真是辛苦您了。以后我在工作上要是有什么做得不好的地方，还希望您多包涵包涵。如果有不会的也希望副所长指点一二。"

"客气客气,大家都是同事,应该的,应该的。"王大勇马上抓住对方扔过来的台阶,可还是不愿意放过宋柒,"对了,宋所长,你这几天工作下来的进展如何啊?"

说到工作,宋柒也不再和王大勇插科打诨,重新认真起来。他招呼大家到会议室集合,把这几天在岛上的调研情况做了详细介绍。针对因为电力不足,导致群众生活不便的情况,宋柒也把解决的方法列出。

第一类是影响较小,基本可以忽略的,比如林萌妈妈商店里的冰棍。虽然有损失,但好在不多,而且那些冰棍吃不完可以送人,也算不上特别浪费。

第二类影响虽然大,但都集中在个人身上,范围不算广,可以暂时缓缓,先处理更紧急的受众面广的事情,比如萍姨夜间出诊遇到的困难。

第三类是影响很大,几乎和村里的人都有关系,而且事态紧急,如果不及时采取有效措施处理,将带来巨大损失的,例如海鲜的深加工。

眼看就要入秋了,那是丰收的季节,不仅是农民,养殖户家里的海鲜也都长得差不多了。要是不能及时深加工,那些海鲜可等不了多久,到时候说不准整个村的院子里全部摆的都是烂鱼烂虾,在海滩上就能闻到那股腥臭味。

宋柒心里明白,相较于如何拉杆架线,重新敷设线路,眼前更重要的该如何处理第三类事。幸运的是,多年来,许多养殖户家里都自备了小柴油发电机,可以应对几天的断电。如果能再多备几台柴油发电机以及储油罐,那么因台风天等天气造成的断电则可以规避。

"我觉得,我们作为供电所,本身有机械设备这方面的资源,如果一劳永逸的方法暂时行不通,那么先解决眼前的事情是不是会让情况向好的方向发展一点?"宋柒的目光将在座的几位一一扫过去,满意地看到包括王大勇在内的所有人,都微微颔首。

见众人等待,宋柒继续将这几天自己思考的东西一一道出。

现在最重要的，就是该怎样处理第三类事件。目前他所能想到的办法有三个，第一找到别的加工办法，比如将海鲜运输到别的小岛，或者城市里加工。第二是在入秋前找出电压减小的原因，并及时调整。第三是早日拉杆架线，重新敷设线路。

第三个办法，是一劳永逸的做法，但是，从前期的调研来看，困难也最大。第二个办法，时间紧，任务重，排查全岛的电压情况，光靠野马屿供电所这么几个人，肯定来不及，如果是采取第二种办法，那需要请求总公司的支援，同时，制定解决方法，也需要时间，很可能需要全盘对野马屿的供电情况进行整改，这就不是一天两天或者一个月两个月能解决的事了。所以，排除之后，第一个办法，可能是目前唯一可行的办法了。

"这是我想的第一步，第二步要想让政府包括相关部门重视起野马屿的缺电问题，首先要让他们重视野马屿，"宋柒继续说，"为什么要重视野马屿呢，因为野马屿有发展前景。"

"发展前景？野马屿有什么发展前景？"众人面面相觑。野马屿的情况，大家都很熟悉，如果有发展前景，岛上的年轻人还会走吗？

大家面上的神色，已经说明了他们的态度，宋柒也不以为意，依然按照自己的思路往下说："野马屿的前景在旅游，你们有没有发现，很多摄影爱好者其实很喜欢到野马屿来拍摄，我搜了网络，网上有很多野马屿的风景照片，也有很多人对野马屿很好奇，但是一听说这里没有住宿，没有餐馆，交通不便，更别说还经常停电了，很多人便打消了游玩的念头。但是，假如这些条件得到改善了呢？"

宋柒停下来，再度扫视了四周，发现大家的注意力已经牢牢集中在自己身上，他继续往下说："所以，我觉得，想要改变野马屿的现状，我们要先从自身寻找突破口。眼前，最重要的，就是先解决村民的实际困难，然后再一步步盘活岛上的优势资源，将其转化成为发展的原动力。你们觉得呢？"

听了他的想法，大家都沉默地低下头，不知道在想什么。

第三十二章　从实际出发

　　见大家都默不作声，宋柒索性点名一个个分别说说自己的想法。

　　王大勇首先被点名，他撇撇嘴，开腔："宋所长分析得头头是道，听起来很合理，但是，实际执行起来困难重重。再说了，"王大勇目光扫向在座的诸位，"我们供电所，只是一个小小的职能部门，就这么几个人，海产品的问题，是整个野马屿的事，是市里需要考虑的事，我们、我们出什么头呢？"

　　王大勇有点悻悻然，觉得宋柒有点小题大做，供电所做好自己的分内事就好了，操那个闲心干吗。王大勇明里暗里的话，大家都听得出来。

　　这时，林萌突然插话道："老王，宋所想的这些，我觉得是有道理的。就算目前还没有看到成绩，难保日后也看不到。"

　　"是啊，林萌，"王大勇故意拉高了声调，"道理我也懂，但是，问题是靠我们几个，这事就能办成吗？你能保证自己日后看到成绩？别以为自己读过几年书，就知道纸上谈兵……"

　　王大勇斜眼看了看林萌和宋柒："我们都是粗人啊，你们俩的三观倒是挺搭，不愧是读书人……"

　　于雁见林萌有点变脸，赶紧打圆场："老王，你够了啊。我们可都是在城里上过学的。"

　　"就你？"王大勇哈哈大笑，"我怎么从来没听过？"

　　"废话，你以为我什么事都要跟你讲？"

　　林萌盯了王大勇一眼，语气有点重："宋所长再怎么样，也是为村里人着想，不像有的人，工作不好好干，一天到晚就知道钩心斗角搞小动作。"这话是贬低王大勇夸宋柒的，于是刚说完，林萌那张白皙透亮的小脸，瞬间就红到了耳根子，看起来粉扑扑的，就像一颗小小的棉花糖，又甜又软。

　　林萌话里话外含着讽刺的意味，众人都不敢再接话。于雁也拿眼睛瞪着王大勇，示意他别再乱说话。

而大家纷纷把目光放在王大勇身上，想看他怎么解释，就连林萌都目不转睛地盯着他。

王大勇被激得脸上红一阵白一阵的，看到林萌生气，便也不再开口。

王大勇虽说有些小气，经常在言语上和宋柒有冲突，有时候还没事找事，但绝对不是什么坏心肠的人。他本来只想奚落宋柒几句，让对方下不来台，没想到最后丢脸的居然是自己……

"咳咳。"关键时候，只听两声突兀的咳嗽声，打破了深潭一般的沉寂。

宋柒："好了，大家有话好好说，副所长和林班长的付出大家都看在眼里，都是同事嘛，开开玩笑，活跃活跃一下气氛，别往心里去。对了，咱们还是谈论一下我之前说的三个计划吧。"

大家这才暂时忘记刚才的不愉快，低头思索起宋柒的话来。见视线从自己身上移开，王大勇这才敢大口喘气。他发誓，以后再也不敢惹林萌那小丫头了，看到她都得绕着走。

接下来，大家纷纷表达了自己的意见，基本持赞同态度。

林萌仔细想了想，正准备开口，突然听到一句粗犷的男声："我不同意。"

"王大勇？怎么又是你？"于雁不住地朝他挤眼睛，示意他闭嘴。

可王大勇完全忽视了于雁的好意，停顿了两三秒，才弱弱地开口："先说好，我不针对任何人，只是就事论事。首先，我对宋所长把事态按轻重缓急分为三个程度没有意见，具体的分类细则也持赞同态度，但是……"

"但是什么？"宋柒听得很认真。

"但是解决问题的方法有待商榷。"

宋柒点点头，心想难怪他能当上副所长，其实还是有想法的。"比如？"

"没有比如，三个方法都有不足。第一，拉杆架线的难度有多大，宋所长这几天应该体会到了，就算能施行，短期内也很难全部完成，这个方法基本可以排除；第二岛上没有专业团队，根本不可能靠我们自己就找到电压减小的原因；第三，把海鲜运到别的地方深加工的确是个好办法，但是在那之前必须先调查清楚哪些岛屿、哪些城市具有加工设备，还要计算好运输的成本和时间，提前和该岛屿、该城市的有关公司联系，绝对不能得不偿失。总之，三个计划看起来都很完美，但是仔细推敲起来，不足之处也不少。"

"哈哈哈，不愧是副所长，和我想的一样。"宋柒对王大勇投去赞赏的目光。

王大勇有些害羞地笑了笑，他已经很久没被人当众表扬过了。以前老所长在的时候，也这样夸奖过自己，不过那已经是好几年前的事了。

他揉了揉鼻子，拿眼睛偷偷看林萌，发现对方脸上也不像之前那样冷冰冰的，便放了心。

"刚才副所长提出的问题，大家都听到了吧？今天把各位叫来，其实就是希望大家能在保证工作的情况下，抽出时间来替用电加工户与外界联系，争取能找到一个合适的地点，让村民们可以对海鲜进行深加工。"宋柒清了清嗓子，说出了此次开会的目的。

"这个我来。我在岛上这么多年了，周边的环境都熟，再给我派两个人就行。"王大勇自告奋勇道。

宋柒点点头："你想和谁一起？"

"于雁和……林……萌……吧。"王大勇弱弱地说，偷偷看了眼林萌，"她们都是在岛上长大的，对附近岛屿了解的情况比较多。"

没等林萌开口，宋柒和于雁就异口同声地回答："行。"

听他俩那样说，王大勇才真正地舒了口气。

"我和于雁都走了的话，营业厅工作谁来接替？"林萌提出了意见。

"让所里的技术员帮忙。"王大勇立刻接茬。

宋柒想了想，觉得没有什么问题，便很爽快地答应了。

"另外，海鲜深加工的事算是有着落了，可是……巡视电压、排除线路安全隐患的事，谁去做呢？"这时，林萌提出了另一个问题。

"这个我早就想到了。之前公司派来的勘察组,有过前期的调研经验,这事交给他们再好不过了。"宋柒笑了笑,"可能是天意吧,拉杆架线停滞不前,但总归也算是促成了一件事。"

接下来,宋柒又带领大家讨论了一下具体的细节,一直谈到晚上八点半,众人才逐渐散去。

在宋柒看来,很多事其实都有好的结局,如果不是,那就是还没到最后。

第三十三章 未来的路

供电所里的工作人员都逐渐散去,只剩下几个人还在收拾东西。宋柒想到还有些事情没有安排完,准备留下来再仔细思考思考。他独自坐在办公室里,手里的钢笔有一下没一下地轻敲在桌子上,节奏不紧不慢,沉稳忐忑,像极了他此刻的心情。

办公桌由一整块天然的松木制成,这种木头很廉价,而且在岛上非常常见,可已经算是这间办公室里不多的"高档用品"了。

"嗒……嗒……"钢笔颇有节奏地在桌上敲打着,将宋柒的思绪带向了远方。

听工作人员说,本来他们供电所就是一座小平房,由国家出资、镇政府批复,岛上的本地人出力建成。当初建立的时候,连个像样的家具都没有,更别说电视这种高档的"奢侈品"了。就连这张普通而便宜的桌子,也是前所长自掏腰包,花了小半个月的工资从打柴人手里买来木材,又叫了几个年轻人帮忙,自己动手做的。

前所长很节俭,不管别的地方怎么样,他总是舍不得添一点贵的东西,这么多年来,这间小小的不足五个平方的办公室里,除了一张普通的办公桌,两把配套的椅子外,再也看不到别的家具。

宋柒停下了敲笔的手，目光渐渐移到那斑驳而粗糙的松木上。

从这张窄窄的桌子上，他仿佛看到了整个野马屿岛的缩影——平凡、普通而又落后。

宋柒伸出手，现在他古铜色的小臂健壮有力。不知不觉中，他也在蜕变了。他轻轻地抚摸着那光滑的平面，不由自主地赞叹起劳动人民的伟大智慧——即使没有现代技术，他们依然能发挥出自己的特长，将一块粗糙、不规则的木头制成能为人所用的家具。

想到这里，宋柒就忍不住赞叹起这里的人们努力生活的坚忍与执着。即使生在贫穷落后的岛上，他们依然没有放弃生活，反而比很多城里人活得潇洒、活得自在，这更加坚定了宋柒要让野马屿岛上的村民们都能用上电的决心。

"木头经过千锤百炼，才能变成各种各样的家具。你才遇到一点小小的困难，就这么放弃，不太合适吧？"宋柒在心里为自己打气。

"宋所长。"——门外传来一阵敲门声。

宋柒听出了来人的声音，心想林萌这时候来找自己能有什么事，一边回答一边站起来去开门："来了。"

进来的是林萌。

宋柒让座，她拘谨地坐在桌子这边的椅子上，和另一边的宋柒遥遥相对。

二人之间看起来只是隔了一张办公桌，可那桌子看起来就像是一条跨不过去的鸿沟，相隔万水千山。

"你找我有什么事吗？是工作上出了问题？"宋柒给林萌端了一杯水，顺势观察着林萌。他的视线停留在她脸上有点久。

林萌连忙摇头："没……没有。"

"那是对我之前安排的任务不满意？"

"不，也不是。"

"那就怪了。"宋柒向后一靠，双手交叉放在腿上，调侃了一句，"既然没有什么事，林大小姐怎么会有空大驾光临，难不成是来巡视工作的？"

林萌白了他一眼："你就贫吧。"

宋柒平时文质彬彬惯了，眼下这副吊儿郎当的样子，那神情那语气，简直就是第二个王大勇，别提多欠揍了，真让人意外。

"咳咳……不逗你了。"宋柒看她娇嗔的样子，憋着笑说，"你来找我是因为王副所长吧？我来的这段时间，也大概摸清他的脾气性格了，就是爱开玩笑爱说大话，大家都是同事，这没什么，你也不要放在心上。"

"啊？你说什么？王大勇跟我有什么关系？"

这下宋柒是真的疑惑了："你来找我不是因为王大勇？"

"当然不是！关他什么事？"

"我还以为他老拿我们开玩笑，惹你生气了。"宋柒纳闷道，"那你大晚上跑过来是？"

"我在岛上那么多年了，王大勇什么样子我不清楚？先不说我和他关系怎么样，就为那点小事，我犯得着斤斤计较吗？"林萌没好气地解释，"我来找你，是觉得今天的安排有点问题。"

宋柒瞬间认真起来，忙从一堆乱七八糟的文件中扒拉出张草稿纸，又抓起旁边的钢笔，仿佛是要记录什么："什么问题？"

"第一，你忙着排查隐患，改善低电压，王大勇又要带着我和于雁出岛，所里要是遇到什么大事，谁来主持？而且营业厅一下子少了两个员工，你确定技术员能顶上？"

"第二……"林萌犹豫了一下，"我爸本来就对电的事耿耿于怀，要是他知道我出岛的目的，肯定不同意我去，我担心……"

"你担心过不了林支书那关？"宋柒笑了笑，"放心吧，我觉得林支书不是不讲理的人。他虽然对拉杆架线不太看好，但你出岛又不是为了这件事，只要说清楚了，他肯定能理解的。"

说到这里，宋柒突然想到了什么，双眼紧紧盯着林萌。

林萌被他看得有些不好意思起来，一颗心在胸腔里怦怦直跳。

可还没等她开口，宋柒就突然问道："林萌，你说我这人是不是非常差劲？"

"啊？"这下子轮到林萌不理解了，她怎么也想不到宋柒竟然会问这个问题。

"你想想,我最初来到野马屿岛的时候,你爸对我是不是挺友好的?村民们也是,刚开始还天天来找我拉家常,生怕我在这里闷死,时不时就送一些水产、蔬菜什么的。可是过了不久,这些就全都变了。现在你爸一看到我就沉默,乡亲们也离我远远的,在路上碰面招呼也不打……"

宋柒越说越激动:"我就觉得挺奇怪的……感觉我也没做啥天理不容、大逆不道的事啊……"

他像一个做错了事儿,却又不知道是哪里错了的孩子,又无助又彷徨。

对于一个第一次离家的年轻人来说,能在工作上获得别人的认可,是一件很有成就感的事。特别是像宋柒这样的城里人,心高气傲而又志存高远,迫不及待想干出一番事业,却遭到了所有人的反对。

林萌越听,心里越觉得不忍,她没想到平时看起来阳光向上、斗志昂扬的所长也有迷茫的时候。

第三十四章　为了未来

"你说我是不是真的不适合跟人打交道,更不适合在岛上待下去?"宋柒低着头,声音越来越低,语速也放慢了很多,"可能我根本就不适合当所长吧。"

"怎么可能?"林萌斩钉截铁地说,"你是我见过的最好的所长!"

"嗯?"

面对宋柒震惊的表情,林萌这才发现自己说得太过了,忙在后面补了两个字:"之一。"

"哦。"宋柒听完,双眼里亮闪的光一下子就熄了。

林萌慌忙解释:"你别急啊,我又不是说你不好。我的意思是,你做得已经很好了,只是他们不理解。说真的……刚开始见到你,知道你的身份后,我是不抱希望的,觉得你根本没有那个能力,一点都比不上秦所长。"

"但是到了现在,经历过那么多事,我才发现……"林萌认真地看着眼前这个高大的男人,"我才发现你身上其实有很多闪光点,而这些都是我在别人身上没有看到的。"

"那村民和你爸怎么那么讨厌我?"

"因为他们还理解不了你的所作所为。"林萌耐心地解释,"很多发展暂时落后的地方都是这样,法律、民主、科学……这些词对他们来说很陌生。大家都很知足,宁愿守着芝麻,也不愿意丢掉芝麻去找西瓜。因为要是西瓜没找成,芝麻也没了,那就真的什么都没有了。"

宋柒仿佛明白了什么:"所以……芝麻就是现在虽然每天都会断电,但依然有电的生活,而西瓜是每天都有电,可要是失败,就可能再也用不上电的未来?"

"对。"

"可如果不去尝试,就永远也不会明白西瓜有多好。"宋柒实在是理解不了这种想法,他一直觉得乡亲们对自己拉杆架线的阻拦是基于一种对外乡人的排斥。

"可是乡亲们理解不了这些。"林萌顿了顿,才接着说了下去,"他们不知道你到底是一时兴起,还是有始有终,他们不确定你是不是真的能让所有人都用上电。对于大多数岛民来说,电其实不是一种必需的东西,因为他们不养鱼,也不怎么爱看电视,晚上只要有一只手电筒就可以了。"

宋柒越听越无法理解:"但是对于整座岛的发展来说……"

"这就是问题所在……普通人根本想不了那么远,因为大多数人都是知足常乐的。"林萌摇了摇头,颇有些无奈,"我有时候也觉得自己很纠结,既热爱现在这个和平美好的小岛,又觉得它要是能发展起来,那该多好。"

两个人顿时陷入无边无际的寂静当中，都沉默着不说话。

宋柒仔细思考林萌的话，好像明白了什么，又好像什么都没有明白。

在此之前，他一直很确定自己做的一切都是对的，可现在却动摇了。

"那你呢？你也和他们想的一样？"

林萌对宋柒突如其来的问题感到很疑惑，可还是回答道："我和萍姨一样，是少数人之一。"

听了她的话，宋柒顿时就想通了。

他将钢笔轻轻地放在草稿纸上，双手放在桌上，向前凑了凑："你放心吧，你爸那边不是难事，只要你好好说清楚，他会让你去的。至于供电所……王大勇虽然不在，我基本也都在外面奔波，但好在不会离太远，要真有什么事也赶得回去。营业厅那边不用操心，岛上现在没有什么事，很少会有新装和增容业务要办理。就算真的有，技术员先收了材料，走流程就是，疑难问题等你们回来再办也不迟。"

"好吧，既然这样我就放心了。"

林萌嘴巴张了张，仿佛还要说什么，却在看到宋柒时把刚到嗓子眼的话给硬生生憋了回去。

宋柒见她还坐着，没有要走的意思，有点疑惑地说："还有什么事吗？"

"没有了。就是……我爸对你态度的转变，可能还有一个原因。"

"什么原因？"

"这个……"林萌的脸顿时红到了耳朵根，"我……我也不太确定，可能是我想多了吧。"

说罢，她抓起放在桌上的包，飞也似的逃了出来，弄得宋柒丈二和尚摸不着头脑。

直到走出办公室，林萌才停下了脚步。

她一只手捂住胸口，心脏像小鹿那般跳个不停，由于奔跑的缘故，整张脸红扑扑的。最近她脸红的次数也太多了点，而且次次都和宋柒有关。

说实话，林萌也不记得她来找宋柒的真正目的是什么，只是一想到明天要离开野马屿岛，就觉得心里空落落的，冥冥之中仿佛有什么东西指引着自己走进宋柒的办公室。

算了，忘了就忘了吧，反正也不是什么重要的事。

林萌离开供电所时，时间还不到九点半。野马屿岛这时还没有停电，家家户户的小灯泡都散发着昏黄的灯光，虽然比平时暗了点儿，却也能给人带来光明。她站在原地，慢慢转了一圈，感觉自己正被千万盏小小的灯笼包围着，心中突然涌起一股不知名的情愫。

如果这些"灯笼"能不分昼夜地明亮，那该多好啊。

野马屿岛是一座崎岖不平的岛屿，从空中远远望去，宛如一张漂浮在汪洋大海上的地毯。而此时这条地毯上，静静地住着成千上万只萤火虫，在寂静的夜里发出微弱的光。

等回到家，林萌才突然想起自己之前忘记对宋柒说的话，心中一阵懊恼。矛盾的少女心事，很想返回去解释一下，又怕越描越黑。终于咬牙准备再次出发，可是看看时间，已经快到十点了……

"算了，以后有空再说吧，但愿他不要误会。"

第二天天还没亮，王大勇就带着林萌和于雁出了岛。

作为供电所的所长，宋柒本来应该送他们一趟的。嗯……他自己也是这样打算的，可是没想到疲惫过度竟然睡过头了，七八个闹钟都没把他叫醒。

等宋柒睁开蒙眬的双眼时，已经是早上七点半了。

他惊叫一声"不好"，穿上衣服就往外冲，等赶到码头时，才发现林萌他们早就出岛了。

"哎！这也能睡过头！"宋柒拍了拍不太清醒的脑袋，慢悠悠地往供电所走，还没回过神来，就看到一名同事朝自己跑来。

"宋……宋所长，你终于回来了。"那人向自己招手，气喘吁吁地喊叫，"勘……勘察队捎来消息，说他们今早就要走了。"

第三十五章　岸在何方

宋柒一听，好不容易平稳下来的心立马又提上去，犹如石子扔进湖面，泛起一圈又一圈涟漪，经久不息。

"他们怎么都不跟我说一声呢？"宋柒焦急了。

"岛上信号不好，他们跟你联系不上，加上外岛也有任务，所以完成手头工作就先撤了。"供电所电工回复宋柒。

"那不行，不能让他们走，咱们这还有事呢，低电压的事情还需要他们的帮助。"宋柒急了，脚下一刻也不敢耽误。他才从码头回来，一只脚还没跨进供电所大门，又折返回去，跑得上气不接下气，生怕晚了一会儿，勘察队就坐着船离开野马屿了。

"一定要赶上！千万要赶上！"这样想着，宋柒脚下的动作越来越快，步伐也迈得越来越大。

清晨的凉风从他耳边吹过，夹杂着鞋底带起的泥土，混着些淡淡的青草的芳香味儿。运动鞋在大地上反复磨擦，沾上了点儿黄泥的灰土色，让人不由得想起黄土高原的雄伟壮观。青草的汁液溅在鞋上，织出一张张绿色的蛛网，为那本身纯白的质地又增添了几分不可言喻的尴尬。

但任凭鞋子粘上泥土，裤脚被草染成了深色，宋柒却一点也没有察觉到。即使察觉到了，他也懒得理会，因为眼下有更重要的事情要做。

临近海岸，黄泥被砂石替代，即使是生命力顽强的青草也变得越来越少。那抹郁郁葱葱的绿色从供电所的小路一直延伸至此，由深到浅、由多到少，在接近岸边时又突然消失。

远远地，就看到一艘小小的木船，正停在岸边。海水掀起阵阵浪花，涌上来又退下去，在船下低声地吟唱着。可宋柒顾不上欣赏这些，只是睁大眼睛往旁边搜寻。

果然，在几米开外的码头上，一群汉子正穿着熟悉的工服，节奏划一往船上搬运着什么东西。

宋柒认出那群人穿的是他们公司统一的劳保工作服，忙跳起来使劲朝码头上招手："喂……"

听到呼喊声，汉子们不约而同地回过头来。果然，他猜得没错，他们就是勘察队的人员。

宋柒往前小跑了几步，待看清那些人的样子后，才终于放下心来："太好了太好了，你们还没走。"

"哟？宋所长亲自相送，我们这面子也忒大了。"一位勘察员看着额头上满是汗珠的宋柒开了句玩笑。

"小宋，你这是……？"另一位年纪稍大点的疑惑地问。

宋柒没有正面回答他们的问题，皱着眉头："你们这是要走啊？"

"是啊，任务没完成，因为地理硬件不过关，待着也是白费力气，我们得赶着回公司报告上级哩。"

"先别急着走，我有事需要你们的帮忙。"宋柒拉住其中一位勘察员的袖子，"老师傅，咱们岛上出了点问题，你看能不能耽误你们一点时间……"

被称为老师傅的中年人眉头紧锁，犹豫了一下。

他们这次回去是向领导们请示过的，经理和董事长也都知道。外岛也有抢修任务，要是回去晚了耽误事情，说不准得挨一顿批评。想着想着，老师傅若有所思地看了一眼宋柒。

"这……"老师傅犹豫了。

这次回去，之所以没跟宋柒说，而是向公司的领导申请，其中有一部分原因就是大家觉得他对电的执念太深，除非能在野马屿岛上敷设出一条全新的线路，否则他肯定不会轻易让他们回去的。这么恶劣的地理环境，不亚于让石头开出一朵花来，这肯定实现不了的。

其中一名年轻气盛的勘察员站出来说："宋所长，您的意思我们都明白。但是岛上的实际情况您也都看见了，不是我们不帮……实在是，条件不允许啊。我看您就别费力气了，还是把时间和精力花在别的地方吧。"

看众人为难的样子，宋柒也明白他们在担心什么。

之前的确是自己太过武断，一旦下定了决心就不会改变，忽略了客观因素。宋柒也曾反思过，他依然坚持着要让野马屿岛上的村民们都能用上电，却不再急于一时，也不再纠结拉杆架线，只是希望能尽快找到一个好的办法，好让自己早日完成心愿。但这不代表他已经放弃了敷设线路的计划，他只是不再执着于某一种方法。

"您放心，岛上的情况我都了解，这次请你们留下来不是为了拉杆架线，而是另外一件事。"

这下轮到众人疑惑了："另外一件事？"

还能有什么事，不会又要他们挖洞填坑安装电线杆吧？

"对。"宋柒严肃地说，"昨天我去村里看望乡亲们，发现家家户户的电压都不知道因为什么损耗大电压低，给村民们的用电生活带来了很大的困难，所以我想……"

不等他说完，老师傅轻轻拍了拍宋柒拽住自己的手，然后不露痕迹地抽出袖子，不太情愿地说："低电压因素很多，我们也许能帮忙调整一下，可是公司那边……"

"领导的工作我来做！"宋柒答应得很干脆，那斩钉截铁的语气，坚定得让人难以拒绝，"你放心，我会在报告里说明情况的，绝对不让你们受连累。"

老师傅看着他认真诚恳的样子，感觉不太像借口，不太确定地问："你说的是真的？"

"当然是真的。君子一言，驷马难追！等这件事过去，我会亲自向领导解释清楚的。"

"我是说电压的事！"老师傅纠正道。

"肯定是真的，我总不能拿这种事开玩笑吧？老师傅，你知道的，电对于这个靠海吃海的小村庄来说有多重要，没了电他们连最基本的生活都无法保证。再说了，我们也应该响应号召，为人民谋福祉……"

宋柒想把情况说得更严重更夸张些，可是对方根本就不让他说完。

"好话歹话都被你这小子说完了。看来今天我们不干完你要求的活,是别想出岛了!"老师傅无奈地高呼一声,然后向后一招手,"小伙子们,都跟我来,又有正事干了。"

宋柒一贯机灵聪慧的小脑袋瓜还没反应过来,做事也是雷厉风行的老师傅就把大家都集合在一起,两三句话简单地说明了情况,众人纷纷表示愿意跟宋柒回去。

接下来,宋柒帮他们把运上船的行李和设备又搬了下来,便跟在人群后面,风风火火地回到了供电所。

临走,他回头看了一眼那只依然停靠在码头上的小船——孤零零的、形单影只的,静静地待在岸边,伫立在大地之上,却是那样顽强,那样坚忍,让他想起了那些汗流浃背、热爱劳动的人民。

第三十六章　林萌的心事

在宋柒的再三请求下,勘察组终于决定留下来,帮他一起找出低电压、线损率居高不下的原因。都知道应该是供电半径长、设备差和线路老化的结果,但实际操作排查起来还是很有难度的。

而另一边,在王大勇的带领下,林萌和于雁也平安上了船。

野马屿周围岛屿的情况,王大勇是最清楚的。他知道离野马屿岛最近的几个小岛都不符合条件,于是在野马屿的中转站,买了三张去往珊瑚岛的船票。珊瑚岛离野马屿岛很远,坐船也要花上五六个小时,比到城里的时间还要长。

听说这是附近经济最繁荣的地方,人来人往川流不息,还拥有很多工厂,王大勇就想去碰碰运气。

珊瑚岛,岛如其名,就是以其形状各异、千奇百怪的海底珊瑚闻名于世,引得各地游客纷至沓来。几年前,这里也跟野马屿岛一样,贫穷、落后,可是没想到才过去这一点时间,珊瑚岛上的人民就依靠它得天独厚的地理条件和人文景观吸引了一批又一批游客,带动了当地的发展,一下子成为当地最繁荣的地方。

"你说……这珊瑚岛上是不是真的和名字一样,有很多珊瑚?"于雁坐在甲板上,兴奋地问林萌。她这还是上班后第一次出岛去这么远的地方,显得激动不已,一路上都兴致勃勃的,跟打了鸡血似的。

"不知道,也许是吧。"林萌随口应道。

于雁一听就来劲了:"那我们是不是可以去看珊瑚了?太好了太好了,我的愿望终于要成真了。"

"瞧你那没出息的样子!"王大勇从后面走过来,用手指敲了两下她的脑袋,手里的两三块压缩饼干随手扔到她怀里,"不知道的还以为你是城里长大的呢。咱住在岛上的人,又不是没见过珊瑚,看你那没见过世面的样子。"

于雁把其中一块递给林萌,把另一块放在腿上,手里还剩下一块,打开包装就吃了起来,嘴里含糊不清地说:"你不懂!珊瑚岛的珊瑚跟别的地方可不一样,颜色又多、形状又美,有的像树、有的像花,身临其境,就像白雪公主的世界。对了……听说夜里还会发光呢。"

"得了吧!你又不是小矮人,看什么白雪公主?"

于雁不服气地向王大勇抗议:"呸,你才是小矮人呢,你全家都是小矮人。"

林萌一直安静地坐在甲板上,看着他俩打闹,连手里的饼干都没吃。

于雁注意到了她的不对劲,故意在她背上拍了一把:"嘿,干吗呢?闷闷不乐的。"

林萌在想心事,没想到于雁会突然袭击。

"想心上人了是吧!"于雁直点要害。

林萌丢下手里的饼干就去胳肢于雁,直到对方求饶才肯住手。

"咳咳……痒死我了,你下手也太狠了,这是要送我笑着去见阎王爷的节奏啊。"

林萌没有理会于雁的埋怨,只是淡淡地望着远方,仿佛能跨越这一眼望不到边的大海，看到海那边的东西。

于雁好奇地凑过去，蹲下身子，顺着林萌的视线看过去。

"你说……岛上的人和岛外的人，是不是区别很大？"林萌突然问于雁。

于雁还没出声，王大勇突然站起来，肩膀刚好撞在于雁的额头上，差点没把她撞飞出去。"哎哟，你这是要谋财害命啊。"于雁捂着额头，夸张地大喊。不过她很快就镇定下来，想到林萌的问题，先顾不上跟王大勇较真，认真地问林萌："你怎么会这样想？"

"我爸说的啊。他说岛外的人都是花花肠子，城府深、心眼多，让我离他们远点。"认识这么多年，林萌早就摸清了于雁的性子。本来还担心于雁撞到头，看她这样子，也就放心了。

于雁不赞同地撇撇嘴："别听你爸的，他连城都没进过几次，怎么可能了解得那么清楚。"

"可我爸不是那种嚼舌根的人。你知道的，他看人很准。"

"那有什么用？谁还没有个看走眼的时候呢？"

王大勇看她俩说得起劲儿，也插了句话："放屁！说到看人，我说第一，没人敢说第二。任你是什么人，老的少的男的女的丑的俊的中国的外国的，只要给我看一眼，性格、脾气，是好是坏都给你摸得清清楚楚的。不是吹，我这双眼还真没出过错。"

"吹牛不打草稿。"于雁不服气地说。

王大勇也不把她的话放在心上："说真的，在看人这件事上，我还没看走眼过。什么城里人乡下人，都是老林瞎说的，好不好要看个人。就这种以偏概全，一棍子打死所有人的，全部被我统称为……"

"统称为什么？"

"脑残！"

"胡说八道！"林萌走过去就要跟王大勇理论，被于雁给拦了下来。

认识这么多年了，林萌但凡有一点心事，都瞒不过她的双眼。从刚才她问城里人那几句话里，于雁就明白了自己这个闺蜜心烦的原因。

"你别理他，他这个人你又不是不知道，满嘴跑火车，嘴里没一句好话。"于雁转头又说,"不过他说得也有道理,岛外人城里人不一定都坏,乡下人也不一定都好。比如你看咱们野马屿人,那可不就是十里挑一的勤劳负责认真优秀?"

林萌被拦住动弹不得,王大勇又一下跑开几米远,二人之间隔得远远的。

见没法给王大勇一个教训,林萌哼了一声,冲王大勇做了个鬼脸。

可是冷静下来,她又觉得对方说得在理。先不说岛外的世界究竟是好是坏,就连"好"和"坏"究竟该怎么定义,一千个人就会有一千种不同的标准。

林萌也不知道自己这是怎么了,明明没有困扰,可总是会莫名其妙地觉得心里堵得慌。特别是老爸当着自己的面数落宋柒时。经过这些天的相处,宋柒究竟是怎样的一个人,她心里差不多已经有数了。可林萌还是不懂,拉杆架线分明就是造福村里的事,可是老爸为什么偏偏那么抵触?

于雁和王大勇的话一直萦绕在她心头,久久不散。

过了好一会儿,林萌似乎是想通了,笑着对于雁说:"管他城里人乡下人,只要做的是对村民有益的事,我就要尽全力支持。再说了,城里人不是也有好人吗?"

"说得好!"

突然,不知从甲板的什么地方传来一个温柔而有力的女声。

第三十七章　意外相遇

来者是一位身材高挑、肤白貌美的青年女性。她长着一双妩媚动人的杏仁眼,鼻梁又高挺又小巧,合身的外衫紧贴着曼妙的身姿,脚下的高跟鞋发出颇有节奏的声响。

林萌从未见过那么美丽的女子，仿佛是从二十世纪的油画中走出来的。

看到她，林萌顿时觉得自己粗糙得跟野花杂草一样，眼前的姑娘则精致得无与伦比。

"您……？"林萌迟疑地问出口。

再看于雁，整个人都已经被震慑了，目不转睛地盯着来人。说来也是，突然从穷乡僻壤冒出个像林妹妹一样娇嫩的姑娘来，让人感觉有点不真实。

至于王大勇……别提了，他口水都快流下来了。

"我叫柳安安，同乘一条船算是缘分，"来人轻描淡写地吐出几个字，随后话锋一转，"我很好奇你刚才那番言论，岛外人很不好吗？也许我就是那个岛外人，那你是哪个岛上的？"

"这个，不是……"林萌有点窘迫，但还是落落大方地解释，"我并没有太多偏见，只是有感而发……"暗暗用手肘使劲戳了戳于雁。

"啊？啥？"于雁这才从震惊中转过身来，"对对对，都是某些人以偏概全，以为一个人不好，所有的人都不好，我最讨厌那种人了。"

她也学着林萌的样子猛地戳了一下王大勇，吓得王大勇忙回到现实："啊？是是。不过像您这么美丽端庄的女士，肯定不是坏人！"

看到他们这样夸自己，柳安安扑哧笑了一声，似乎对众人的反应很是满意。

可从表情上看，她似乎不是很惊讶，可能早就已经习惯别人的赞美了吧。从小身居国外，饱读诗书的她，身边当然不缺各种各样的追求者。

本来是好奇对方对于城里人的偏见究竟从何而来，想质问两句，可是看他们的样子，应该并没有什么恶意，心想就算了吧，没有必要将那些话放在心上。自己可是城里的千金大小姐，心胸宽广、温柔端庄，是不会和别人一般见识的。

"对了，看你们的样子，应该是要去珊瑚岛吧？"柳安安亲切地问，自然而然地找了个话题。

王大勇抢在林萌前面回答："没错，柳小姐应该也是吧？我跟你说，这周围的环境我最熟悉了，柳小姐要是有什么不懂的都可以问我，我一定赴汤蹈火在所不辞。"

于雁很罕见地点点头，这一次她居然没有反感王大勇的殷勤，反而有点赞许。谁都沉浸在柳安安的美貌里。

柳安安礼貌地一笑，随后看向林萌："听闻那儿的珊瑚远近闻名，我这次是特地来旅游的，顺便考考察写写生。"

林萌疑惑地问："考察？写生？"

"嗯……我曾在国外学过几年油画，回国后也一直在学校进修素描。"

林萌对眼前这个容貌姣好、气质优雅的女士另眼相看。大学……这可是自己从小的梦想啊。感叹之余，她又有些羡慕。

"柳小姐……"

"叫我柳安安吧。"

林萌酝酿了一下，似乎很难开口。她犹豫了半天，才从嘴里挤出几个字："安安小姐……"

"扑哧……"

这次不仅是柳安安，连于雁和王大勇都忍不住笑了。

林萌的脸唰的一下就红了："不知道我可不可以看一下你的画？你别误会，我没有恶意，就是有些好奇。你人那么美，画肯定也不错吧。"

这下轮到柳安安蒙了。

她疑惑地从下到上扫了一眼林萌，嘴边笑意不减，脸色却比之前冷了。

本就是向人炫耀自己的出身和才华，没想到真的有人那么没有眼力见。想看自己的画？柳安安眨了一下狐狸般的双眼，一个乡下土包子，她能看懂什么？

"我的画没带出来，恐怕……"

林萌一笑，自己也觉得尴尬："没事没事，我就是有点好奇。等以后有机会再说。"

柳安安脸上这才恢复了那抹温柔的笑容，只是双眼一直盯着林萌，从头到尾一直没有移开过。

她本来就生得高挑，再加上十厘米的高跟鞋，足足比林萌高了半个头，看上去都快和王大勇差不多高了。而林萌走得匆忙，哪有时间在着装上花心思，再加上从小到大一直素面朝天，和妆容精致、用心打扮的柳安安比起来，简直就像是白天鹅和小黄鸭的区别。

之所以是小黄鸭，而不是丑小鸭，是因为林萌虽然没有化妆品的加持，却生得一副好皮囊。她整个人仿佛是山的女儿、水的女儿，身上带着一股天然、纯粹的灵气，那是一种由天地生成、自然造就的美，是再怎么精雕细琢也模仿不来的质朴与灵动。

柳安安高高在上地望着林萌，双眼斜向下看，长长的睫毛随着眨眼的动作轻轻地上下翻动。她双手环抱在胸前，双腿并拢，腰背挺直，浑身散发着高贵优雅的气质，脸上始终带着笑，可给人一种拒人于千里之外的感觉。

林萌也感觉到了柳安安不知名的敌意，但她也没退缩，而是平和地望向柳安安。

柳安安看着林萌，而王大勇和于雁又望着柳安安，几个人就这样你盯着我、我盯着你，一句话都没有说。

空气仿佛刹那间凝滞了，安静得连根针掉在地上的声音都能听到。

陌生人模式开启，着实难受。柳安安才笑着岔开了话题："没想到国家发展得这么快。眨眼间，珊瑚岛就变成了现在这个样子。"

"你以前去过这座岛吗？"林萌问。

"没有，只不过出来旅游前稍微了解了一下。"柳安安自顾自地说着从杂志上看来的东西，"以前还没有开发的时候，珊瑚岛还是很穷的，岛上只有几十户人家。只不过近几年新上任了一位负责的年轻村书记，听说这位村书记很有远见，一直致力于开发岛屿，四处联系投资商。终于，在他的努力和带领下，才有了如今这个远近闻名、热闹繁华的珊瑚岛。"

在这段话中，林萌对"开发"这个词很是留意，她小声复诵着这两个字。

柳安安皱了皱眉，心想："她不会连开发都不知道是什么吧？"

难怪爸爸说乡下人目光短浅，看来还真的被他说中了。不过柳安安还是笑着解释："就是……修建基础设施，建立娱乐项目，吸引人来旅游。"

第三十八章　珊瑚岛取经

林萌若有所思地点点头，心里突然冒出一个念头。

柳安安担心她还是不理解，就接着说："医院、公园、学校、酒店民宿、林间小道……类似于这些吧。再加上'珊瑚'这个响亮的名号，就会吸引一大批人。"

"这样……就能吸引人吗？"林萌一知半解地问。

"嗯……"柳安安也不太清楚。刚才她说的那些都是从旅游杂志上随便看来的，具体情况怎么样，她才懒得关心呢。出来游玩，只要开心就好了，谁会去了解那种东西？要不是为了维护自己"才女"的形象，回去在爸爸的朋友面前出风头，她根本就不会去看那些什么破杂志，于是只好不太确定地回答："应该……是吧。"

"开发。"林萌默默念叨着这两个字，对心里酝酿的计划越来越有信心。作为一名电力人，本可不用这么大费周折，但为了让岛民意识到电力对他们未来的作用，也为了让岛民真正因为电力而富裕起来，她们必须要做先行者，替岛民解决实际困难，寻找一条新路。

林萌往前走了几步，站在甲板上，双手扶着栏杆，整个人都靠在上面，远眺着一望无际的蔚蓝色的海洋。仿佛能穿越这无边无际的大海，看到尽头的海岸。

海风吹起她飘逸的秀发,被太阳照得有几分红晕的脸上充满了希望。她转身一笑,一双杏仁眼便像两片弯弯的树叶,那笑意一直挂在嘴角,仿佛经过了千年的磨炼和洗涤,依然那样灿烂而温暖。

　　而柳安安则优雅地走过去,矜持地挺立身板,往前离栏杆隔了两三步距离,视线放在三四米远的波光粼粼的海水上。

　　她的笑意很浅,仿佛是故意笑给人看的一般:"你好像很高兴?"

　　林萌点点头:"嗯嗯。"

　　等完成任务,她一定要尽快回到野马屿岛,把自己知道的消息告诉宋柒。天知道当柳安安说起珊瑚岛那个有远见有魄力的村书记时,她脑海中就不由自主地浮现出一张熟悉的面孔。

　　"阿嚏!"宋柒仿佛接收到远方的电磁波,猛地打了个喷嚏。

　　"怎么了?该不会是大早上起来追我们,给风吹感冒了吧?"老师傅关心地问。

　　宋柒笑着开玩笑:"哪能啊?就我这身体素质,好着呢,别说那点小小的海风,就是台风来了也不怕!"

　　"哈哈哈。"众人听完都笑了起来

　　"不错,不错,是个好小子。"老师傅在宋柒肩上拍了一把,对方立刻就连打了两个喷嚏,这可让人抓住了调侃他的好机会,"你该不会是出门久了,家里老母亲想念你唠叨了吧?"

　　"我妈?刚来那几天我倒是天天打喷嚏,后面就很少了。她现在巴不得我不要回去打扰了她的清静。"

　　"哈哈哈,那说不准是哪个刚分别的亲友。"

　　提起刚分别的亲友,宋柒就后悔自己没能起早点,好去送送林萌他们。

　　不对……林萌?该不会是她在想我吧?

　　哎……都是迷信。都是在大学念过书的人了,自己居然还相信这种东西?

　　宋柒摇了摇头:"好了好了,别再拿我打趣了。你们看,前面就是供电所,请各位兄弟多帮忙,把海岛上的低电压给改善改善。"

听他这么说,勘察组瞬间就严肃起来。

果不其然,两分钟后,大家动作迅速地都重新聚集在了供电所。

勘察组一共七八个人,全部黑压压地挤在供电所的大厅里。虽然叫大厅,可是却一点也不大,最多就十来个平方,还要腾出空间来放桌椅板凳,基本上就没有空出来的地了。

老师傅坐在第一排的正中间,左右各是两位工作经验丰富的老人,后两排坐着的是勘察组内的其他成员。

而作为年轻人的一员,宋柒则是将所有的座位都让了出来,自己站着讲话。平时在大厅开会,他也是如此,把位置让给德高望重或者行动不便的老人。

"宋所长,大家都到了,就请你介绍一下情况吧。"老师傅从上衣的口袋里摸出一个半只手掌那么大的记录本,又把胸前口袋上别着的钢笔拿到手中,认真地说。

"咳咳,"宋柒清了清嗓子,"是这样的,前些天我到村里查看村民的生活状况,无意间发现居民们家里的电压太低,低到无法用于维持日常生活。"

老师傅右边那位看起来有些上了年纪却沉稳谨慎的组员问:"具体表现在哪些方面?"

"据我了解,现在岛上的电压已经小到不足以冻住冰棍,更别说带动大型机器了,我担心……"

此话一出,勘察组的组员们交头接耳,互换眼神,像在讨论什么。

宋柒的话就像是一枚水弹,投向湖面,把平静的气氛激起涟漪。的确,如果真像他所说,连冻个冰棍都成问题,那就说明现在的电压已经不足以带动一个小小的冰箱了,就更别提其他那些大型的机器。

其实原因大家心里都明白,岛上条件匮乏,一时半会儿是改变不了这种低电压高损耗的局面的。既然决定留下来,那么就得帮人把事做好。

老师傅显得很认真，关心地问："那村民们的生活……"

"目前的生活还没有出现什么大的困难，短期应该不成问题，我担心的就是岛上因用电问题引起各种后遗症……"宋柒郑重地说，"所以改善电压低的原因迫在眉睫！我希望能得到各位的帮助，早点进入改造流程。"

"那……宋所长有什么高见？"

宋柒想了想，说道："很抱歉，到目前为止，我暂时还没头绪。按理说电压也不至于低到这种程度啊！"

"会不会是我们拉杆架线的时候，把线路挖断了？"有人提问。

"不太可能。首先，我对各位的工作有信心，相信大家的专业水平，绝对不可能挖断线路。而且拉杆架线的过程我都亲自参与，每次都反复检查，没有出现过任何问题。再说了，要真把线路挖断了，那应该是直接停电，而不是电压减小。"

大家听了觉得有道理，可是又没有人能找到一个合理的原因。

宋柒顿了顿，才又开口说："电压减小无非是三个原因，一是电阻，二是电流，三是用电量过负荷。但是我思前想后，实在是不知道问题出在哪儿了。"

第三十九章　原因在哪

"那就按你推测，会不会是村民们新添了大型设备，用电器太多？"

宋柒摇了摇头："不太可能。岛上要真添了什么设备，我一定会知道。再说了，村里的电器设备、线路走向和配变台数我都清楚，可据我调查，此次停电后，家家户户所有线路上的电压都低到没法正常运转了。还有一点，大型设备不可能全天二十四小时都工作吧？它不工作的时候，对电压是没有影响的，然而……"

"然而村里的电压全天都有问题？"

"是的。"宋柒点头表示确定。

大家又开始议论起来，你一言我一语，可惜讨论出的结果都不尽如人意，始终无法得出一个合理的解释。

时间一分一秒地过去了，已经到了中午。

宋柒抬头看了看外面的情况，一轮红日已经高高挂起，挂在蔚蓝色的幕布上，将周围的云彩都染成了深浅不一的红色——赤朱丹彤，美不胜收。

他觉得有些口渴，舔了舔干涩的嘴唇。

从早上到现在，宋柒不仅跑去码头送行，还一溜烟回到供电所在大厅里跟大家一起讨论电压负荷的问题，连喝口水的时间都腾不出来。

再看勘察员们，说话的声音很明显小了下来。不知是连日疲惫所致，还是饥饿难忍，大家的精神头有所减弱。

人是铁饭是钢。"这样吧……"宋柒清了清嗓子，"咱们先去食堂吃顿饭，等吃完了午饭，大家下午再去村里实地勘察勘察。"

老师傅环顾四周，说："还没干活就吃饭？"

"哎，必须补充能量啊！食堂早就把饭做好了，听我的，大家先填饱肚子。工作再重要，也没有身体重要嘛。"

一位比较年轻的组员应承道："就是就是，不吃饱哪有力气干活？"

这话把大家都给逗笑了，大厅里焦虑紧张的气氛顿时一扫而空。

宋柒让供电所的工作人员带勘察组成员去了食堂，自己则是抽空给城里的上级领导打了个电话。果不其然，事情如他所料，进行得很顺利。领导一听到野马屿岛的勘测进展情况，二话不说就答应让勘察组继续留下来。

这下，宋柒心里的一块小石头总算是放下了，可另一块大石头却依然压在他的心上，纹丝不动——电，又是电，野马屿岛上的用电问题究竟何时才能彻底解决？光靠这样打一枪换一炮的方式根本不能从源头上改变现况。

午饭过后,宋柒亲自带领勘察组再次到村里实地调查。

居民家里的电压情况,大家差不多都了解了,于是没有再去麻烦他们,而是直接沿着海岛供电线路前行,汇聚到各个电线杆旁,勘察线路的完整性。

"这是岛上第001号电线杆,就让我先来吧!"宋柒自告奋勇地望着从村民家里借来的梯子。

梯子是木质的,很容易导电,虽然电线外面都有一层绝缘橡胶,但那可是高压电,为了以防万一,大家还是在木梯与电线杆的接触位置套了层绝缘皮,而宋柒手上也戴着绝缘手套。

宋柒觉得安全无小事,还是从我做起,从细节做起。

身为供电所所长,保证村民们的用电自由和用电安全本就是宋柒的责任。现在出了问题,虽然勘察组的兄弟们愿意帮忙,但自己也应该拿出所长的气度来,凡事都抢在前面,亲力亲为。

"小宋,你下来,让我上去,危险!"眼看着宋柒已经向上爬了,老师傅朝他招呼道。

"您上来就不危险了吗?"

老师傅回答:"我们是受过专业训练的,有经验,你不一样。"

宋柒技术是过关的,只要能克服高空作业这一生理关就完美了。他站在梯子上,还是回头露出一个灿烂的笑容:"没事,我也受过专业训练,这次我先上。"

见他执意如此,大家也不再多说,只是默默在心里替他捏了一把汗。

"线路完整,没有破损,一切正常!"宋柒查看了电线杆上的线路,大声地汇报自己的勘察情况。

"小宋,你再看看连接处。"

"啊?"由于位置太高,距离太远,宋柒没听清下面的人说的话。

老师傅双手做喇叭状,放在嘴巴上,一字一句地大喊:"我说……你再……看看连接处!"

宋柒顿时心领神会:"明白了!"

还记得上次台风将电线刮断，自己和王大勇两个人爬上爬下，将损毁了不能用的电线都拆下来，后来又帮着抢修队一起安装电线……往事历历在目，如今想起来，仿佛是在昨天。

宋柒明白，老师傅定是怀疑，那时候他们操作粗心，可能在什么地方出现纰漏，导致如今电压减小的情况。明白了对方的意思后，宋柒也不拖拉，顶着炎热在烈日下工作。

电线的接口处都在电线杆附近，中间那一段基本不可能出现问题，如果真有什么意外，那一定发生在接口处。这样想着，宋柒又顺着梯子往上爬了两步，直到上面只剩下最后三节横梯。现在他已经比木梯还要高了，左手只能勉强扶住一边的竖梯。心里莫名浮现出一阵恐惧，他觉得眼睛有点花，整个人有点软，仿佛刚原地转了三百圈，分不清东南西北，就连身子都不太站得稳。也不知怎的，自从上次在屋顶，林萌给他装了满满一桶水后，他好像就有点恐高了，还好不是很严重。

底下的人敏锐地感觉到宋柒的状态不对，忙问道："宋所长，没事吧？要不要换个人？"

宋柒抬头看了看那新装的电线，咬咬牙："没事，我能行！"

让勘察组的成员留下来帮自己，已经足够麻烦他们了，又怎么能让他们冒险呢？

下定决心后，宋柒晃了晃脑袋，感觉自己清醒了不少，便一只手紧紧抓住木梯，另一只手尽力地往上举，拨动手里的橡胶棒，费力地用测压笔测压，在电路中逡巡，仔细地查看每一根电线的情况。

太热了，闷热的安全帽像孙悟空戴的金箍，豆大的汗珠从额头上渗出，从安全帽檐下渗出，又顺着鼻梁一直往下滑，最后挂在鼻尖，摇摇欲坠。

那汗水将他的鼻子弄得痒痒的，很不舒服。宋柒想腾出手来擦一擦，却才想起自己根本没有第三只手。

第四十章　再次出发

金梭银梭，一根、两根、三根……高空作业的宋柒差点唱起儿歌，连忙定定神，专心致志地忙碌着，把所有的注意力都放在检查电线上，这样才能暂时忘掉鼻子上的瘙痒。

也不知是天气炎热的缘故，还是太过紧张，他今天出的汗尤其多。明明不是什么太累的活，可汗水就跟下雨似的，哗啦啦流个不停。

终于，所有的电线都检查完了。

宋柒忙收回右手，两只手都扶在木梯上，对下面的人说："一切正常！"

他已经紧张到说不出多余的字，方才的检查，仿佛耗尽了他毕生的力气。

"宋所长，都检查完了吗？确定没有问题？"

"是，一切正常。"宋柒依然简单地回答。

"行，那你快下来吧！"

听到这句话，宋柒顿时获得了新生。但不能慌，他一级级解开安全扣，一层层向下降落，脚下的动作踩得准稳狠，直到双脚落地，宋柒才觉得如释重负，这就是脚踏实地的感觉。

想来，每个登杆作业的电工都有这样相同的经历吧。每一次经历都是历练。

"我都检查过了，无论是线路本身，还是接口的位置，全部都没有问题。"平安回到地面后，他才能说出一句完整的话。

"知道了，我们去检查下一个地方吧。"

宋柒点点头，赞同老师傅的举动。但被刮断的线路起码有一公里，这一公里的长度，怎么说也有十几根电线杆。这工程量有点大，可能要让兄弟们受累了。

老师傅看出了宋柒瞬间的犹豫，忙站出来说："接下来的事情就交给我们吧，宋所长忙了一天，也累了。这样吧，就麻烦你在下面帮我们扶着梯子,递点东西什么的,你没意见吧?"

"当然没意见,辛苦弟兄们了。"宋柒红着脸摇手,感激地答应下来,"那就麻烦你们了!"

老师傅赞赏地拍了拍他的肩:"好小子,有啥麻烦不麻烦的,这不就是我们该做的?"

宋柒差点被这虎虎有生气的一掌拍倒在地,双腿还有些发软。

他走在前面带路,一行人带上工具和木梯,风风火火地走向下一个检查点。

不得不说,在工作上,勘察组的成员们还是很认真负责的。大家你上我下、你下我上,轮着检查了好几次,宋柒也加入他们,又往上爬了三四次。不到一个下午的时间,就全都检查完了。

"奇怪,线路没问题,接口也没问题,那问题究竟出在哪儿呢?"其中一名勘察员问。

宋柒坐在光秃秃的土地上,张着嘴大口大口地喘气,没有听到他的问题。他想,要是再来一次,自己一定不会抢着往上爬,这一趟下来,差点没把他累散架。

"会不会是咱们检查不仔细,遗漏了什么?"

宋柒回答道:"不可能。"

但是问题又出现了,假如线路一切正常,那么电压为什么会无缘无故减小?

老师傅也点点头:"我赞同小宋的说法。不过为了以防万一,咱们明天再抽空检查一遍。"

宋柒思来想去,觉得可能是他们找错了方向,也许电压减小跟新搭的线路没有关系。

"老师傅,你说……会不会咱们一开始就想错了?"宋柒大胆假设道,"先不说抢修队的操作是否足够专业,就咱们这群人来说,就算一个人检查不仔细,总不可能所有人都粗心大意吧?你说……线路会不会根本没有问题?"

"有这个可能。但线路要是没问题,那问题究竟出在哪儿?"

"这……"宋柒也困惑起来,"我也想不出来。"

自他上岛以后,野马屿岛就没发生过什么和电有关的大事。假如真的有什么可以影响到电压的话,宋柒所能想到的可能性,就是之前他们在抢修时不小心破坏了线路。可是,现在这一可能也被排除了。

经验丰富的勘察组也一筹莫展。

"白忙活了一下午!"有人唉声叹气。

宋柒笑了笑,拍着他的肩膀说:"别灰心,也不是徒劳无功,起码我们确定了岛上的线路非常完美!"

"没错,就这线路,依我看,起码还能用个五十年!"老师傅也顺着他的话夸张地说。

听到这里,大家心里才好受点。

落日的余晖静静地洒下来,仿佛一层无形的烟雾,笼罩着整座岛。

夕阳下的野马屿岛格外美丽,金光灿灿、云雾缭绕,简直就是神话中的世外桃源。

勘察组的成员们从未见过这种景象,纷纷发出"哇"的赞叹声。就连看惯了岛上风景的宋柒,也再一次被这里的美丽所折服。如果说这次行动有什么收获的话,那就是能欣赏到如此令人叹为观止的景象吧。

宋柒闭上眼,感受着温柔的阳光洒在自己身上,犹如披上一层淡淡的薄纱,心里顿时又充满了斗志。"线路的事先放在一边,一定还有什么事我们没发现的。这样吧,明天大家就不用出来了,先在宿舍里好好休息一下。等我去村里看看情况,问问村民们的看法。"宋柒睁开眼说。

"那怎么行?宋所长,要去也是我们一起去。"

宋柒傻笑了一声,点点头:"行,大家一起去。"

第二天一早,宋柒将勘察组的人员分为两队,一队跟着老师傅,一队跟着自己。大家吃过早饭就离开供电所,往村子里走去。

虽然电压的调查没有什么进展，但林萌一行人却是顺利抵达了珊瑚岛。

一下船，他们就跟柳安安分道扬镳，各奔前程。别人倒是没什么，就林萌心里不停在盘算。自从在船上见到柳安安，听说了珊瑚岛的事情后，林萌就一直怀着心事，脑子里充满了"游客""观光""旅游业"等新奇的字眼。

"嘿！在想什么？"于雁见林萌不吭气，冷不丁凑到她面前调皮地做了个鬼脸。

"于雁！你吓我一跳！"

第四十一章　重新再战

"哟，还认识我啊？我还以为你满脑子都是某位所长，把我的名字都快给忘了。"

林萌没好气地说："你再乱说，信不信我不理你了？"

"不敢了不敢了，姑奶奶，我就是开个玩笑。"于雁忙笑着求饶，随后话锋一转，又不正经起来，"你一个人想什么呢？我看你自从离岛以后，就成天魂不守舍的，该不会……"

林萌对闺蜜不客气地翻了个白眼："该不会什么？"

"没什么没什么……"

"还好意思说我，你不去准备资料，来这儿影响我干吗？"

听她这么一问，于雁才想起自己过来是有任务的："对了，老王让我告诉你，他已经找到了目标公司，让我们准备一下，明天就过去。"

第二天清晨，林萌一行人前往珊瑚岛光明科技有限公司参观，表面上是学习新知识新技术，实际上主要是暗地里调查，看看该公司是否符合加工海鲜的条件。

按照他们的计划，应该由王大勇出面，以副所长的身份，代表野马屿岛供电所与该公司的有关负责人洽谈，但是王大勇觉得那样目的太过明显，很容易被蒙蔽，还不如明修栈道暗度陈仓。

"两面派不太好吧？"林萌不太理解。

于雁解释道："你不懂，像这种目的明确的商谈，对方很有可能坐地起价。"

"你是说，光明公司要是知道野马屿岛电力不足的情况，了解我们岛上养殖和加工户对加工机器的迫切需求，会不会故意提高价格，从中赚一笔？"林萌若有所思，一下子明白了她话里的意思，但还是不太相信，"这种乘人之危的事，应该不会有人做吧？"

"你啊，就是太天真了。人心险恶，不是所有人都像你一样善良的。"于雁说着，在她脑袋上拍了一下，仿佛一位苦口婆心的老妈妈。

"呵呵呵……"林萌做了个鬼脸，嬉笑过后，又认真地说，"虽然我不太认可你们的想法，但我觉得这样做应该对的。"

"当然了，先以外地游客身份去观光，先了解光明公司的机器设备情况，打听到具体租用价格后再与他们商谈，听起来就是个可行的计划！"

林萌宠溺地看着她："是是，你最棒了。"

不必说，像这种点子，肯定是古灵精怪的于雁和老谋深算的王大勇一起商量出来的。

出来这些天，很多事情都是他俩完成的。拜访光明公司的计划，他们全都准备好了，不仅选定了目标公司，而且还想到了具体的施行方案，这让林萌有些汗颜。

明明是三个人一起出来的，可自己却没帮上什么忙，一天到晚脑子里就只有"开发"两个字。光说不练假把式，她在心里暗暗发誓，明天的拜访行动，一定要打起十二分精神，不能再把所有的事情都推给王大勇和于雁做了。

很快，第二天就到了。

岛上的气候一向很好，除了偶尔会有台风刮过外，基本是万里无云的好天气，很少会遇到阴雨连绵的情况。

果然，一推开门，便看到东方亮堂堂的一片，空气清新、温度适宜，令人神清气爽。

宿舍的大门正对着海，每天早上，宋柒都是在海浪声中醒来的。

站在门口远眺而去，岛的尽头是一片汪洋大海，而海的那边是白茫茫的天。此时太阳还未超过海平面，但是那耀眼的万丈光芒却忍不住散发出来，将远方的海水染成了白色的一片，波光粼粼的，煞是好看。

"宋所长，早啊！"

宋柒忙把嘴里的牙膏沫子吐出，向跟自己打招呼的村民回礼："早！"

洗漱完毕，他带着勘察队员们去村里巡视了一番。就依昨天商量好的那样，所有人分为两队，自己和老师傅各带一队。

野马屿岛很小。整个村子的入口就正对着供电所大门，相隔一两公里。村口有块大石头，叫风动石，风一动石头也会动，但从没有掉下来过，看样子已经在那儿很久了。没有人知道这块石头的来历，也没有人知道它是什么时候过来、被谁搬过来的。只知道自从野马屿岛建立的那天，它就在那儿了。

加上岛屿的形状像匹野马，野马屿岛的名字便由此而来。

石头旁边是两扇大门，平时基本开着，这也是进入村子的唯一一条路。

从石头门进去，根本看不到人家。需得走过一条长长的石子路，七八分钟后，才能望到林朝阳开的店，这是进入村子以后能看到的第一户人家，同时也是岛上唯一的一家小卖部。

路的两旁种满了清一色的参天大树，夏季遮阳，冬天保暖，庇佑着村里的人家。

村子里的人家从东到西排列而建，分布在石子路的两端。从空中望去，仿佛是一条翠绿色的衣带，上面铺满了用作装饰的光滑洁白的鹅卵石。而在那衣带的两边,便散落着各户人家。

知道林朝阳对自己有成见,再加上老师傅年纪大了,宋柒决定让老师傅从石头门进去,从东边开始调查。自己则带领一群年轻人,先从村头走到村尾,再从村尾由西边着手调查。

陈香萍的医务室也开在这条路上,大概是居中靠近东边的位置,最初建在那儿主要是考虑到这里距离码头较近,万一有个急诊啥的,可以第一时间送出岛。

这也是宋柒和老师傅约好碰头的地点,他已经提前跟萍姨打过招呼了。

当宋柒带着人走到村西时,老师傅已经走访巡视了十余户人家用电情况。即使如此,宋柒还是比他们先一步到达诊所。

萍姨给他们端来自家泡的苦茶,刚接过手,就听到有人推门而入的声音。

宋柒忙站起来,将老师傅扶到自己的位置上坐下,又把手中还没来得及喝的茶递过去。

一看到对方垂头丧气的样子,他就明白,另一队人马估计也是无功而返。

果不其然,老师傅将一杯茶一饮而尽,叹了口气,才垂下头说:"唉!"

宋柒假装不理解,问道:"怎么了?唉声叹气的。"

"唉!"老师傅又垂下头,"白忙活了半天,什么都没问出来。"

第四十二章　刨根问底

"我早就知道了。在行动前,我心里就有数了。"宋柒咧嘴笑了笑,"村民们要是真知道些什么,一定会来供电所报告。况且在那之前,我也问过几个人家,除了说一些电压极低的表象外,没有人能提供什么有用的线索。"

"什么?电压极低?"陈香萍一听到这个词,眼神马上就变了。

她猛地站起来,没能控制住焦虑的情绪:"宋所长,你实话告诉我,咱们岛上的电是不是修不好了?"

"能修好,能修好!"宋柒走过去,将她按在小马扎上坐稳,"萍姨,你别着急,我们这不是在想办法吗?"

老师傅白白劳累了一早上,本来还想埋怨几句,可是一看到陈香萍的样子,就把那些诉苦的话又都咽了回去。

他们忙点儿,辛苦点儿算什么,跟乡亲们的长远生活比起来,那都不是事!如果说忙几天能换来电,老师傅想,就算让他忙活起来,那也是值得的。

村民们告诉老师傅他们,因为电压低,冬天连烧个热水洗个热水澡都成问题,更别提什么空调和家用电器,那些都只能是摆设,根本用不上。老师傅听了心中又是酸楚又是惭愧。

等陈香萍的情绪稳定下来后,宋柒才开始总结大家的调查结果,他想知道另一队人都有什么收获。

小小的诊所里挤满了人。

"没什么……"本来想说没什么收获,可是一看到陈香萍,老师傅就连忙改了口,"没什么说的,我太渴了,先喝口茶再说。"

陈香萍也感受到了对方的殷殷视线,心里有些过意不去。

"刚才是我太冲动了,你们说,不用管我,正事重要。"她从屋里端出一大锅刚烧好的苦茶,笑着给老师傅舀了一大碗,"大家都辛苦了,来喝点茶吧。这都是我们自家摘的茶叶,可解渴了。"

满满的一大锅,全都是浅褐色的液体,里面却只放了两三片茶叶。

对,你没看错,就是两三片。

这是沿海乡下特有的茶,名为苦茶,小小的一片叶子,就能泡二十来升水,其味清凉爽口,有一点微微的涩。要是多放一点,就苦得人挤眉弄眼、龇牙咧嘴。

看陈医生那么热情，大家也不拘束，你一碗我一碗喝了起来。

茶水入口，涩中带凉，苦中带甜，将人心里的火气都给浇灭了。

"电压减小，肯定是有原因的，只不过我们没有找到。"宋柒清了清嗓子，仔细梳理线索："之前已经排除了挖断电线的可能，村民们大家也都一一问过，没有什么收获……我想还是请大家集中思绪，好好想一想……是不是我们忽略了什么细节？"

"能有什么细节？要么电流，要么电阻，不会有别的可能。"

宋柒点点头："究竟是什么才能影响电流和电阻？岛上应该没发生过这样的大事啊？"

"是啊，我们连新搭的电线都检查过了。"老师傅摇了摇头。

这时，陈香萍刚从屋里出来，她去给大家拿毛巾擦汗去了。

这么热的天气，宋柒他们才花了一个早上，就从村头忙到村尾，连歇口气的时间都没有，早就累得满头大汗了。

"会不会是柴油机房出了问题？"陈香萍随口说了一句。

"机房？"宋柒突然提高了声音。

老师傅也把目光放在陈香萍身上，望着她捧着毛巾一脸狐疑的样子，也在沉思。

"我……"陈香萍有些迟疑，担心自己说错了什么，"我就是觉得……上次柴油机房的屋顶不是坏了吗？我就想，会不会是你们修补顶上的时候把电线弄断了？那里不是布有很多线吗？"

"这就对了！"宋柒惊喜得一拍大腿，来不及解释，他顺手将茶碗放在桌上，就着急忙往外走，"大家都跟上，我可能知道问题出在哪儿了！"

有人不太服气："你说宋所长是不是急傻了？断线带来的结果不可能是电压减小，而是直接停电啊？"

别的人也一头雾水："对啊，老师傅，你说这……"

"不，宋所长不是那个意思。"老师傅慢悠悠地咽下最后一口茶，颇有深意地说，"他只是说问题出在柴油机房，可没说就是线路断了。"

"啊？那问题究竟是什么？"这下大家更加丈二和尚摸不着头脑了。

虽然怀有疑惑，但勘察队员们还是很听话地跟了上去，一行人几乎是小跑着冲到柴油机房的。

原本还济济一堂的医务室，立马就只剩下陈香萍一个人，站在原地愣愣地发呆："我这是说中什么了？"

想到自己有可能猜出电压极低的原因，宋柒也顾不上后面的人有没有跟来，一个人火急火燎地跑到供电所，径直朝柴油机房奔去。他急于验证心里的想法，所有的疲倦与辛劳一扫而空。

勘察队员们见他自信满满的样子，精神顿时也高亢起来，不由分说就跟了过去。

推开柴油机房因年久失修而有些晃动的门，扑面而来的是一股刺鼻的柴油味儿。

宋柒贪婪着呼吸着这熟悉的味道，刻在基因里的某种东西仿佛被唤醒了。说来也怪，他从小就喜欢闻柴油的味道，同理，汽油也是。很小的时候，宋柒就喜欢趁爸爸不在，把他的打火机弄坏，就是为了闻那股汽油味儿；非但如此，他还喜欢坐私家车、坐公交车，但是不太喜欢飞机，因为前者有他喜欢的味道。

可能是基因让他对这种特殊的气味情有独钟，所有才选了理工科，最终与电结下不解之缘吧。

"宋，宋所长……你，你……"

队员们话还没说完，宋柒就解释道："你们肯定很好奇我想到了什么吧？"

他暗自摇了摇头，不知是在自嘲，还是觉得无奈："亏我在大学修了那么多年的电力工程，没想到连这么简单的事情都没想明白。纸上得来终觉浅，绝知此事要躬行，看来人真的不能光读书，还是要多实践才行！"

"别卖关子了，宋所长，你就说说吧！"

"是啊，说说吧！"

第四十三章　原来是它

见大家那么迫不及待地想要知道原因，宋柒也不再卖关子。

他长叹一声，娓娓道来："其实我早该想到的，电压的减小，除了和电流、电阻有关，还有别的影响因素。"

"什么影响因素？"

"说来惭愧，我本来早该想到的，没想到最后是被萍姨一句无心的话点醒。"宋柒高深莫测地说，"原理其实很简单，答案早就呼之欲出，我相信在座的各位都能轻易解开。"

"宋所长，您就别为难我们了。"

"对啊对啊，我们才来岛上几天啊？什么都不知道。"

看他们这个样子，宋柒摇了摇头，笑着说："好吧，现在揭晓谜底！答案就是——它！"

"柴油机？"众人顺着宋柒手指指着的方向看过去，感到不太理解，纷纷疑惑道："这和柴油机有什么关系？"

宋柒意味深长地问："大家仔细想想，柴油机是用来做什么的？"

"发电啊！"众人异口同声地回答。

刹那间，所有人似乎都在同一时刻想到了什么，露出惊讶的表情，个个都目瞪口呆地，嘴巴张大得仿佛能塞下一个鸡蛋。大概过了几秒钟，似乎是接受了这个事实，他们脸上的惊讶又转变成无奈，仿佛是在懊恼自己为什么没有早点想到，明明原因很简单啊。

"对，就是发电机。正如大家所看到的，我们一直困在书本上学到的知识里，总觉得电压、电流、电阻三个词经常挨在一起，但凡其中一个变化，那么自然而然就会联想到另外两个，但是……"宋柒顿了顿，才开口道，"但是我们忽略了源头，也就是产生电压和电流的源头——发电机！"

这些都是基础知识，作为专业人员，勘察队不可能不知道。但是他们几乎没有遇到过这种问题，再加上先入为主的思想，很容易忽视真正的答案，走到另一条巷子里。

　　宋柒其实也在死胡同里打转了好几天，要不是萍姨误打误撞地胡乱猜测提到了"柴油机"三个字，令他茅塞顿开，估计他现在还在为电压突然减小的原因忙得焦头烂额呢。

　　看大家都愣在原地，宋柒率先开口，打破了静谧的气氛："虽然还没有检查过发电机，但是排除掉所有的可能性后，最后剩下来的，一定是答案！"

　　接下来，他又简单介绍了一下柴油发电机的原理，就当是给年轻的勘察员补习知识了，顺便还提出了自己的猜测：

　　"中国所用的电流都是二百二十伏的交流电，岛上的电产生于柴油发电机，而发电机又必须与电压调节器共同作用。

　　"能使电压减小的因素，除了电流和电阻，一般有以下三个可能：第一，电压调节器接触不良，或者调节范围不当；第二，电线接线部位松动；第三，由于某种原因，使得发电机的转速变化，从而影响了电压。"

　　对于宋柒的猜测，大家并没有异议，也不会对此感到惊讶。只要打破固定思维，把调查的方向转移到柴油机上，这些理论，他们中随便抽出一个人都能倒背如流，而且还能补充更多的可能性。问题就在于，人们很多时候都会犯先入为主的错误。

　　听到这里，老师傅也按捺不住了。他摸了摸两天没刮的、已经长出了些黑点的胡楂，语重心长地说："野马屿岛上的经历给我们上了一课啊！一台柴油机输出功率有限，且线路老化线径小，一次停电后复电，用户冰箱抽水泵等电器同时启动，发电机和线路超过负荷会造成低电压。"

　　既然大致的方向找到了，那么接下来所要做的，就是调查柴油机的情况，验证推理的结果，找出真正令电压减小的原因。这可是勘察队的特长。

　　宋柒也拿出自己作为所长的责任感来，有条不紊地安排工作。在他的领导下，勘察队员们纷纷行动起来。他们先是关掉柴油发电机，戴好手套，穿上防护服，然后检查电压调节器的范围，再检查其接触情况、线路的连接，可是什么都没有发现。大家不由得怀疑起宋柒的判断来，直到最后检查到局部零件时，才有名队员高声呼喊："宋所长，找到了，就是这里！"

听到这里，众人忙放下手中的事情，二话不说就跑过去围在一起。

宋柒也一个箭步冲过去，从人群中挤出一条缝来，兴奋地说："快告诉我，究竟是什么？"

"是一颗螺丝！"

"螺丝？"宋柒在心里默默地想，"怎么又是螺丝？"

"是的，这颗螺丝的松动导致减震垫松动，从而使发动机转速较小，最后就是我们现在看到的这个样子。"

宋柒想，很有可能是上次他们接电线的时候，不小心碰到了这颗螺丝，也有可能是在抢修屋顶的时候松动的，难怪电压减小发生在那之后。当然，还有可能与外界因素无关，单纯就是因为时间长了，螺丝自己松动。

无论如何，总之，现在他们已经找到了真正的原因，只需要解决掉它就行。

"让我来吧！"宋柒推开挡在自己身前的两个人，"正好我手痒了，想活动活动筋骨。"

勘察队员看了看他，又看了看松动的螺丝，同意地点了点头。

宋柒不知道从哪儿找来一把扳手，然后蹲下身子，观察着那颗关键的螺丝。一般情况下，拧螺丝是个很轻松的活，但这次不太一样。毕竟这是柴油发电机，内部线路多、结构复杂，而且已经用了很多年了，锈迹斑斑，稍微一不小心就有可能把它弄坏。更重要的是，岛上就这么几台发电机，村民们的生活可全都靠它了，绝对不能坏。

柴油机上铺满了一层厚厚的灰尘，一按就是一个手指印。宋柒顺手拿起一块布，小心翼翼地把覆盖在表面的灰尘擦掉，然后又去擦线路和螺丝上的灰尘。他的每一个动作都很轻，仿佛面对的不是冷冰冰的机器，而是一个有血有肉、柔弱无助的小婴儿。

即使已经尽力保持动作轻柔，可那柴油机还是随着宋柒的行动微微地摇晃起来，还伴随着"吱吱呀呀"的声响。

第四十四章　张飞绣花般的修复

许是年久失修的缘故，这些柴油机不仅满是灰尘，而且全都生了锈，原本黑铁色的机器直接变成了黄铜色，把宋柒手上的白手套染得灰一片黄一片的。

"阿嚏！"宋柒揉了揉鼻子。

想起刚才那阵朝自己扑面而来的灰尘，心里没来由地有些抗拒。

他在城里长大，从来没有触碰过这么脏的东西，再加上有点洁癖，所以抗拒是很正常的。

但抗拒并不是嫌弃。不过当手套拂去灰尘，因为动作过大让柴油机发出刺耳的声响，腾腾升起的尘埃仿佛一阵白雾，勘察队员们连连后退。只有宋柒因为蹲在地上，撤退不及时，大口大口地呼吸了好几下，咽喉里、鼻腔里全部都是灰尘。

他猛地站起来，用袖口捂住鼻子，一只手挥舞扳手，在空中晃个不停。

"宋所长，没事吧？"两名队员走过去，一边用力地掸灰尘，一边问。

"没事，没事，先工作。"宋柒又咳嗽了两声。

待尘埃落定后，他才又蹲下去，不过这次比之前小心多了。经过刚才那一下，灰尘基本被他抖落下来，露出了黄褐色的锈迹。就连那颗松动的螺丝，也被一层厚厚的黄色的铁锈包裹着。

宋柒仔细一看，果然，就是它没错。那螺丝虽然是黄色，可是若用心再看一眼，便会发现与发电机连接的地方是黑色的。这就说明这颗螺丝不久前刚移动过，原本包裹在里面，没有生锈的地方露了出来，才会显现出黑色，和周围的黄褐色完全不同。

"行了，只要把它拧紧就可以了。"宋柒在心里想。他拿起扳手，对准螺丝，然后轻轻一转……嗯？纹丝不动！宋柒又加重了手上的力气，可是那螺丝根本没有一点移动的迹象。

勘察队员们发现了异常，问道："宋所长，怎么了？"

"没事，就是这颗螺丝生锈了，拧不动。"可能是铁锈把它和机器连在一起了，所以很难拧动，宋柒猜想。

"让我来试试！"一名勘察队员走上来，双手握紧扳手，用力一转……

"还是不行啊！"宋柒摇摇头。

可能是年轻气盛吧，那位勘察队员不肯认输，心想要是连颗螺丝都拧不动，传出去多丢人啊。他不再多想，一只脚蹬在柴油机上，然后紧紧握住手中的扳手，大喊一声"起"，咬牙切齿地用力……

宋柒正在跟大家商量要怎么办，听到声音一回头，差点没吓个半死。

他连忙冲过去，正好那名勘察队员脚下一滑，伴随着一阵嘎嘎的声音，刚刚落地的尘埃又飞得到处都是，几乎快要遮住了人们的视线。

所有人都一只手捂住口鼻，一只手在空中挥来挥去。只有宋柒两三步冲过去，抱着柴油机上上下下检查了一番，发现没有什么损坏后，这才放下心来。

可是，后知后觉的他这才发现，自己已经被铺天盖地的灰尘包围起来。来不及想那么多，他本能地就咳嗽起来，那声音急促而紧张，整张脸都变成了青紫色，仿佛要把心肝脾肺肾一起咳出来似的。

等尘埃散去，宋柒还没说话，老师傅就数落起那名勘察队员："你这小子，没事瞎动什么？还好柴油机没啥事，要真出了什么问题，把你劈了当燃料给人发电都不够！"

勘察队员被老师傅训得羞愧地低下头，宋柒本来有些冒火，可是一看他这个样子心就软了下来。他不久前也跟这个毛头小伙子一样。

"算了算了,他也不是故意的。年轻人嘛,犯点小错误很正常。"

说到这里,他有些愣怔,心中情不自禁地涌起一股暖流。不知道从什么时候开始,自己已经成长为一个可以独当一面、顶天立地的男子汉。记得小时候,不管犯了什么错,爸爸妈妈都会替自己解决。后来在工作上出了差错,领导也是拍拍自己的肩,说:"没事,年轻人嘛,哪有不犯错的?"

可是现在,同样的一句话,他却从听的人,完完全全变成了指挥的人。想到这里,宋柒忍不住有点感慨。

此时,老师傅还在数落那名犯错的勘察队员。看到宋柒富有情感的样子,老师傅责怪的语气又加重了几分:"你看你,都怪你,把人家宋所长都弄快哭了!"

"扑哧……"宋柒没忍住笑了出来,但是又不能告诉大家实情,那样只会让他们觉得自己娘娘腔,于是只好强忍着笑意,随便找了个理由,"没有,我就是被灰尘眯了眼睛,有点难受。大家伙都别站着,来几个人帮我扶住柴油机,再来几个人跟我一起拧螺丝。"

"好!"众人异口同声地回答。

老师傅还不忘提醒一句:"动作轻点,要是把机器弄坏了,那我们就得留下来给人当机器!"

有人小声地嘟囔:"我们又不会发电……"

"当牛做马总会吧?"老师傅瞪了他一眼。

话不多说,玩笑过后,大家很快收了心。

四名勘察队员站在柴油机后面,两名蹲下,两名站着。蹲下的两名主要是稳定底座,站着的两名则双手撑在发电机上,维持平衡。

宋柒则调整好扳手,然后紧紧夹住螺丝,双手握住扳手手柄。另外两名工作人员也跟他一样,三个人的手一前一后,随着老师傅在旁一声大喊,便同时发力。

"一,二,三,起!"

"一,二,三,起!"

随着"起"字落下,前面的三个人同时用力,后面的四个人则是死死抱住柴油机,尽量让它保持平衡。

不得不说,小小的一颗螺丝,一旦生了锈,便固若金汤。即使费了九牛二虎之力,也很难将其拧动。

当最后一声"起"字从老师傅口中说出时,宋柒和那两名勘察队员使出了吃奶的力气,个个都龇牙咧嘴,手臂上青筋暴起,同时发力!

只听一声细若蚊蝇的响动,螺丝上的铁锈忽然落地,掉在水泥地板上,发出清脆的声音。而在此时,在所有人的努力下,那颗螺丝终于以肉眼可见的速度,顺时针旋转了九十度。

"太好了!"宋柒脱口而出。

他轻轻一挥,两名队员就松开手,向后退了两步。

第四十五章　修复

锈迹已经掉落,露出油亮亮的黑铁色。这么一来,不必费多大力气就能轻易扭动这颗螺丝了。

在众人的注视下,宋柒右手握住扳手,小心翼翼地转了二三十度。

人们都屏住呼吸,目光炯炯,共同期待着那一刻的到来。而宋柒也不敢大意,放慢了手上的速度,一点、一点地转动扳手。终于,感觉到手上传来一阵巨大的阻力……宋柒知道,他的任务完成了。

他猛地站起来,脸上蹭满了机油,带着疲倦而兴奋的笑脸对大家说:"好了,打开发动机吧!"

话音刚落,就有两个队员忙赶着开机器去了。

宋柒将手套摘下来,拿在手里,默默地看着房里的柴油机,脸上不禁闪过一丝惆怅。

这一幕被老师傅看在眼里:"没想到折腾了那么久,竟然是因为一颗小小的螺丝钉。"

"可不敢小瞧螺丝钉！再先进再精良的机器，都是由这些螺丝钉组成的！"宋柒笑着对老师傅说。

"说得不错！"老师傅拍着宋柒的肩，脸上露出异样的神情，"可惜了，这么美丽的地方，供电设备却这么短缺和落后！"

听到这里，宋柒心里也是泛起一阵辛酸。

上次抢修，时间太紧迫，他根本没有心思仔细看一看柴油机房里的情况。而今细细望去，只见一间小小的房里，中间横七竖八地摆了几台机器，全都东倒西歪的。那机器上全是灰尘，灰尘下长满了两层指甲盖那么厚的铁锈，仿佛是一群在风中摇曳的老人，下一秒就会跌得粉身碎骨。宋柒无法想象，偌大的一座村庄，其发电的设备竟然只是这么几台又落后又破旧的机器！

"都是资金不足啊！"他摇了摇头，这话似乎是在回答老师傅，又像是在对自己说的。

外面虽是艳阳高照，不过屋里的视线却不是很好。因为这里是柴油机房，对温度的要求很高，所以当初放置机器的时候，就特地选了个太阳无法直射、气温比较恒定的地方。

宋柒只能借助一点微弱的光，勉强看清屋内的情况。

此时的他，心里百感交集，充满了昂扬斗志。

那颗很久以前种下的名为"奉献"的种子，此刻已经生了根发了芽，只待一个机会，便能茁壮成长，成为一棵参天大树。

"唉，又是钱！"老师傅听了也很无奈，"可惜这座岛没有什么特殊的价值，不然要是拉两个赞助商……"

话说到一半，便没了声音。

只听一声清脆的响动，视线突然亮了起来，原来是那两名队员终于找到开关，打开了柴油机。习惯了昏暗的环境，宋柒觉得双眼不太能适应眼前刺眼的光线，猛地闭上眼，然后又慢慢睁开。

"放心吧，会有希望的，黑暗过后，光明一定会到来。"他一个人喃喃自语着，正想带着人去村里查看一下电的情况，以确定自己是否真的解决了电压减小的问题，却突然听到一声熟悉的喊叫。

"宋所长，好像有人在叫你？"

宋柒点点头，表明自己知道了，随后就走出柴油机房，对着外面说："谁啊？找我什么事？"

"宋柒，你怎么在这儿？"

来人竟是林萌。

对方行色匆匆，面色凝重。可是在看到宋柒后，眼神里的焦急立马变成了难以置信，突然间她捂住嘴巴，"咯咯"笑个不停。

"怎么了？"宋柒有些奇怪，看了看自己沾满了柴油的手，完全没有想到他本人早已成了只"大花猫"。乌黑油亮的柴油不知什么时候蹭得他满脸都是，尤其是那一对大黑眼圈，衬得他仿佛就是只活灵活现的国宝。

"哈哈哈……你……哈哈哈……"赶过来的于雁看到宋柒这副尊容，更是笑得只差在地上打滚了。

看着她俩夸张的样子，宋柒额头上顿时浮现出三道黑线："咳咳，你们要是没什么事的话，我先出去了。"

"别！"林萌这才想起来自己此行的目的，忙开口道，"所长，跟您汇报一下情况，王大勇被人扣下了！"

"什么？！"

"哎，是真的。"于雁也在一旁说，"他人现在就在珊瑚岛，被那里的人看着哩，虽然阿萌跟他们周旋了好一会儿，也差点说动了保安放人，但后来负责人出来了，斩钉截铁地说必须让我们领导来认领，否则免谈。我和阿萌看情况不对，才偷偷回来找你求救。"

宋柒一听，感觉这事不小。他拿不准王大勇到底闯了什么祸，不过能被人扣下，那肯定不是什么小事。

"老师傅，辛苦你了，我现在有点事得出岛去，估计得过几天才能回来，以后有空请兄弟们吃饭，兄弟们今天帮了大忙，我改日再谢！"

"你忙你的去，我们晓得。"老师傅同为行业内的人，不用多说自然理解。

"于雁,你去村里查看一下电压情况,明天晚上六点前向我汇报情况;另外,安排一下老师傅他们的住宿和饮食,直到他们离岛为止。记住,一定要礼数周到,千万不能怠慢了人家。"

说完,宋柒拉起林萌,往码头飞速奔去。

"你……你干吗啊?"等到了码头,二人才停下脚步。此时此刻,林萌已经喘得上气不接下气了。

"不是你让我去救王大勇?"宋柒疑惑地说,"所里的事我都安排好了,现在只差个人带我去珊瑚岛,你不去谁去?"

林萌小嘴一撇,可是转念一想,他说得好像也对,便一脸幽怨地吐槽:"谁说不去了?赶紧买票!"

这时候已经临近黄昏,时间就跟宋柒第一次出发来岛上时差不多。出岛的人虽然较少,但绝大多数出岛的人都挤在这个时候,所以他前面还是排了十几个人的。

林萌一个人待在码头,远眺着另一边排队买票的宋柒,心中忽然泛起涟漪。不知从何时起,他已经不是自己想象中那个肩不能提手不能扛、嫌这嫌那的城里贵公子了,而是个能扛起责任的朴实汉子。

想当初,自己还在那打包票,赌这个新来的所长肯定熬不过一个月。结果出乎意料,没想到他不仅熬过去了,似乎还适应得不错。

第四十六章　再出岛

出岛的人群中,大多数都是海鲜市场的卖家,为的就是赶在天黑前将鱼都卖出去。和他们那一股鱼腥味比起来,宋柒身上的柴油味要好闻得多。他的衣服上全是大大小小的油污,脸上随便擦了几下,还是能看出那藏在眉间、嘴角里的黑色柴油。

这副形象和他初进岛上时简直就是天壤之别，可他本人却不觉得有什么不对，似乎早就习惯了这里的一切，并且深深地融了进去。

"给。"

宋柒疑惑地望着林萌递过来的手帕："我的脸上还有脏东西？"

他明明记得上船前仔仔细细擦了一遍，还在水里照了一下，很干净啊。

"我可不希望你吐得浑身都是。"嘴上虽然这样说，林萌却很贴心地递过去一瓶矿泉水，"先准备好，万一再晕船，到时候可没空给你找这些东西。"

"那是不可能的了，"宋柒痞痞一笑，"放心吧，在那之后我又出过几次海，都没出过什么大问题。"

"那第一次呢？"

见往日的糗事被人提起，宋柒尴尬地笑了笑："那是意外……意外……"

林萌一把将矿泉水塞到他怀里，语气里带着几分不容反抗，似乎是在下达命令："我可不希望那种意外再次发生！"

对方如此坚决，执意要自己收下，宋柒也不好推辞："得嘞，那就谢谢了。"

淡淡的云霞挂在天边，船上的人陆陆续续都下了船，现在只剩下包括宋柒、林萌在内的几个人。

珊瑚岛离野马屿岛实在是太远了，他们估计还得再等上几个小时，才能到达目的地。

趁着时间充裕，宋柒算了一下时间，估计他们赶到后，得是夜里十点了。

"你从小就在岛上长大吗？"

闲着无聊，宋柒开始有一句没一句地搭话。就算是随便扯点没有意义的东西，他也感觉很开心。仿佛只要能跟林萌说上那么几句话，就是一件很幸福的事了，也许是因为这里的人淳朴、善良，所以他才如此喜欢跟他们聊天的感觉吧。

"嗯。"林萌点点头。

"从来没出过海?"

"也不是,曾经出去上过几年学……"

提起学校,林萌眼里忽然闪过一丝怀念和不舍。

宋柒也听别人说过,岛上没有高中,教学环境也有所欠缺,所以林萌的高中是在市里上的。不过在她高考的前几天,村里发生了一件大事——百年难得一遇的超强台风忽然来袭,作为村书记,林朝阳在带领村民们抵御台风时,不小心被刮倒的大树砸断了三根肋骨。还好经过及时治疗,并没有生命危险,只是很长一段时间不能下床,也无法做重活。

林朝阳夫妻俩怕林萌担心,想等伤快好了再给她打电话。没想到林萌的妈妈也不小心摔伤了,两口子都倒下了,家里没人照顾。消息终于还是传到了林萌的耳朵里,林萌一听到消息,考试也没心思,匆匆忙忙买了船票就赶了回来。等成绩公布,她以几分之差没能考上大学。接下来的一年,她都是在父母身边度过的,没有回去过学校。

林朝阳受了伤,干不了重活,林萌的妈妈也卧床不起……一家的重担几乎都担在这个十多岁的小姑娘身上。

从那时起,她便接替了父亲的工作,有时甚至还帮父亲调解邻里关系,夜间闲下来时,才有空看几眼书。可是岛上一到晚上十点就停电,她只好在昏暗的烛光下,一个字一个字地辨认。

因为这些事的耽误,林萌不仅没能考上心仪的大学,眼睛还近视了。等父母伤好后,林萌复读了,但为了就近照顾父母,她报了个离家近的职业中专。不过在村里人看来,她已经是岛上为数不多的知识分子,是高才生了!

听到这些消息后,宋柒的第一反应便是心疼,心疼这个命苦的姑娘,但是又敬佩她的坚忍和顽强。

"有想过参加成人高考吗?"宋柒笑着问。

看到对方向自己投过来的奇怪的目光时,他又慌乱地解释:"我没什么意思……就是，在你家看到了很多高中的课本，感觉你应该没有放弃上大学的希望吧？而且，我觉得以你的聪明才智和勤奋好学，努力努力，随便考个重点学校还是很容易的。"

"扑哧……"林萌成功地被他逗笑了，"你少恭维我！还重点大学，我们村上过高中的都没几个。我职业中专毕业，已经算高学历了。"

"国家现在不是很重视教育吗？"宋柒不理解。

"是啊，但是岛上没那个条件，就只有两三所小学、一所初中，很少有人家有能力把孩子送去城里上高中的。"林萌一五一十地解释，"费用太高了，很多人家都承担不起，我爸已经算很好的了。"

"唉……"

"你叹什么气？"林萌问。

"没什么……就是觉得太可惜了。要是有机会，等解决了用电的问题，再想办法让村民因为电致富，那些学费自然而然就有了。"宋柒小声地说，似乎在为那些年少失学的孩子感到难过。

"想多了吧，怎么可能？你是供电所所长，能把电的事情处理好就不错了，还……"林萌本来想滔滔不绝地说下去，可是在看到对方那张认真的脸时，突然停了下来。良久，她才默默吐出四个字："我相信你！"

"嗯？"这下轮到宋柒不理解了。

林萌眨巴着一双灵动的眼睛："我也不知道为什么，就是感觉……你有那个能力。之前说的话都是开玩笑的，你别放在心里。其实……不知道从什么时候起，我感觉上天派你来到这里，冥冥之中就是想让你完成什么任务的。"

"哈哈哈……"宋柒哑然一笑，"就冲你这句话，我也得好好努力才行啊，可不能辜负了你的信任。"

听上去似乎是在开玩笑，可是那话里明明就有几分认真。

人们总是这样，以玩笑的形式，说着最真、最诚挚的承诺。

林萌被那几句话弄得怪不好意思的，小脸一红，简直跟傍晚的云霞一个颜色。

"嘟嘟嘟……"

他们还想聊点什么,却听到船上有人吹响喇叭大喊:"注意注意,珊瑚岛到了!再说一遍,珊瑚岛到了,要下船的赶紧收拾行李!"

"看来没有时间给我们闲聊了,先下船吧。"宋柒说。

林萌也点点头:"别想那么多了,还是先把王大勇的事给解决好吧。"

第四十七章　解救王大勇

二人并肩下了船,由于此行是为"解救"王大勇,所以都没有带什么行李,一路上还算轻松。

说来也奇怪,宋柒都来岛上这么久了,可真正跟林萌独处的时间并不算长。一般情况下,要是没有什么大事的话,他们之间基本不会有什么交集,甚至一天到晚说不了几句话。就算有,也只是简单地寒暄几句。可以这么说,他跟王大勇的交流都比林萌多。

但此次出行,宋柒并不觉得尴尬。总觉得和林萌相处的感觉……很奇妙,似乎是一种说不清也道不明的和谐,有话题时,便随便聊聊;要是没有什么可说的,那就静静地听她倾诉;当两个人都沉默时,也能一起享受这难得的静谧……无论是什么情况,他都能从中找到一种最舒适的状态,感觉一切都完美得刚刚好。

而这些是在别人身上体会不到的。

无论是柳安安,还是大学时的女同学,抑或是自己的亲生父母……在相处的过程中,宋柒或多或少会有一些手足无措,总觉得坐也不是、站也不是,整个人的神经都是紧绷着的。

只有在林萌身边,他才能随心所欲,想说什么就说什么,无拘无束、自由自在。也许是岛上民风淳朴,并不像城里那样钩心斗角吧,总之……他很喜欢这种自然、纯粹的相处方式和生活方式。

"你在想什么？"林萌见宋柒自从下了船，就一直沉默着发呆，便开口问道。

没等对方回答，她又补充上一句："是在担心王大勇吧？他那人我了解，八面玲珑见风使舵的，吃不了什么亏。"

"啊？嗯……对……"宋柒被这突如其来的问题打断了思绪，他没听清林萌说了什么，突然从幻想中抽出身来，随便敷衍了两句。

"对了，这地方不错，是你选择到这个岛上考察的吗？"宋柒留心观察着身边川流不息的人群，感到有一丝不解。

"不是，是于雁和王大勇一起选的。"林萌如实回答，又补充道，"主要还是王大勇，他对周围的环境比较熟，所以我们都听他的。有什么问题吗？"

"没什么，就是觉得有点不一样。"

林萌好奇地问："怎么不一样了？"

"嗯，没错。"宋柒点点头，"你看这街上人来人往的，都是年轻人，街边两旁商铺林立，做什么生意的都有，铺子里商品琳琅满目，大街上人头攒动……"

"这……有什么问题吗？"林萌没太明白他话里的意思。

"你不觉得这里和野马屿岛有很大的差别吗？我在岛上那么长时间以来，就没见到过几个年轻人，但你看这里，人来人往的，都是二十多到四十多岁的青壮年，还有商店、超市、饭店……"宋柒越发疑惑了，"你再看咱们脚下踩着的，都是柏油马路，要知道野马屿岛可是连修水泥路都很难的。同样是岛，区别怎么这么大呢？"

"这有什么？珊瑚岛是有自己特色的，哪像我们？"

"特色？"

林萌解释道："对啊，珊瑚岛的特色就是珊瑚，听说这里原本也跟野马屿岛一样，荒无人烟，甚至比野马屿岛还要贫穷。但是自从有人在海底发现了珊瑚，并宣传出来以后，就吸引了一大批游客来旅游。"

"除了游客，还有什么拉动了岛上的经济？"宋柒有点恍然。

"还有电啊,你看这个岛灯火通明,电器商店比比皆是。"林萌低着头,有些闷闷不乐,皱成一团的眉毛里多多少少含着些落寞:"是啊,要是咱们岛上也有珊瑚,也能自由用电就好了。"

宋柒摇了摇头,为她的天真感到有些好笑:"想法是好的,但是不太可能。先不说珊瑚这种东西是生长在海里的,就算咱们岛上真的有,但是珠玉在前,也很难打响自己的名号,还有可能被人说是'跟风、抄袭'。这种模仿的方式不可取,就算有了一时的收获,也不可能长久。要想真的发展起来,我们就要找到自己的特色,而且得是独一无二、绝无仅有的。但是,现在首先就是要实现用电自由!"

"独一无二、绝无仅有的?"林萌在心里默念了好几遍这句话。

虽然宋柒的结论令她感到有些失落,他几乎否定了野马屿岛以开发珊瑚来宣传自己的可能,但是"咱们岛上"四个字,却让林萌感到又温馨又亲近。这至少说明,宋柒已经把野马屿岛当作自己的第二个家了。

可是想想野马屿岛如今的处境,林萌还是心有不甘:"咱们岛上不仅电压低,而且好像没什么特别的东西,那是不是说明……"

"倒也不是,珊瑚岛的改变给了我很大的启发,野马屿岛也绝对不是没有自己的特色,只是你们一直身在庐山中,所以不识庐山真面目。但是现在没有空想那些,你还是先带我去看看王大勇吧,他不是被扣下了吗?"

"对噢!"闲聊了一会儿,林萌差点把正事抛到脑后。经宋柒这么一提醒,她才想起此行的目的:"你跟我来,就在前面不远处,走上半个多小时就到了。"

果然,没走上多远,就看到前方有一幢白色的建筑,在周围低矮的商铺里显得很高大,给人一种鹤立鸡群的感觉。

宋柒抬眼看了看,发现那建筑前写了几个大字"光明科技有限公司",想来这就是王大勇选中考察的定点单位了。这事也怪自己,其实应该给王大勇一行开个证明函件的。太匆忙,也没想到。

公司门前的行人比别的地方都少，值班室里还站着两个身穿制服的门卫，神色严肃。

宋柒静立在公司门前，向门卫出示证件："我是野马屿岛供电所的所长，请问你们负责人有空吗？我有些事想要找他并请教。"

对方眯着眼睛看了看证件，又望一眼宋柒，仔细对照了证件上的照片和真人，确认无误后，才用沙哑的声音冷冷地说："等一下。"

宋柒看到他打电话，猜想是去向上级请示了，待对方挂断后，才温和而有礼貌地说："怎么样？我能进去吗？"

"还得请示，让你等就等着，废什么话？"

这什么语气，林萌有点心急，轻轻推开宋柒问对方："师傅您好，请您行个方便，我们来是有要事要办，而且是急事！"

第四十八章　前后不一致

谁知对方从鼻子里喷出一口冷气，毫不客气地回答："喊，有什么可急的？不就是个小偷吗？实话说吧，你们和那个叫什么大勇的是不是一伙的？"

"王大勇？"林萌一听这名字有些发蔫，心也虚了，对方的态度让她感到不满，"什么小偷？你别张着一张嘴乱说话！我们来是……"

"行了行了，暂时别说了。"宋柒忙把林萌拉到身后。

对面那个门卫又高又壮，满身肌肉，一看就不是好惹的，他真怕林萌会吃什么亏。

"是这样的，我……"

还没说完，就听到一声"喂"，宋柒循着声音往里面瞅了一眼，原来是个穿西装的男人，大概四十岁，衣服烫得整整齐齐的，一点褶子和压痕都没有，皮鞋上的鞋油乌黑发亮，头发也是整齐地向后梳着……他那一身着装，虽然算不上名贵华丽，但是剪裁精巧，和身形完美贴合，一看就是纯手工制作的。

"老张，让他们进来！"男人对门卫喊。

那个被称老张的彪形大汉，瞧了瞧中年男人，又上上下下打量了一下宋柒，板着脸说："进去吧。"

一听这话，宋柒拉着林萌就往里面走。

"好小子，都长这么大了？"中年男人露出和蔼的笑容，在宋柒肩上拍了两下，"想当初我刚见到你的时候，你还没满周岁呢。"

宋柒一下子就蒙了，皱着眉问："您是？"

"你爸没跟你说过他有一个从小一起长大的死党？一起放鞭炮炸屎的那个？"

林萌一听，没忍住"扑哧"一声笑出来。从这么正经的人嘴里说出这么不着调的话，充满了一种奇特的诙谐感。

宋柒也是憋着笑，回忆了好半天，才从对方的容颜中依稀找到点熟悉的感觉："您是周叔叔吧？我爸经常在我面前念叨您，没想到能在这儿碰到。"

这位周叔叔……果然和父亲说的一样，行为举止比较个性化，不过看起来好像挺平易近人的，应该很好相处。

宋柒想，看周叔叔这个样子，应该也是个地位举足轻重的负责人。要是让他来放了王大勇，应该不是什么难事。别的还好，就是千万别闹到公安局去，否则要是留下案底，那他这辈子就有污点了。

就王大勇这件事来说，可大可小，就看他们怎么处理，处理得及不及时了。

"不错，不错，还能认出我来，算我没白交你爸这个朋友。"周则欣慰地笑了笑，问道，"你这次过来，是为了你们所里那个姓王的副所长吧？"

原来，当初王大勇瞒着于雁和林萌，趁门卫不备，偷偷摸到光明科技有限公司查探情况，查探就查探，还大模大样走到办公室里拿资料，不问自取，没想到一不小心被人给发现了，当场抓获。而发现他的人，就是宋柒父亲多年的死党——周则。

再三盘问之下，王大勇依旧咬紧牙关，无论他怎么问都不开口。到最后周则用报警来威胁他时，他才从嘴里吐出一句话："宋柒会来救我的！"

"宋柒？这名字好耳熟。"周则在心里想。

果不其然，当他翻看手机备忘录，给宋柒的父亲打了个电话后，才知道了宋柒的身份。

一听到王大勇的名字，宋柒就着急地问："他没事吧？"

"没事没事，别着急，我先带你去见他。"

怀着忐忑不安的心情，宋柒和林萌跟在周则后面，走了十多分钟，就来到一栋装修得还不错的宿舍楼里。

周则敲了敲门，里面传来一阵含糊不清的声音："谁啊？"

王大勇眯着眼睛打开门，揉了揉闭着的双眼，一副没睡醒的样子。待看到来人时，他才猛然惊醒："呀，周总经理？快快快，进来坐。"

周则指了指身后："我就不进去了，你看这是谁？"

"你……宋……宋柒？林萌？"

"好啊你，王大勇！"林萌见人没事，紧绷的心放了下来，顿时松口气，于是用手指着王大勇，"亏我们火急火燎地赶来救你，没想到你在这儿睡得真舒服！该不是我们突然过来，还打扰了你的清梦吧？你等着，我一回去就告诉于雁，看她怎么收拾你。"

"不不不……别别别……"王大勇俨然还没睡醒，脑子昏昏涨涨的，被林萌呛得跟个拨浪鼓似的，只会左右摇头。

还是宋柒开口救了他一条小命："咱们还是进去说吧，站在门口多不像话。"

周则正好此时接了个紧急电话，于是暂时先离开，他对宋柒说："我还有点事要处理，你们先忙，说说话，有什么事再叫我。"

宋柒弯腰真心谢了周则，周则摆摆手走了。

三人都坐下后，林萌压抑不住好奇心问王大勇："快说说这是什么情况?你不是被人当小偷抓起来了吗,怎么还住在这种地方?这待遇……比皇帝都好。"

她环视了一下四周,电视、冰箱、储物柜、电脑……应有尽有,这根本不是一个"小偷"该有的待遇。王大勇住在这儿,都大晚上了还没睡醒,简直就跟个贵宾似的。

经刚才么一折腾,王大勇这下彻底醒了:"这啊……还多亏了咱们宋所长。"

"宋柒?"林萌扭头看了他一眼,对方则是无奈地耸了耸肩。

王大勇像个谄媚的小人那样凑过去,趴在桌子上低声说:"你们不知道吧?刚才那个人,就是光明科技有限公司的总经理——周则!他和咱们的宋所长可是有着不小的渊源,一听说我俩认识,就赶紧把我给放了,还安排了这么个好住处。"

林萌笑了:"喊,原来都是靠的别人!"

"你可别不服气,其中也有我自己的功劳。"王大勇顿时严肃起来,"我在办公室接受审问的时候,无意间听他们说最近的海鲜产品出了问题,没过几天就发臭,再加上之前偷偷溜进去,刚好看到加工过程,就告诉他们原因和解决办法。人家这是为了感谢我,才对我这么好的。"

林萌表示不相信:"他们可是做海鲜产品的,能不知道这些?"

"你还真别说,城里人再聪明,也比不上咱们乡里人有经验,有些东西还是土方法才管用。"

宋柒也帮着他说话:"的确,听我爸说,周叔叔此前一直做的都是服装生意,最近几年才把精力放在海鲜加工市场上,有些东西,他了解不够透彻很正常。"

第四十九章　原来如此

听他这么一解释，林萌立刻就明白了。

谁承想王大勇一脸志得意满的样子，扯着张大嘴巴叭叭不停："你看你看，宋所长都发话了，就你不信我。"

从他嘴里听到"宋所长"三个字，还真是令林萌惊讶不已。总觉得这次出岛，王大勇好像变了一个人，和以前不太一样了。连他一直在意的所长之位，如今竟也能大大方方地"拱手让人"。

"也不看看我是谁，野马屿岛第一百科全书，有啥是我不会的？不就是几样海鲜嘛，小菜一碟！"王大勇有点骄傲。

"……"林萌额头上闪过三道黑线。看来是自己想多了，他还是那个傻里傻气的王大勇。

"的确，王副所长的能力我一直都看在眼里。"一直沉默的宋柒适时插了句嘴。

林萌顿时心生疑惑："呵！傲娇毛病也会传染？"

这两人不是不对付吗，怎么才两三天没见，就变得这么要好了？不知道的，还以为他们是同生共死患难与共的亲兄弟呢！

"我说……你俩能不能别拍彩虹屁了，想想咱们该怎么回去吧。"林萌眯了眯眼睛，语气里颇有些无奈。

谁知王大勇居然比之前还要不正经起来，嬉皮笑脸地说："回啥回？这里多好，有吃有喝，傻子才回去呢！"

知道他在开玩笑，林萌还是蹙眉，都啥时候了还拎不清呢，正要提点王大勇，宋柒却开口了："王副所长说得对，今天太晚了，估计赶不上最后一艘船，还是先找个地方休息会儿，明天早上再回去吧。"

"？？？"林萌更加不理解了。

"不用不用，我有住的地方，你们俩自己出去找地方住去吧，不用管我，我在这里挺好的。依我看，咱们最好是多住几……"

"哎哟哎哟……"王大勇还没说完，就疼得叫出声来。

林萌伸出小手用力地在他的小臂上掐了一把："疼了吧？我还以为你不知道疼呢？这才离岛几天啊，你就乐不思蜀了，找抽是吧？"

"林萌……你……有话好好说……"宋柒被他俩滑稽的动作逗得哈哈大笑。

"宋所长……救我……"

面对王大勇投过来的求救的目光，宋柒笑得更加肆意了。可是一看到他那哀怨的眼神，便马上闭上嘴，差点憋出内伤。

看着王大勇被林萌用力掐住可怜兮兮的样子，另一只手还不断地向宋柒求救地挥了挥，宋柒觉得自己再也不能旁观下去了，只好当了这个和事佬："算了算了，他就是随便说说……"

笑过之后，宋柒终于走过去，将林萌拉到一边的凳子上坐下，那语气听着像是责怪，可分明又含着几分温柔："都多大的人了，还像个小孩子一样。"

"对对对！"

王大勇见自己得救，一改之前那副可怜兮兮的样子，立马又小人得志起来。他站在宋柒右后侧，撩起袖子凑到林萌跟前："你看你看，都青紫了。"

"你这人，好话歹话说都不听，只能上手了……"

林萌作势又要站起，被宋柒一把按住，可还是吓得王大勇跟个过街老鼠似的，"噌"的一下又躲到宋柒身后。

"好了，玩笑也开够了，咱们还是回归正题，说说正事吧。正好现在没船，大家就坐下来，好好聊一聊。"宋柒把椅子往王大勇那边推了一下，神态变得严肃起来，"老王，你也坐。"

王大勇看了看宋柒，又瞧了瞧林萌，见对方并没有要再追究的意思，才蹑手蹑脚地坐上去。

"这次离岛，大家都有什么收获？"

听出了宋柒语气里的认真，林萌也不再抓着王大勇不放，只是把话题推给了他："还是让老王来说说吧！来珊瑚岛这几天时间，想必你了解的东西比我们要多上很多，是吧？"

看着对方那双慧黠的眼神，王大勇就知道，要是他不好好交代清楚，林萌的小魔爪肯定正等着他。

"哎，小萌，这次你可说对了，我在岛上确实有不少发现。"

"哦？这么说，你是找到能加工海鲜的工厂了？"林萌继续追问。

"那倒没有！"

林萌冲他吐了吐舌头："我还以为你有多厉害，原来都是嘴皮子上的功夫。"

"唉唉唉……你可别瞧不起我！"王大勇果然中了这招激将法，"我虽然没有找到工厂，但是发现了另一个秘密。"

"什么秘密？"宋柒和林萌异口同声地问。

王大勇双手叉腰，一副得意扬扬的样子："当然是珊瑚岛发迹的秘密！"

"喊，不就是因为珊瑚嘛。不用你说，这个我也知道。"林萌不以为然。

只有宋柒从王大勇的神态里发现此事不简单，郑重地问："这话怎么说？"

王大勇这个人他很清楚，虽然处得时间不长，也谈不上有多熟悉，但是宋柒知道，像他那样的人，最善交际，套起话来是一套一套的，用"八面玲珑"这个词来形容也不为过，说不准还真能发现什么。

王大勇这下更加神气了，先是往桌上的茶杯里倒了半杯茶，然后慢吞吞地端起，优哉游哉地凑到嘴边。

可惜还没喝上，就被林萌一把按住："磨叽啥？赶紧说！"

"呸呸呸……差点烫死我！"王大勇随便擦了擦被茶水弄湿的衣服，也不计较，"还用问？当然是因为电啊！"

"电？"

一听到这个词，宋柒和林萌就双眼冒光。

鬼知道他们这段时间为了电，吃了多少苦，受了多少累，尤其是宋柒，差点就晒蜕层皮了。

第五十章　为未来筹谋

"对。刚才出去那个人，叫周则，是这家工厂的总经理。"王大勇神气地卖弄自己听来的消息，"你们还不知道吧，原来珊瑚岛发迹的真正原因，不是珊瑚，是电。我听说，几年前，国家就开始在岛上拉杆架线，后来又有个姓柳的老板投了几百万块，给这个岛配了几台发电机。有的商家看中了这个绝好的机会，纷纷来到珊瑚岛发展，其中最著名的就是柳老板的旅游公司，组团带游客观光珊瑚景点……几年的时间里，不知道让岛上的人赚了多少钱。"

林萌不解地问："发展和电关系这么大吗？"

"当然关系大了。就是因为有了电，珊瑚岛才有了发展的机会，也才有寻找商机的商人来到这个地方……总之，电就是珊瑚岛发展的起点！"

"咱们的电……真有这么大的作用？"林萌再次确认，内心却是骄傲的。

在这以前，她一直觉得，电只是生活时偶尔会用到的资源罢了，并不是什么必需品。有就用，没有也影响不了什么，最多就是村民们的生活不太方便罢了。

可是从今天王大勇的这番话看来，她突然意识到——也许野马屿岛之所以这么长的时间以来都留不住年轻人，只有一群年迈的老人留守空巢，过着贫穷而节俭的日子，就是因为缺少了电，从而缺乏开发的动力。

电给村民们带来的，不只是生活上的方便，也许还有经济上的发展、文化上的吸引……

想到这里，她悄悄移开视线，看了宋柒一眼。

"那可不！"王大勇把杯里剩下那四分之一的茶一饮而尽，叹了口气，说，"我也没想到啊，电居然有这么大的作用。"

只有宋柒仿佛早就胸有成竹的样子，神采奕奕："人类早就告别蒸汽机，迎来了电力时代。可以这样说，在当今社会，如果不能利用好电，跟上时代的步伐，总有一天一定会被淘汰。电带来的，除了生活上的便利，还有经济上的繁荣。"

"文绉绉！"听到这里，王大勇向后一靠，伸了个懒腰，"我今天总算是明白了。"

"老宋，你放心，从今以后，我再也不拦着你漫山遍野拉杆架线了。"王大勇突然从椅子上站起来，义正词严地盯着宋柒，信誓旦旦地说。

"光不拦着可不行，你还得帮他一起！"林萌打断他。

"啊……这……有点难度啊。小萌，咱们还是说点实际的。"

林萌不太服气："我说得明明就很……"

"好了好了，于雁不在，你倒是顶替了她的位置，跟只黄鹂似的叽叽喳喳的。"宋柒开了个小小的玩笑。

林萌正要反驳，却在听到下一句话时瞬间愣住。

"不过……拉杆架线是不可能了。"

"为什么？"这句话是王大勇最先说出口的。对于宋柒的回答，他比林萌还要惊讶。

宋柒笑了笑，示意大家不要着急，不紧不慢地说："经过勘察，我们发现岛上的地形太特殊，并不适合拉杆架线。就算强行施工，也达不到目的，只怕会适得其反。"

"没有别的办法了吗？"王大勇显得比所有人都要着急，仿佛他才是计划的实行者。

宋柒摇了摇头，没有说话，算是默认了他的想法。

王大勇瞬间就傻眼了，愣愣地站在原地。

林萌看他那个样子，出声道："奇怪，你不是一直都反对宋柒的做法吗？怎么看你现在这个样子，好像还有点失望？"

王大勇一屁股坐在凳子上，整个人都瘫了下来，宛如一堆软泥。

"你不懂。"他喃喃自语。

宋柒也觉得他的表现有点出人意料，追问道："是不是这两天发生了什么？"

事到如今，王大勇才把自己的所见所闻全都说了出来。

"我住在珊瑚岛的这两天也没闲着，一有空就出去打探消息。虽然没能找到适合海鲜加工的工厂，但是发现了一些其他的东西。和野马屿岛比起来，珊瑚岛不只是繁荣了一点两点，我们脚下踩的是柏油马路，抬头看到的是璀璨明灯，一回到房间就有热水可以洗澡，想吃什么不用生火，电磁炉一开就能做饭……"说到这里，王大勇的声音开始有些哽咽了，"特别是当我看到学生们放学回家，手拉着手在马路上唱着儿歌的时候……"

终于，他再也说不下去了。

一个四十多岁的大男人，嗓子眼竟像被什么东西堵住了似的，张了半天，说不出一个字。

"我有时候都在想，要是当初有电，可能张阿婆也不会……"

林萌在宋柒耳边悄悄解释："王大勇有个儿子在上小学，过不了几年就得出岛学习，张阿婆和他是邻居，两家关系很好，前几年因为晚上发病，岛上没有电动不了手术，来不及出海送往医院，在等船的半路就去世了。"

宋柒听了，心中也是一阵惋叹，仿佛那些事情都是他亲身经历过的一般。

正如他们所看到的，电，已经不是一个人或者几个人的需求了，也不是一件可有可无的物品，它关乎的，是野马屿岛上所有人的一呼一吸，是那个名为"野马屿"的村子的未来。

宋柒站起来，走到王大勇身后，安抚地轻轻拍了拍他的背，想用这种无声的方式给予他一点安慰。

林萌也善解人意地倒了杯茶，轻轻递到王大勇手中。

他们明白，对于王大勇这样表面嘻嘻哈哈的人来说，家人就是他最大的软肋。他曾亲眼见到生命逝去，所以比别人更加珍惜活着的时间。

"其实，也不是没有别的办法。"宋柒平平无奇的一句话，却像一个惊天炸弹,王大勇和林萌顿时就抬起了头,四只眼睛一起望向他。

"咳咳……"被他们盯得麻麻的,宋柒咳嗽了两声,"具体的措施,我还在筹划。不过请你们放心,作为野马屿岛供电所的所长,我一定会让村里人都用上电的。"

"不过……"说到这里,他突然停了下来,认真而严肃地望着房间里的另两个人,"我还需要你们的帮助。"

"你放心,要我做什么,你尽管说。"王大勇义正词严地说。

林萌也开了口:"别的帮不上,我爸那边,我会找机会跟他解释的。"

第五十一章 路是走出来的,天是闯出来的

"有了大家的帮助,我想我以后的工作会进行得更加顺利。但是千万不要忘了,想让岛上的村民们随时随地都用上电,还有很长一段路要走,切勿急功近利,一定要脚踏实地,走好每一步。"宋柒说这话时,眉头紧锁,目光深邃,似乎是在提醒王大勇和林萌,可又像是在告诫自己。

经过前几次的失败,他再也不是那个年轻气盛的毛头小子了,而是成长为一位能独当一面、运筹帷幄的男子汉。现在的他,完全能胜任野马屿岛供电所所长这一职位。

"多谢提醒,不过像这种常识,就不用专门提出来说了吧?弄得跟没了你这个所长,我们就啥事都办不成了一样。"王大勇的语气显得有些奇怪,不知道是在开玩笑,还是在奚落谁。不过有一点是肯定的,从前他只敢背地里说宋柒的坏话。可自从这次出岛后,王大勇的胆子仿佛一下子大了起来,居然敢正面跟宋柒唱反调了。

林萌看出王大勇心里还是有些介意,担心二人吵起来,忙用别的

话岔开:"遵命,我一定脚踏实地、勤勤恳恳地工作!"

"哈哈哈……干吗那么认真?快坐下来。"看着她挺直腰板敬礼的认真样,宋柒摇头笑了笑,随后又问,"这次外出,你们还有什么收获吗?"

林萌看着王大勇摇了摇头,对方也做了相同的动作。

宋柒拿起公文包:"行,那今天就这样吧,别忘了明早八点在码头会面,准时出发。"临走,他还不忘说一句,"小萌,你跟我来,我们去找周叔叔,让他给安排一个住处。"

二人都离开房间后,王大勇腿一伸、背一靠,嘴里哼着些岛上的曲儿,又回到了那副吊儿郎当的样子,别提多舒服了。

第二天一早天还没亮,宋柒就上了船,同行的还有林萌,以及被他二人从被窝里揪出来还没睡醒、连眼睛都睁不开的王大勇。

还好有林萌在,心细,人也伶俐,提前帮大家整理好了行李,所有的东西都收拾得整整齐齐的。否则就凭王大勇那副样子,估计船都开了,他连袜子在哪儿都找不到。

有时候,就连宋柒都不得不佩服起林萌的勤快和聪慧。

"我看你自从上船起,就一直闷闷不乐的。怎么了,有心事?"林萌走过去,对一旁坐着发呆的宋柒说。

宋柒看了看手上拿的名贵手表,心不在焉地回答:"没什么。"

林萌很明显也注意到了他手上那块价值不菲的手表:"真好看,很贵吧?"

宋柒笑了笑,不动声色地将手表放进盒子,指了指对面抱着枕头补觉的中年男人:"还没睡醒啊?"

"可不是嘛,一上船倒头就睡,海浪这么大,也没把他给晃醒。"

宋柒哑然一笑:"不晕船可真好啊,想想我第一次上岛的场景,别提多遭罪了。"

"你现在不是适应了吗?要我说,人就得趁着年轻多锻炼,多尝试新鲜东西。你看要不是我们这次出岛,也不会发现外面世界的变化。

人啊，要是在一个地方躺久了，只怕年龄没老，心先老了。"说着，林萌还用手指了指蜷缩在角落里打鼾的王大勇，"就像他那样。"

"没想到你对人生有这么深的感悟！"宋柒着实惊讶了一番，"刚才你说的那些话，不像是普通岛民说的，更像是出国留过学、受过高等教育的女学生口中才能说出来的。"

林萌被夸得有些不好意思起来："我哪有资格跟上过大学的人比，更何况还是出国留学的。"

"怎么不行？依我看，就你刚才那副思想，比城里的很多大学生都要先进。"

"是吗？"林萌苦笑了一下，用手在粗糙的甲板上画圈圈，"要是我也能上大学就好了。"

"怎么不能？你不是在准备成人高考吗？努力一把，以你的聪明和勤奋，不会考不上的。等学完回来，还可以为家乡献力，做好电力工作的同时，把野马屿岛打造成一个繁荣美好绿色和平的地方。你想，野马屿岛现在正在开发的筹划阶段，就缺你这样的人才……"

林萌的眼睛突然亮了一下，她呆呆地看着对面的男人，思绪却在不知不觉间飞到了远方。

脑海中突然浮现出一幅奇特的画面——原本是一片空白，随着宋柒的描述，渐渐有高楼大厦、有明灯万千、有车水马龙……仿佛那些美好的东西，都在宋柒的谈话之间一点一点地建立起来。

心中忽然有了一个坚定的信念，连林萌本人也不知道那是什么，只觉得那些动摇、那些不确定，都在一瞬间烟消云散，留下来的，只有努力和奋斗。此时此刻，她再也不担心自己会考不上，再也不烦恼自己与城里人的差距，只想尽力一试，管他结果如何，至少她努力了。

"谢谢你。"

"喂！什么？"宋柒想要叫住林萌，可是没想到她走得那么快，一转眼人就没影了。

"谢什么呀？"宋柒一个人自言自语。

他一低下头，就看到盒子里那块表。

林萌说得没错，确实是从国外进口的，也的确价值不菲。这手表是出发前周叔叔送的，但却是替一个人送的。

一想起那个人，宋柒就觉得头疼，全身都僵硬起来。

在王大勇此起彼伏的鼾声，和林萌颇有节奏的翻书声中，船渐渐靠了岸。

还好某人醒得及时，不然还要麻烦林萌过去把他弄醒。

大家拿上提前准备好的行李，一个接着一个，排着队下了船。因为野马屿和珊瑚岛之间没有直航，三人需要在市里再转乘。

"啊……"王大勇伸了个长长的懒腰，嘴角还挂着口水痕迹，"睡得真舒服。"

"看你那黑眼圈，昨晚做梦见周公去了吧？"

"嘿，我说林萌，你这一天不损我心里不痛快是吧？……都回到岛上了，你还在损我。"王大勇嘟噜个嘴。

"损你是为了让你进步！"林萌眯了眯眼睛，那双黑曜石般的眸子里亮光四射。

第五十二章　意外的意外

"泼辣妹子！"王大勇暗叫一声"不好"，立马就往后退了三步。

在一旁"隔岸观火"的宋柒倒是看得津津有味，正在三人互开玩笑时，忽听远方传来一声呼喊，似乎是在叫他们。

这个时节这个地点还能遇到熟人？林萌有些纳闷地回过头去，却在人群中看到一张熟悉的面孔，她有些错愕。

"没想到能在这儿见到她，真是有缘分。"林萌还是将手举过头顶，使劲挥了挥。

隔着黑压压的人群，对方也站在高处，轻轻地招了招纤纤玉手。

她一只手拿着个精致小巧的女士钱包,一只手举到和肩差不多平齐,礼貌而矜持地左右摇了摇。

林萌正要喊出对方的名字,没想到对面那人率先开了口:"宋柒,好久不见!"

"啊,什么?"林萌嘴角的笑容突然凝固了。

林萌猛地转过头,她看向宋柒,只见后者也笑盈盈地朝对方挥手示意。林萌顿时像个孩子似的手足无措地站在那里,整个人显得很狼狈。

思绪在脑海里飞速旋转,凭借着女人敏锐的第六感,林萌猜到这两人关系不简单。刹那间,不知道是难过,还是失落,抑或是不甘,种种情绪一起浮上心头,压得她喘不过气。只有嘴角那一抹凝固了的尴尬的笑,似乎是在无声地宣示着林萌内心的波涛涌动。

"哦,柳小姐,好……好久不见。"宋柒从齿缝中挤出几个字。

明眼人都看得出,他这句话说得有多难为情,很明显是为对方的热情而显得有些局促。可是在林萌看来,那却是一种好不容易见到心爱之人,激动、兴奋之下才会有的行为。她的心里空落落的,仿佛一瞬间失去了什么重要的东西。可是,自己又何时得到过呢?

"听周叔叔说你今天会来,我特地算好时间过来等着。"柳安安笑盈盈地说。

周则和柳安安也是认识的。宋柒想想,也不奇怪,她和他家也认识,这世界可真小。

一旁,林萌则悄悄地观察柳安安。

柳安安今天穿了一件粉色长裙,裙子只到膝盖下一点,裙摆设计成波浪状,点缀着流云和贝壳,再配上腰间束着的那条长长的藕粉色金丝腰带,看起来尊贵又大方。而脚下踩着的十二厘米的白色高跟鞋,让她本就曼妙的身材又增添了几分成熟的魅力。

林萌望了望她左手里拿着的女士钱包,又精致又小巧,设计成云朵的形状,上面还点缀着两颗珍珠,与耳上的珍珠耳饰交相辉映,散发出夺目的光彩。

柳安安这一出场,毫不意外地吸引了所有人的目光。大家都向她看去,仿佛在感叹山林间怎么会有如此美丽如此优雅的女子,一举一动,莫不是书香世家里的千金小姐风度。

"辛苦你了。"面对柳安安的热情,宋柒淡淡地回答。

"我要跟你同路了。"柳安安直截了当地对宋柒说。这下全都错愕了。

"为、为什么?"宋柒有些口吃。

"天下都是你家的吗?我既然要去那就是有事了。"柳安安嘴角扯了一下,眉头微微一皱,仿佛因对方的漫不经心多了几分不满。但她很快莞尔一笑,礼貌而善解人意地对宋柒说:"我们出发吧。你刚下船,应该累了,我帮你拿一下行李吧。"

说着,那双美丽的丹凤眼在三人手上拿的、肩上扛的大大小小的包里扫视了一番。

"嗨,美女,你拿这个吧!"不识相的王大勇突然走上前来,将背上背的一个又大又重的蛇皮口袋放下来,顿时扬起一阵灰尘:"也就几十斤,还行。"

宋柒偷偷憋着笑,心想柳安安应该碰都不想碰一下那个又土又丑的大口袋。

果然,那位美丽的女子轻轻抬了抬眼,双眸一转,视线突然停在林萌身上。

林萌以为对方认出了自己,正要开口,却听她说:"我就拿这个吧。"

说罢,柳安安从林萌手中夺走了一个黑色的公文包。

宋柒正要阻止,却见她已经提着包向前走去了,一只大手尴尬地停在半空中,良久才慢慢收了回去。

"一个包而已,干吗大惊小怪的?谁拿都一样嘛!"他在心里安慰自己。

王大勇一看事情不简单,正想把柳安安叫回来扛那个蛇皮口袋,一看对方已经走远，就只好一边埋怨一边自己重新背着了。

只有林萌看上去有点失落，也不知道究竟是为什么。

只有她自己知道，那个包，本是她一直拿着的。想当初，就因为拿那个包，自己还跟宋柒争来争去。要不是他说行李太多太重，应该让女生拿轻的，估计那事到现在都还没完。

可是才过了十几秒，她又在心里安慰自己："唉，让她去吧，不就是一个包嘛，谁拿都是拿。"

于是，三人行就变成了四人行。

从市里转乘轮渡再出发去野马屿，一路上，柳安安一直跟着，她美其名曰去珊瑚岛考察过后，大失所望，不过是一座被商业包裹的普通岛屿，她想去野马屿看看不一样的原生态风景，顺便为自己积累写生素材。

理由冠冕堂皇，宋柒也无法反驳，只得由着她一起出发去野马屿。

相处倒是愉快的。

同是女生，年纪也相仿，再加上之前有过一面之缘，林萌和柳安安很快就打成一片，一路上说说笑笑，谈天论地。

只是相处过程中，林萌还是禁不住心里的好奇，假装无意间问了一句："对了，你和宋所长之前就认识吗？"她故意加重了"宋所长"三个字，以表示自己和宋柒只是普通的上下级关系。

自尊自爱的林萌，从不妄自菲薄，也不会异想天开。

说完这句话，林萌紧紧盯着柳安安，想从她的表情上看出什么。连她都不知道自己何时变得如此多疑，更不明白这种多疑来自何处，那仿佛是一种……不明来由的威胁感？

谁知柳安安眼珠一转，笑着说："以前见过一面，我们两家是世交，只不过我从小就移民国外，没什么来往。"

说到这里，她回头意味深长地看了宋柒一眼。

宋柒听到了，头皮一阵发麻，简直就像是小时候躲在被窝里玩手机被老妈发现时一样心虚。说真的，他跟自己老爸说话都不像跟柳安安那样累。

不过，还好，还好，她没把之前两人相亲的事说出去。

虽说那也没什么，都是成年人，还是家里安排的，明明很正常。但不知道为何，宋柒潜意识里就是不想让林萌知道。

第五十三章　相遇后的相交

"原来是世交，难怪他们认识。"林萌在心里默默地想，情绪忽高忽低，"对了，安安，你在岛上有找到住的地方吗？野马屿不像珊瑚岛，没有那么多民宿。"

柳安安往后瞥了一眼，笑着回答："目前还没有找到地方落脚。"

"有目的地吗？"林萌又问。

"没有，走哪算哪。"柳安安故意很落魄，"你能带着我吗？"她问林萌。

"那你要不要先去我家坐坐？"林萌看了一眼宋柒，见他一直不吭声，也只能硬着头皮邀请柳安安。

"OK！"柳安安正等着这句话，兴高采烈跟着林萌往她家走去，宋柒没把柳安安安顿好总不是办法，于是和王大勇也只好跟在后面。

"爸，妈，我回来了！"还没走到家门口，林萌就朝屋里喊。

王秋英怀里抱着个簸箕，看都没看，听见是熟悉的声音，扯着嗓子就骂："叫什么叫？叫魂啊？不打招呼就出去，还不跟老娘说，女大越来越不中留！"

众人头上顿时闪过三条黑线……

村里的大妈就是这种性格，彪悍、雄壮，骂起人来连十个会说的男人都比她不过。

王秋英这算好的了，毕竟是林朝阳老婆，人前人后还是懂点礼数，顾及面子。要是换了别人，说不准直接劈头盖脸数落一顿再说。

始作俑者宋柒更是讪讪。

林萌尴尬地解释："哦……我妈就是这样，心直口快直肠子，你别往心里去。"

"死丫头片子，你还知道回来啊？出去几天了也没给家里打个电话，我寻思你是……"王秋英正要数落林萌，却在看到她身后的男人时，态度顿时发生了一百八十度大转变，"哎呀，小宋，你怎么来了？多亏了你，电压总算是稳定了，不然咱这村里得多少损失！！快，里面坐，阿姨给你们煮碗面。"

宋柒摆了摆手："不用了，阿姨，麻烦你泡碗茶就行！"

"好嘞！"王秋英一口答应，又扭头看向林萌，目光却在刹那间被另一个人给吸引住了，"好俊俏的姑娘，怎么跟个仙女儿似的。孩子，你是从哪儿来的？"

林萌忙替柳安安解释："妈，这是宋所长的朋友，顺道来咱们村里坐坐的。"

王秋英凭借妇女的直觉瞬间感觉到不对劲，看看宋柒再看看柳安安，脸色立马就变了，但还是扯着嘴角露出一丝难看的笑容说："哎呀，原来是小宋的朋友，那咱们可得好好招待招待，不能给宋所长丢脸。你说是吧，阿萌？"

没等他们说话，王秋英将柳安安带到屋里，又让宋柒和林萌去厨房烧水泡茶。

"姑娘，你和宋所长一定很熟吧？"

柳安安抬眼看了看眼前这位笑容满面、和蔼可亲的老妇人，略微摇了摇头："有过一面之缘。"

"可我咋听我家阿萌说，你俩是朋友？"

"我们的父辈从小就认识，两家算是世交。"柳安安如实回答。

一句话说得丝毫不差，既回答了对方的问题，又显得自己仪态大方，举止得体。

王秋英仔仔细细打量了一番，从脚上的高跟鞋一路看过去，直到头顶的珍珠发夹："好，好，不愧是城里来的千金小姐，果然文静优雅。对了，既然你和小宋认识，那你应该很了解他了？"

"谈不上了解，只说过几句话。"柳安安依然是那副云淡风轻的样子，所有的问题都一一回答，却又不肯多说半个字。既不显得自己孤冷高傲，同时还给人以平易近人的感觉。一言一行，仿佛都是提前排练好的，绝不肯出半分差错，无时无刻不显露出高贵与典雅，美好得简直是个瓷娃娃。

"这样啊……"王秋英遂放下心来，脸上乐得跟开了花儿似的，"姑娘，你先坐，我进去看看茶水怎么样了。"

王秋英一进厨房，就把林萌拉到一边，嘀嘀咕咕不知道在说什么悄悄话。

王大勇看她俩这样，识趣地打了个招呼，拿上东西就走了。

宋柒也觉得站在那里，坐也不是，站也不是，只好找个理由出了厨房。

王秋英走后，柳安安终于小小地舒了一口气。她将手里一直提着的包放在沙发上，可又嫌它脏，便抽出一张纸巾，铺得整整齐齐的，才将钱包小心翼翼地放了上去。

随后活动了一下右脚，发现有些疼痛，便弯下腰去，轻轻褪下高跟鞋，揉了揉脚后跟。只见那里血肉模糊，最上面的一层皮早就被磨破了，流出的血蹭到鞋内侧了。

"嘶……"柳安安叫了一声，用手指按了按破皮的地方，又是一阵疼痛。

血虽然止住了，可伤口却不小，虽然只是皮外伤，过不了几天就能恢复好。可是身上一没有止疼药，二没有绷带纱布，都不知道该拿什么包扎。就算有，可是……柳安安皱着眉头，目光在那双十厘米的高跟鞋上扫过。

"哪有穿高跟鞋还缠纱布的？"她小声嘀咕了两句，又轻轻揉了揉伤口。

"咳……"

忽听一阵咳嗽声，柳安安连忙把脚塞进鞋里，挺直腰背，坐得端端正正的。

"你怎么出来了？"她依然露出微笑，轻声细语地问。

宋柒又干咳了两声，坐到对面："没什么，屋里太闷，出来透透气。"后面是一阵长长的沉默，两个人都不再说话，只是各有心思，却不知道都在想什么。

过了很久，感觉气氛越来越尴尬，宋柒才硬着头皮说了句话："你过来，你爸知道吧？"

"知道的，周叔叔昨晚给我爸打电话，说老宋家的孩子在珊瑚岛，今天会回野马屿。刚好我也准备来野马屿，我爸就说可以一起走。出门在外，有几个认识的人，相互扶持一下比较好。"柳安安的话说得很官方，她没有告诉对方，自己是无意间听说宋柒会回岛，才特意打扮了一番，先一步到路上等着的。

"哦，原来是这样。"宋柒象征性地吐出几个字。不是他刻意敷衍，而是真的找不到什么话题。

第五十四章　会是什么样

气氛再次尴尬起来，就跟两人当初第一次见面那样，虽然近在咫尺，却根本说不到一块儿去。两个人你不看我，我不看你，心里都想着各自的心事，一个沉浸在自己的无边魅力中，觉得世上所有的男人都将臣服于自己的石榴裙下；一个如坐针毡，恨不得马上逃离这个窒息的地方。

窒息？对，就是窒息，宋柒终于想起了这个词。

说实话，每次见到柳安安，他都感觉在跟老爸说话。不，应该说比跟老爸说话还要难受。

那个精致而美丽的女人，身上总带着一种奇怪的感觉，仿佛是一种刻板的教条主义，总是用各种各样形形色色的规矩和框架去要求别人，也要求自己，活得跟个木偶一样。看起来八面玲珑、满面春风，实际心里从未真正感受过一刻的自由。

有时候，宋柒真想扯破这些人脸上戴着的那副虚伪的面具。

许是感觉到了空气中飘着的尴尬的气氛，柳安安终于开了口："你……"

"那个……"

"你先说。"两个人再次异口同声。

一直没有默契的两人，居然在这种时候神同步起来。

柳安安哑然一笑："还是你先说吧。"

宋柒犹豫了一会儿，才艰难地从嘴里吐出几个字："那个……我们曾经相过亲的事，你不要告诉别人，尤其是……"

"尤其是什么？"

"尤其是这里的工作人员。"宋柒说出了一个连自己都不会相信的借口，"我担心他们觉得我天真幼稚，没有能力领导大家做好工作。"

谁知柳安安居然真的信了，笑着点头："这也是我想说的。"

她非常理解宋柒此刻的想法，毕竟自己就是那样想的。自己可是柳氏集团的千金，身份尊贵，要是让别人误会了什么，那才是真的得不偿失。柳安安愿意向宋柒示好，那是因为对方满足了自己的基本要求，所以可以试着去了解，不过这不表示她就一定会喜欢上宋柒。

总的来说，现在还是考核阶段。

"安安，你有想过住在哪儿吗？岛上条件有限，我怕你不习惯。"正在二人说话时，林萌端着几只茶杯走了出来。

每个杯子都被擦得反光，虽是普通的玻璃，乍一看却比钻石还亮。

宋柒松了口气："终于解放了！"在看到林萌和王秋英的那一刻，他感觉自己的人生终于从阴雨连绵的天气里迎来了太阳。

柳安安接过一杯茶,左手托着杯底,拇指和食指轻轻揭开杯盖。在看到茶水的那一瞬间,她微微皱了皱眉,随后将茶杯放回桌上,不动声色地说:"没关系,客随主便,能有一个住的地方,对我而言,就很不错了。"

林萌坐在她旁边:"那就好。"

"这样吧……"宋柒将手里的茶一饮而尽,酣畅淋漓地说,"你跟我回供电所,那里有几间空着的女生宿舍,还算宽敞。"人是他招来的,总不能真的让林家受累。

"除了林萌和于雁她俩住的宿舍外,其他的女生宿舍都好久没用过了呀,床啊、被子啊什么的都没有,洗漱用品也没有,你让人家一个姑娘家怎么住?"王秋英开口。

"要不和林萌于雁挤一挤?"宋柒征求柳安安的意见。

柳安安的头摇得像拨浪鼓。

林萌想了想,说:"既然不想和我们一块挤,那就给安安单独安排一间宿舍。床的话,供电所还有几块木板,咱们花点时间,找点钉子钉起来就行;至于被子,咱家去年不是做了套新的嘛,先拿出来用用。至于洗漱用品……"

柳安安忙插嘴:"我带了不少一次性的,行李都让人送到供电所门口了,到时候去拿就行。"

见大家商量得差不多了,宋柒放下茶杯,敲了敲桌子定音:"行,那就这样吧,待会儿我就去供电所,把那几株柏木找出来。"

凡是村里的人都知道,那几株柏木可是上好的料子,是前任所长上山里砍回来,准备给市里来审查的大官做办公桌用的。可惜出了点儿意外,大官没来,他也舍不得用,就那样放到了现在。几年间,价格也不知翻了多少倍。

王秋英盯着柳安安,说:"那敢情好。这姑娘看上去就比我家姑娘水灵。"

"妈,那你女儿呢?"林萌听了,噘着小嘴,依偎到她怀里撒娇。

"你啊,你就跟你娘一样粗枝大叶的!"王秋英笑着骂了两句,嫌弃地将林萌往外推,脸上却是满满的幸福与骄傲,"多大的人了,还撒娇?跟个长不大的小屁孩似的。"

气氛瞬间就活跃起来,一行人其乐融融,有一句没一句地开着玩笑。

只有柳安安暗自庆幸,还好带了洗漱用品,否则自己不仅要睡木头、盖人家放了一年的被子,还得用不知从什么地方拿出来的水杯、牙刷、碗筷……想想就恶心。

从头至尾,她都没有喝过林家的茶,一口也喝不下。

当天夜里,柳安安就暂时在林萌家里睡下了。

她是城里来的姑娘,睡惯了天鹅绒,乡下的木板太硬,翻来覆去一个晚上也没能合上眼。直到天明,柳安安才觉得有点困意,终于沉沉睡去。

还好岛上低电压的事情暂时解决了,岛上最近也不会有什么紧急的大事,宋柒一回到供电所,就把刚坐下还没来得及回归岗位的王大勇抓过去,两人找了把钉锤,两三个小时就将新床做好了,还用余下的木料做了张桌子,两个小马扎。

只要柳安安不跟自己待在一个空间里,宋柒还是很乐意帮她的。而且,摸着良心说,柳安安的长相确实是上乘,气质、身材也出众,加上两家又是那么多年的情谊,本着朋友的身份,出点力也是应该的。

"他奶奶的,老子活三十几年了,都没睡过这么好的床。"王大勇手里拿着钉锤,擦了把汗,强调道,"一次都没有。"

第二天一早,做完早饭后,王秋英拉着林萌,热心地到女宿舍去将房间打扫得干干净净,还从家里拿来了洗菜盆、电饭锅、插排等生活用具。

王秋英想,就凭自家闺女那傻样,想要招个金龟婿,说不准以后还得麻烦人家柳小姐呢,当然得早做好打算,跟人家搞好关系啊。

有时候老太太也会看走眼。

第三卷 微光也能成星海

第五十五章　为谁停留

在柳安安的要求下，宋柒理所当然地担起了带柳安安熟悉环境的责任。

宋柒带着柳安安从供电所大门进去，绕过林萌工作的营业厅，再往里走七八分钟，就到了目的地。

"就是这里了，咱们进去看看吧。"宋柒说。

柳安安点点头："嗯。"

女生宿舍就在男生宿舍对面，两栋楼只隔了二十来米，窗户还都正对着，一打开窗户就能看到对面的情况。

说是一栋楼，其实也就是个二层小平房，每一层都只有一个房间。

当初设计的时候，为了节省建筑材料，领导们特地要求这样做，在房间里摆上两块大木板，一块在左，一块在右，分别从门口一直延伸到对面的墙壁，再铺上十二三张席子，就成了一个可以容纳二十多人的员工宿舍。

可惜岛上根本就没有外地的女员工，想必就算有，也过不了这种生活。

柳安安选在了二楼。

因为是最近两年才新建成的，所以宿舍并不旧，林萌还特地买了两把新锁，钥匙全都交给了柳安安。

柳安安伸出白皙的右手，将钥匙插进锁眼，轻轻一转，锁便打开了。

映入眼帘的，是一间极为宽敞的房间。房内空荡荡的，只摆了一张新做的床，一套桌椅，其他的什么都没有。屋内干净得一尘不染，连窗户边缘都被林萌和王秋英擦得发亮，蜘蛛网也被她们一一清理。

屋内整洁干净的模样，让宋柒有些惊讶起来，隐隐约约中仿佛看到林萌登上木梯，认真清理蜘蛛网的样子。

"怎么样？还不错吧？"宋柒问。

柳安安皱了皱眉，食指放在鼻子下，嘴角微微动了动。

她不太喜欢那股扑面而来的洗洁精和消毒水的味道，总觉得又廉价又刺鼻，却压根没有想到，若不是林萌认真打扫，还特地消了毒，估计她只能跟一群蜘蛛和不知名的昆虫同床共枕。

"嗯……还不错。"柳安安回答得很勉强。

宋柒接着说："林萌说她待会儿中午休息的时候来给你送洗漱用品，到时候我让她顺便找块布过来，当做窗帘用。"

"这怎么好意思呢？太麻烦大家了。"柳安安是真的从心里感谢宋柒和林萌所做的一切。

她并不是那种不知好歹、忘恩负义的人。只能说是生活的环境不一样，所以很难一开始就融入进去，会对岛上的某些生活习惯，或者是说话的方式，或者是用品感到不适，但这完全是因为她从小的所见所闻所知所感和岛民们不一样，而不是因为她冷血。

"没事，这都是我应该做的。"宋柒笑了笑，"岛上的村民们都很乐于助人，我也是跟他们学的。"

二人又随便说了几句客套话，三四个回合后，宋柒觉得自己跟柳安安实在没有什么话题，随便找了个借口就走了。

柳安安走到走廊上，趴在栏杆上往下看，确定宋柒已经离开后，飞速从包里拿出一瓶高档香水，对着四周喷了喷，还走到房间里，把宿舍的每个角落都喷了两三下，连床下面也没有放过。本来那瓶名贵香水才开封没多久，结果五六分钟就快给喷没了。

做完这一切，她才累得睁不开眼，一倒在被窝里就进入了梦乡。

不得不说，乡下的大花被子虽然土，但是贵在天然材质，质感好松软，躺上去别提多舒服了。

柳安安一夜没睡，这一躺下再睁眼，三四个小时就过去了，还是林萌的敲门声把她给弄醒的。

柳安安从梦中惊醒，先是翻开包，熟练地拿出散粉补妆，又补了补口红和眉毛，将一双玉足伸进高跟鞋里，才轻声细语地应了声："来了。"

"不好意思，打扰你了。"门外的林萌笑容灿烂。

柳安安虽然刚睡醒，却没有一点狼狈样，看上去神采奕奕，容光焕发。

"说哪里话？正好我一个人闲着没事，觉得闷得慌呢，你来了正好。"柳安安笑意盈盈，两颊的腮红显得她气色很好。

听到这话，林萌顿时兴奋起来："那太好了，我正想找你出去逛逛呢，夏天的野马屿，可好玩了，还可以抓蛐蛐。"

"这……"柳安安有点犹豫。

她不知道是怎么个"抓"法，不过一听就知道免不了要跑上跑下的，万一流汗把妆弄花了怎么办？再说了，做那种事也不符合自己的气质和形象啊。

林萌继续自顾自地说："我小时候最喜欢玩这个了，有了蛐蛐儿，夏天才有了味道。来吧来吧，你不是闷得慌吗？咱们一起去吧？"

林萌拉着柳安安的手，一双小鹿眼热情洋溢，让人舍不得拒绝她的请求。

柳安安转头一想，觉得自己初来乍到的，不能太端着，以免给人留下不好相处的形象，便点头答应了："好吧。"

她也没弄清楚，究竟是真的对抓蛐蛐儿感兴趣，还是被林萌那双明亮的大眼睛给看得心软了。乡下的姑娘就是淳朴。

时值夏末，一年中最热的几天刚刚过去，可太阳还是毒得厉害。太阳仿佛是地狱派来的使者，披着金碧辉煌的外衣，给大地上的生灵带来苦难和折磨。

而那黝黑而朴实的土壤，依然竭尽所能，艰辛地为种在地里的生灵给予水分和营养。

林萌带着柳安安来到一片圆白菜地，地里种着一大片西瓜似的、圆滚滚的白菜，看上去就像一个个充了气的皮球。

第五十六章　户外活动

天气虽然热，地里却早就来了十几个儿童，有的已经十四五岁了，有的看上去才七八岁，还有的刚学会走路。

那些大一点的孩子，全都扑在地上，两只眼睛犀利地瞧着什么，真有点像等待猎物上钩的雄狮。小一点的则是站在一旁，或是坐在田埂上玩耍，或是专心致志地看着匍匐在地的哥哥姐姐。要是他们有了收获，便拍手欢乐地大笑。

"他们在做什么？"柳安安不解地问。整个岛只有些老弱病残和儿童，这个岛真是很没劲。要不是为了宋柒，八抬大轿请她都不来。

林萌显得很兴奋："抓蛐蛐儿啊。这种天气最适合抓蛐蛐儿了，中午天热，小动物都不爱动，行动又慢，全都躲到白菜叶子下面乘凉，我一下午能抓二三十只呢！"

柳安安吓得花容失色："我……我不会也……也要跟他们一样，趴……趴在地里吧？"

林萌盯着她脚上的高跟鞋和一身墨绿色过膝长裙若有所思，突然，她双眼一亮："有了，等我一下！"

说完，又急匆匆地跑开。

没过几分钟，又急匆匆地跑过来，怀里还抱着什么东西。

"穿上试试，我按自己的尺码挑的，应该合身。"林萌将怀里的东西递给柳安安。

柳安安定睛一看，那是一条绣着大红色牡丹花的围裙，还有一双村里人自己做的厚底布鞋。

"我……我要穿这个？"

"当然了，不然把你的衣服弄脏了怎么办？"不容分说，林萌三下五除二就将围裙套在柳安安身上，还帮她换了鞋。

说罢，便摩拳擦掌，眼中带有兴奋之意。

只见她将一个塑料小瓶子交给柳安安，然后蹲下去，整个人都贴在地上，目光炯炯，仿佛在泥土里找金子那般，又专注又紧张。

"找到了找到了，快，快！"林萌压低声音，给柳安安递过去一个眼神，示意她过去。

柳安安无奈地耸耸肩，心想真是拿她没办法，既然过来了，少不得照做，便学着林萌的样子蹲下去，趴在她旁边。

还好她是学美术的，偶尔也会去野外写生，所以不怕这些黑不溜秋的小动物。

"找到什么了？"

"嘘！"林萌贴到她耳边，指了指白菜下面的一个小黑点，小声地说，"看到了吗？那就是蛐蛐儿！咱们得小声点儿，别让它跑了。"

柳安安顺着她指的方向看过去，果然看到了蛐蛐儿身上那两根长长的须。不知怎的，心里突然一阵紧张，她居然也跟林萌一样兴奋起来，心思全都放在了上面。

突然，"噗"的一声，林萌双手向前扑去。

"怎么样了怎么样了？快让我看看！"柳安安大声问道。

林萌小心翼翼地将两手分开一点，留出一条缝，从那缝里露出两根长长的黑须。

"太好了，快，把它放进去！"柳安安惊喜地说，拿出之前林萌给她的塑料瓶。

一直注意表情管理，不能让别人看到自己丑态的她，居然罕见地笑出了皱纹，灰头土脸地趴在地里，跟着一群半大的孩子一起抓蛐蛐儿。说实话，她从来没有想过有一天，自己居然也能这样，真正地亲近自然、真正地体会到自由的感觉。那是她作为一名美术生毕生所求，却一直追寻不到的！

两人配合得很好，不到半个小时，就抓了七八只。

柳安安意犹未尽，正想再玩下去，却听远处传来一声"哎哟"。那喊声把孩子们都吓到了，大家顿时把蛐蛐儿忘在了脑后，一个个挤过去看。

"是王大勇的声音。"林萌说，"好像是出事了，咱们去看看吧。"

两人顾不得身上的泥土，跟着孩子们小跑过去，果然看到一个男生躺在地上，旁边还有一摊血。

原来，宋柒一出宿舍，就被王大勇拉着去勘察现场了。虽说已经下了结论，岛上的地址不适合拉杆架线，可谁知他根本不死心，非要亲自去查看一番。也对，毕竟关乎儿子的学业，肯定得亲自看过才放心。

这不，他把"魔爪"伸向了乐于助人的宋柒，谁让这人一天到晚指使自己干活，又是出岛又是坐船的。

宋柒带王大勇看了岛上的地形，还把之前想增容扩变，架电线杆时挖的洞指给他看，无奈地说："能想的办法我都想了，确实是……"

"先别急着下结论，我下去看看，也许是洞不够深呢。"王大勇说，"电杆那么粗，岛上风又大，洞浅了肯定不行。"

说罢，他就近借了把木梯，放进坑里，慢慢爬了下去。

宋柒在上面问："要不还是我下去吧？你小心点，别把自己弄伤了。这事我有经验，我来比较妥当。"

王大勇心想这人又看不起自己，执拗地说："没事，这活我常干，没出过意外。"

果然没几分钟就勘察完了。

王大勇跑上来，垂头丧气地说："按照电线杆的一般高度，这洞已经够深了，再深点……估计市面上找不到这种规格的电杆。就算能找到，经费也不够。"

"我早就想说了，不过看你那么坚决，就想再试一次，说不准会有不同的结果。"宋柒笑了笑。

王大勇拉着一张脸，将木梯费力地搬出坑，还拒绝宋柒帮忙。

他现在正在生闷气，根本不想与任何人交流。

"他奶奶的！"王大勇将木梯随手一放，就搭在之前放在坑外的还没来得及开走的拖拉机上，气得差点想骂娘。

"我就不懂了，用个电而已，就那么难吗？"

宋柒只好好言相劝："会有别的办法的，咱们回去再想想。"

王大勇默不作声，算是同意了他的建议。可是心里越想越气，一想到儿子的上学问题，他心里就憋了一把火。盛怒之下，王大勇一脚踢在旁边的拖拉机上，还顺便又踹了几下。

拖拉机上放着很多机器，都是宋柒之前勘察时所用的，因为数量太多，没有办法一下子全部带走，就找了个地方随便堆了堆。反正村里基本用不上拖拉机，用来放点杂物也没什么。

第五十七章　意外受伤

久而久之，这辆拖拉机就成了专门用来堆放杂物的地方。供电所暂时用不上的机器、农民下地干活时使用的农具，还有村口大妈用来装苞谷的箩筐……总之，各种各样奇奇怪怪的东西堆得跟个小山似的，看上去有三四个人那么高。

王大勇心里越来越烦躁，急于想找到一个出气口。

以前还能话里话外挑衅宋柒几句，可是现在他早想开了，找不到可以发泄的人，便只能独自生闷气。

他就是那样的人，八面玲珑、左右逢源，职场上的事情应付起来得心应手，却实实在在是个暴脾气，而且还是个直肠子，生起气来非发作一番不可。

"他奶奶的！"王大勇上半身的重量全都靠在拖拉机上，用力地捶了两下。

"小心！"只听一声惊呼。

王大勇还没来得及弄清发生了什么，便觉得脚下一滑，隐隐约约仿佛看到一个庞然大物朝自己冲过来。

接下来，他往后一仰，摔了个大马趴。

再往后，便是轰隆隆、稀里哗啦的声音。那声音响彻天地，简直震耳欲聋，巨大的声响吵得人不由自主地捂住耳朵，方圆几百米内的人们纷纷放下手上的活计，正纳闷究竟发生了什么。

在一片灰蒙蒙的尘埃中，王大勇挣扎着站起来，挥挥手散去铺天盖地的灰尘。屁股上火辣辣的疼痛感提醒着他刚才发生的一切，而眼前那些堆在拖拉机上、摆放得好好的机器和用具，全都哗啦啦滚落下来，落得满地都是。

脑袋里突然想起什么，王大勇不禁大喊："宋所长？宋所长！"

慌乱之中，他仿佛看清了那张脸，那张在危难之中将自己推开，写满了关切和担忧的脸！

王大勇捂着屁股站起来，茫然地立在一堆破铜烂铁中，心急地寻找着那个熟悉的身影。

"宋所长？宋柒！你在哪儿？"

"我……我在这儿……"拖拉机下伸出一只颤抖着的、沾满了机油和泥土的手。

看到眼前的场景，还有那个坐在地上的人，林萌心内一惊，几乎是本能地冲了过去，

可就在她迈开脚步的那一瞬间，柳安安将怀里的女士手提包、高跟鞋，连同之前装蛐蛐儿的小罐子都塞到她怀里，穿着一双布鞋就跑了过去。

林萌愣了一下，原地站了两三秒，才后知后觉地跟在柳安安身后。她小跑了几步，却在看到对方脸上的担忧后，渐渐放慢了脚下的步伐，最后仿佛脚灌了铅，一点一点地向前挪动。

"怎么回事儿？哪儿受伤了？"柳安安担心地问宋柒。

"就是蹭破了点皮，很快就好了。"宋柒显得有些局促，显然没有想到柳安安会这么关心自己。

"都流血了，还说没事？"柳安安皱了皱眉，眼睛从地上那摊红色的液体上一扫而过，"我学过几年护理学，略微懂些医学，你把腿抬起来，让我看看。"

她大学时确实学过一段时间的护理学，不过并不精通，只是懂些皮毛，而且也没有真正用到生活中，所了解到的，都是些理论知识。

宋柒听了，这才把捂住右腿的手放到一旁。

柳安安有些生疏地将他的牛仔裤绾到膝盖上，低着头仔细查看了一下伤口，嘴里喃喃自语："奇怪，伤口这么浅，不应该流这么多血啊，你有没有检查过血小板数量？或许是凝血功能出了问题。"

"没……"

宋柒正要回答，却被一声粗犷的喊叫给打断了。

"都让让都让让，医生来了！"

这时，王大勇一手提着医药箱，一手拽着陈香萍，匆匆忙忙地赶来。

"让一下让一下，宋所长，陈医生来了！"

宋柒指了指那个跑得满头大汗的男人："那血不是我的，是他的！"

原来，十几分钟前，王大勇看到宋柒因为救自己受了伤，加上火气又大，一时之间上了火，鼻血便哗啦啦地流个不停，地上那摊血全都是他的。

陈香萍果然专业，很快检查好伤口，三下五除二就给包扎起来，又问了几个简单的问题，让宋柒活动了一下筋骨，便说："只是皮外伤，幸好不大，这几天注意休息，少走动，养养就好了。"

"谢谢医生，我会照顾好他的。"

柳安安热情地握着陈香萍的双手，惹得对方不住地夸奖："这孩子谁家的？真懂事，长得又俊，不知道哪个小伙子有福分把你娶回家！"

这话说得林萌心里一颤，有些失落起来。

"您说笑了，我哪有那么好。"柳安安礼节性地回应了一句，不紧不慢地问道，"宋柒这伤没什么大碍吧？"

"不碍事不碍事，过几天就好了，但是记得千万不要沾水，也不要常下地走动。"陈香萍站起来，把一个白色的小瓶子交给身后的林萌，"这里面的药一天一换，要不了一个星期，准能恢复到原来生龙活虎的样子。"

林萌正准备伸出手去接，却被柳安安抢先一步："那我就替宋柒谢谢你了！"

接下来，王大勇找了几个人，将宋柒扶到宿舍，柳安安和林萌紧跟其后。

只有陈香萍心里纳闷，看着三个人的背影，久久没回过神。

回到供电所，远远地，看到几人，于雁就一路小跑过来。

"宋所长，你没事吧？"于雁着急地问。

"没事，都是小伤。"

于雁听了，又数落了王大勇一顿："成事不足败事有余，你看你，平时不好好工作就算了，现在还把人家宋所长给弄伤了。"

王大勇情知宋柒受伤都是因为自己，而且要不是他在危难时刻舍身相救，说不准现在瘸腿的就是自己了，便只低着头，一言不发，默默地接受于雁的责怪。

于雁骂了几分钟，气也消了，心想这可是个千载难逢的好机会，得赶紧把林萌叫过来，便问道："阿萌呢？宋所长都受伤了，怎么不见她人？"

宋柒指了指后面："喏，她一直跟着我们。"

第五十八章　看不见的烟火

这时，林萌才慢慢走过来，脚步迟缓，像只蜗牛一样。

于雁觉得有些奇怪，以阿萌的性格，不应该这样啊，转头一看那个搀着宋柒的妖媚女子，瞬间就明白过来。

"你看你，怎么来那么晚？宋所长受伤了你又不是不知道，不跟着好好照顾就算了，还在后面磨磨蹭蹭的。"于雁抢过林萌手中的高跟鞋、包包、小罐子，两三步跑过去把她拽上前来，又一把推开柳安安，故意大声苛责道："来，扶好了。要是宋所长出了什么事，看我们不一人一口唾沫淹死你。"

林萌有些尴尬地扶着宋柒，手足无措。

谁知宋柒被于雁那么一推，脚下不稳，差点了就摔了个跟跄，还好林萌及时抱住他的腰。

在肢体接触的那一瞬间，两个人的脸顿时就红了。

这下，林萌只好贴近搀扶着宋柒，以免他再次摔倒。

于雁看到这一幕，心里露出姨母般的笑容，又开始将矛头转向柳安安："我没看错的话，这位是柳小姐吧？之前在船上见过一面。对了，柳小姐，我手里这些东西都是你的吧？"

说完，不等对方回应，她就将手里的东西一股脑全都扔回给柳安安，又指着王大勇骂道："人家柳小姐大老远过来，又是个弱女子，你不帮她拿东西就算了，还麻烦人家辛苦照顾宋所长，你有没有脸呐？"

王大勇这就有些不乐意了，正要开口反驳，谁知于雁那张机枪一般的嘴，只要一开就叭叭叭不停。

"还有，自己的事要自己做。别以为我不知道，村里都传开了，宋所长的伤都是因为你。你不帮着好好照顾就算了，还要麻烦别人，我看你不是不要脸，是脸皮太厚，自己的事都要交给别人去做。"

一句话说得在座几人都蒙了，明面上是在骂林萌和王大勇，实际意不在此，很明显是在指责柳安安越俎代庖。

其他人没有听出她话里的意思，可柳安安的脸一下子就绿了，盯着于雁看了两三秒，纳闷这人到底是不会说话呢，还是故意给自己难堪？她想了想，感觉自己也没有什么地方惹到她啊？莫非……柳安安看了一眼宋柒，心里突然有了一个大胆的猜测，仿佛明白了什么。

宋柒因为受了伤，整个下午都在宿舍里休息。可是宿舍里什么都没有，坐也不是，站也不是，闲得人发慌。没办法，他只好从公文包里翻出一个半新不旧的草稿本，再找了支钢笔，仔细谋划起野马屿岛未来的蓝图。

众人想的都是"电"，无论是林萌，还是王大勇，都只着眼于眼下的事，对未来的发展缺乏大体上的规划。而宋柒不一样，他心里有一个宏伟的计划，除了岛上亮起路灯外，还有灯火通明的学校，还有不停电的医院，还有灯光璀璨的不夜城商业街……

在那张略有些泛黄的草稿纸上，荒芜的野马屿岛渐渐繁华起来……

宋柒正在用心工作，突然听到一阵清脆的敲门声。

他赶紧放下笔，拄着王大勇亲自做的拐杖，一瘸一拐地走上去开门。每走一步，脚上就传来一阵疼痛，疼得他龇牙咧嘴，打开门一看来人，龇着的牙也忘了收回。

"我来替你换药。"柳安安换了件白色的旗袍，微笑着说了一句，便自然而然地走到屋里。

随着她的走动，脚上的高跟鞋发出踢踢踏踏颇有节奏的声响，虽然很好听，可在这宁静的宿舍里，却不免显得有几分吵闹。

"坐。"柳安安微笑着指了指一旁的座位。

宋柒也回眸一笑，瞬间有些迷茫起来，感觉这里像是对方的地盘一样。

他将拐杖靠在凳子上，艰难地坐下，想开口说些什么化解尴尬，但又不知道该从何说起。感觉无论自己谈到什么，对面那个人都会露出一个礼貌而不失尴尬的微笑，让人看不到她情绪的变化。

宋柒如坐针毡，正想着要怎么开口，才能让这突然凝滞的空气活动起来,便听到门外吵吵闹闹的声响。

"我跟你说,宋柒现在受了伤,你可得好好表现……"

不用说,一听这声音,肯定是于雁那个大嗓门没错了。

果不其然,没过两分钟,于雁就拉着腼腆羞赧的林萌冲了进来,这下可喜坏了百无聊赖的宋柒。

"宋所长,我和阿萌来给你换药了!"于雁喊道。

宋柒受宠若惊忙站起来,却被林萌一把给按住:"萍姨说了,让你少走动。"

于雁也趁势说:"阿萌,要不就你给宋所长换吧。我这大手大脚的,怕把他伤得更重。"

林萌点了点头,正要行动,却听到一阵响动,原来是柳安安从椅子上站了起来:"还是让我来吧,我学过一段时间的护理学,比较有经验。"

"阿萌从小就跟着萍姨,说到经验可不比谁差。"于雁呵呵一笑,"你远来是客,我们怎么好麻烦你呢?"

说罢,眼尖手快的于雁一眼就看到放在茶几上的药和纱布,忙一把抓起来塞进林萌手里:"愣着干吗?还不快去,你想让宋所长疼死啊?"

林萌接过纱布,愣愣地傻站了一会儿,走过去对柳安安说:"安安,我怕我一个人忙不过来,你要是不介意的话,能不能帮我一下?"

柳安安静静地看着林萌那双灵动的眸子,还有眸子里的善意,颇为端庄地点了点头:"嗯。"

说罢,两人便走过去,一个拿出纱布,一个将药小心地撒在伤口上。

于雁见林萌那个傻样,心里替她憋屈,冲过去就用力按住宋柒的腿:"别乱动,小心阿萌把药撒到别的地方去了。"

宋柒疼得倒抽一口凉气,双眼一迷,感觉事情不简单:"我根本就没动啊!"

宋柒的伤在小腿,看起来像是被什么东西割到的,那伤口大概有一个半拇指那么长，七八毫米深。

第五十九章　治疗任务

由于治疗及时，再加上年轻人恢复能力强，并没有流多少血。皮肉向外翻卷着，露出黄色的脂肪，伤口像一条弯弯曲曲的泥鳅，趴在宋柒的小腿上。

林萌看了有些心惊胆战，见宋柒一声不吭的样子，她还以为真的没有什么大碍，没想到伤口那么深。

轻轻挽起牛仔裤，林萌抖了抖药瓶，将白色的粉末均匀地撒在伤口上。

上好药后，柳安安又细心包扎好纱布，一点一点地、轻轻地缠绕在宋柒的小腿上。

"好了。"柳安安用心地将剩下的绷带打了个标准的蝴蝶结，抬起头说。

那蝴蝶结打得甚是漂亮，对称得仿佛是用画笔画出来的，宋柒不禁看得有些呆了，不由自主地想起当初受伤，林萌也是这样为自己包扎的。不过她打的蝴蝶结可不这么端正，小小的手指上是两只大大的兔耳朵，让人瞧上一眼，便能猜出那耳朵之下，定是只大眼睛红鼻子的小兔子。

想着想着，宋柒有些愣了神。

柳安安一抬起头，便见他呆呆地望着自己，那张扑匀了粉底的小脸，竟悄无声息地红了起来。

于雁立马皱了皱眉，粗鲁地将柳安安拉到一边，不怀好意地笑："宋所长真是艳福不浅呐，两大美女为你奔波劳累，也不知道谢谢人家。"

宋柒挠了挠头，笑了笑："对了，我差点忘了，感谢柳小姐的悉心照顾，我的腿已经好多了。"

"不用客气，都是我该做的。"回答得虽然很官方，柳安安却在心里暗喜，"算你识相，知道先感谢我。"

"哎哟哟，咱们这里两个大美女呢，宋所长你怎么就挑着一个谢？"

"于雁！"林萌有点生气地喝止于雁。

"我和小萌什么关系？还谈什么谢不谢的？"宋柒哈哈大笑，"什么两位美女？明明是三位美女加一只癞蛤蟆！"

一句话逗得大家笑得前仰后合，连于雁脸上的怒气也瞬间消散，只有柳安安的脸"唰"的一下就白了。原来，有的时候，故意的客气和礼貌，并不是重视，而是疏离。

她悄悄瞥了一眼林萌，落寞的神色顿时一扫而空，脸上重又浮现自信之色，心想："林萌虽然是个好姑娘，可终究小门小户的，根本就没有资本和自己相比。"

应该说，她从未将林萌看作成敌人，第一是因为自己并不是非宋柒不可，目前还只在测试阶段；第二是，她自信以自己的能力、学识，不会输给一个乡下姑娘。可以这么说，柳安安从不认为林萌有跟自己抗争的资本。

"好了，我看时间不早了，你们二位是留下来吃了饭再走呢，还是先跟宋所长谈完工作上的事才……"

没等她问完，林萌就识趣回答："不了，我们马上就……"

"当然是吃完饭再走了。"于雁忙拽了一下林萌，"同事一场，宋所长应该不会吝啬这一顿饭吧？"

说完又反问柳安安："那柳小姐呢？村里饮食粗，我怕你吃不习惯。"

从那语气里，柳安安很明显感受到了对方的敌意，更加坚定了心里的猜测。

她顿了顿，笑容满面，春风得意："虽然吃惯了意面和牛排，喝惯了香槟和葡萄酒,不过入乡随俗,自然是按照当地的饮食习惯来。况且……我和宋柒也有过短暂的接触,你应该知道我喜欢吃什么,对吧?"

宋柒别过脸去,不再看那双美丽的眼,有点结巴地说:"也……也许吧。"

空气中的火药味有些重,林萌生怕她二人吵起来,忙拉着于雁往外走,去食堂给几人打饭。

晚饭是普通的四菜一汤,因为所长养伤的缘故,再加上柳安安又是从城里来的大家闺秀,所以食堂的工作人员特意准备得比往常丰盛了很多,几人都吃得津津有味。

"阿萌,快看,有鸡肉哎!"于雁吧唧着嘴说,"早知道伙食那么好,我就不回家吃饭了。"

宋柒随口一答:"平时哪有这些好菜,准是做饭的阿姨今天心情好,不过比起林萌妈妈的手艺来说,还是差远了。"

林萌被夸得有些不好意思,咬着筷子说:"哪有……就是随便做做。不过你要是喜欢,可以随时到我家去吃,我妈肯定很高兴。"

"是吗?那我可得天天去蹭饭了。"

林萌故意皱眉说:"别,就你那水桶肚,不得把我家吃穷了?"

宋柒放下饭碗,指着林萌对大家说:"看看,看看这小气包的样子,吃个饭还能把你吃穷?刚才还说欢迎我去呢,这立马就翻脸了!"

"你去的时候记得带上我,咱们天天蹭饭,看不气死她。"于雁也加入二人的"斗嘴战争"中来。

三人边说边吃,边吃边笑,其乐融融。

唯有柳安安在一旁有一下没一下地扒拉着白米饭,半天都没有送进嘴里,显得和大家格格不入。

林萌关心地问:"怎么了?饭菜不合胃口吗?"

"啊……"柳安安这才反应过来,"没……没有,我之前吃多了,没什么胃口。"

"你大早上就跟我出门了,中午才吃了半个烤红薯,这样怎么行呢？"林萌将一盘板栗烧鸡推到她面前，"尝尝这个，可好吃了。"

"好……"嘴上虽然这样回答，柳安安却没有动作。

看林萌那两只小鹿般的眼睛一直盯着自己，她才弱弱地问了句："我……真的要吃这个吗？"

"当然了！"

柳安安难为情地咽了一下口水，右手机械地控制着筷子，在半空中踌躇不前，终是没能狠下心来夹上一块肉。

"算了吧，人家是娇贵的千金，哪里吃得下咱们这种粗茶淡饭？"

听到于雁不怀好意的奚落，柳安安闭上眼睛，狠了狠心，然后又睁开，找准了碗里一块看上去还比较干净，又白又嫩的肉，不太情愿地送进嘴里，干巴巴地咀嚼了几下。

"怎么样？好吃吧？"

"嗯。"柳安安机械地回答，其实她根本还没来得及尝到什么味道，就一股脑咽了下去，呛得自己不住地咳嗽。

第六十章　意外的意外

林萌忙倒了杯茶，柳安安接了过去，只尝了一口，就忍不住想要往外吐。还好她还顾及面子，强逼着自己咽了下去。

"好吃也不能吃得这么急啊，看来是真饿了。"林萌刚把筷子伸进菜里，想到对方的身份，便犹豫了一下，从屋里拿出一个干净的碗，还有双新筷子，将大半的肉都拨拉到碗里，递到柳安安面前："慢慢来，还有很多呢。"

虽然出了点儿小插曲，不过并没有影响到大家的心情，众人都吃得很满足，只有柳安安全程只吃了一块肉，扒拉了两口米饭，便称自己饱了。

吃完饭后，柳安安说自己有事，便很快逃离了这个令她尴尬的现场。

"口红不会被蹭掉吧？不知道粉底还在不在？"她一边走，一边故作镇定地从包里掏出粉饼，胡乱地往脸上按压。

林萌跟于雁留下来收拾好一切，便一同离开了供电所。

"于雁啊于雁，你让我说你什么好呢？人家大老远过来，你老针对她干吗？我看你今天是吃了火药了。"

被数落的女人嘟着嘴，一脸不服气："谁让她欺负你来着？"

"我……我什么时候被欺负了？"林萌有些哭笑不得。

"没被欺负，那你还帮人家拿鞋拿包，被人家当丫鬟使。"

"拿个包就是丫鬟了？"

面对林萌的质问，于雁小声地说："别以为我没看出来，那个姓柳的肯定对宋柒有意思，亏你还把她当好人。"

林萌顿时就不说话了，过了半天，才小声说："就算她喜欢宋柒，那又怎么样？谁还没有喜欢人的权利了？"

于雁盯着她的眼睛看了很久，才一字一句地问："阿萌，你真的不介意？"

"介意什么？"

"宋柒都要被人抢走了，你竟然还有时间跟情敌嘻嘻哈哈，你到底有没有心啊？"

林萌有些心虚地说："他跟谁走关我什么事？又不是我什么人！"说罢，便大步向前走去，把于雁抛下了。于雁跟在后面只是摇头叹息。

第二天一早，林萌刚走到营业厅门口，就见于雁慌里慌张地冲出来："阿……阿萌，你快去办公室看看，宋……宋所长他……"

"他怎么了？你快说呀，急死我了！"

于雁半天没说出下文，林萌也等不及了，包一扔就冲宋柒的办公室奔过去。

"啪"的一声，大门从外面被人打开。

"宋柒你怎么啦？"林萌突如其来的问话让宋柒和供电所里的老员工，以及勘察队员们都齐齐转过头来，疑惑地盯着林萌。

再看宋柒，除了坐在椅子上，旁边放了根拐杖外，和往常根本就没有什么不同。此时的他，也跟其他人一样，眼睛里充满了不解。

但随后看到林萌紧张关切又羞怯的表情，他的眼眸里渐渐升起了笑意。

"该死的于雁，看我回去怎么收拾你！"林萌已经明白自己被于雁摆了一道，尴尬得脚指头在地上都能抠出三室一厅，在心里暗自叫苦。

脑袋里千回百转，想奋力找出一个合适的理由来解释自己不上班，却突然闯进所长办公室的异常行为，可千头万绪全部纠缠在一起，如一团乱麻，根本就找不到头。

"林萌，我让你给宋所长送药，你怎么一个人先过来了？"

看着于雁朝自己走过来那张笑意盈盈的脸，林萌忙走过去接过药，并给对方递过去一个满怀杀意的眼神，仿佛是在说："你的死期到了。"

果不其然，一送完药，林萌就把于雁堵在门口，使劲地往她的胳肢窝里挠。

"别挠了，别挠了，痒死我了！"

"看你还敢不敢耍我！"林萌丝毫没有停下手中的动作，直到对方求爷爷告奶奶，又笑又喊，呼天喊地得连嗓子都快哑了，才说，"这次就先放过你，再有下次，你懂的。"

看着那眼睛里威胁的意味，于雁弱弱地点了点头。

"对了，你刚进去，宋所长什么表情？"

"又来，找死是吧？"

"不敢了不敢了，我错了，姑奶奶，我就是想问问宋所长的伤势。"

林萌白了她一眼："没什么，挺好的。"

"喂，我说……"于雁小心翼翼地打探道，"既然你说宋所长和你没关系，那你干吗那么关心他？你不会是母性大发吧？"

"喊，一边去。"林萌狠狠斜睨了一眼于雁。此刻的她，只能用这种方式来宣泄自己的不满和无奈。

"说说嘛说说嘛，他又不是你什么人，你又不喜欢他，为什么还那么关心他？"

面对穷追不舍的追问，林萌一时哑口无言，根本想不出什么话来回应。

"我说……你该不会是喜欢上人家了吧？"

"怎么可能？"

于雁却像没听到林萌的否定似的，一个人自言自语道："也是，你看宋所长那么帅，那么有才华，而且又年轻，为人又正直，哪个女孩不喜欢呢？"

"别说了。"

"别说是你，就算是我，也会在见到他的第一眼就沉沦进去。天啊……颜值、才华、能力、家世……世上怎么会有这么优秀的人。"

"别说了！"

于雁凑到林萌身边，完全不理会她的嫌弃："喂，快告诉我，你是什么时候喜欢上他的？不会是上次抢修屋顶吧，还是那次在海边……"

"别！说！了！"

见林萌羞恼得真的动了肝火，于雁这才挥挥手，漫不经心地说："嗨，不说就不说嘛，有什么大不了的。不过有句话可别怪我不提醒你，该争取的时候不争取，到失去的时候才后悔就晚了！"

于雁走后，林萌一个人呆呆地坐在栏杆上，不知道在胡思乱想些什么。她只知道自己的心很乱，很杂，却不知它因何而乱，为何而杂。过了好一会儿，才拖着疲倦的身子，一步一步地走进营业厅，麻木地坐在位置上，机械地办理着各项任务。此时的她，仿佛一个被掏空了灵魂的行尸走肉，空有躯壳。

而另一边的供电所会议厅，宋柒也因林萌的乱入而打乱了计划，刹那之间竟然忘了自己接下来要做什么，心里想的都是那张充满了担忧、焦急的俏脸。

"她到底是什么意思？她在关心我吗？"宋柒心里想。

"宋所长，你看接下来……"

"咳咳。"经人一提醒，宋柒这才想起自己召开会议的目的，忙拉回思绪。

不过他想的确实没错，林萌昨天晚上真的没怎么好好睡觉，至于原因嘛……说来可能没什么人敢相信。

第六十一章　无心插柳

生怕妆容被弄花，柳安安刚一放下碗筷，就急忙对着镜子补妆，只留下林萌和于雁两个人帮宋柒收拾家务。

走到宿舍门口时，她正好涂完口红，一进屋就把高跟鞋脱下，看了看脚后跟那两道血肉模糊的伤口。

因为坚持穿高跟鞋，加上山里的路不好走，即使每天只出门几分钟，柳安安的脚后跟也被磨得掉了一层皮。

她赶紧脱下鞋，趴到床上，希望伤口能赶紧恢复。可是随之而来的，一阵"咕咕"的声音吵得她心烦意乱。本来累了一下午，想好好补补觉的，可是却怎么也睡不着。柳安安捂着肚子，渐渐感到一阵饿意。

她就那样抱着自己，坐在床上，到了夕阳西下的时候，肚子里传来的"咕咕"声更加响亮了。

其间食堂的阿姨也来过两次，叫柳安安出去吃饭，可她每次都婉言谢绝了。

"中午的饭菜就那样了，晚上还指不定要吃什么奇奇怪怪的东西呢。"柳安安心想。

等到了晚上，夜深人静的时候，肚子里传来的叫声就像吹喇叭那么明显，吵得柳安安睡不着。好几次刚要闭上眼，就被那刺耳的声音给弄醒了。

脚上的伤还没有好，再加上肚内饥饿，柳安安越发心烦意乱，急得抱着枕头撕扯，又生气地扔到床下。

脑海里突然想起寿司、意大利面、小龙虾，还有热气腾腾的牛肉汤……口水不自觉地在齿间滋生。柳安安已经眼冒金星了，她真后悔中午那碗鸡肉，自己怎么不全部咽下去，也懊恼晚上没有跟食堂阿姨一起去吃饭。

火鸡、鸭腿、方便面……不，就算只有一个馒头，她也会狼吞虎咽地吃进去。不知是因为太饿，还是困得失去了意识，柳安安的意识逐渐模糊下去，脑海里只一直重复着中午林萌给自己夹菜和晚上食堂阿姨邀请自己吃饭时的场景，她们的笑容、话语、一举一动，全部都历历在目。

柳安安好想张口，好想回答她们一句，可是张开嘴，发出的声音却是细若蚊蝇。现在，她已经饿得连说话、连思考的能力都没有了，脑袋里想的全都是各种各样好吃的。

如果再给她一次机会，她想，不管摆在自己面前的是什么，只要能吃，那她就绝不浪费，一定会吃得精光。逐渐失去意识的柳安安已经神经错乱了，她甚至怀疑自己饿得能吃下一头牛。

就在以为自己即将饿死时，门外突然传来轻轻的敲门声。

"安安，是我，你睡着了吗？"

听出来人是林萌，柳安安使出浑身的力气，从齿间挤出细弱的声音"我在"，就费力地挪动身子，艰难地将脚伸进高跟鞋，扶着床沿，一晃一晃地走过去开门。

起初她还嫌弃房间小，此刻却巴不得能再小一点。明明就七八步的距离，她却摇晃着身子，走了仿佛有一个世纪。

天知道柳安安是怎么使尽浑身解数，才勉强把门打开一条缝的，她趴在门边上，将身上的重量全部压在上面，仿佛双腿已经因饥饿而撑不住上半身一般。

林萌率先开口，省了柳安安说话的力气："我看你中午没怎么吃饭，晚上也听阿姨说你没去食堂，怕你吃不惯这里的饮食，就让我妈煲了锅汤，刚才在外面又煮了点方便面，你要不要尝尝？"

"好。"没有多余的话，柳安安直接答应。

她本来想先客气一下，显得对食物不那么迫切，却意识到自己已经没有多余的力气再多说一句话了。

从前的她，绝对看不上方便面这种垃圾食品，可是现在却吃得津津有味。

林萌在一边看着，心里也觉得欢喜，也不枉她冥思苦想，才从便利店里找到几袋泡面，又在宿舍楼下泡好了才送上来。

是的，对于村里人来说，小小的一袋泡面，就已经是为数不多的"奢侈品"了。毕竟大家都是打鱼为生的，从来不缺粮食，就基本不会额外花钱去买这种"舶来品"。

林萌想，自己果然没有猜错，城里人的确喜欢吃这种东西。

"安安，你吃饭的样子真好看。"

柳安安尴尬地笑了笑，丝毫没有停下手里的动作，一点一点地向嘴里塞食物。

林萌不禁有些看呆了。她从来没有想象过，世上真的有这样的人，连吃饭的动作都端庄到了极致。那根本不是在吃饭，而是在表演一个艺术节目？

柳安安心里却格外痛苦、矛盾，她尽量放慢动作，让自己吃得优雅些。在外人看来，一举一动，堪称淑女典范。可只有她心里清楚，自己强忍着饥饿故作矜持的样子有多难受，她拿筷子的手都在发抖，恨不得一口将整个碗都吞下去。

看对方不仅吃光了面，连汤也喝得一滴不剩，还把家里煲的汤也喝完了，林萌心里别提多高兴了。

等她从宿舍出来回到家时，已经夜里十一点了。

柳安安吃完了饭，一倒头便进入了梦乡，而林萌却还在因为白天的事情辗转难眠。连她也不知道自己是怎么了，明明自己那么喜欢安安，又那么欣赏宋柒，却不愿意看到他们在一起。

"难不成自己掉到情感的泥沼里了？"林萌打了个喷嚏，不敢再想下去。

希望睡醒以后，一切都会好转吧。

这样想着，她却直到天明都没能合眼，还被于雁给耍了一通。

办公室里，宋柒经大家的提醒，忙拉回思绪，咳嗽了一声。

"对了，我还没来得及感谢你们呢，差点把正事忘了。"宋柒跟老师傅握了握手，感激涕零地说，"要不是各位鼎力相助，我也不会那么快就查出低电压的原因，村民们估计现在还处在担忧和焦急当中。现在大家要离岛了，却又碰上我受伤，都没办法给你们办一个体体面面的欢送会……"

第六十二章　劲风野草长

"哪里哪里，能跟像宋所长你这么优秀的青年共事，是我们的荣幸。"

"老师傅，您就别谦虚了，电压能那么快恢复正常，说到底都是勘察队的功劳。"

听宋柒这么说，老师傅也不再推辞，只是无奈地摇了摇头："可惜了，增容扩变的计划泡汤了。岛屿这么崎岖，配电变压器运送实在有困难。"

"也不能说完全没有收获，起码我们排除了其中一个干扰，不是吗？"

大家顿时被宋柒乐观的心态感染了，心里的雾霾一扫而空，对野马屿岛的未来充满了希望。

临行，老师傅握着宋柒的手说："小宋啊，以后要是有什么需要，你千万要记得联系我们，不要担心什么打扰不打扰的。能帮的，我们一定在所不辞！"

宋柒被这番话感动得热泪盈眶，眼圈都红了。

这是一种即使面对着前所未有的困难，也要同舟共济的"战友"精神，也是只有他们才能体会到的不可多得的感情。

回想起之前共同度过的时光，勘察队被宋柒所打动，决定留下来帮他们；而宋柒也尽量少麻烦人家，什么事都往自己身上揽，重活累活都亲自去做……经过短短几天的相处，宋柒和勘察队之间早就建立了深厚的友谊。

送走老师傅一行人后，宋柒不顾腿上的伤，又继续埋头于工作之中。

没事的时候，他常到村里走动，询问村民们的用电情况，类似电压稳不稳定啊、断电时间和以前有没有区别啊、村里人有什么需求啊之类的……作为一个二十出头的小青年，宋柒俨然把自己活成了一个饱经风霜的老干部。

他随身携带笔和纸，把村民们反映的问题、提出的建议、对供电所工作的要求一一记录下来，筛选出合理的，可实现的，再慢慢去解决、去实现。

有的村民年纪大了，也没什么文化，不知道什么电不电的，常常拿一些鸡毛蒜皮的用电小事去问宋柒。宋柒也来者不拒，一一回答，给村里解决了不少麻烦。

对此，林萌感到有些不解："你可是供电所的所长哎，又不是村支书，干吗去做那些吃力不讨好的事？"

宋柒看着她的眼睛笑了笑，反问道："我为村里办事，你不应该感到高兴才对吗？林萌同志，你这可是赤裸裸的胳膊肘往外拐啊！"

"得嘞，那你就把所有事都往身上揽吧，我倒要看看你这命还要不要了。"林萌瞥了他一眼。

"你啊，就是太年轻。"宋柒这才笑着解释，"谁说我帮助村民就不能兼顾供电所的工作了？小萌，你别忘了，咱们未来的路还很漫长，其中村民们的支持必不可少。"

"你的意思是……"

"就是你想的那样，我们要做好前期工作，这样到时候实行起计划来，才得心应手。"

林萌吐了吐舌头："你个老狐狸！"

"什么狐狸不狐狸的，我有那么老吗？这叫做策略，策略懂不懂！"

林萌吐了吐舌头："就你？得了吧！别整天把自己弄得跟个退休老干部似的，腿呢，我看看好了没有。"

宋柒索性将腿抬得高高的，架在办公桌上，林萌正要走过去上药，却听到一阵开门声。

只听"吱呀"一声，从门外走进来一位身材高挑的妙龄女子。

"时间快到了，宋柒，你是不是该换药了？"柳安安打了个招呼，"阿萌也来了啊？正好，有你帮忙，我应该不会失误。"

林萌笑了笑："我还以为今天你不会过来了。"

"怎么可能？宋柒在这里，人生地不熟的，只有我一个人还算是旧相识。要是连我都不管他，那他不是太可怜了吗？"

林萌本来已经拿起药了，听她这么一说，便识趣地递过去。

柳安安理所应当地将药接到手里，很自然地坐在宋柒旁边："阿萌，你去接盆水，这毛巾用太久了，估计得洗洗。"

在换药的过程中，柳安安瞥了一眼办公桌上的公文包，随口说了句："都受伤了，还关心公事？"

其实她很早就想提醒宋柒了。连卫生所的医生都嘱咐过，要好好休息，可是宋柒根本不听，依然和往常一样，准时上班，甚至还加班，热心地为村民们解决问题，一天到晚不是在供电所办公室处理公务，就是到村里去问候村民。

这一点令柳安安颇为满意，她也渐渐明白了爸爸让自己跟宋柒相亲的原因。

不得不说，这个小伙子，身上确实是有一种韧性、一种干劲儿、一种蓬勃的生命力，那是她之前在别人身上从未见到过的。

尽管对宋柒的所作所为满怀欣赏，但柳安安总觉得他应该以自己的身体为主，可惜碍于身份，不好直接开口，便想让林萌转达，毕竟林萌是她在野马屿岛上为数不多的说得上话的同龄人了。

"不能辜负了乡亲们的期望啊。"宋柒如实回答。

过了一会儿，林萌端着盆温水走了进来。

看到两个人有说有笑的样子，不知怎的，心里有些失落起来。

"专心公务是好事，不过也得注意一下自己身体，别先把自己给累垮了。"柳安安半开玩笑半认真地说，"不然到时候从哪儿找来一位像你这样认真负责的好所长？"

经过几天的相处，宋柒觉得柳安安人也挺好的，没有想象中那么难以接近。

可能是急于融入环境吧，无论是说话的方式，还是生活中的喜欢，都在慢慢地向村里人靠拢。宋柒渐渐觉得，她身上那种高高在上、拒人于千里之外的淡漠和疏离正在一点一点地减少。

现在，宋柒已经可以自然地跟柳安安说笑了。

可他不知道的是，这一切都多亏了林萌。

要不是林萌那天送去的一碗方便面，打消了柳安安对于乡村生活的嫌弃，估计她现在还不肯吃一口饭呢。不，应该说，她早就已经饿死了。

也许是林萌无意间做了什么吧，总之，从那以后，柳安安就跟变了个人似的。应该说，她身上多了点儿人情味儿，不再像之前那样别扭了。

第六十三章　增容扩变势在必行

趁着这段时间,宋柒坐在营业厅里仔细思考野马屿岛未来的发展情况。

岛上来办理业务的用户非常少,林萌得空不时偷瞄一眼心事重重的宋柒,于雁挤眉弄眼地调侃林萌,林萌红了脸。

宋柒陷入了沉思,不必说,其中最令他感到头疼的还是永久通电的问题。看来仅仅靠增加电容、扩大变压器是不够的,还是要从根本上解决小岛通电难题,这该从哪里入手呢?

正想得入神,忽然一个人影不打招呼就冲进来,径直走到宋柒面前。

来人见宋柒就喊:"宋所长……"

宋柒拉了个凳子,示意他坐下再说:"王大勇,是你啊?我还说这些天你怎么神龙见首不见尾,又出啥事了?快,坐坐坐,我有些事想跟你商量商量。"

"宋……宋所长……"王大勇摆摆手,因为跑得匆忙而气喘吁吁,半天才说出一句完整的话,"你怎么……怎么把勘察队放走了?"

"放?"宋柒有些哭笑不得,"人家本来就是从城里来的,现在要回城里去,不是天经地义的事吗?怎么能说放呢?"

"可是……唉……"

宋柒微微一笑,向林萌招了个手,林萌立马心领意会,给王大勇泡了一杯茶。

"看你急得那样?喝杯茶再说吧。"林萌也拉了个凳子,坐在二人之间。

王大勇随手端起茶杯,一仰头,就将茶水一饮而尽,又无奈地叹了几口气。

"你还有烦心事呢?我看你整天跟于雁嘻嘻哈哈的,没个正经,还以为你这辈子都不会发愁。"

"好了，林萌，你听王大勇说。"宋柒出声制止，又娓娓分析，"王大勇同志，我知道你今天来是为了什么。你不就是觉得没了勘察队，想要解决岛上的用电问题更困难了吗？"

"我……"王大勇欲言又止。

他张了张嘴，大半天没说出几个字，算是默认了宋柒的想法。

"大勇哥，你的担忧我也曾经有过，但是总不能一直耽误人家，硬把他们留在岛上不是？再说了……拉杆架线这个计划，我不是早就宣布放弃了？"

王大勇有些不服气，嘟囔着说："可我总觉得还能再挣扎挣扎。"

林萌扑哧一笑，将空空如也的水杯倒满茶："挣扎什么？难不成你还怀疑宋柒的专业判断？"

"林萌你这丫头，以后少跟于雁待在一起，别老是仗着自己长了一张嘴就整天吧啦吧啦的。我那是怀疑吗？我是担心勘察队走了，岛上人力不足，想做点什么都力不从心。宋老弟，你说我担心的有没有道理？"

不知从何时起，三人之间对彼此的称呼慢慢变了，没有了"所长""副所长"等冷冰冰的字眼，换来的是"大勇哥""宋老弟"等充满了人情味儿的称呼。

"对对对，大勇哥说得对。"宋柒笑着说，"这点我也考虑到了。不过要想真正发展起来，还是得靠咱们自己啊！"

王大勇见他话里有话，忙问："怎么靠自己？"

"增加变压器或者另辟蹊径，找到一劳永逸的通电办法！"

"什么？"二人异口同声地问。

王大勇首先疑惑道："先不说其他的，单单增加变压器这一项我们该咋办？"

林萌也说："这么大的事，可能也要经过村里头，我爸他们估计也要商量商量。"

"这些问题我都想到了，这不正在想办法吗？要不是你突然冲进来，指着我就一番质问，我也不会那么快说出来。"

王大勇小声争辩："哪有质问……"

"这还没有质问啊？你也不想想你刚才进来那股气势，跟要吃人一样。"林萌也在一旁拿他取笑。

宋柒适时制止了他们拌嘴的想法，清了清嗓子，说："怎么解决的问题先放在一旁，咱们找个时间，把人都集中起来开个会，大家集思广益，看看有没有什么好的办法。至于书记那边……"

宋柒顿了顿，对林萌说："林萌，你回去先旁敲侧击一下，看看你爸有什么想法。我明天下午有空，到时候去你家走一趟。"

知道林朝阳为人古板，不善变通，宋柒也没打算一次就能说动他，就准备了两瓶酒、四五条烟，第二天一下班，就来到了林萌家。

王秋英正在厨房里忙着做饭，炖排骨的香味儿一直从房间里飘到村口。

宋柒深呼吸了一下，顺着菜香味儿飘来的方向，很快就到了林萌家。

听见敲门声，林萌明知是谁，却装作什么都不知道的样子，抢着去开门。

林朝阳正坐在椅子上修坏了的遥控器，见状随口说了一句："这丫头，变了性了，今儿怎么那么勤快？"

"呀，宋所长，你怎么来了，还带这么多东西？"林萌一边夸张地大声说话，一边朝宋柒使眼色。

看她拼命摇头的样子，宋柒就明白，林朝阳那边八成没说通。顿时觉得身上的担子又重了几分，他深吸了一口气，在心里安慰自己："没事，慢慢来。"

"林支书，我来看你了！"宋柒在门口扯着笑脸往里面说。

见对方没有回应，他只好尴尬地走进去，把香烟和酒放在一旁，自己找了个地方坐了下来。

"爸，你倒是说句话啊。"林萌看不下去了。

"没事，林支书是长辈，咱们孝敬些是应该的。"宋柒拼命找话题缓解尴尬的气氛,"林支书,您可得好好注意身体,这些粗活就交给我们年轻人来干吧,当心弄伤自己。"

说着,就要去接他手里的遥控器和扳手。

林朝阳身体侧了一下,出声拒绝道:"还是不麻烦所长了。咱们平头百姓的,哪有你那么大的福气,受了伤还有人专门照顾。"

宋柒没听出他话里的意思,有些丈二和尚摸不着头脑。

记得自己第一次上岛,林朝阳可不是这个态度啊,那时的他那么照顾自己,明明就是一个和蔼可亲的长辈。虽说后来在野马屿岛的发展方向和规划上有些分歧,可态度也没这么冷淡。

怎么看对方的样子,竟然有几分嫌弃自己呢?

宋柒摸了摸脖子,怎么也想不出个所以然来。

宋柒没有当过父亲,林朝阳是野马屿的能人,带领野马屿扶贫致富一直也是冲锋在前,但他也是个女儿奴,但凡让自己女儿受委屈的人他一律看不顺眼,这是一个老父亲爱女儿的拳拳之心,宋柒自然不懂。

有脾气归有脾气,还是林朝阳率先开口,打破了僵局:"无事不登三宝殿,宋所长今天来,不会是有什么吩咐吧?"

宋柒赔着笑说:"哪里哪里,就是有点想吃秋英姨炖的排骨了。正好今天没事,顺路过来看看,顺便瞧瞧家里有什么缺的,我下次回城好去买一点。"

"没什么缺的。"林朝阳淡然地说。

这一句把宋柒噎得够呛,瞧着对方面无表情,他也没敢多说话,只在屋里端端正正地坐着。

恰巧林萌从厨房端出菜来,宋柒向她使了个眼色,仿佛在问:"你爸受什么刺激了?跟吃了火药似的?"

林萌耸耸肩,双手摊开,表示:"我也不知道。"

第六十四章　大嘴巴大勇

菜还没上完,厨房里的人忙上忙下,林萌也进进出出地走来走去,只有宋柒端端正正地坐着,一刻也不得放松。看林朝阳那个样子,估计听不进什么,还是等过段时间,时机成熟了再跟他商量商量吧。

可是没想到,他不说,自然会有人说。

过了好半天,林朝阳手上的动作停了下来,慢吞吞地挤出几个字:"我听王大勇那小子说,你又要准备在岛上增加变压器?"

宋柒猛然一惊,差点从凳子上跳起来。要不是腿上的伤还没好,他估计都躲不过林朝阳如机枪一样的眼神扫射。

"王大勇,嘴巴怎么那么大呢?都让他等着我来说了!"宋柒在心里暗骂了一句。

"你还没回答我,这事是真是假?"

眼看纸是包不住火的,这事他迟早得知道,与其瞒着多生事端,还不如大大方方承认,于是宋柒硬着头皮,僵硬地点了点头:"嗯。"

"胡闹!"林朝阳立马就气得站起来,将扳手丢到一边,拍着手问,"钱从哪儿来?机器从哪儿买?运输的船从哪儿找?这些问题你想过吗?很早以前我就告诫过你了,年轻人要脚踏实地,别想一套是一套。你们城里人家底厚,想怎么折腾就怎么折腾,咱们乡下人可没那资本。"

"我……"

林朝阳越说越激动,根本就不给宋柒插嘴的机会。

"我不是针对你,实在是年轻人做事欠考虑。你想想上次台风来袭,村里遭受了多少损失?还有你们前段时间整天挂在嘴边的拉杆架线,结果呢?除了你腿上的伤,你们还收获到了什么?"

宋柒低头看了看自己的腿,默默承受着来自对方的责难。

林萌这可听不下去了,她将一盘红烧茄子放在桌上,说道:"爸,你这话可就不对了,咱们说话可得有根据,对事不对人。台风侵袭是宋柒能控制的吗?是因为他岛上才有台风的吗?你也不想想,当初要不是他帮着咱们一起抢修，岛上的损失恐怕不止目前这些；还有那次屋顶被雨水冲垮，要不是他及时发现情况，冒着大雨抢修，别说用电了，柴油机会发生什么故障，造成什么后果咱们都不知道……"

林萌一口气说了一大堆，让人惊讶原来她口才那么好。

这还不算完，她继续说道："拉杆架线虽然暂时行不通，但咱也不能说做什么事都一定会成功吧？撒谷子都有不发芽的，更何况这种事情根本就没有定数，不去试试怎么知道不可能？再说了，就算人家没成功，也没给村里带来什么损失啊，虽然受了伤，那也是宋所长自己受的伤，没有连累到任何一个人。他为了村民们付出了这么多，也没见他埋怨过谁啊，倒是你，一天天待在家里啥都不干，就知道挺着腰板训人！"

几句话呛得林朝阳无言以对，小胡子都翘到天上了也找不出话来反驳。

连宋柒也被吓了一跳，他没想到平时活泼开朗、善良热情的林萌，居然还有这……洒脱的一面。

"鬼丫头长大了，翅膀硬了是不是？"林朝阳看上去很生气，然而还是没舍得跟自家闺女说一句重话。

就算心里再对女儿胳膊肘往外拐不满，父母的心也还是偏向孩子的。

唉，女大不中留啊，这句古话太应景了。

林萌毫不示弱："我又没说错。"

"我说你说错了吗？"

"？？？"

林朝阳这句话一说出口，林萌和宋柒瞬间傻眼了。也不知道他是在给自己找台阶下，还是气糊涂了，都语无伦次了。

"你……"他也意识到自己说错话了，忙用别的话岔开，指着林萌说，"你啊你，迟早得被城里人带坏！"

其实林朝阳并不是不讲道理的人，相反，他比很多人都看重感情，看重人情味儿。可以这么说，在他心里，是实打实地欣赏和佩服宋柒。

假如宋柒是村里生村里长大的小伙子，他说不准早就巴不得人家上门提亲了。

可惜了，林朝阳一直对城里人抱有偏见，连带着也不看好宋柒。

就在三个人都僵持着，尴尬地站在原地时，只听一阵颇有节奏的声音踏地而来。

宋柒抬眼看了看，惊讶道："柳安安？你怎么在这儿？"

"我都在厨房忙活半天了。"柳安安装作不知，故意笑着问，"你们怎么还不洗手？快开饭了。"

原来，自从上次被饿过一顿后，她也不知怎么的，居然不嫌弃野马屿岛了，连带着觉得这里的一花一草都十分可爱，原本土了吧唧的大花棉袄、大木盆，在她看来也别有风趣。

也许这就是艺术家的特点吧，总是能那么快接受新事物。

从那以后，柳安安就常到林萌家做客，给老两口说一些城里的事，一来二去就熟得跟一家人似的。这次也是在厨房听到外面的声音，感觉气氛不对，所以才特地出来缓解一下。

谁知林朝阳一看到柳安安，好不容易压下去的火气又冒了上来，索性连饭也不吃了。

他将林萌递过来的筷子扔到桌上，像个小孩子一样噘着嘴："这饭，谁爱吃谁吃。反正有他在，我一口都不会吃。"

宋柒端着碗的手在空中顿了顿，随即尴尬地慢慢放下。

就在这时，王秋英从厨房里冲出来，将碗塞到宋柒手里，大声说："管你吃不吃，小宋是我请来的，谁要是让他不高兴，那就让我过不去。"

"阿姨……"柳安安正想劝解，却被林萌拉到一边。

"别管他们，咱们吃咱们的。"林萌小声地说。

"你今天要是不吃，以后都别吃了，反正我老了，手艺差了，做的饭菜入不了你的眼。"王秋英边说边委屈地往嘴里塞了两块红通通诱人的红烧肉。

林朝阳瞧了瞧，立马端起碗猛地往嘴里扒拉白米饭，又夹了一大块红烧茄子，一张嘴塞得满满的，还不忘嘟囔两句："谁说我不吃了？傻子才不吃呢！"

老两口总喜欢秀另类的恩爱。

林萌向柳安安投去一个意味深长的笑容，仿佛她早就知道结果会这样。

第六十五章　突如其来的情敌

发生过一些小小的争端，饭桌上的气氛显得稍微有些不自在。林萌和王秋英倒是不觉得有什么，柳安安自顾自吃饭，宋柒和林朝阳却闷闷不乐。

本来大家应该有说有笑，欢聚一堂，没承想被几台变压器打破了其乐融融的氛围。

饭吃到一半，宋柒实在是受不了，随便找了个话题："小萌啊，过几天公司召集各供电所负责人开会，我会离岛几天。供电所的事情，就麻烦你和王副所长多费点心思了。"

不出所料，林朝阳按捺不住了，放下筷子问："啥事啊？还要开会？"

宋柒早就猜到了，林朝阳那么关心岛上的情况，提到开会的事情，他肯定会格外关心。

"和村里的用电问题有关，我得去。"宋柒小声地试探。

他没有说谎，上次回到城里，宋柒就野马屿岛的用电情况跟上司做了汇报，公司董事长也表示会尽自己所能相帮，过几天的会议，应该就是为了这件事。

果不其然，吃过饭不到半个小时，宋柒就接到了来自省公司总部的电话。

"小宋啊，我们费了多少心思，才让上级领导批复通过你的申请了。"总经理郑重其事地说。

宋柒激动起来，连忙点头感谢："多谢领导。"

随后宋柒又接到了周则的电话："小宋呀，我知道你们野马屿的现状，为了让你这个所长的工作做到位，我通过镇政府替你联系到一位身价不菲、有经验的企业家。有意向开发野马屿，他愿意出资建设岛屿上的设施，三天后的会议，他会到场，你可得好好表现啊！"

周则说的投资商竟然也会到电力公司总部开会，宋柒开始感觉到自己的努力有了一点结果。

炎热的夏日即将过去，习习凉风从北方吹来，空气中或多或少弥漫着一点秋的清凉。

梧桐叶开始变黄，地上也多了些蝴蝶般美丽的落叶，村头村尾到处都能闻到桂花的香味，沁人心脾。

似乎只要一闻到那股甜丝丝的清香，人的心情也会跟着变好。

随着天气逐渐转凉，宋柒的腿伤已经好了大半，现在他不用拐杖也能自如行走了，就是得稍微注意一下，不能做太大的动作。

一叶扁舟漂浮于苍茫大海，蓝天之下，碧波荡漾，那小船就像是一粒小小的石子，在汹涌澎湃的海浪中摇晃着前进。

这一次，宋柒没有跟摩肩接踵的人群一起挤客船，只身一人上了何海峰的一叶扁舟。

"海峰，多亏你了。要不是你，我现在还在排队检票呢。"宋柒坐在船尾说。

何海峰听言，转过半个身子，露出一张晒成巧克力色的脸："哪里，我也是顺路。"

他一笑，就露出一口大白牙，憨厚中又带着几分真诚。

宋柒最喜欢这种充满着淳朴和诚恳的眼神，再加上天气凉爽，心里更加畅快起来："我还没坐过这么小的船，感觉更加贴近大海了。"

他伸出骨节分明的右手，对着大海，在空中轻轻地翻转，仿佛能触摸到那湛蓝的海水。

那会是一种怎样的感觉呢？清冽、冰凉，抑或是如丝绸细腻柔软？

"是啊，咱这船小，声音也不大，等风平浪静的时候，你还可以在海水里洗手哩。"

"呀，风停了！"说着，何海峰将船桨放下，两三步从船头走到船尾，跟宋柒面对面坐着，"看这样子，恐怕得后半夜才能走了，不会耽误事吧。"

宋柒低头算了算，小镇离野马屿岛大概要坐十一个小时的船，他们是下午五点出发的，中途休息了会儿，明天早上七点前应该能赶到。

"不会不会，会议九点半才开始，来得及。"

"那就好。"何海峰吐了一口长长的气，转身躺在床上，整个人呈"大"字形，差不多占了三分之一的位置，"还是船上好啊，安静、清凉。"

宋柒听出他话里有话，问道："怎么，你也有心事？"

像何海峰那样老实诚恳的人，宋柒实在是想不出他能有什么烦恼。

城里的人，不会像他那样奔放、豪爽，没有他古铜色的皮肤、晒得黝黑的脸蛋、刚健有力的臂膀，也不会像他那样四仰八叉地躺在床上，贴近自然。

"还不是家里的事。"

"哦？"宋柒越发感兴趣了，随口一说，"家里催婚了？"

谁知对方听完，倏的一下坐起来，两只深邃而澄澈的眼睛直直地盯着宋柒，脸上露出不好意思的傻笑。

"哈哈哈，没想到居然被我猜中了。让我想想，是哪家姑娘那么有福分……"

何海峰摇摇头："别猜了，你肯定猜不着。"

"那可不一定。"宋柒开了个小小的玩笑，"该不会是林萌吧？"

他根本没有想过两人之间会擦出什么火花，不过在岛上，宋柒就认识两个年轻姑娘，一个是林萌，一个是于雁，再有就是不久前才进村的柳安安。柳安安当然不用说，绝对不可能，于雁那个咋咋呼呼的样子，令人很难将她跟这种事扯上关系，最后就只剩下林萌一个选项了。

谁知何海峰竟然面露难色，支支吾吾地回答："可以这么说吧。"

宋柒一听就急了："不会吧，这件事她知道吗？难不成你是单相思，还是说你们本来就……"

他也不知道自己究竟是怎么了，情绪突然变得这么激动，说话的语气跟要吃人似的。一颗心扑通扑通跳个不停，全身的热血一下子都被带动起来了，原本无欲无求的心态瞬间来了个一百八十度大翻转。此时此刻，宋柒只觉得身上热得慌。那种由内而外，从心底生出的炎热，在清冷的秋夜里显得更加明显。

"不……当然不是。"何海峰小声地说，"我喜欢的人不是她。"

"哦。"宋柒的心瞬间平静下来了。

"也可以说是她。"

"什么？"宋柒大声问，"怎么一会儿是一会儿不是的，你快把我弄糊涂了！"

何海峰望了望头顶的半轮月亮，叹了口气，这才娓娓道来："我从小就对阿萌有好感，几年前也曾壮着胆子跟她表白……"

听到这里，宋柒心里一阵悸动，双手紧紧抓住身上的牛仔裤，指甲几乎要陷进肉里。

他没有打断对方的话，安静地听了下去。

"只不过被她拒绝了。"何海峰脸上有了失落的表情。

宋柒瞬间松了口气，可在看到对方的样子时，又忍不住同情起他来。

第六十六章　美好的回忆

何海峰继续说："那段时间我的心情很低落，随便找了个理由出岛打工去了，近两年才回来。家里人看我年纪也不小了，就急着给我安排相亲，可是……可是我已经有对象了。"

"什么？"宋柒说不出话来。

"她的网名叫'海上的风'，我一直叫她小风，我们是通过网络认识的。"

宋柒下意识地问出口："网恋啊？"

何海峰点点头："在我失恋的那段时间，是她一直鼓励我、开导我，陪着我一起度过了那段不太愉快的时间。刚开始我只是由衷地感谢她，没事就分享一些生活上的事情，一来二去……我们也不知道怎么的，就网恋在一起了。"

"能有一个温柔体贴的人陪在身边，也是一件很幸福的事。"宋柒说。

"嗯……但是……"何海峰顿了顿，开口说，"但是我怕家里人不同意，他们思想比较保守，很难接受网络上的恋情，而且小风是外地人，野马屿岛一贯不太欢迎外地媳妇。还有就是……"

"还有就是你没见过小风真人，不知道她究竟长什么样，性格如何，家庭条件是什么情况。"宋柒说。

何海峰又点了点头："外貌其实不是很重要，我就是担心她知道我的条件后，会嫌弃我，还有就是性格问题……"

这种事情非常常见。

可以这样说，最开始接触网络的一代人，那时候很流行网恋这种事情，很多人因为网上的恋情哭得死去活来，说什么也要跟对方在一起，可是见了面才知道，手机对面的那个人，不仅长相砢碜，而且还离婚带两娃，连年龄都比自己大了一轮。网上的诈骗案也不少，其中有很大一部分就是被所谓的网恋对象骗得倾家荡产。

野马屿岛的居民很少接触网络，所以对虚拟世界中认识的人持怀疑态度也是很正常的。再加上他们思想保守，估计很难接受这种在村里人看来"荒诞不经"的事情。

"咳咳……"宋柒认真听完，建议道，"其实我觉得你们可以先见一面,了解了解彼此的情况再进行下一步。我想只要小风是个好女孩,叔叔阿姨也不会反对的。海峰,好不容易又有了喜欢的人,你可一定要把握住机会啊,千万不要等失去了才后悔。"

"我大学时有个舍友,暗恋了隔壁班的女生三年,一直没有勇气告白。结果现在人家都结婚了,我那位室友还是孤单一人。"宋柒叹了口气,无奈地说,"两年前同学聚会,那个女生喝醉了,哭着问我室友怎么还不结婚,是不是没有遇到合适的,就像当年看不上自己一样。那时我们才知道,其实他们俩对彼此都有好感,就是一直不说。女生曾经写过一封信告白,但我室友以为是谁的恶作剧,直接扔进了垃圾桶,还被当事人亲眼看见……"

何海峰想了想,没有做出回答。

突然,海风掀起层层波涛,汹涌激烈,小船剧烈地摇晃起来。

宋柒身子一歪,差点跌到海里,还好他及时抓住了船沿。

何海峰也迅速爬到船头,抓起船桨费力地划起来,还不忘回头说一声:"抓稳了,起风了!"

"哎!"宋柒长长地应了一声。

小船在海风的推动下,如离弦的箭一般,倏地一下从波涛汹涌的海浪中闪过,劈开浪花,迎着海风,一往无前。

宋柒整个人都趴在船上,身体与小船紧紧贴在一起,任眼前波浪滔滔,脑海中却有一道清丽的身影,挥之不去。

事到如今,他才开始考虑起自己的感情生活。

事情进展得很顺利,在会议上,宋柒凭借自己丰富的经验和专业的理论知识获得了一众领导的青睐,成为大家口中的"优秀青年"。除此之外,他还格外留意了一下多方推荐的投资商。

果然,那名姓柳的投资商最终以压轴人物的身份出场,宣布自己将捐资以支持农村经济的发展和基础设施的建设,宋柒跟随着镇政府部门的领导和投资商进行了接洽。

凭借出众的口才和办事能力,宋柒在人群中脱颖而出,得到了投资商的认可，对方表示汇出资金帮助野马屿岛购买两台变压器，但是需要野马屿村民帮忙并配合。不过这件事宋柒做不了主，他得跟林朝阳当面谈。

第二天，他就匆忙回到野马屿岛，首先跟林萌分享了这个令人兴奋的消息，并嘱咐对方委婉转告林朝阳，尽量取得林朝阳的同意。

经过前几次的教训，宋柒已经不敢再贸然跟林父交涉了。丢脸事小，弄巧成拙误了大事可就不妙了。令人感到意外的是，林朝阳还没听完事情经过，立马就拍桌定案："干！"有人出钱出力，那还有啥不同意的。

林朝阳立马就坐船出发去镇里，不过两个小时，就将一切事项都给谈拢了。

投资商出手很大方，一下子就给村里购买了两台变压器。

不过怎么进岛，真是个难题，此时林朝阳发挥出了村主任的优势。在他的带动下，全村人都发动起来，大家齐心协力推拉扛拽，踩在泥泞中，力争把这两个"大家伙"安营扎寨在野马屿上。

不到一周的时间，那两台崭新的机器便一前一后送进了供电所，在岛屿上安了家。这样一来，村里再也不用每天十点按时断电，就算是半夜一点起床，一拉开关，灯还是会亮。

但是这只是权宜之计，并没有从根源上解决问题。虽说增设了变压器，用电时间可以延长很多，但还是无法保证全天二十四小时不间断用电。到了夜里两点半，野马屿岛仍然会断电，早上六点多才会接通。

尽管不是十全十美，不过已经很大程度地满足了村民们的需求。现在，大家再也不担心因为电能供应不上，池塘里养的海鲜会因为供氧设备带不动而死亡；有时候下班晚了，路上也依然有灯，那暖黄色的灯光照得人心里很踏实；更加重要的是，有了电，卫生所便可以在夜间接待病人，因为天黑路滑而耽误治疗的情况大大减少了。

感受到电给村里带来的变化，大家纷纷感叹道，所长还是有点真本事的！

从前只觉得电这种东西可有可无，只有少部分人会把它看得跟命一样重要。现在断电时间往后延了四个半小时，人们感受到了电带来的便利，才幡然醒悟，觉得之前的自己真是目光短浅。

林朝阳知道投资变压器和发电机的事情是宋柒一手策划和推进的，对他的看法有了转变。这不，为了缓和关系，林朝阳特地让女儿亲自去请宋柒，说是要办一件大事。

宋柒听了，摸摸脑袋，想不到村里还有什么大事可以办，不过还是怀着忐忑的心情前往赴约。

第六十七章 集思广益打造黄金岛

原来，林朝阳决定召开一场剪彩仪式，到时候邀请省电力公司领导和技术人员以及柳氏投资集团董事长到场。想到宋柒在城里生活了那么多年，办起这种事来得心应手，他便让林萌亲自到供电所去请宋柒。

宋柒本人也很重视这个难得的机会，既能缓和跟林朝阳的关系，还能向电力集团领导和投资商柳总表示感谢，顺道还能向村民们宣传安全用电常识，做好他们支持电力建设的思想工作，为村民谋利益，简直就是一举多得。

剪彩仪式要办得非常隆重，村民们也知道，这都是供电所所长带着电工们全心努力的结果，于是都很支持。

按照宋柒的设想，仪式在供电所前那片荒废的土地上举行。那块地已经荒废了好多年了，当初因为被国家征用，所以一直没被开垦，有七八亩宽，倒也算开阔，只可惜不太平整，坑坑洼洼的。

王大勇听说了这件事，立马拍胸保证，一定会尽快将地给推平。这不，地址刚选上，王大勇就开着拖拉机，在供电所门前"哒哒哒"

叫个不停了。

林萌、柳安安则是跟着王秋英学剪裁，三个人一下午就剪了很多各式各样、琳琅满目的窗花。本来这应该是春节的时候才会张贴的，但是为了庆祝这个不平凡的日子，大家一致认为，应该将供电所装饰得漂漂亮亮的，那才能显示出野马屿岛人民的诚意。

地址、时间、剪彩用具、宴席、座位……

宋柒端坐在办公室里，手中的钢笔不断地在草稿纸上画着什么。字迹潦草，看不清具体内容，只是眉目前仿佛凝结着一团愁云，久久不能散去。

"喂！"

钢笔"啪"的一声掉在地上，把飘向远方的思绪给拉了回来。

"阿萌？你进来怎么也不打声招呼？吓我一跳。"

林萌蹲下去捡起笔，望着恍惚回神的宋柒问："想什么呢，这么入神？"

宋柒憨憨地说："还不是为了剪彩仪式。"

"剪彩仪式？怎么了？"

林萌接过宋柒递过来的草稿纸，皱着眉，嫌弃道："你这字儿写得可真是标致，龙飞凤舞的，比我家鸡用脚画的好多了，高深莫测的，一个也看不懂。"

情知对方在调侃自己，宋柒也不生气，反而觉得有些好笑。

他将纸上的字一个一个地念给林萌听，嘴里嘀咕道："感觉什么都有了，又感觉好像缺了什么，可我就是想不出那到底是什么。"

林萌站在他身旁，微微弯下腰，凑上去仔细瞧。

额间的几缕碎发随意地散下来，在宋柒脸上轻轻地摩擦，有一点微微的痒。

太阳从西边的窗户里照进来，透过窗，给二人镀上一层金黄色的光，连侧脸都带上了点儿淡淡的黄色。

"你看……是不是少了点儿烟花爆竹？"

"烟花？"宋柒如梦初醒。

"是啊,村里每年办大事,家家户户都会放鞭炮,还有舞狮、唱戏什么的。感觉缺了这些,怪冷清的,一点也不热闹。"

宋柒突然大喝一声:"我明白缺什么了,热闹,就是热闹!"

是啊,他把所有的一切都安排得井井有条,包括每一个环节进行的时间、每一张桌椅摆放的位置,甚至连哪个人该坐在哪儿,自己要说什么话,全都计划好了,所有的流程、所有的细节,全部规划得明明白白,可是却忽略了最重要的一点——人情味。

缺少了人情味,没有了欢声笑语的仪式,就是个干巴巴的用电会议,枯燥、无聊。只有将娱乐节目融入进去,让大家都唱得开心、玩得开心,热热闹闹的,才能体现出活动的意义。

林萌被他突如其来的动作吓了一跳,不明白对方怎么那么激动。

宋柒转过身来,"噌"的一下从椅子上站起,足足比林萌高了一个头。

两个人隔得是那样近,只要再靠近一点,林萌的额头就会贴在宋柒的下巴上。耳边似乎还能听到对方的心跳声,两个人不约而同地红了脸,同时向后退了两步。

"咳咳……"宋柒可算是将从林朝阳那儿学来的技能发挥到了极致,摸着鼻子说,"谢谢你,我明白该怎么做了。"

这句话说得极为客气和官方,可是明明那样礼貌的语气,却让人听不出半点儿疏离,倒是那张滚烫的脸又红了几分。

林萌本想再对宋柒说些什么,但想起柳安安,她最终还是把到嘴边的话又咽了回去。

剪彩仪式如约举行,夏末秋初,既没有三伏盛夏的炎炎烈日,也没有数九隆冬的大雪纷飞,温度和天气都完美得刚刚好,正是最令人身心愉悦的季节。

柳安安不知在忙什么,已经有两天没有去林萌家了。

正是最忙的时候,林萌顾不上找她,跟王秋英一起把窗花贴满了供电所的每一扇窗,还折了很多小纸花,到镇里买了一大箱彩灯,将村口的大门装点得五颜六色。

林朝阳带着岛上德高望重的长辈们站在村口,从早上五六点便开始等起,直到下午两点多,还不见来人。

林萌笑着打趣:"爸,宋柒都说了,电力公司领导和技术骨干以及柳总下午才到,你怎么这么早就来站着了?"

林朝阳低声呵斥了一声,却挡不住他快要溢出脸上的笑容:"你懂什么?万一人家来早了,发现没一个人迎接,心里难道不会有想法?这得让他们寒心哪!"

"那也没有来这么早的。"林萌小声嘟囔了一句,将一瓶矿泉水塞到他怀里,"看你头上流的汗,都够喝一年的了。我妈让我给你送的,她让我告诉你,别人还没接到,你先渴死了。"

说罢,林萌将带来的矿泉水一人一瓶,全都分给了迎接的乡亲们,还贴心地带来小马扎,请上了年纪的老人家先坐下。

第六十八章 闪亮出场

下午四点多,太阳已经渐渐移到了西边,光芒也没那么刺眼了。

村支书看似气定神闲,心里却越来越急躁,额头上冒出的汗水擦了又擦,毛巾都快湿透了,还是不见有人进村。

他急得背着手,在村口转来转去,不知道徘徊了多少圈。

一旁的老人家埋怨道:"你看你,大早上地叫我们来,也没啥事做,就在这里干等着。"

虽然理亏,气势上可不能输,林朝阳抬起头:"这就叫诚意,诚意懂不懂?刘备三顾茅庐,诸葛亮写出师表,那都是诚意!一看你就不懂!"

"喊,还诸葛亮呢,你就是个刘阿斗!"

两个小老头正在斗嘴,忽见一男一女两个人从村里匆匆走来,看样子好像是要去往码头。

林朝阳拉住其中一个人问道:"阿萌,你这是要去哪儿?"

"宋柒说客人的船半个小时后就到岸,我们得马上去迎接。"

"去什么去?要去也是我去,你个小丫头片子,能干成啥事?"林朝阳严厉而又慈爱地说,"你妈那边一个人肯定忙不过来,你去帮帮她。迎接柳总的事,我跟宋柒那小子一起去。"

说罢,不等林萌回答,便催促宋柒赶紧上路。

宋柒本想一路小跑,早点到码头,可是现在身后跟了个五六十岁的老头,他只好放慢脚步,慢吞吞地向前挪动。

即使如此,走不上多远,林朝阳就要大喊大叫:"慢点,走慢点,我快跟不上了。"

明明健步如飞的他,今天也不知道怎么了,走个路都颤颤巍巍的。这要放在平时,别说这么几步路,就算再走上十公里那也不在话下。

这个野马屿被世人遗忘太久,突然备受青睐,村支书都走不动路了。

宋柒心里焦急万分,心想千万不能误了时间,让客人觉得岛人没诚意,可是林朝阳他又……

"林支书,要不这样,你先在这里等着,去码头接客人的事就让我来吧?"宋柒小心翼翼地问。

"那哪行?我可是一村之主,我要是不去,还像什么话?"

无奈之下,宋柒只好将就对方,十多分钟才走了不到一公里。

宋柒心里尽管着急,却也无可奈何,好不容易才走了六七里路,突然,不远处的岸边传来一阵喊声:"来了来了,船来了,客人的船来了!"

林朝阳闻言,立马关上话匣子,两三步就奔过去,居然比使出全力奋力奔跑的宋柒还要先到码头。

宋柒一口气跑了好几百米,弯下腰气喘吁吁的,回过头想看看林朝阳时,却发现他已经走到船上了。

宋柒不禁在心里想道:"这是在闹哪样?"

谁知林朝阳连看也不看他,笑着跟人打招呼:"呀,真是贵客啊!果然闻名不如见面,大家真是仪表堂堂、气宇轩昂啊!"

客人们和村干部寒暄了一阵,并排下了船。

林朝阳一边跟客人们介绍着村里的风土人情,一边说着感谢的话语。宋柒则是跟在后头,默默地听着他们的对话。

在所有人都没有注意到的地方,跟在柳总后面从船上下来的人个个身穿西装,脚踩皮鞋,提着一个又一个沉重的行李箱,跟在几人身后。等到了供电所门口,柳总在父老乡亲们的簇拥下坐在正中央的红木圆桌上,而那些人则是绕到供电所后面,直奔宿舍而去。看那模样,好像是去送什么东西的。

问候完毕,村民们纷纷表达出对电力公司和柳总的感谢,村里有头有脸的人物也一一跟领导握过手,接下来,便是人们最关注的环节——剪彩了。

电力公司的领导把剪彩的机会让给了柳总。柳总再三推辞,无奈村民们太热情,他只好点头答应,又说道:"各位父老乡亲们,少安毋躁!我柳某人自从年少时白手起家,到现今也有二十来年了。承蒙各位不弃,愿意让我参加这么隆重的活动,本人深感荣幸!既然大家如此厚爱,那柳某人就只好恭敬不如从命了。不过……"

话锋一转,众人都鸦雀无声,安静地听着。

此时的柳总,仿佛成了野马屿岛上的救世主,野马屿岛从来都是一个有恩必报、民风淳朴的地方,大家也都是从心底里感谢他。

"不过这么重要的事情,我想和小女一起参加!"

突然,人群中传来一阵娇滴滴的嗓音:"爸爸!"

柳安安身穿欧洲复古长裙,领口上是一圈粉色的玫瑰花。她轻提裙摆,踏着高跟鞋,婀娜多姿,姗姗向台上走去。

柳总立马张开双臂相迎，向大家介绍道："这便是柳某人的小女——安安。"

柳安安向台下鞠了一躬，甜甜地笑着说："在岛上的这段时间，承蒙大家照顾。"

台下一片喧哗，没想到居然还有这么一出，就像是水里丢了一颗手榴弹那般，突然就炸开来。

"柳小姐那么温柔漂亮，我早就知道她不是一般人！"

"对了，还有宋所长，郎才女貌，和安安小姐那就是天造地设的一对啊！"

第六十九章　柠檬树下的林萌

林萌本来帮着王秋英在现场招呼村民们，听到那些村民们议论的话，低下头来，忽然只觉得心里一阵惆怅，说不清那是一种什么样的感觉，就像是……忽然间失去了什么似的。

台上，柳安安笑靥如花，左边是家财万贯的父亲，右边是年轻有为的宋柒。她仿佛一位受尽万千宠爱的公主，美好得熠熠生辉。

台下，林萌忙着倒酒、上菜、招呼客人，任劳任怨，却被所有人忘在了脑后。

"走，我带你去一个地方。"忽然，一双手拽住林萌的胳膊，拉着她就往外跑。

于雁把林萌拖到无人的角落，指着林萌的鼻子，小声质问："你还有没有心啊？人家都那样了，你还一声不响地干活，是不是傻？"

林萌攥着手里的抹布，小声说："哪有你说得那么难听？这本来就是我分内之事。"

"分内之事？你是营业厅的营业员，又不是他宋柒的丫鬟，你在下面忙得要死要活,他却站在台上和别的女人眉来眼去?还有那个柳安安,她就是个……"

"别乱说。"林萌连忙捂住于雁的嘴,"他们怎么样,又不关我的事。"

"唔……"于雁拼命用眼神暗示。

"只要你不乱说话,我就放开手。"

"嗯嗯……"

见对方小鸡啄米般疯狂点头,林萌这才松了手。

"呸呸……一股油烟味。"于雁嫌弃地说,转而又劝道,"我明白恋爱自由的道理,可是你这样默默付出,让我看得心里难受。就算你无欲无求好了,起码也得让对方知道你的心意吧。"

"什么心意?我听不懂。"林萌心虚地抠着手。

"少来,你一说谎就抠手指,真以为我不知道?"于雁好心劝慰,"我要是你,才不受这种窝囊气,又不是非要逼着别人喜欢你。我要是有喜欢的人,一定要奋力去争取,不到最后决不放手。"

林萌叹了口气:"说得容易,我拿什么跟人家比啊……"

"你哪有那么差?在我看来,你和宋柒才是天造地设。我打赌,他对你肯定有意思。"

林萌以为于雁在开玩笑,也没放在心上:"要真有意思,又怎么会……"

"怎么会怎样?"于雁仿佛抓住了什么,趁机问道,"你不是不喜欢宋柒吗?那干吗还关心人家对你有没有意思?"

林萌立马低着头,连耳根子都红了,小声地辩解:"我……"

"你什么?"于雁打破砂锅问到底。见她支支吾吾说不出来,便一拍胸口,大声说:"放心吧,这件事包在我身上了。"

说罢,头也不回,一个人径直往供电所走去。

林萌在后面追了半天,怎么叫她都不回头。

担心于雁那个直性子会惹出什么事来,林萌也不敢怠慢,连忙跟在她后面跑去。

宋柒对柳安安是什么态度，她自己也不确定。只是觉得他们两人郎才女貌，一个是名牌电力大学的高才生，一个是出国留学的富家千金，本应是珠联璧合、天造地设的一对。而自己……

林萌摇了摇头，尽量不去想那些乱七八糟的事，现在，追上于雁才是最重要的。

"希望不要出什么岔子！"她在心里默默祈祷。

仪式圆满结束。

谁知自从那天开始，于雁就跟变了个人似的，上班再也没有迟到过，一天到晚像个跟屁虫似的跟在宋柒后面。

宋柒下车她开门，宋柒办公她倒茶，宋柒说话她应和，宋柒出门她紧跟……

总之，宋大所长去哪儿，她就跟到哪儿，弄得所里的同事们议论纷纷。只有林萌知道，于雁肯定又在打什么鬼主意了。

另一边，柳安安的父亲从城里带来了生活用品，还雇了保姆将宿舍打扫得干干净净，房间里书桌、地板、电视机、花瓶……应有尽有，就连墙都全部重新漆了一遍。柳安安的小日子越过越滋润，望着焕然一新的房间，她终于感受到了一丝久违的熟悉感，只是那床厚厚的棉被一直没换。

最近，柳安安心里有几桩烦心事，想说却不知该如何开口。

第一件，就是村里没有卫生间。每次她想要上厕所，都得走到五百米外的公共茅房。岛上没有马桶，用的还是原始的旱厕，大概分为三个部分。其中很大一部分空间用来做猪圈，里面养着七八头猪，还有小部分用来养马和骡子……最后能给人使用的，只有一个狭小的过道。

那过道小就算了，还奇臭无比。每次一进门，便有一股夹杂着猪粪、马粪的味道扑面而来，熏得柳安安就算再喷三百瓶香水也没用。第一次用这种卫生间时，她差点没吓得尖叫出来。

第二件，就是岛上的基础设施实在是太不齐全了，连个洗澡的地方都没有。有时候想买包方便面，都得走半个小时到林萌家去，更别提别的了，像购物商场、公园什么的，简直就是异想天开。

第三件，也是令柳安安感到最为闹心的。

前两件事还能忍，慢慢也就习惯了。可是最近不知道怎么的，于雁总是明里暗里跟自己过不去。上次她邀请宋柒一起去散步，结果于雁愣是跟着走了一下午，还总是打断他们说话；昨天自己去给宋柒送午饭，没想到于雁也在，不仅跟宋柒一起把饭都吃了，还挑三拣四说这不行那不好的；还有今天早上，自己刚迈进办公室，想找宋柒说说话，谁想到竟半路杀出个于雁来，赖在那儿不走了，叽里呱啦扯了一下午……这种事简直数不胜数，连柳安安自己都不清楚，于雁到底破坏了她多少次约会。

眼看着于雁的攻势越来越强，而自己又被村里缺这缺那的情况搅得心神俱疲，柳安安简直就是叫天天不应，叫地地不灵。

第七十章　青山绿水总是情

这不，为了能让生活好过一点，她撒了个娇，委屈巴巴地找到了柳总。

"民宿？"柳大元皱着眉。

"对呀。爸爸，你看岛上这么穷，我们要是捐点钱帮他们修建一所民宿，那么游客上岛游玩时，还能给村里增加一点收入呢。"

"捐赠变压器就算了，也算造福岛屿，但……哪有人会来这种岛上旅游？鸟不生蛋，连变压器都要费半天劲才能拉进来。"

柳安安扯了扯父亲的袖子："现在没有，不代表以后也没有啊。"

柳大元笑着说："爸爸已经捐了两台柴油发电机和变压器了，再修民宿的话……"

"你就当是给我修的嘛！以后要是有空，我再来野马屿岛，就不会没有住的地方了。"

耐不住女儿的软磨硬泡，柳大元只好一口答应。

宿舍虽然勉强能住，可是太潮湿了，要是能重新建个民宿，自己也能搬进去住，那该多好啊！

没过两天，在柳总和林朝阳的大力支持下，民宿的修建便在岛上的一片荒地上如火如荼地进行了。

这一消息一经传开，便在村里炸开了窝，人们欣喜若狂，纷纷奔走相告，比旧时宣布皇帝登基还要热闹。柳安安也借着这个机会，多次向宋柒示好，时不时就邀请他跟自己去监督民宿的修建，缠着他问电表报装的问题。

"你看看，还缺什么？"柳安安拎着包，回头笑着问。

"感觉差不多了，找不出什么问题，不如问问于雁吧？"宋柒回答。

没错，跟屁虫于雁今天也来了。

柳安安的脸色瞬间变得难看起来，望向宋柒时眼里的笑意也浅了三分："那就麻烦于小姐了？"

于雁看也不看就说："我不懂这些，别问我。"

宋柒带着二人，围着快要建成的民宿转了几圈，一直走了四十多分钟，每一个角落、每一处细节都仔细查看过，又说："目前看来没什么问题，就是感觉缺了点什么。"

忽然，他意识到好像少了个人，忙问道："林萌人呢？我怎么好几天没见到她了。"

原来，自从那天看到宋柒和柳安安并排站在台上，宛如一对金童玉女的样子后，林萌便决定以后少和宋柒单独接触。这些天，她一直刻意躲着他，一下班就往家里跑，平时工作上遇到什么困难也尽量去请教王大勇。

"你才想起她来啊？"于雁没好气地说，"也是，宋大所长位高权重、日理万机，哪有空理我们这些平头百姓？"

宋柒笑了笑，不知道自己什么地方惹到这位姑奶奶了："怎么？又跟王大勇吵架了？"

"我……"

"咱们去找找林萌吧，这种事她比我擅长。"宋柒担心让于雁说下去，又要扯上大半天，便到营业厅去找林萌。

林萌本来想躲到后面去，可是看大家都来了，便不好推辞，只能硬着头皮答应。

更重要的是，于雁一直用眼神暗示林萌，目光在她和宋柒身上来回流转。仿佛只要林萌不去，她就要将二人之前说的话全部公之于众。

本来是三人同行，宋柒和柳安安并排行走在前面，于雁则是被落在后面。但她偶尔也会突然窜进二人中间，强行把他们分开。现在却变成了四个人。

林萌尴尬地站在宋柒旁边，僵硬地迈开双腿。仿佛那两条腿已经不是自己的了，跟着众人的步伐一起机械地向前移动着。林萌一边向前走，一边悄悄用余光瞥了瞥身后的人。见柳安安脸上仍然挂着笑容，她才算是松了一口气。

走着走着，突然肩膀碰到旁边的宋柒，差点摔倒，宋柒自然而然地扶了她一把，林萌突然意识到了什么，连耳根子都红了。

柳安安把所有的心思都放在了盯于雁上，视线从未从她身上移开过，自然没注意到前面两个人的小动作。

等到了目的地，宋柒伸手一指："就是这里了。"

"嗯。"林萌点了两下头，算是回答。

她尽量克制自己，少跟宋柒说话，既是为对方好，也是担心柳安安吃醋。

"一楼已经建好了，二楼刚竣工不久，水泥还没干，大家小心点，尽量踩着木板进去。"宋柒一边说，一边带着大家上楼。

林萌、于雁、柳安安三人先后进了二楼的第一个房间，宋柒则是最后一个。当他抬起手想把挂在墙上的时钟取下来时，忽然想到了什么。

　　自己刚才……是不是……抓着什么东西？

　　意识到那是什么后，心跳忽然加速，全身的血液也在一瞬间沸腾起来。

　　连他自己都没有反应过来，明明只是觉得林萌在身边能多给一点建议，可是一握紧对方的手，便自然而然地想一辈子牵下去。那种感觉，亲切，而又熟悉，给人一种无形的安全感。

　　"喂，你到底有没有听阿萌说话？"于雁看他发呆，问话的语气不太好。

　　"啊？什么？"

　　"阿萌说房间里没有空调设备。"

　　林萌解释道："你别看岛上夏天挺热的，冬天海风飕飕能把人骨头都冻酥了。要是不添个取暖器，恐怕这日子过不下去。"

　　宋柒点头称是："我还真没想到这点，还好有你提醒，不然等到了冬天再准备，用电线路不预先敷设好，那就太晚了。"

　　说着，他从上衣的口袋里掏出记事簿，在上面写了几个龙飞凤舞的大字。

　　林萌转了一圈，又说："最好再在每个房间配两把雨伞。客人上岛游玩，不一定会带这种东西，岛上的天气又阴晴不定，怕给人留下不好的印象。"

　　宋柒本来已经提起笔，忽然想到了什么，说："真的要取暖器？要是能用上空调就好了。另外雨伞不如放在一楼的办事处吧，有需要的客人自然会去借。"

　　"嗯……说的也是。"林萌明白他的意思，无非是担心有人顺手把伞拿走，给村里造成损失。

　　这时，柳安安忽然开口道："不如在一楼的入口处开一个杂货铺，卖点雨伞、雨靴什么的，还能给村里增加收入？"

第七十一章 心花怒放

柳安安边说边看宋柒，说真的，对于这个相亲对象，她是越看越满意。

宋柒就像一只优质股，买了以后明显看着升值，说来还是她柳安安的眼光好，而且精准快！

正好上次路过办公室，不小心听到了宋柒接下来的计划，自己只要偷偷地帮他完成一切，准能让他感动得热泪盈眶。不过现在还不能说得太直白，便故作随意的样子，开口道："过不了几天民宿就要建成了，要是能好好策划一下，到时候发展成旅游业什么的……"

她尽量让语气慢下来，显得自然一点，好让人误以为那就是她自己的想法。

"旅游业？"

不出她所料，宋柒果然对这件事颇为上心。

"我就是随便说说。"柳安安假装不好意思，"可能这就是古人说的心有灵犀吧。除了这些，我还打算翻新一下村里的设施，添置一些电器，再办点节目，好吸引游客。"

"是啊，英雄所见略同！"宋柒惊讶道，"上周我才跟王大勇提起这件事，谁知道你也有这个想法。"

"咳咳！！"看不惯他俩"眉来眼去"互相奉承的样子，于雁走过去夹在中间，语气十分不友好，"你俩打哑谜呢？有什么话大声当着大家的面说行不行，我们都听不见。"

看他们那个样子，想必已经很熟了，鬼知道是什么时候勾搭上的。阿萌也真是傻，明明自己也有追求爱情的权利，却只知道站在一边看，一点也不会主动争取。这不，金龟婿都快被别人给抢走了！

宋柒不好意思地笑了笑。

他以为于雁是觉得自己跟柳安安聊得太激动，把她给忘了，这才发发小脾气，却怎么也想不到，于雁那样做，其实是在为林萌打抱不平。

"笑什么笑？没家教！有什么话就说，别整天一副傻样，看得我心里堵得慌。"

大家早就习惯了于雁这种说话方式，也不觉得有什么不对。

这时，宋柒才有时间解释起来。

原来，自从上次去过珊瑚岛后，宋柒就深受启发，除了绞尽脑汁想全面解决用电自由问题之外，宋柒也想把野马屿岛也打造成一个旅游景点，带动当地的经济发展。他虽然只是个供电所长，但已经把自己当成了野马屿人了。当然这些话他只告诉了王大勇和林萌，那时还只是一个设想，并没有具体的措施。

直到听闻省电力公司高度重视孤岛户户通电工程，而柳总给岛上捐赠了两台柴油发电机和变压器，岛上的用电时间大大延长了，宋柒才又重新思考起那个看起来有点异想天开的计划。

发展旅游业面临的最大困难，其实就是电。没有了电，即使你风景再美好，民风再淳朴，也不会有人愿意来到这么一个又偏僻又荒凉的地方，连最基本的保障都没有。

可是，眼下这一问题暂时较好地解决了。至于另一个困难，也在柳安安误打误撞的举手之劳下迎刃而解，那就是——住宿。

游客上岛，不可能参观完就马上回去，一般会小住几天。可是岛上根本就没有多余的房屋，就算有，那也都是人家村民的，谁愿意拿出来给陌生人住呢？至于一直荒废的员工宿舍……宋柒也不是没有想过，只是，第一，宿舍设置在供电所内，游客平时进进出出的，一定会影响到大家的工作；第二，供电所离村庄有五六里的路程，得走上半个小时，游客们才能进村，这实在是有点劝退人。

这不，就在宋柒一筹莫展，为游客的住所发愁的时候，柳安安出现了。

她鼓动父亲出资修建了这么一栋漂亮的小楼，作为村里的民宿，不仅如此，柳安安提出的建设基础设施的建议，也是宋柒不久前跟王大勇商量过的。

这件难倒了两个大男人的事情，竟然被一个小女子给轻而易举地办成了！

可是，世上哪有那么多误打误撞？你所认为的巧合，不过是别人处心积虑伪造的表象罢了。

无论柳安安以前有多冷漠，不管自己再怎么不喜欢她，宋柒想，至少在这件事上，他们俩的想法是一致的。

"只是刚好想到一块去了而已，也没必要说什么心有灵犀吧？"情知是自己理解错了，于雁嘟着嘴说。这话乍听之下没什么，可是细细想来，仿佛含着一丝若有若无的火药味儿，又像是在内涵谁。总之，话里有话。

连一贯对感情问题比较迟缓的宋柒都察觉到了，脸上露出疑惑的神情。

柳安安双手拎包，向后靠了靠，正要说话，却被一个空灵清脆的声音给打断了。

"你啊，都这么大的人了，还是改不了那些坏习惯，什么事张口就来，也不知道过过脑子。"林萌忙将于雁拉到一边，用别的话岔开了话题，"咱们还是好好讨论一下野马屿岛未来的发展问题吧，别学于雁这个憨憨，一天天的，跟个小孩子一样，只知道斗嘴。"

林萌都发话了，宋柒自然不敢违抗。

他点头答应，说道："后面的事我都安排好了。"说着，便转过身，嘴唇轻启，"于雁，今后营业厅的事情就得多劳你费费心了，你一个人在岗，工作量可能比以前要大得多。"

"我一个人？"于雁皱眉，"那阿萌呢？"

"她得陪我一起去分发问卷，记录游客们上岛后的感受，以此完善村里的建设。"

"我……"林萌正要拒绝。

谁知于雁抢先一步站出来说："行，就这么定了，我一定好好工作，绝不辜负您的期望！"

说着，还抬起手，恭恭敬敬地敬了个礼，那模样看起来别提多滑稽了，逗得大家都掩嘴而笑。

不过她并不在意，只要能撮合阿萌跟宋柒，让柳安安不痛快，那自己所做的一切就都是值得的。

第七十二章　烫手任务

见大家都有了任务，柳安安不禁问道："那我呢？就没有什么事是需要我去做的吗？"

不等宋柒说话，于雁便开口冷嘲热讽，话里明显带着刺儿："您可是身份尊贵的千金小姐，我们哪敢劳烦您呢？"

柳安安假装听不出言外之意，只笑着说："身份尊贵不敢当，只是从小熟读诗书礼乐，家教学风比较好罢了。"

"你……"于雁这下是彻底被激怒了。

好在林萌及时制止，看她要发火，便忙着开口说："差点忘了，安安，其实还有一件最重要的事，非你不可！"

"是吗？那是什么？"

"就是宣传啊！"林萌双眼骨碌碌一转，机灵中又带着几分俏皮，"你不是学画画的吗？应该会制作海报吧？我们可以多做一些有关村里风土人情的海报，顺道画上用电安全宣传画，请人出岛分发，奖励进岛来的游客写游记，而且还可以把海报张贴在进村的必经之路上。这样大家一上岛，就能了解到咱们村里的特色。"

"妙！真是太妙了！"宋柒激动地问，"阿萌，你这主意挺好，是怎么想出来的，效果一定会很好。"

林萌就像没听到他说话似的，径直走到柳安安身边："安安，岛上没人学过绘画，这件事就麻烦你了，你要是不愿意……"

"不，我愿意。"

"那就好，有了你的帮助，咱们很快就会迎来第一批客人的！"

"能帮到你，我也很高兴！"柳安安握着林萌的手，轻轻拍了拍。

林萌静静望着对方姣好的容颜，心里压着的大石头总算是放下了。还好她阻拦得及时，否则这二人恐怕真的得吵起来。

宋柒显然没有感觉到林萌对他的故意不理会，摸着头嘿嘿一笑："本来我还发愁，担心岛上太偏僻了，没有人肯来。这下好了，所有的问题都解决了。"

"现在下结论未免言之过早了吧？"林萌皱了皱眉，长长的睫毛宛如两片乌黑亮丽的羽毛，细腻，而又浓密。

"这话怎么说？"宋柒没太明白。

"你啊，真是个百分百的理工男！"柳安安开了个玩笑，说，"都说供电所的所长学富五车，满腹经纶，没想到连这么简单的道理都不懂。我承认你的领导能力和办事能力，的确非常出众，但是在处理这些琐碎的小事时，很明显有点力不从心。"

宋柒不好意思地摸了摸下巴，这是他心虚的表现。

"我确实还有很多东西要学，不过你俩葫芦里卖的什么药，就赶紧倒出来吧！"

"你真想知道？"柳安安的笑容里带着几分妩媚，几分艳丽。

"嗯嗯！"宋柒点头的频率就跟打点计时器一样快。

"好啊，那你问阿萌，她比我知道得多。"

"啊……"林萌没想到他们会谈到自己，顿时有点手足无措，反应过来柳安安要自己解释的东西后，才不紧不慢地说："其实很简单，游客有了、民宿也有了，但是能不能把人留下，才是最关键的问题。"

见宋柒听得认真，她咽了咽口水，继续说："咱们岛上的风景虽然好，但是方言难学，外地人听不懂。而且除了风景外，也没有别的能吸引人的地方了。其实我不太理解……真的有人愿意为这种东西花钱吗？"

"当然有了！"宋柒斩钉截铁地说，"岛上的绿水青山、林间小道就是我们最大的财富！通过电力深加工海产品，就是土特产，肯定会形成特色的。"

"就算有,那你能保证一个人看完了这些风景,他下次还会来吗?"

"这……"

林萌又说:"还有一个困扰了我很久的问题,就是费用该如何结算。这个问题我在珊瑚岛的时候就想问了,只是那个时候没机会。我看他们不仅有珊瑚观光台,还有游乐场、山洞,每个景点都要买票,来来往往卖小吃的小贩也很多,可是咱们岛上根本就没有那个条件。我们没有珊瑚,没有山洞,只有一望无际的岛和郁郁葱葱的花草树木……"

宋柒被问得哑口无言。柳安安说得没错,他确实不适合做生意。一家子都是电力人,对生意经真的是门外汉。在这一点上,柳安安就显得愈发得心应手起来。她不仅劝父亲出资修建了民宿,还提出了售卖生活用品的好点子,甚至一眼就看穿了岛上存在的问题。

是啊,我们靠什么吸引人呢?仅仅是风景吗?就那点门票钱,真的能让村民们脱贫致富,让岛上的经济飞速发展吗?这都是摆在眼下亟须解决的问题。作为主心骨的宋柒心中更加明白让孤岛户户通电是重中之重。他对大家说:"不如这样吧,可以先行动起来,虽然咱们岛上设施还不够完善,但是景色还是非常秀美的,可以暂时维持一段时间。至于该如何发展下去等我回去再想想,到时候抽个时间开个会,让村民们都参与进来,大家集思广益,肯定能想出办法的。"

柳安安表示赞同:"目前也只能这样了。"

第七十三章　理想与现实

民宿建成还需要一段时间,柳安安就等不及了,拉着林萌到周围的几个岛屿四处游说,宣传野马屿岛上的美丽风景。然而,几天下来,却没有一点进展。

夜幕降临，太阳已经下了山坡，只在山谷间留下一点淡淡的余晖，仿佛在向世人宣告它曾经来过。

随着夜色的降临，宋柒身后的路灯忽然亮了起来，照在他的身上。昏黄暗淡的光影，显得他是那样落寞。这是野马屿岛上的特色，为了省电，大家决定将村口的路灯设计成光控的。当太阳下山时，周围都变得暗淡起来，那些路灯便会发出光芒，为进出村里的行人照亮方向。

悠悠的灯光下，宋柒的背影是那样孤寂。

随着一声长吁短叹，太阳彻底下了山，连同它最后的温暖也带走了。

宋柒静静地望着掌心，上面起了一层厚厚的茧，还有一些细细小小的伤口，遍布在整双手上，那是他在岛上巡线时不小心被野草割的。

理想很丰满，但是现实很骨感。经过几天的奔走和劳累，宋柒发现似乎没有什么人对旅游感兴趣。他满心想打造的海上"光明城"也落空了。

"还在想这几天发生的事情？"就在他一筹莫展的时候，林萌拎着个食盒走了过来。

打开盖子，首先闻到的是荷叶的清香，接着便是一阵浓郁而诱人的肉香味儿，馋得人直流口水。

将荷叶烧鸡端出来，轻轻放在旁边。下面一层是把又肥又腻的五花肉，选取最嫩的部分，切成小块放入锅中炒熟，盛出备用；再往锅内放入农家自制的芡汁，放入少许盐、少许糖，再加入适量酱油、红酒、醋，将之前的肉丁放进去，盖上锅盖转小火收汁。最后盛出，撒上芝麻和花生，一碗香喷喷的红烧肉就做好了。再下一层是西红柿炒蛋和竹笋炒肉，最后一层放着白菜豆腐汤和一碗白米饭。

林萌小心翼翼地将饭菜端出来，放在石头上，一边忙一边说："我就知道你会在这里。前几次一遇到麻烦，你就会跑到这儿来，坐着唉声叹气。"

"习惯了。那次拉杆架线，我差点累个半死，一躺在这块石头上就呼呼大睡，那是我睡得最香的一个觉。"宋柒说，"从那以后，我只要心里难受，就会不由自主地走到这里。"

"好了，先别想那些事，把饭吃了吧。"林萌将一碗香喷喷的白米饭递到他眼前。

这些天，她跟着宋柒忙里忙外，两个人几乎没有分开过，自然知道宋柒在烦恼什么。

林萌注意到，宋柒从最初的激动和兴奋，逐渐变得盲目和气馁，他的情绪越来越低沉，就连晚上的饭都没有吃。本来想去宿舍找安安，但是她太忙了，一直在专心思考海报的事情，根本就没有空听自己说，便只能亲自来送饭。

望着那热气腾腾、颗粒饱满的米饭，还有碗里色香味俱全、散发着诱人香味的菜，宋柒咽了咽口水。

但他还是拒绝了，尽管肚子早就饿得咕咕直叫。

"你晚上没吃饭，中午也就喝了一口粥，再这样怎么撑得下去？"林萌着急地问。

"我不饿。"宋柒嘴硬道。

忽然，他好像想到了什么，问："你怎么那么关心我啊？连我吃了什么都记得那么清楚？"

林萌的脸瞬间就红了，抬起头故作镇静："少废话，你到底吃不吃？"

宋柒一扭头，像个倔强的孩子："不吃！"

"爱吃不吃！"林萌假装生气，转身就走。

往前走了十多步，不见宋柒叫自己。

又走了几步，宋柒仍然不为所动，一个人坐着发呆。

林萌这下真有几分生气了，索性加快步伐，一口气走了五十米远。可是走到一半，脚下的速度越来越慢，终于，她停下了步伐，转过身问："大爷，你到底想干吗？"

宋柒的嘴角止不住地往上扬，心想："赌赢了！"

早就知道林萌会心软。

宋柒假装不在意，招了招手，见林萌走过来，开口说："我问你一个问题，你老实回答我，问完了我就吃。"

林萌皱了皱眉，她才不惯着这人呢。可是转念一想，上岛的这几个月来，宋柒为村里做了那么多事，最近又遇到了挫折，自己要是不管他，是不是太无情了？

想到这些，她便再也狠不下心，点头道："问吧。"

宋柒心里一喜，脸上顿时笑开了花。

"先说好，你要是耍心眼问些不该问的，小心我揍你。"

"当然不会！"宋柒连连点头，"准备好，我问了！"

"嗯。"

林萌乖乖地坐着，三秒钟过去了，不见他开口。

时间仿佛静止在了这一刻，两个人都安静得像座精美的雕像似的，一动不动。

十秒钟后，林萌弱弱地问："你问了吗？"

"我……我想问……"宋柒的样子看起来有些尿，他低着头支支吾吾了半天，最后仿佛用尽了毕生的勇气似的，看着林萌的双眼，含情脉脉，大声问道：

"你这碗红烧肉放香菜了吗？"

林萌白了她一眼，不耐烦地说："你没长眼睛吗？没有！"

宋柒立马端起饭，一边吃，一边夹了两块肉，嘴里含糊不清地嘀咕："那就好，我最讨厌吃香菜了。"

现在说那些，会不会太早了？

我这样贸然开口，会吓到她吧？

还是等过段时间，她对我了解一点再说吧，可不能让她觉得我就是个登徒子。

宋柒嘴里虽然嚼着食物，可心早就飞到了一边。

上次在船上和何海峰的对话，以及后来林萌的忽冷忽热，让他逐渐明白了自己的心。他从来都不是畏畏缩缩的人，有喜欢的东西一定会不顾一切地去追求，可是……在面对心仪的女孩子时，宋柒却退缩了。

第七十四章　话到嘴边

　　他不知道对方对自己的感觉如何，担心贸然告白会吓着她。更何况，野马屿岛的发展刚刚起步，用电问题还没有彻底解决，在这个时候说那种事情，是不是太自私了？

　　林萌看他吃得那么香，心里也感到一种莫名的满足。突然，她嘴里冷不丁冒出一句话："快吃吧，吃完就上路。"

　　"什么？"宋柒突然抬头，嘴里的两块红烧肉还没来得及嚼。

　　"你明天就回城里吧，岛上的生活太难了。"

　　"咳咳……"宋柒没反应过来，嚼也不嚼，将两块肉一起给完完整整地咽了下去，噎得他一张脸又红又烫，猛地往嘴里灌了两大碗汤才算是止住了。

　　"你说什么？我怎么不太理解？"

　　林萌睁着一双圆圆的大眼睛，认真地说："我看你这几天那么累，还是回去吧。你难道没有放弃的念头吗？"

　　她在试探。因为拿不准宋柒的想法，只好用这种方式故意激他。林萌明白，总有一天，他一定会回到城里，回到那个真正属于他的地方。既然如此，那么何不让他早点回去呢？在这里白白地受苦，简直就是一种折磨。

　　听到这里，宋柒的脸瞬间就冷了下去。他将碗放在石头上，抬起头，认真地看着林萌的脸，郑重地说："我不会回去的，至少在野马屿真正发展起来前，只要岛上有一户人家没通上电，我都会留在这里。"

　　"可你不觉得这里的生活太苦了吗？"林萌说，"忙了那么久，有几个人愿意停下来听你说？孤岛上户户通电？你太天真了。如果不是心里有了挫败感，你又怎么会来到这里？"

　　宋柒低着头，双眼望着自己的一双大掌。

　　他说话时，语气是那样坚定，无不透露着执着："是，我是有了挫败感，但那不代表我会放弃。失败带给我的，是一种被排除的可能性。因为失败，我了解到了一种达不到目标的方法，并且将它排除，然后再换另一种可行的。我之所以来这里，不是逃避，而是想借岛上安静美丽的风景平衡心态、调整心情，让我能充满活力，满怀着希望去拼搏！"

那番话说得掷地有声、抑扬顿挫，无不透露着宋柒天不怕地不怕的意气。

林萌瞬间被惊讶到了，张着嘴说不出话来。

"阿萌，审时度势确实是明智之举，但是明知山有虎、偏向虎山行的勇气同样值得我们称颂。这世上从来都不缺择木而栖的良禽，但我只想做一只雄鹰，迎风而起。"

他的双眼望着远方，心里装着志向。

在那一瞬间，林萌看到了宋柒身上的责任和担当，那是属于这个时代的骄傲，也是野马屿岛的荣幸。

这一刻，她突然懊恼起来，觉得自己是那样心胸狭隘、目光短浅。宋柒留下来，是希望能造福人民，更好地为人民服务，而自己却因为个人原因一直躲着他，还耽误了工作……

是的，宋柒的确是一只雄鹰。那么，自己就算做不到，也不能成为阻挡他翱翔于天地间的狂风。

林萌点点头，说："我明白了。"

紧闭着的嘴突然张开，露出一个明朗的笑容。宋柒端起碗，又往嘴里扒了两口米饭。

这时，林萌忽然说："明天我跟你一起进城。"

吃饭的动作一下子停了下来，宋柒眼中尽是疑惑，眉毛都皱成了一团，呆呆地望着眼前的这个人，不知道该说什么

"你别误会，不是你想的那样。"林萌说，"其实从一开始，我们就找错了方向。你想，周围几个岛都不富裕，哪有闲钱用来旅游？他们每天忙着打鱼晒网，就算你用钱请，人家也未必会来。我爸说了，这种赏心悦目、游山玩水的事，只有悠闲的城里人才会干。"

"所以你想到城市里去宣传？"

林萌轻轻地点了点头："嗯！不仅要宣传岛上美景，还要宣传土特产品。至于怎么深加工海产品，还得看我们宋所长供电能力和水平啊！"

　　"好，我跟你一起去，不过电呢，咱们得等等，另外等柳小姐那边的海报做好了，到时候一起带上。"宋柒哈哈大笑，"没想到阿萌你还懂这些，简直就是野马屿岛上的女诸葛！"

　　林萌被夸得小脸通红，有些不太好意思起来。

　　在她来之后不久，宋柒就想到了问题所在，只是一直没说出来。

　　也不知道为什么，每次遇到问题，只要林萌在身边，他就能很快解决。她总是能在自己一筹莫展的时候细心宽慰，一语惊醒梦中人。也许，这本来就是冥冥之中早就注定好了的吧。

　　忽然，感觉到身后的变化，宋柒转过头去，发现树上的灯正以它为起点，一盏一盏地亮了起来。不到两分钟，路两旁的灯全都亮了，宛如一个个挂在树梢的灯笼。

　　林萌抬起头，情不自禁地感叹道："好美！"

　　宋柒也被这景象吸引住了，时隔几个月，他已经很久没看到路灯了。城里的灯，五光十色，又大又亮。而山间小路上的这些灯，虽然没有那么明亮，可是周围的崇山峻岭、悬崖峭壁、海浪岩石，却在无形之中塑造了一种幽寂、安宁的美。

　　"以前只有村口的两盏灯会亮，自从有了变压器，村里就集资买了几个瓦数大的灯泡，做成红灯笼连夜挂在村口。"宋柒说，"这里晚上很少有人会来，所以一直没有灯，没想到这么美的景象，今天竟然让我们遇到了。"

　　"还有……"他转头看了一眼林萌，只见她睫毛纤长，又浓又密，卷翘得仿佛能在上面荡秋千；两只眼睛如秋水一般温柔缱绻，仿佛只要看了一眼，便会深深地沉沦进去。

　　她的肤色说不上白皙，是一种健康的小麦色，没有脂粉的修饰，白里透着些浅浅的粉，再加上两颊的酒窝，笑起来简直让人移不开眼。

　　林萌的五官说不上精致，唯有一双眼睛仿佛能摄人心魄，但是组合在一起却那么和谐、自然，让她成为十里八乡有名的美人。

宋柒不禁看得呆了。

"还有什么？"

"咳咳……还有就是，村里其他地方也都装了灯，你以后回家，就不用担心走夜路会害怕了？"

"喊，我什么时候害怕过？"林萌白了他一眼，"赶紧吃，吃完早点回去。"

宋柒听话地又扒了两口米饭，说："不怕吗？那为什么每次加班，你都要你爸来接才敢回家？"

第七十五章 规划与未来

"我……我那是……"

"别那是了，看看这个，送你的。"宋柒打断林萌的话，从兜里摸出一个手掌大小的泥人，假装漫不经心地递给林萌，却用余光偷偷看她的反应。

那泥人做得很精巧，鼻子、眼睛、嘴巴都跟真人一模一样，正弯腰捂着肚子，五官都扭曲成了一团。

"这不是你第一次坐船的样子吗？"林萌呵呵笑个不停。

那"呕吐的泥人"，简直就是个缩小版的宋柒，做得惟妙惟肖。

没过多久，柳安安的海报已经张贴在了村口的大街小巷，图文并茂，还有用电安全小常识，吸引了很多岛民驻足观看。而民宿也已竣工，宋柒仍带着林萌到城里，向人介绍野马屿岛上的风土人情和特殊地貌。在大家的共同努力下，野马屿岛的发展情况越来越好，开始有游客上岛旅游了。

岛上的家家户户提前接到村委和供电所的通知，纷纷加大商品的进货量、修理翻新各种生活用具、增添新电器、打扫街道……忙得不可开交。

起初还有人担心宋柒的判断，特别是王秋英。她经营的商店一年也卖不出多少东西，这要是突然进那么多货，砸手里可怎么办？

没想到事情真如宋柒所料，随着游客络绎不绝地登岛，王秋英的商店每天都人满为患，很多东西供不应求，急得她三番五次给供应商打电话。看着每天赚得钵满盆满的营业额，她现在还真有些后悔，当初为什么不再多进几倍货？

何海峰的电器修理店也拥入一大批顾客，大家或买或租，每天的交易量都在以肉眼可见的数字往上增加。

除此以外，各种各样的海鲜、海产品也有了销路，得到了游客们的一致好评。村民们现在不仅不担心产品的滞销问题，反而还觉得储备量不够呢。

然而，这种情况只维持了几个星期。一段时间后，虽然依旧有游客前来，可是人数大大减少，不像以前那样多了。

不用调查，宋柒也能了解，还是因为电。

游客们反映，岛上哪儿都好，就是一到了晚上两三点就要断电，有时候起床上个厕所都不方便，更别提那些爱看电视、听广播、打游戏的夜猫子了。岛上日出而作、日落而息的生活和游客们的作息不相符，导致很多人来了一次后，就再也不愿意登岛了。

"服务是好的，特产也很美味，就是这个电嘛……对了，卫生医疗条件也不太好，超市、公园、购物中心也没有，确实有点不太方便哪！"不少人这样说。

电，还是电！

到了最后，这个问题依然没有解决。

就在烦恼之际，宋柒突然接到一则通知，便火急火燎地赶到林荫家，正好看到林朝阳在地里干农活。

"小宋来了？来，把那个桶给我抱过来。"

林朝阳的态度有些出乎意料，宋柒一时之间没能反应过来，原地愣了会儿，还是乖乖地照做了。

"叔，这是啥啊？怎么这个味儿？"宋柒捏着鼻子，脸往一边偏，嫌弃地问。

"大粪哪！"林朝阳笑呵呵地说，"这玩意可是农民的命，金贵着哩！"

虽然心里有些难以接受，宋柒还是照着他的样子，穿上雨靴、戴上手套，一脚踩进满是淤泥的地里："叔，我来帮你吧！"

昨天刚下了场雨，地里湿漉漉的，厚厚的泥土全部粘在靴子上，有十多厘米，重得人连走路都费劲。

"好嘞！"

一脚踩下去，又松又软，仿佛踩在棉花上一般。

宋柒没想到是这种感觉，居然觉得有些好奇。

他学着大家的样子，弯下腰，从桶里抓起一把蘸着粪汁的干草，轻轻地放在秧苗的根部。起初还有些不太适应，不管是从心理上还是生理上，特别是那股呛人的味道，直接从鼻孔钻进五脏六腑，熏得他龇牙咧嘴。

不一会儿，仿佛是习惯了一般，宋柒的抵触没有那么强烈了。他开始感受到农民的不容易，特别是腰上传来的酸软感，仿佛带他回到了小学课堂，又复习了一遍那首《悯农》："锄禾日当午，汗滴禾下土。谁知盘中餐，粒粒皆辛苦。"

一连几天，宋柒都在地里帮着农户干活。

其间，林萌来过很多次，每次都是帮林父送饭，也会捎带给他一份。

今天来的是柳安安，她挎着精致的小篮子，迈着优雅的步伐，悠闲地在田埂上对宋柒说："你猜我手里提的是什么？"

"还用说，当然是我的午饭了。"

"没错，不过你想吃饭，得先答应我一个要求。"柳安安点着头说。

"什么要求？"

"你承认你喜欢我。"

宋柒愣了一下，先是笑了笑，然后看着她的眼睛，认真地说："你肯穿着你那双一万块钱的高跟鞋下来，我就说我喜欢你。"

"那有何难？"柳安安不屑一顾，

她将篮子放在一边，提起裙摆，看着污水泥泞的地，忽然动摇了。仿佛是豁出性命一般，她闭上眼，伸出一只脚，却停在半空中，不忍放下去。

"回到城里吧，那才是属于你的地方，我们本就不是同一个世界的人。"这时，宋柒才慢慢说道，"你是个好女孩，这段时间以来，你的付出我都看在眼里。可我已经下定决心要在岛上做好本职工作。以后，我会跟普通的农民一样，工作之余的闲暇时间，我也会在地里干活、自己修理公路、为村里的大事小事奔波。"

柳安安的脸色变了。她本想借着这个机会逼宋柒表明心意，没想到对方的回答泼了自己一盆冷水，难道他对自己真的从未动过心？

"你是公主，应该住在城堡里，享受大家的赞扬和尊重。而我只是一个普通人，我只想努力工作，服务群众，让所有淳朴善良的人们都能感受到科技带来的便利，过上幸福美好的生活。"

柳安安依然一动不动。

脑海里百转千回，各种各样的思绪交织在一起，充斥着整个大脑。短短几十秒的时间，她仿佛想到了未来所有的路。再三衡量之下，柳安安露出一个微笑，收回了那半只脚。

"开个玩笑而已，我才看不上你呢，快吃饭吧。"

第七十六章　海上电工师

在爱情和面包之间，她选择了面包，这并非一时冲动，而是深思熟虑后做出的决定。

宋柒伸出手去接食篮，却被柳安安紧紧提在手里。

"你确定吗？"她的眼神犀利而冰冷。

宋柒郑重地点头："留在岛屿上，让这个岛屿用上放心电，发展岛屿服务岛屿，这是我毕生的梦想。"

"啪。"忽然之间，柳安安手里的食篮应声而落。

宋柒匆忙捡起，还好里面的饭菜都完好，没有洒出来。

"宋柒，我给过你机会了，以后……你可千万不要后悔。"柳安安一直往前走，高跟鞋的声音淹没在蚊虫窸窸窣窣的鸣叫声中，一次也没有回头。

这一切都被林朝阳看在眼里，惊讶之余，也被宋柒的信念和意志深深感动，甚至是折服。

还好他答应了老伴给这小伙子一个机会，否则差点就失去了一个多好的金龟婿啊！

林朝阳无论如何也忘不了，那天宋柒走后，老伴追着自己又打又骂，三天没给自己好脸色的样子。要不是他幡然醒悟，再三保证以后再也不为难宋柒，说不准这会儿还在打地铺呢。

一想到因为这个城里来的小伙子吃了那么多苦、受了那么多罪，林朝阳就觉得心里委屈。

也罢，随他去吧！农活也干了，大粪也抓了，我的仇就算报了。今后的事，他们要怎么做，自己再也不会插手了，儿孙自有儿孙福嘛。

这时，身后突然响起一个洪亮的声音。

"林支书，您也在这里啊，我有件事想跟您商量商量。"宋柒摸着脑袋，不太好意思地说。

"啥事啊？"林朝阳被活捉现场，有些尴尬。但还是背着手，活像个老干部。

"那个……拉杆架线的计划不是失败了嘛，我了解到我们电力部门最近在推进'户户通电'工程，里面有个海底电缆敷设项目，想找个机会去了解了解。但是参与这个项目需要得到岛上村委会的批准……"

担心林朝阳不同意，宋柒接着说："这可是个绝好的机会啊，简直就是为野马屿岛量身打造的。咱们岛上的台风太大了，电杆电线不适合建在地面上，要是真能将电缆安装在海里，那一定会是一件福泽万民、功在千秋的大事啊！林支书，您也知道，咱们岛上的情况……"

"知道了，你想做啥就去做吧。"

"咱们岛上的……"宋柒正要说下去，突然之间好像意识到了什么，双眼一亮，"您这是同意了？"

林朝阳背着手，故作严厉地说："可不是同意了吗？我要再不同意，回家不得被打个半死！我不仅同意，而且是举双手举双脚同意！为民造福，也是我的任务！"说罢，林朝阳便走到田埂上，哼着小曲儿慢慢悠悠地散起步来。

就在宋柒高兴得忘了自己姓什么时，他突然转过头来，指着宋柒的鼻子，义正词严地说："以后不要叫我林支书了，叫林叔！"

"哎！好的。"不过，这是怎么回事呢？

究竟是怎么一回事呢？连林朝阳本人也不清楚。

他只知道，自己现在田埂上，望着远处三三两两的外来人群，望着家里一批又一批的存货被人抢购一空，望着岛民们再也不用担心海鲜因存放过久而变质时脸上露出的笑脸，心里既满足，而且又充实。在那一刻，他认可了宋柒。

得到了林朝阳的默许，宋柒再也不用顾忌什么，开始放开手大干特干。

这天，他正在办公室里整理开会需要的资料，秦奋却罕见地推门进来。

"老所长，您这次过来是为了 10kV 海底电缆项目的事情吧？资料我都准备好了，您别担心……"宋柒敬上一杯茶，没等对方问就开口。

说实话，林朝阳也是个大嘴巴，那件事还八字没一撇呢，村里一半的人就都知道了。这不，连秦所都被惊动了。

谁知秦奋一挥手："我老了，这种事你自己看着办就行，不用管我。"

"不是电缆？那您今天来是为了？"

"柳小姐你还记得吧？我听说你们……"秦奋顿了顿，才说，"你俩在处对象？"

"啥？"宋柒吓了一跳，"怎么可能？您是不是误会了？"

"村里传得沸沸扬扬的，说你们早就相过亲了，连婚事都定好了。人家柳氏集团肯出资帮助咱们，就是因为你。"

宋柒连连摇手："您别听他们瞎说，那都是谣言。我这一天到晚都忙着工作，哪有空想那些情情爱爱的？"

秦奋听完，深思了一会儿。他本来还想，要是宋柒承认，那就大大方方地祝福，可是没想到对方竟然矢口否认。他认真地看着宋柒的眼睛，觉得这小伙子蛮实诚的，不太像是说谎，便问道："那你有没有心仪的姑娘？"

"哦……没……"宋柒正要否认，脑海中忽然闪过一张熟悉的脸，便再也说不下去了。

秦奋一看就明白了，赶紧试探道："不会是林家那丫头吧？"

"当然……"话说到一半，宋柒才意识到自己过于激动了，便顾左右而言他，把秦奋推出了门，"老所长，我这正忙着工作呢，有什么事咱们以后再说。到时候我一定亲自上门，恭恭敬敬地给您沏壶好茶！"

这下子，秦奋算是了解清楚了。他呵呵一笑，什么也不说，被宋柒推出了办公室。有时候，就算一言不发，别人也能从你的肢体动作、面部表情上看到答案。

秦奋背着手，笑嘻嘻地往外走，忽听后面有人说道："对了，我去城里了解电缆的事儿，您老可别往外说，别最后事没办成，让大家失望了可不好！"

"得嘞！"秦奋回道。

果然，三天后，简单交代了一下，宋柒就轻装上阵，只身一人出了海，没有带一个人。

村里到处都议论纷纷，谣言四起。大家都在说，柳小姐跟宋所长吵架了，一气之下离开了岛。宋所长知道这件事后，啥也顾不上了，连工作都抛在脑后，马不停蹄地追了出去。

"那他们为啥吵架呢？"

一个身穿花棉袄的大妈回答："肯定是为了婚礼的事呗。人柳小姐想买大钻戒，宋所长不同意，就吵起来了。"

"这些事你咋知道的？"

"瞧你说的，啥事我不知道啊？"大妈一边嗑瓜子一边到处散布着自己编造的狗血爱情故事。

小岛故事多，全靠大妈说。

第七十七章　我给海底拉条线

宋柒走得匆忙，离岛的原因除了林朝阳和秦所，其他人都不知道。

这几日，村里的风言风语甚嚣尘上，让人听了心里很不舒服，尤其是林萌。

"阿萌，在工作呢？"

林萌努力挤出几分笑容，以免被人看到自己脸上的落寞："秦叔，您怎么来了？快坐！"

"工作忙不忙啊？来，休息休息，可别把自己累坏了。"

"岛上人多了，是比以前忙一点，不过我还应付得来。"林萌笑着说，"看到家乡变得这么好，我心里也很高兴。"

"是啊！"秦奋背着手，在营业厅转了三四圈，这儿走走，那儿瞧瞧，偶尔喝上几口林萌倒来的水。

以前还在岗位上的时候，他也常常这样，到基层去监督和指导下属的工作。那时候可不比现在，岛上人少，业务也少，经常一整天也就来那么几个人。现在就不一样了，光他踏进营业厅大门的这十几分钟，林萌就送走了五六位客人。

"叔，你过来是有啥事啊？"忙完工作，林萌趁着午休的时间，走出来问道。

"没啥，没啥……"秦奋连连摇手，"你们宋所长不在啊？"

"他有事出去了。"林萌笑着说，"要不要我打个电话，跟他说你来了？"

"不用，不用。"秦奋深邃的目光凝视着林萌，过了好半天，才徐徐地开口，表明了他的来意，"孩子，我看你这几天都没怎么吃饭，工作也不在状态，是不是遇到啥困难了？"

林萌矢口否认："没有，怎么会呢？"

"人啊，这一生会错过很多东西，有的可以错过，有的……错过了就算后悔也来不及了。"秦奋双眼放空，静静地凝视着远方，意味深长地说，"我年轻的时候啊，也跟你现在一样，默默付出、不求回报，还以为自己很高尚，成全了别人。结果到现在，才幡然醒悟，原来那时的我并不像自己想的那么善良，只是因为太自卑，不够勇敢。"

说罢，长长地叹了一口气，里面含着无限的怀念和追忆。

"秦叔……你怎么……"

林萌越听越糊涂，感觉对方好像意有所指，又好像只是单纯想找个倾诉的对象。

"孩子，你告诉我，你对小宋是不是……"

"秦叔，你……你说什么呢？"林萌矢口否认，慌张得连话都说不出来了，手紧紧抓着袖子，微微颤抖。她的心很慌，慌得自己甚至无法聚起精神思考，只想着千万不能承认。

"没什么，我就是感觉小宋好像对你有意思，怕襄王有意神女无情，偷偷来问你的想法。"秦奋跟只狡猾的老狐狸似的，眼珠一转，说起假话来草稿都不打。

林萌听了，打着转的手指忽然停了下来。

"你说笑的吧？他和安安不是一对吗？我听村里人说，他这次出岛就是为了追回安安的！"

对这件事的过分关注，早就暴露了她的真实想法。林萌忽然发觉自己说漏了嘴，忙捂住嘴巴，小心翼翼地低着头，盯着地板看。

秦奋哈哈大笑，摆了摆手："当然不是，他这次出去啊，是为了咱们野马屿岛哩！"

"为了咱们野马屿岛？"林萌默默念着，在心里犯嘀咕。

当天晚上，她又是一夜未眠。

安安和宋柒究竟是什么关系？他们到底有没有在一起？秦所的话是真的吗，还只是拿自己开玩笑？如果真如他所说，那宋柒为什么不告白？就算他真的告白了，那又如何？他真的肯舍弃城市里优越的生活跟自己生活在这么一个小小的岛上吗？他的父母会同意吗？

千头万绪像汹涌的潮水，一起涌入脑海，压得林萌喘不过气。

没想到，就在第二天，不辞而别的安安竟然回来了。

村里人一见到她，就忍不住停下来，拉着她的手，诉说着宋柒对她诚挚的爱和无边无际的想念，还把宋柒出岛找她的事添油加醋、大肆宣扬。

柳安安顿时就傻了。

当初离开确实是对宋柒的态度感到生气，可那并不是最重要的原因，最重要的……是爸爸要出国去谈生意，她总要跟着叮咛几句吧。

离开的这几天，柳安安也在心里思考自己对宋柒的感觉，她终于想明白，也许，自己并不喜欢他，只是被他身上的坚强、诚恳、认真而吸引，只是因为他不会像别人一样恭维自己，所以才格外关注。

"得找个时间，把这件事说清楚。"柳安安在心里想，"事情怎么越来越复杂了，我好不容易放手，你居然又追了出去？"

好在没过几天，宋柒也坐船而归。

这一次，他还带来了一个惊天大消息——为响应国家号召，发展乡村经济，提高人民生活水平，市里正在筹划海底电缆项目。而宋柒在会议上的发言，引起了各个领导对野马屿的关注。

尽管在会议上专家提出了不少意见，但对野马屿用电环境有深刻了解的宋柒提出了自己的方案：野马屿的海底电缆敷设施工作业，最好能使用冲埋法。所谓的冲埋法是：退潮的时候，沿着敷设路径在海底挖出约两米深的电缆沟，电缆敷设之后，涨潮时利用海水冲击力，推动电缆沟周围的海沙海泥将电缆沟回填平整。除此之外，他还提供了三个方案以供选择：第一是利用高压水柱冲开海底的泥沙，并形成海缆沟；第二是通过海缆沟铺设海缆；第三是埋线，将两侧的泥沙覆盖在海缆上。将海缆的一端固定在岸上，船慢慢向外海开动，一边把海缆沉入海底，一边利用下沉到海底的挖掘机进行敷设。

宋柒的专业让专家们信服，经过投票，大家一致决定，将在野马屿岛开展海底电缆项目！

听到这一消息，众人纷纷拍手叫好，大家高兴地奔走相告，不一会儿，这件事就传遍了整个村子。

村子里的大部分人家，得益于宋柒之前所开展的项目，对这件事大力支持；少部分持观望态度，暂时没有发表意见；只有极少数的人不太满意，只是拗不过村里那么多人，只好把意见放在心里，隐忍不发。

由林朝阳牵头、秦奋搭桥、宋柒策划，这一年的九月初九，项目就进入了前期规划的阶段。村里的三大人物都表示支持，村民们也没有能拒绝的理由。就这样，一场准备计划正在如火如荼地进行着。

当然，在这过程当中，仍然会有一些反对的声音，其中最让人头疼的就是村里的养殖大户——陈章贵。

本来他就对宋柒这个外来人员没有什么好感，上次电压减小、台风侵袭，虽说心里明白那跟宋柒没有关系，但还是固执己见地把所有的过错都推到他身上。无论他做什么，陈章贵都不满意，明里暗里想跟他唱反调。更何况宋柒这次开展海底电缆项目，的确是影响到了自己的生意。

第七十八章 征海行动

宋柒花了大半个月进行前期准备，这期间，他忙得焦头烂额。就连秦奋和林朝阳，都只有在商议大事的时候才有机会跟宋柒说上几句话，就别提柳安安、于雁等人了。

可是，在这群人中，总有一个人是例外。

宋柒不管去哪儿，碰到什么事，都习惯先跟林萌商议一下。也许是因为林萌上过几年学，看待问题的角度和方式比较新颖；也许是因为她对野马屿岛比较了解，能给自己提供行之有效的建议；也许，宋柒只是单纯觉得，跟林萌说话，不管谈的内容是什么，他都会有一种莫名的安全感。即使处于危险之中，那种安全感也能让自己保持理智，安全脱身。

在这半个月里，岛上对前来旅游的顾客进行了人数限制，每天只接纳一定数量的客人，超过这个数后，就只能下一天继续排队。

这也是林萌替父亲林支书想出来的点子。

第一是担心海底电缆项目的进行会给游客们带来不便，影响大家的观感；第二是等一切都落实后，再大力发展旅游业，到时候那些没有预约成功的客人会蜂拥而来，短时间内就能拉动岛上的经济，还会让其他的客人看到岛上的繁华和热闹，进而吸引到更多的人。

"旅游旺季即将到来，我们得加快进程，尽量在那之前把计划落实好。"林萌说。

宋柒赞同地点点头："岛上排队的人越来越多了，每天都有不少游客打电话来预约。要是再不快点，我担心反而会让游客们感到失望。"

林朝阳一拍桌："那还说啥，还不赶紧干？"

自从上次亲眼看到宋柒在地里劳作，又是捡大粪又是刨坑的，他心里的最后一丝芥蒂也烟消云散了。现在，林朝阳看宋柒，那是越看越喜欢，越看越觉得这年轻人有前途，是个可造之材。

几天后，征海行动正式启动。

码头上，何海峰已经准备好了一切。他帮着宋柒一起联系船家，又跟着大家搬运器材，不到一个早上，都累得跟个"汗人"似的。然而，就在大家正要出海时，一群人不知道从哪里钻出来，把守着船只，不允许任何人靠近。

看到码头上的动静，宋柒心知不好，忙跑过去查看情况，正好看到两帮人你言我语，差点就要动起手来。

"都静静，静静，大家有话好好说！"宋柒大声劝道。

抬眼望去，只见船上不知道什么时候冒出了一群人，个个赤着胳膊，死死抱着方向盘，说什么也不肯离开。

那群人大多都上了年纪，看上去有六七十岁，放眼望去，只见对面的人里，带头的正是陈章贵。

宋柒担心两边人一言不合，起了冲突，一路小跑过去："陈叔，您这是干吗呢？有什么事好好说，可别伤了自己。"

"谁是你叔？你可别乱叫！"陈章贵激动得摇头晃脑，一开口就喷了宋柒一脸口水。

"您有什么建议咱们下来再说，行吗？船上多危险啊，还有那么多器材。大爷大妈们年纪也不小了，这要是有个好歹，你可得怎么跟他们家里人交代？"

听到这里，陈章贵强硬的态度才算是有了一点缓解。

"下去可以，但你要答应我，不能开船！"

宋柒连连称是："行，行，我答应您，除非取得您的同意，否则我们决不出海！"

对面虽然只有七八个人，然而个个年纪都不小了，他是真怕万一有个什么闪失……那不是得不偿失吗？本来建设海底电缆就是为了造福乡村，就怕这电缆没建好，反而弄出两条人命……

得到了宋柒的亲口许诺，陈章贵"哼"了一声，这才将信将疑地从船上下来。不得不说，村里老人的身体是真的不错，两米多高的船，他轻轻松松一下子就跳下来了，还用力地把走过去想要迎接的宋柒给推出去两三步远。

由于遭到了陈章贵等人的阻止，无奈之下，征海行动不得不暂时取消。

宋柒先让大家把器材搬下来，回到村子里后，又提着两瓶好酒，来到了陈章贵家。

前两次，他连人都没见到，就被人家用扫帚给赶了出来。

第三次，也许是被自己的厚脸皮感动了吧，对方终于开了门。

宋柒提着酒，笑脸盈盈地走进去，拘谨地站在一边，说道："陈叔，来岛上这么久，我也没过来看看您。这是我一点心意，还请您笑纳。"

"哼！"陈章贵别过脸去。

宋柒连忙将酒放下，坐到他对面，说："前几天征海的事……"

"没门！"斩钉截铁的两个字，带着不容置喙的语气，毫无商量的余地。

宋柒一下子就被难住了，可还是苦口婆心地说："陈叔，我明白，您有顾虑是正常的。但是我做这些，都是为了村里的广大人民群众。您就算再怎么讨厌我，看在大家的面上……"

"不可能！"陈章贵看也没看，就拒绝道。

宋柒心里犯了难，心想这还真有点不太好解决。

他咽了咽口水，硬着头皮说："叔，我明白，对您来说，我只是一个外人。不管我做什么，您都不会满意，但是您想想，我来岛上这么久了，做过一次伤天害理的事没有？我所做的一切，哪一件不是为大家着想？哪一件不是给乡亲们带来了好处？"

听到这里，陈章贵似乎有些动容了，态度也不像之前那样强硬。

既然硬的不行，那就只能来软的。宋柒明白，想让对方点头，就只能晓之以理动之以情。连林朝阳都被他说通了，就不信还有比他更难缠的人。

第七十九章　功在当代　利在千秋

"我上岛以来的所作所为，叔您也是看在眼里的。咱们扪心自问，我所做的这些事，哪一件破坏了村民的利益？哪一件不是为大众考虑？"宋柒诚恳地说，"今天来找您，不为别的，就是希望您能站在全村的角度想一想，为野马屿岛敷设海底电缆，肯定是功在当代、利在千秋的事。陈叔，您要是心里有什么顾虑，或者是有什么为难的事情，大可以说出来，咱们大家想办法解决。我也相信，您绝对不是那种故步自封、抱残守缺的人，野马屿岛要想真正发展起来，还需要您的鼎力相助啊！"

一段话说得陈章贵满面羞惭。

他开始反思，自己做得是不是太过了？

宋柒静静地盯着陈章贵的眼睛，不再开口，只是默默等待着对方的回答。

从他的神情和态度上，宋柒明白，陈章贵开始动摇了。

"那……那也不能损害我的利益啊！"年近六旬的老人弱弱地说，"你们征海我管不着，可是那样鱼都吓跑了，我们拿什么换钱？你们那些机器，叽里呱啦叽里呱啦的，多影响我们这些出海捕鱼的人的生计啊！而且，海底电缆的敷设，对海洋环境有没有影响都不知道，你怎么能保证就没有影响？我们野马屿人祖祖辈辈靠这片海过生活，敷设海底电缆，没错，肯定是件好事，但是，为了这件我这辈子不一定能看到的好事，要牺牲我们的生计，凭什么？就凭你说的肯定没问题、没影响？你宋柒用什么做保证？"

一番话，合情合理，不偏不倚。

宋柒低着头，沉默了。的确，这件事是他没有考虑周到。

正要说话，却见一个人挺直腰板、大摇大摆地走了进来。

"老兄弟，这我可得说说你了。你看你这一天天的，就只顾着眼下的利益，一点也不知道往长远看。等村里发展起来了，有电了，你还怕打不到鱼、怕没生意吗？"

"可是……"

"可是什么？别以为我不知道，你那些鱼，每年坏掉的都有好几车，海底电缆建好了，供电有保障了，你难道就没有好处？再说了，建设海底电缆不是我一个人的事，也不是小宋的事，是对咱们大家都有利的事呀，你好好想想吧。"说罢，林朝阳看了一眼宋柒，"小宋，咱们走。"

宋柒跟在后面，心里有些纳闷，不太放心地回头看了一眼。

只见那位身子单薄的老人，耸着肩，低着头，愁闷的眼角挤出一条条鱼尾纹，仿佛在一瞬间老了十岁。

陈章贵也是村里说话比较有分量的老人了，平日里尽管风光，然而他早年丧妻，膝下只有一个儿子，前几年进城打工去了，逢年过节才能回来。在这些孤苦伶仃的日子里，他将所有的时间和精力放在了海鲜养殖上，就盼着能多赚点钱，一家人团团圆圆、热热闹闹的。

看到这里，宋柒有些于心不忍，总觉得自己那样做，确实操之过急了。

结果一出门就看到林萌，正笑着朝自己走过来，两颗黑曜石般的眼珠一眨一眨的，看样子是在那儿等很久了。

"我就知道你搞不定章贵叔，这不，把我爸请来了。"

"多亏了你，不然我真不知道该怎么办。"宋柒苦笑了一下，声音压得很低，"其实……陈叔也有自己的苦衷。"

林萌双手挽着林朝阳，将头埋在他肩膀上，撒娇道："爸，你看有没有什么办法……"

"行了，知道了。"林朝阳在女儿头上轻轻弹了一下，一副胸有成竹、运筹帷幄的样子，"知道章贵那老家伙不好应付，我早就安排好了。"

宋柒开始还有些将信将疑，没想到过了两天，陈章贵居然亲自带着儿子到供电所找自己，诉说他同意大家伙儿征海的事。这下子，宋柒再也不能不佩服林朝阳的神通广大了。

原来，早在海底电缆项目刚刚确定下来时，陈章贵远在城里的儿子——陈海就收到了来自家乡的信，信上简单介绍了电缆和征海的情况，以及其长久利益，并详细说明了他父亲的反对态度，希望陈海能支持家乡建设，出面帮忙说服他父亲。

一看到信，陈海就马不停蹄地赶回野马屿岛，又在村里几个德高望重的老人的劝告下，亲自去说服父亲。

儿子都同意了，陈章贵还能拒绝吗？他一寻思，大家说的话也在理，损失是暂时的，效益是长久的，还是全村的，这么一想，就点头答应了。

宋柒忍不住感叹，亲情的力量真伟大啊！他们几乎费尽了九牛二虎之力，嘴皮子都快磨破了，陈章贵就是不为所动，说什么"再看看"。结果陈海一回来，就二话不说，同意大家征海了。

只有林朝阳捋着胡子，意味深长地说："你陈叔心里早想明白了，就是一时没找到台阶下。"

在众人的支持下，海底电缆项目终于正式启动了！

这次项目规模之大、人数之广、耗费之多，简直前所未有，光运输器材的船都有三四条，这都是乡亲们主动借出来的。

一群人浩浩荡荡地出发，八条船分成三部分，最前面的那条是电缆敷设船，剩下三条在中间，齐头并进，上面全都是供电所的职员，个个配备着精良的工具和潜水服，紧跟在后的四条船上，则是承载着满满的器材和日常用品，以及一些食物、饮水。

海底电缆分为两种，宋柒一行人此次敷设的是电力电缆，主要就是用来提供电力资源的。

一般来说，陆地上的敷设过程比较简单，实施起来也比较快速，耗费的人力物力少，但是在海里就不一样了。

首先，项目工程量太大，具体步骤也太复杂。总公司专门组建了一支工程队，依靠野马屿供电所的地缘优势和工程队的技术优势，一起攻克海底电缆项目。

敷设的过程艰辛而繁琐先不说。前期的准备工作需要细致再细致，地质条件、气候变化、潮汐、风浪等因素都要通盘考虑。"前期准备越充分，后面的施工就越有保障。"宋柒一直把这句话记在心里。

为此，由总公司向市政府提出申请，组织、召集一批省市一级的地质、气象、海洋环境等方面的专家和专业技术人才，共同参与野马屿海底电缆项目的前期调研、勘测和设计规划工作，对野马屿岛周边的海洋环境和地理环境进行详细而全面的勘察和测试，对海底电缆的安装路径进行科学规划和设计，最大程度减少对海洋环境以及对野马屿传统养殖区的影响。

其次，如何保障海上作业人员的安全，也是重中之重的问题。海底电缆的敷设，需要二十四小时作业，这就要求后勤保障要充分且到位。在这一点上，野马屿的村民们表现出了令人感动的诚意和热心，许多村民主动申请为海上作业人员运送饮用水和食物，包括需要的一切生活用品。

陈香萍医生还主动放弃休假，将野马屿卫生所改成二十四小时临时医疗救助点，方便随时为海上作业人员提供医疗服务，而林萌、于雁等年轻人，则作为志愿者，二十四小时值班值守，为海底电缆工程提供一切可以提供的服务。

宋柒也登上了海上勘探船，成为海底电缆敷设项目的第一梯队，负责勘察海底电缆的入水点和敷设点。

临行时，林萌匆匆赶来送行。她红着脸避开众人，塞了一张纸样的东西在宋柒手里。宋柒有些错愕，但手比脑子快，接过快速揣进怀里。

等送行的人远去，船开了半路，他才拿出来一看，竟然是一张林萌的个人照片，上面的林萌笑靥如花，让他怦然心动。

翻过照片，背面上写着：平安归来。

第八十章　遭遇风暴

茫茫大海上，一艘海洋捕捞勘探船在缓慢而孤独地航行。

"海上条件艰苦，但海洋所蕴藏的能量是无限的。"嘴唇干涸、头发凌乱的宋柒在船的甲板上写下这样一行勘察日记。

这是他跟随海上勘察队第十五次在海上勘察了。

因为连日来跟随勘探船探寻合适的海底电缆敷设地点，他晒得黝黑的面容带着浓重的疲倦之色。时值隆冬，他穿着厚厚的羽绒服戴着墨镜以遮挡会加剧他迎风流泪的刺目光线，在认真记录着航海日记。

海上作业虽然寂寞艰苦，但生性乐观还有些文艺气质的他在身畔放了个小录音机，播放着大提琴低沉的乐声，与海浪的咆哮声相得益彰。在宋柒的世界里，也许生活有难也有苦，但自己得学会加糖。最后的期待，叫未来可期。

被皲裂粗糙手指弄皱的记事本封面上写着隽永的字体：宋柒勘察日记。内页：11月30日，海洋十五航次第七天。除了风暴与颠簸，只剩下望不到头的蓝色，没有找到合适的海底电缆敷设点，也没有遇见传说中的海洋之眼。我们像一群拓荒者，将要对抗一段漫长、未知、孤独的勘探航程……

刚写下这几行字，船身突然一阵剧烈晃动。宋柒从舷窗望向甲板，只不过一会儿，海平面就从视野的船舷窗中央攀升至船桅最顶端。恍若失去定海神针似的大船被海玩弄于股掌之间，在漩涡中打转，东摇西摆的船体像在经历地震。

船舱外水手在大声惊呼：向日葵十号遇险，遇到九级风、六米浪，快报警！

接着又有勘察人员在大喊：天啊，竟然是海洋之眼！我们遇到海洋之眼了！

有人经不起摇晃仆倒在地，宋柒想过去拉他，但猛烈晃动让他站立不住，也滚落在舱板上。一个巨浪打来，船桅杆断成两截，掉落的杆头扫到宋柒的头部，他蜷伏在舱板上面不动了。手里的记事本散落开来，林萌的照片掉了出来。

录音机里乐声还在继续，伴着温柔的女声在轻声朗诵：我爱你，如鲸向海，沉入深邃湛蓝的海底，找寻相同频率的你，聆听彼此的声音，找寻彼此的踪迹……

船舱外，海面上原本平稳此刻摇摆不定的勘探船像被一座巨大的水墓吞噬。

乐声在激烈处戛然而止，一切陷入了死一般的寂静。

十个小时后，得知消息的林萌满脸泪水从野马屿匆匆登船赶往市区，身后一群野马屿的村民自动跟随，大家浩浩荡荡前往市区医院。

医院门口，村民们安静肃穆地守候着，因为医院有规定不能太多人聚集影响手术，于是村民们都默默地在医院外等候。

林萌蹲在手术室门口，哭得上气不接下气。她泪眼婆娑，满心后悔没有在宋柒发生事故之前告诉他自己的心意。她喜欢他，由衷敬佩这个顶天立地的男子，但是却那么胆怯，让他一个人迎接狂风暴雨，如果，假如有如果，她肯定不会放任自己这样懦弱。但是，还会有机会吗？！

医院里外，和林萌一样对宋柒充满了痛惜之情的村民都在默默等待消息。

阳光从窗户的缝隙中透射进来，铺洒在床铺上。

"We will come ashore and the sun will shine for thousands of miles."

耳畔，传来一句句清晰的英语，还有他所熟悉的音乐声。他不是死了吗？死在大海的航程，死在海洋之眼的漩涡里吗？

怎么，他到了天堂吗？天堂里也有英语朗诵？宋柒皱着眉头，试图从中听出些许自己能理解的字词，但或许是声音太过柔美，朗诵声太过好听，宋柒放弃了听懂的想法，只想睁开眼睛看看那个有着温柔声线的，是谁？

迷迷糊糊睁开眼，宋柒发现自己身上盖着一条洁白的被子，有一个人面对着阳光，靠在床尾，对着手中的一本书，喃喃自语。梦中声音来自她。

半垂的头发遮住了大半张脸，宋柒费力地睁开眼睛，试图看清，却只看到小巧的嘴唇一张一弛，长睫毛在阳光下弯出一道阴影，那是他熟悉的轮廓。

"林……萌……"宋柒努力让自己发出声音。

林萌以为自己听错了，她转头看向床头，宋柒正睁着眼睛看着自己，眼角悄悄流下一滴泪。

林萌丢下手中的书，轻轻来到床前，笑意把泪光遮挡："宋柒，你醒了？你睡了很久，终于醒了。"

从海上暴风眼中侥幸被救上的宋柒在昏迷了整整一周之后，终于醒来。

望着在病床前的林萌，他颤抖着伸出手去，林萌这次用力抓住了他的手，再也不肯分开，不再害羞，也不再躲避。

"我一直在等你，宋柒，还好你没有离开。"她睁大泪眼看着他。

"我，我……舍不得（你），野……野马屿。"他回答得艰难却不含糊。

林萌紧紧握住宋柒的手，紧绷了长久时间的神经弦终于放下，她"哇"的一声哭出了声音。

病房外，来自野马屿的岛民密密麻麻站了一走廊，听闻宋所长醒来，个个都流泪了。人群最前面，柳安安从探视口看到了病房里发生的一幕，她什么话也没说，但美丽的脸颊上有一行清泪，泛光，久久凝结。

这一天，我们终将上岸，阳光万里。

第八十一章　正式启航

蓝天碧海，一艘电缆施工船稳稳地横在距离码头不远的海上。从码头上看，大船依然巨大无比，假以时日，这艘电缆施工船将带着陆地电，登上野马屿岛，结束野马屿岛长年供电不足的历史。

一想到这一点，何海峰便觉得内心无比激动。他还记得电缆施工船到来那天，整个岛能走动的村民都出动了，一艘轮渡挤得满满当当，他开出了自家的小快艇，还有许多村民驾着自家的小舢板、快艇赶到市里的码头上只为先睹为快。

选择了一个天气晴好的日子，野马屿海底电缆敷设工程正式动工了，鞭炮响起，锣鼓喧天，所有人围在码头上，看着电缆施工船慢悠悠地驶出码头，驶向大海，在既定的位置锚定。

九死一生、捡回一条小命的宋柒和村民们一起站在码头上，目送电缆施工船远去，原本以为会无比激动，没想到内心平静如水。

何海峰挤到宋柒身侧，不顾林萌的侧目，用肩膀顶了一下宋柒："宋所长，今天威风了啊，准备了这么久，梦想终于实现了。"说完，还不忘朝宋柒挤眉弄眼，也不管又招来林萌一双白眼，自顾自乐呵呵笑着。

"啪！"宋柒一手拍在何海峰的肩膀上，早已被晒得黝黑的脸上也扬起一丝笑意，"海峰，谢谢你，谢谢你一直支持我们。"在前期勘测阶段，何海峰经常免费出借自己的快艇，带着技术人员出海探测海底环境，不管什么时候，只要工程队有需要，他都二话不说。这一点，宋柒一直记在心里。不止他……

"哟！"何海峰故意抖擞着肩膀，假装冷飕飕，"可别这么肉麻，这海底电缆是给我们野马屿铺的，作为野马屿人，我们自当尽力。"

宋柒笑笑，不反驳。

"宋所长，我这个门外汉得向你请教一下了，"何海峰目光不离电缆施工船，看着船头那偌大成盘的海底电缆，被通过吊运的方式，装载到电缆施工船上,"海底电缆放在海底,不会被海水腐蚀吗?一天两天也就算了,这可是长年累月地在海底待着呢,不会被海底的生物咬断,石头磕破吗?"

何海峰的话,也引起了周围围观群众的好奇,好几个村民转过头来,等着宋柒给解答。

海底电缆的敷设,要考虑海洋环境和海底的通道情况,电缆敷设在海底,要承受水下的巨大压强,就相当于把一头大象放在人的拇指所承受的压力,所以,和普通电线相比,海底电缆要具有更高的机械强度和防腐蚀能力。"海底电缆包括了阻水导体、绝缘屏蔽、阻水缓冲层、PP内衬层、光缆保护缓冲层等十几层,等于穿上了重重铠甲,这样才能在海底抵挡水下的巨大压强和海水的腐蚀,更好地保护自己。"

宋柒娓娓道来,大家也听得入神,许多人啧啧称奇:"没想到海底电缆有这么多讲究。"

"不愧是电力专业出身,这一开口,就是不一样。我还有一个问题……"何海峰笑得眼睛眯成一条线,宋柒隐约感觉来者不善。

"哎,我说峰子,你今天怎么这么多问题啊?"林萌瞪他,"平时也没见你这么好学。"

何海峰笑嘻嘻地回道:"平时也没遇上我不懂的呀,你说海上捕鱼养殖啥的,能难倒我,不能啊,从小海边长大的不是,你说维修摩托车这些的,那是我专业,肯定也不在话下,就是这海底电缆敷设,我长这么大还是第一次见,这不憋了一肚子问题嘛。"

林萌还想说什么,宋柒轻轻转头看向她,笑着朝她摇头,眼里有星星,林萌突然就愣住了。

宋柒转回头来:"海峰你还有什么想问的,直说吧,我能回答的,一定尽力回答,不过,我也没在海上作业过,只能从理论上帮你解答。"

"嘿嘿,还是宋所长大度。"何海峰笑嘻嘻地说,"我就是好奇,这海底电缆,到底怎么敷设的?"

宋柒看着远处的电缆施工船,船已经缓缓驶出了一段距离,此刻正静止在海面上。船头，一群作业人员正在工作。

宋柒指着他们，对何海峰说："你看到他们了吗？现在，海底电缆已经通过吊运的方式，放到了施工船只上，一会儿，作业人员就要把电缆放到水面，浮力装置固定，让电缆暂时漂浮在海面上，然后，岸上的牵引装置会把漂浮的电缆牵引到岸边，进行固定，等到电缆上岸固定好后，再拆掉浮力装置，让电缆依靠自身的重力慢慢沉到海底，这是海底电缆敷设的常规步骤，专业上，我们叫'一吊二放三拖拽'。"

"然后呢？"还没等何海峰反应过来，林萌身后的一位村民忍不住发问了。

"怎么样，没问题吧？"这时，一旁作业区上，一位作业人员用手中的对讲机和电缆施工船上的作业人员对话。宋柒也忘了回答村民的话，一双眼睛紧紧盯着拴在船头的绳索。

海面上，一条犹如黑色巨蟒般的电缆从船头垂下，一路延伸至岸边，被牢牢固定在牵引装置上，作业人员正目不转睛地盯着海上的指示。

"准备完毕，可以开始作业。"许久之后，对讲机里传来一句。

岸上的作业人员迅速行动起来，将靠近作业区的围观群众再次拦截在安全范围之外，同时，启动牵引装置。只听一声深沉的机械声，电缆被慢慢牵引着从海上浮游而来，时而被海水淹没，时而浮出水面，一路破开水面、奋勇前进，像一条身躯沉重、威猛无比的巨蟒。

大家目不转睛地看着，"巨蟒"一点点靠近岸边，现场除了机器轰鸣声，再没有其他声音。

巨蟒的一头已经露出水面，直逼岸边，作业人员早已准备就绪，等待进一步指令。随着海上、岸上的旗语确认，作业人员迅速集结，将电缆以人工拉力的方式，拉上岸来。

"科技真的太厉害了。"身后有人忍不住发出赞叹，看着眼前发生的一切，不过短短几个小时，已经足以令人惊叹。

岸边，海水被蜂拥而至的力量冲得跌宕起伏，蔚蓝色的海水突然间变得灰蒙蒙的，无数砂石翻涌，仿佛一阵狂风突袭，将海底都掀得天翻地覆。待到完成牵引,海面又逐渐恢复了原来的样子,变回了一碧如洗的蔚蓝色,唯有一些小小的沙子仍在漂浮。而在那沙子下面,隐藏着一条绵延至海中央的黑线,若隐若现。

"太好了,成功了!"宋柒看着因先前的施工而变得荡漾起来的海面,涟漪一圈圈向外散开,经久不息,偶尔还会掀起一串串泡沫,心里悄悄地舒了一口气。

宋柒看向天色,天已近黄昏,金色的晚霞开始铺陈在海面上。身后的人群开始逐渐散去了,只有林萌、何海峰等人还等在一旁。

"好的开始,是成功的一半。"林萌看着宋柒的动作,知道他心里在期盼明天天公作美,能让施工继续进行下去。

明天要对这一段的电缆进行路线核准和纠正,等到核准了设计路线后,电缆的海底敷设工作才能再次进行。

万里长征,才走了第一步。

第八十二章　旧貌换新颜

这一天的天气很好,没有云,也没有风,海上风平浪静,连一点浪花都没有;海下却汹涌澎湃,电缆施工船正沿着设计好的敷设路线,一边前进一边放电缆,粗壮的电缆缓缓下沉至海底,在海底掀起一层层的黄沙,搅起一次又一次的混乱,又逐渐归于平静。

船上,作业人员利用水下监控设备实时反馈敷设情况,根据施工情况对船只速度、方向及电缆下放速度进行调整,绕开岩石和凹凸不平的地方,避免损伤电缆。

随着电缆敷设船的不断前进,一条电缆便在海底敷设而成。

野马屿岛上,一座更大的变压站赫然出现在距离供电所不远的空地上,经过几个月的紧张施工,变压站终于在既定工期前完工了。

完成最后一步验收工作，所有人或站或蹲，形态不一地看着眼前的庞然大物，唯一相同的是几乎湿透了的衣服。宋柒半蹲在地上，感觉浑身的力气都像被什么抽走了一般，精疲力竭。

太阳像个顽皮的小孩子，唱着笑着，一路奔到了西边，天边那一抹若有若无、深浅不一的云霞，将天染得粉里带着黄，煞是好看。宋柒闭了闭眼，将美景收在眼底，他已经很久没看到过这样的景色了，虽只有短短几分钟，却是那样舒心、畅快。

"喂……吃饭了！"林萌在岸边喊。

"来了！"也不知是哪来的力气，宋柒居然觉得精力充沛，一下子就坐了起来。

刚要迈步，就看到身后几个青年，已经忙不迭地向临时屋跑去，跑在最前面的那个胖子尤其夺目，肥肉一抖一抖的，不是王大勇是谁？

"嘿，这个老王，说好的没力气了，吃起饭来比谁都积极！"宋柒骂了一声。

"吃饭不积极，脑子有问题！"王大勇端起饭碗，得意地笑了笑。

这样的工作持续推进了三个多月。

这三个月来，宋柒要么在供电所忙着整理公务，要么参与海底电缆的施工，要么在城市和野马屿岛之间来回奔波，处理一切相关事务。偶尔有几次，他也趁着出差的机会，回到家里看看父母。

在这段时间，林萌也成长了不少。她从一个天真率性的活泼少女，蜕变为一名敢作敢当、拥护人民利益的志愿者，为家乡的建设和发展贡献了力量。她看上去成熟了不少，只是心里一直有个结，无论如何都放不下。

尤其是在看到柳安安和宋柒越走越近，时不时还会像亲密无间的朋友那样谈天说地时，林萌起了离开这个伤心地的想法。

眼看着海底电缆项目已经进行了大半，未来应该不会出现什么问题，宋柒紧绷着的弦总算是松了不少。这天，他趁着下班的空余时间，蹑手蹑脚地钻进秦奋家，生怕被别人看到似的，进门前还特地左右观望了一番，确定没人看到才敢敲门。

这还是宋柒第一次这么畏首畏尾的，跟只过街老鼠似的。不知道的，还以为他干了什么伤天害理的事，正在打算跑路呢。

"是小宋啊？电缆的敷设怎么样了？进展好不好啊？有什么问题记得向公司反映，不要一个人承担啊。"秦所客套了半天，才说到正题，"我都好久没看到你啦，今天过来是有什么事呀？"

宋柒手忙脚乱地把一瓶好酒放在桌上，揣着手，半天不答语，仿佛从嘴里说出几句话对他来说是一件难于登天的事一般。

见秦所认真等待的样子，他终于鼓起勇气，还未开口，耳根子便红了，话到嘴边，就变了："没，就是最近一直忙着海底电缆的事，也很久没来看您了，没别的事。"

"是吗？"秦奋深深吐出一口气，眼睛盯着宋柒，烟圈便如白雾一般散去，屋子里云雾缭绕的。

秦奋一副了然在胸的姿态，让宋柒更加不自在了。

"我怎么听说，你和林萌处对象了？"秦奋慢悠悠地吐出一句话，差点没让宋柒跌下板凳来。

"啊，哪有，哪有的事啊。"宋柒慌慌张张，"您，您别听村里人乱说，没有的事。"

秦奋吸了一口烟，笑眯眯地看着宋柒："有也是好事啊，你怕啥，难道你不喜欢林萌？"

"怎么会！"宋柒脱口而出，"不是，哎呀，我都被您绕晕了。"

秦奋嘴角扬起一丝笑意："你这小子，就这点心思，还想瞒住我啊？"迷离的小眼睛半眯半睁，恍惚间给人一种仙风道骨的感觉，"不然，你今天还能特意找我来喝酒？有这工夫，你还不会去盯着海底电缆的施工？"

宋柒被说得无言以对，他知道，他的心事瞒不住秦奋。

"有时候，我觉得她对我热情如火；有时候，我又觉得她在躲着我。说实话，我心里也没谱。"眼看着海底电缆不日就将完工，他许下的诺言终于兑现了，他才逐渐有了心思，这也是他今天来找秦奋的真正原因。

按道理来说，这种事由女人出面最合适，无论是诊所里的陈医生，还是林朝阳的老婆，都对这种事见怪不怪了；再不济，王大勇、何海峰一众哥们也能为自己出谋划策。

可是宋柒太害怕了。

他害怕一切都是自作多情，害怕所有的细节都是自己单方面臆想出来的。假如真是那样，就凭村里大妈的那张嘴，还有王大勇一行人大大咧咧说话不过脑子的性子，说不准会给那位姑娘带来什么困扰。假如真是那样，那不就违背了自己的初衷吗？

他勇敢地追求爱情，是希望能共结连理、皆大欢喜，而不是给人带去麻烦的。

再三思考之下，宋柒这才找到了秦奋——口风最严，也最为稳重谨慎的长辈。

"你咋不亲自跟她说清楚呢？"秦奋又抽了一口烟，把宋柒带来的酒拆开，满满地倒了两杯，"就凭你的条件，咱野马屿的姑娘，还有不愿意的？"

"她太优秀了，我……我担心……"宋柒吞吞吐吐地说，两只手在身下搓个不停。

他一紧张就会这样，额头冒汗，呼吸也变得急促起来。

"哈哈哈……哪个姑娘跟你就是有福气。"秦奋大笑了几声，调侃道，"你喜欢的人，是不是身材高挑、长相水灵，还一直在埋设电缆的事情上倾囊相助？"

"叔……你就别取笑我了……"

话音未落，只听窗外"啪"的一声，突兀而又响亮，打断了二人的对话。秦奋纳闷地走出去，过了一会儿又笑着进来："没事，可能是野猫把扫帚打翻了。"

宋柒心里还是忐忑不安，根本没法分心去考虑外头是不是只猫在听墙角，就盼着能有人给自己提一个可行的建议。

"就是林萌吧？"

"啊！"宋柒惊了一跳。

冷不丁地冒出一句话，秦奋重新坐在位子上，满饮了一杯二锅头，才说："我早就看出来了，原来你小子动机不纯，那么费力帮大家是有利可图啊！"

"不……不是……"宋柒急忙解释，嘴皮子都不知道该怎么放了，"我，我是真心要帮大家的。"

"那你承认是林家的丫头了，刚才还一直否认？"

狼一般锐利的双眼炯炯有神，不愧是前所长，短短几句话，就全给套出来了。

"不……"宋柒急忙否认，两只手在胸前乱摆，可是突然想到了什么，便重重地点头，"嗯！"

"哈哈哈……"秦奋笑得更加开怀了，"这就对了，喜欢就是喜欢，有什么不敢承认的？这是大好事啊！"

宋柒叹了一口气，到了这种地步，也轮不到他不承认了啊！

另一边，于雁从门口经过，本想着去给老前辈送点鸡蛋，无意中却撞见两个人关起门，鬼鬼祟祟的，不知道在说什么。

出于好奇，她站在窗前，偷偷听了几分钟。

忽然，一个惊天的秘密从宋柒口中说出，吓得她一下子没站稳，还把扫帚给弄倒了。

于雁边溜边想，身材高挑、长相水灵，还帮着宋柒一起埋设电缆，说的不就是柳安安吗？完了完了，宋柒要真的喜欢上了柳安安，那林萌怎么办？她不是太可怜了吗？

来不及多想，于雁提着一篮子鸡蛋，直接奔到林萌家。

林萌一开门，还没来得及说话，便被于雁拉到里屋，关上门不知道在嘀咕着什么。

王秋英也见怪不怪的，只是在嘴上说："这孩子，本来就不太聪明，可别被咱家阿萌带偏了。"

"还行，还算孝顺，知道带几个鸡蛋，不像前几次，空着手就来蹭饭了。"林朝阳抓起一个鸡蛋，在太阳底下瞧了瞧，说，"咱今晚就吃蒜黄炒鸡蛋吧。"

第八十三章　野马屿真的野了

　　房间里，林萌被于雁的行为弄得糊里糊涂的，不知道发生了什么。

　　只见于雁将林萌按在凳子上，自己则是坐在对面，神情凝重，仿佛有什么大事要发生一样："阿萌，我有事要跟你说，你可千万要撑住！"

　　阿萌被她这副认真的样子吓到了，虽不明白究竟发生了什么，心里也跟着紧张起来。

　　她咽了咽口水，仿佛下定了决心似的，点点头："嗯。"

　　就算是天要塌下来，林萌想，她也做好了准备。

　　"刚才我从秦奋叔家路过，听到他和宋柒谈话，我就随便听了听，你猜我听到了啥？"

　　"不知道。"

　　"原来，宋柒真的喜欢柳安安，而且马上就要告白了！"于雁的表情突然夸张起来，嘴张得比盆都大，眉毛眼睛都在脸上乱飞。她把声音提高了八度，边说边手舞足蹈地描述："你是不知道宋柒当时怎么说的，他还夸柳安安身材好、长得好，简直气死人了。"

　　听到要告白的事，林萌的脑袋"嗡"的一下就炸了。

　　她呆呆地坐着，一动也不动，眼神呆滞、神情木讷，俨然就是个提线木偶，已经失去了灵魂。

　　任由于雁在一旁添油加醋地胡编乱造，唾沫横飞，林萌只当是听不见，仿佛一瞬间，失去了视觉、听觉、触觉，整个人的灵魂都像是被什么抽走了一般，留下来的只是一副躯壳。

　　"吃饭了，小雁、阿萌，再不来就没菜了！"

　　于雁在一旁喋喋不休，连口气都不喘地说了足足十多分钟，林萌却跟没事人似的，一听到王秋英的声音，甜甜地回了声"哎"，便一个人出去了。

于雁顿时闭上了嘴，愣愣地站了几秒钟，也跟着走了出去。

饭桌上，林父王秋英两个人一直斗嘴，话匣子于雁也没闲着，三个人你言我语，气氛好不热闹。

"阿萌今天是咋了？平时也没见你那么文静哪！"林父首先说。

王秋英接话道："还不是我今天做的菜好吃，就你俩饭桶没品位，只知道说话。"

于雁扒着白米饭，偷偷看了一眼林萌，心知她的变化是由于什么，可是碍于长辈在场，不敢开口。

饭桌上，林萌没再说过一个字，只是带着淡淡的笑容。

"对了，叔，我的鸡蛋呢？"临走前，于雁突然想起自己带来的土鸡蛋。

林父指了指桌上的空盘子，那里原本盛的是蒜黄炒鸡蛋，又指了指于雁的肚子。

在林家欢聚一堂的时候，秦奋家也开饭了。

秦奋五十多岁丧了妻，膝下只有一个女儿，早就嫁到了城里，只有逢年过节才会回来一次。

他的一日三餐很简单，煮点白米饭，炸点花生米，再配上二两酒，随便炒几个菜就行了。

吃到一半，爷俩的脸都红通通的。秦奋本就不胜酒力，喝不了多少便醉了，宋柒倒不至于喝两口就醉，只是之前提起林萌，心里的余热还没下去，一直泛到了脸上。

借着酒劲，秦奋迷迷糊糊地说："别人我不知道，林家那丫头啊，十成十地对你有好感。年轻人，要把握住机会，千万不要浪费了。"

宋柒一听，马上就来劲了，忙问道："怎么把握？"

于是爷俩边吃边喝边谈，一直聊到夜里两点半，眼皮已经把持不住了，才倒在桌子上呼呼大睡。

电缆架设的工程正在有条不紊地进行着，岛上的游客也越来越多，野马屿岛一片祥和，到处人声鼎沸。

　　在这期间，村里的妇女儿童们也没闲着，尤其是林萌、柳安安，她们用橡皮泥捏成海星、贝壳、珊瑚的形状，还动手做了很多新奇有趣的小玩意，送给前来岛上旅行的游客们，受到了大家的一致好评。特别是柳安安画的野马屿岛风土人情写生，还有林萌亲手捏的泥人，听说不少游客上岛游玩，就是为了买她俩的"作品"，当作一个纪念。

　　半年后，野马屿10千伏海底电缆工程敷设成功，野马屿岛实现户户通电，结束了无电史，终于迎来了不用断电的日子。

　　即使是在夜里，也能看到华灯闪烁、五光十色的绚丽景色。

　　村民们纷纷奔走相告，举家同庆，一起庆祝这个具有重要纪念意义的日子。

　　岛上的游客也在成倍增长，一时之间，大量的人流向野马屿岛涌动，极大地带动了当地的经济发展。年轻人也纷纷赶回家乡，在柳安安的帮助下，大家利用自媒体、短视频等新媒体平台宣传岛上的特色，制成各种各样的小视频，里面涵盖了大量的丰富内容。

　　村民们再也不用为电发愁了，他们的海鲜产品不会因为时间的耽误而发烂发臭，也不会因为无法深加工而遭受损失；除了养殖业，还有村民自己开垦荒地，又搭建了几座小民居，每个月的出租费用都是一个可观的数字；小卖部也逐渐多了起来，各种各样的零食、小吃店一家接一家地发展壮大；就连何海峰的摩托车店前，也是人来人往，络绎不绝。

　　就连陈香萍大夫，也因为出色的医术和坚守岛屿的事迹被评为了岛上感动人物，迎来更多人的钦佩和仰慕。

　　可以这样说，野马屿岛的发展迎来了一个空前绝后的鼎盛时期！

　　望着这繁荣昌盛的样子，林萌心里的一块石头也算是落了地，她欣慰地笑了笑，满怀着不舍和眷恋，站在山丘之上，俯瞰万物，一一向他们告别——沙滩、码头、大树、石头、浪花……这些陪伴了她整个童年的美好记忆，将被她永远封存在心里。

林萌想，无论以后会发生什么，在野马屿岛上的一点一滴，都会带给她无限的勇气和力量，让她能直面人生中的困难和挫折，一次次跌倒，又一次次爬起。

"什么？你要离开这里？叔叔阿姨知道吗？为什么呀？不会是为了宋柒吧？"于雁听到林萌的打算，大吃一惊。

林萌摇摇头："我想好了，我想到城里去读书，完成学业，我爸妈也同意了。"

"可是……"于雁想说什么，最后还是没能说出口，只是小声地问，"那宋柒呢？你不告诉他吗？"

"我已经向上级递过辞呈了，没有必要再麻烦人家。"林萌笑了笑，"以后我不在，你可要好好工作，出错了可没人帮你背黑锅哟。"

她努力过了，她以为他能明白她的心，却原来还是自作多情。

第八十四章　一切都是最好的安排

野马屿岛的发展给村民们带来了全新的生活，大家不仅普遍引入了电视、空调、洗碗机等日常电器，还纷纷盖起了小楼房，从早到晚一直忙碌着招揽客人。闲暇之余，人们也会坐下来，喝喝茶，谈谈村里发生的大事。

"老刘，咱看宋所长年纪也不小了，怎么还没结婚呐？"

"快了快了，我听说啊，他和柳安安早就开始筹划了！"

两句话顿时在人群中炸开了窝，大家一窝蜂挤过去，七嘴八舌地吵嚷着。

"岛上发展得这么好，都是小宋的功劳啊！"

"是啊是啊,才子配佳人,到时候所长结婚,咱们在座的一个个都不能落下,全都要去喝喜酒!"

这些话全部被柳安安听进耳朵里,她没有出面澄清,别人问起时也不否认,只是回以淡淡的笑容。

发生这么多事,尤其是在医院里,看到宋柒和林萌两情相悦的一幕,她受到了刺激,也很震撼,但也想清楚了。

作为一名向往艺术的美术生,自己的人生目标应该是追求艺术的更高境界,而不是停留在这么一个小小的乡村,被所谓的伦理观念所束缚。上次在地里,宋柒婉转地拒绝,让柳安安彻底清醒。

她总算明白过来,自己这一生,总会在追求诗与远方的路途上驰骋。她是来自理想的仙子,不应该被柴米油盐所禁锢。

这一天,柳安安下定了决心,前往供电所找宋柒,想跟他把所有的事情都说清楚,却得知对方到码头去了。

"码头?我不是刚送别阿萌,才回来不到两分钟吗?怎么又要过去?"

林萌静静地站在海边,轻轻闭上眼睛,感受着海风的温柔和细腻。

清风轻轻吹拂起头发,白色的连衣裙裙角微微飘动。林萌的嘴边挂着淡淡的微笑,那笑容里,有几分对美好过往的怀念,有几分对离开家乡的惆怅,还有几分……是对埋藏在心里来不及说出口的心事的烦恼。

额前的碎发散下来,在澄澈透明的眼前悠悠荡荡,激起姑娘无限情思。

"船快到了,你……真的想好了?"于雁脸上露出落寞的神情,这是她二十多年来最认真最正经的一次。

"嗯,我爸妈那边,就麻烦你了。以后有时间了,我也会经常回来的。"

"嗨,说什么麻烦不麻烦的……"于雁笑着抹了把泪,"你爸妈就是我爸妈,不为别的,就算是为了以后蹭饭有借口,我也得好好照顾他们啊。"

林萌放心地点点头，目光望向远方。

海天之间，碧波荡漾、万里如洗。在那惊涛骇浪中，一叶小舟荡漾着，摇曳而来。

突然，身后传来响亮的歌声。林萌听出，那是家乡特有的曲子。

山高高，水长长，心爱的姑娘在何方？
路宽宽，情深深，在那汹涌澎湃的海上。
月圆的夜晚总是特别孤单，
只能把心上的人儿想了又想。
愿你前路平坦、一路顺风、不畏将来、不惧过往。
……

林萌和于雁同时转过身，只见一群人穿红戴绿、敲锣打鼓，一边走一边唱。

当中带头的人，身穿白衬衫，外面套着个又大又丑的红袋子，也跟别人一样，胸前挂了个比脑袋还大两倍的锣鼓，踏着歌声，款款而来。

那人身高一米八几，在一众老少爷们中格外明显，古铜色的皮肤在阳光下闪着光，笑容灿烂如朝阳，仿佛能将喜马拉雅山上千年不化的皑皑白雪给融成一江春水。

"你看，那不是宋柒吗？"于雁指着当中那个身材高大、满面红光的青年说。

林萌也在心里想，对啊，看身形，那就是宋柒没错。他到这儿干吗来了？还有嘴里唱的，那不是岛上特有的情歌吗？难不成……安安也在这里？

林萌四下回顾，并不见柳安安的身影。

这时，宋柒已经带领了一大帮人，走到离她仅有一步之遥的地方了。

宋柒连忙将锣鼓摘下来,塞到王大勇怀里,又接过何海峰手里的花,举在胸前。

还是被王大勇推了一下,他才不好意思地递了出去。

林萌回头看了看,身后空无一人,心里瞬间就慌了,结结巴巴地说:"这……这是送给我的?"

不等别人开口,于雁就抢着接过去,塞到林萌怀里:"废话,这不明摆着吗?你就拿着吧!"

林萌接过花,心里七上八下的,羞涩地将花束举得高高的,以挡住自己的红脸蛋。

"这……这是我刚从地里摘的……"

话没说话,宋柒后脑勺就挨了一下。王大勇见他不成器,实在是憋不住了。

宋柒不回头,又说:"你要是不喜欢,可以还……还……"

"啪"的一声,脑袋上又是一记闷指头,这回换成何海峰了。

"我……"

"你要是再不好好说啊,连我都想打你了。"秦奋呵呵笑道,"船快到了,有什么话,早点说完吧。"

宋柒抬头看了一眼那越来越近的船,心里急得跟热锅上的蚂蚁似的,恨不得冲过去一脚把船给踢翻。

他瞧了瞧林萌,深呼吸了一口气,终于鼓起勇气,大声说道:"阿萌,我也不知道自己是从什么时候开始喜欢你的,也许是第一次坐船,你对我翻白眼的时候;也许是受了伤,你替我包扎的时候;也许是你日日夜夜陪着我四处奔走,却没有一句怨言的时候……"

"你……"林萌不敢相信地瞪大了眼睛。

"嘘,听我说完。"宋柒温柔地款款道来,"本来想等岛上的事都处理完了,我再找个时机,正式向你表白,可是没想到你走得那么急,我还有好多东西都没有准备好。一听说你今天要离岛,我就马不停蹄赶了过来。很抱歉,可能没有给到你应有的浪漫和惊喜……"

听到"听说你今天要离岛"几个字,林萌白了一眼于雁,后者则是跟个做错事的孩子似的,委屈巴巴地低下了头。

另一边,宋柒依然深情地诉说着:"对不起,实在是太仓促了。我也知道这样很没有诚意,但……"

"所以你特地过来,还穿成……"林萌抱着一束野花,打量着宋柒,"穿成这个样子,就是特地过来向我表白的?"

"嗯!"即使是被热辣日光晒成古铜色的肌肤,也掩藏不住他脸红的事实。

"那你和安安……"

宋柒慌乱地解释:"我们只是朋友,从来没有过别的感情。"

第八十五章　野马屿也有春天

说到这里,身后的人群忽然向两边散开来。

随着高跟鞋落地的清脆声,柳安安身着碧绿色的长裙,斜挎一个精致的小包,缓缓而来。

林萌有一种做错事被人当场抓住的愧疚感,她低下了头,不敢看来人。

王大勇也担心柳安安是来搞破坏的,不知道她这次过来存着什么心思,正要过去拦住,却被宋柒一把抓住手臂:"放心吧,她不是那种人。"

"阿萌,恭喜你啊。"

林萌抬起头,只见群山之前,柳安安背对着耀眼的太阳,笑得格外灿烂,一步步朝自己走来。

"能得到这么一个如意郎君,实在是人生一桩幸事。"柳安安轻轻握着她的手,轻声细语地说,"那小子以后要是对你不好,你记得告诉我,看我不跟叔叔阿姨告状,让她吃不了兜着走。"

那一瞬间,无限的情思一下子涌了上来,林萌的眼圈顿时就红了,感动的眼泪如珍珠般止不住地往下掉。

众人正在言语,却听背后响起一阵不合时宜的声音:"喂,你们坐不坐船了,别耽误咱做生意啊?"

林萌想都没想,回过头就喊:"不坐了,您老自己去吧。"

说罢,将一张船票还给了船老大,挽着柳安安和于雁就往村里走,还不忘回头吩咐宋柒几个难兄难弟:"对了,你们哥几个,记得帮我把行李拿上!"

林朝阳本来担心宋柒会耽误女儿,可是在看到两个小情侣有说有笑、情意绵绵的时候,心里的最后一丝芥蒂也烟消云散了,再加上王秋英的鼎力支持,他哪里还有敢反对的意见啊?

村里尽管有了电,经济也发展上来了,但是基础设施还是有待完善,部分村民的素质尚有欠缺。

为了改变这一现象,柳安安特地向父亲求助,又捐献了一笔资金,帮助野马屿建立了很多基础设施,尤其是公厕、澡堂等卫生场所,还有长椅、公园、小亭子。在居委会的建议下,大家还重新翻修了一下卫生所。

随着外地游客越来越多,不少青年也放弃城市里的工作,赶回家乡发展。

在上级卫生主管部门的支持下,野马屿卫生所的条件也升级了,从卫生所升级为卫生院,硬件软件都有很大的提升,医护人员也从此前陈香萍一个人增加到了八个人。

供电所的营业厅也新增了三名工作人员,而导游、向导等新鲜的职位也在岛上发展起来,不少年轻人都找到了适合自己的工作,在赚取工资、满足生活需求的同时,还为家乡的建设贡献出一份自己的力量。

整个野马屿岛都有了翻天覆地的变化，人们载歌载舞、其乐融融。尤其是林朝阳，他一改往日的颓丧，四处奔走拉资金，改善岛上的基础设施和环境。在他的带领下，野马屿海产品加工厂如雨后春笋冒出，因为实现了用电自由，岛民们家家户户都干起了深加工，年轻人迫不及待返乡发展，公共厕所、超市、饭店等配套设施逐步完善，岛屿内外焕然一新，终于彻底实现了电气化。

人依靠电气化生活，有了稳定的收入。野马屿岛真正变成了一个文明、美丽、繁荣的地方。

在这几个月里，还发生了令人津津乐道的大事。

第一，何海峰听从宋柒的建议，将网恋对象带到村里跟家人见了面，一家人开开心心的，并准备明年就结婚，这可是第一个肯嫁进野马屿岛的外地姑娘啊！

第二，是岛上的挖沙船在施工时不小心挖断了电缆，那时正是半夜，五光十色的野马屿岛顿时暗淡下来，人们都在不安和惊慌中度过。宋柒一接到电话，就赶到码头，可是时间实在是太晚了，这时候根本就没有船可以通行。村里的人家和游客人心惶惶，整座岛都陷入了停电的危机之中。

宋柒站在岸边，不停地徘徊，想破了脑袋也没能想出个好办法。就在他一筹莫展时，陈章贵一边穿衣服，一边跑过来问情况。

听完了大致情况，他着急地问："咋不修啊？"

"没法修呐！"宋柒愁闷地说，"船都没有，咋修啊！"

"我家有啊！"陈章贵说，"不仅有船，还有快艇，你拿去用呗！"

关键时刻，还是陈章贵出马，主动献出自家的渔船和快艇，帮忙运送设备、器材和食物。

所有人都参与到抢修活动中来，男女老幼纷纷献出自己的力量。在宋柒的带领下，大家各司其职、齐心协力，终于赶在天亮前修好了电缆。

曙光透过云层，从东方传来。

这时，累得已经无法思考的宋柒缓缓睁开眼睛，一扭头就看到睡在大石头上、鼾声大作的陈章贵。

他明白，自己和陈叔之间的嫌隙，在这一刻，终于真正烟消云散了。

第三，就是在抢修电缆之后，林萌逐渐意识到知识的重要性，这一次，她下定了决心，向父母和宋柒诉说了想要继续参加成人再教育的想法，大家一致表示支持。

那一天，宋柒送林萌去城里参加考试，二人在码头携手而立，想起多年前两人头一次在野马屿轮渡上邂逅，回忆起当时那个心高气傲的林萌，还有憨态可掬的宋柒，傻憨憨的两人情不自禁相视一笑。

那时候的野马屿真野，如今的野马屿是远近闻名的黄金岛，遍地长的都是黄金，一挖就是一座小金山呀，再也不是过去的石头岛和孤岛了。

"宋所长，多谢你，让小岛天堑变通途，重塑光明城！"林萌真心实意地对宋柒说。

"我只是做了我认为该做的事。"宋柒挠挠头，被亲近的爱人夸奖，让他英气的脸庞有点热，"即使我是一块小石头，也应有礁石的立志。"

"对呀，只要宋所肯努力，海底有电缆，石头也能开出一朵花！野马屿的春天啊，就这样来了！"林萌笑了。

"嘿嘿，好汉不提当年勇。你出岛小心，不管多晚回来，我都会在这里等你。这是我们的家。"

"知道了，宋柒老大！"林萌紧紧握住宋柒的手，依依不舍。

夜幕渐渐降临，宋柒目送林萌的船只远去，独自一人站在海岸线上，远眺岛屿万家灯火。"爷爷，野马屿真的成了光明岛，您的期望，我做到了。"

  一盏盏明亮的灯光，犹如绒幕布上的星星，璀璨夺目，熠熠生辉。温暖而明亮的光线，照亮整片蓝色大海，照亮每条道路，照亮了夜归人回家的路。三千米海岸，五十米蔚蓝，微光可成星海，野马屿也有自己的春天。

图书在版编目（CIP）数据

野马屿的星海/姚璎著. --北京：作家出版社，2024.3
ISBN 978-7-5212-2679-9

Ⅰ.①野… Ⅱ.①姚… Ⅲ.①长篇小说-中国-当代 Ⅳ.①I247.5

中国国家版本馆 CIP 数据核字（2024）第 010240 号

野马屿的星海

作　　者：姚　璎
责任编辑：桑　桑
封面摄影：蔡　意
装帧设计：孙惟静
出版发行：作家出版社有限公司
社　　址：北京农展馆南里 10 号　　邮　编：100125
电话传真：86-10-65067186（发行中心及邮购部）
　　　　　86-10-65004079（总编室）
E-mail: zuojia@zuojia.net.cn
http://www.zuojiachubanshe.com
印　　刷：三河市紫恒印装有限公司
成品尺寸：152×230
字　　数：300 千
印　　张：21
版　　次：2024 年 3 月第 1 版
印　　次：2024 年 3 月第 1 次印刷
ISBN 978-7-5212-2679-9
定　　价：55.00 元

作家版图书，版权所有，侵权必究。
作家版图书，印装错误可随时退换。